读客科幻文库

跟着读客读科幻，经典科幻全看遍。

SIX WAKES

太空的六场葬礼

[美] 穆尔·拉弗蒂 著　祁阿红 译

Mur Lafferty

文汇出版社

图书在版编目（CIP）数据

太空的六场葬礼 / （美）穆尔·拉弗蒂著；祁阿红译. -- 上海：文汇出版社，2022.8

ISBN 978-7-5496-3023-3

Ⅰ．①太… Ⅱ．①穆… ②祁… Ⅲ．①幻想小说－美国－现代 Ⅳ．①I712.45

中国版本图书馆CIP数据核字(2022)第033208号

SIX WAKES by Mur Lafferty
Copyright © 2017 by Mary Lafferty
Published by agreement with Baror International, Inc., through The Grayhawk Agency Ltd.
Simplified Chinese edition copyright ©2022 Dook Media Group Limited.
All rights reserved.

太空的六场葬礼

作　　者 / ［美］穆尔·拉弗蒂
译　　者 / 祁阿红

责任编辑 / 徐曙蕾
特约编辑 / 窦维佳　　武姗姗
封面装帧 / 陈艳丽

出版发行 / **文匯**出版社
　　　　　　上海市威海路 755 号
　　　　　　（邮政编码 200041）
经　　销 / 全国新华书店
印刷装订 / 三河市龙大印装有限公司
版　　次 / 2022 年 8 月第 1 版
印　　次 / 2022 年 8 月第 1 次印刷
开　　本 / 889mm×1270mm　1/32
字　　数 / 301 千字
印　　张 / 14.5

ISBN 978-7-5496-3023-3
定　　价 / 59.90 元

献给康妮·威利斯和詹姆斯·帕特里克·凯利

关于"克隆人存在管理"附录的国际法

2282年10月9日立

1. 每个人一次只准克隆出一个自己，超过则为非法。每个克隆体就是一个人。克隆技术必须用于延续生命，而不是繁衍人口。一个克隆人由本人或他人进行多次克隆，只有最新的克隆体才有资格取得正式身份，其他克隆体都没有。

2. 克隆人不能成为母亲或父亲，否则即为非法。克隆人此后一生中，包括在涉及继承法的领域内，都被视为他自己的孩子。在重获新生后，他就必须失去生育能力。

3. 把心智图植入不具备原躯体DNA的个体属于非法。

4. 克隆人必须随身携带具有驱动其自身意识的最新心智图，他们及他们的心智图必须随时接受当局的检查。

5. 对任何克隆人的DNA与心智图进行修改均属非法（附

录二除外）。克隆人必须沿用他们原躯体的DNA和心智图。

6. 对克隆人遗留躯壳的处理必须尽快，要符合卫生要求，且不得举行任何仪式或典礼。

7. 克隆人为获新生而结束自己生命的做法被视为非法。（除非：一、有合格医生认定他现在活得很痛苦，且很快就会死去，他才可以签署一份安乐死协议；二、见附录一。）

目　录

第一部分

"休眠号"船员

这不是一只烟斗

第一天

2493年7月25日

　　声音奋力冲破浓稠的合成遗忘液的羁绊，终于传到玛丽亚·阿雷纳的耳边。那就像链锯发出的声音：响亮，持续，经久不息。她听不清说的是什么，但显然不是她所希望听到的。

　　重获新生非她所愿。她想起自己身在何处以及究竟是谁。她伸手抢到了自己最后的备份。船员分别进入"休眠号"飞船上各自的舱室，克隆舱是他们上次造访的最后一站，他们曾在这里接受登上飞船后的第一次备份。

　　她肯定经历了一次不测事件或受到了该事件的余波：她被杀死了，她的备用克隆体被唤醒。草率地对待生命会给船长留下不良印象，所以那个愤怒的链锯噪声很可能就是船长发出的。

玛丽亚终于睁开了眼睛。在她那只大培育缸前面，漂浮着一些色泽暗淡的球状液体。她琢磨着那到底是什么，但对于克隆后首次进行运作的大脑而言，这谈何容易。这一片乱象中，存在着太多的错误。

培育缸的外面脏兮兮的，里面是透出紫光的蓝色液体。玛丽亚就浮在这个液体中。她猜测那些球状物是血滴，照理血液是不应该漂浮在这里的，这是第一个疑问。如果血液在漂浮，那就意味着使飞船快速旋转的格拉夫[1]驱动器出了问题，这也许就是有人大喊大叫的另一个原因：血液和格拉夫驱动器。

它们也不同于克隆舱里的血液。克隆舱里干净整洁，是人死之后被下载到新克隆体中的地方。克隆的过程很干净，没有痛苦，不像人类分娩那样疼得大喊大叫，而且还要流很多的血。

又是血液。

克隆舱里六只大培育缸整齐地排成两行，缸里是微微发蓝的合成遗忘液，还有处于等候中的其他几个船员的克隆体。血液应当是过道那边的医疗舱才有的，医疗舱的血滴不大可能顺着过道进入克隆舱，在玛丽亚的培育缸前面漂浮，这样的事情没有发生过。那些血滴上方漂浮着一具尸体，实际上还不止一具。

还有，万一格拉夫驱动器真的失灵，万一有人真的在克隆舱里受了伤，另一个船员会把血液清除干净。随时都有人准备着，确保克隆人死后被顺利植入新的躯体。

1　格拉夫（Grav），速度单位，其大小等于自由落体加速度，约等于 9.8 米/平方秒。——编者注（书中脚注如无特殊说明，均为编者注）

不，她的面前不应当漂浮着一个这么完美的紫色血球。

此时玛丽亚醒来已超过一分钟，没有人操纵计算机来排干缸里的合成遗忘液，使她得以解脱。

她的大脑中有一小部分，而且只有那一小部分，冲着她大喊，让她多多关注那些漂浮的躯体。

她一直没有机会触碰克隆培育缸边上的应急释放阀。以前曾经有克隆体遭到过技术人员的捉弄，所以科学家们对这些阀门进行了完善处理。可是这次把她唤醒之后，她又独自在培育缸里多待了几个小时。据说在她那次获得自由之后，外部世界一片混乱，而且充满暴力，致使有些技术人员又改进了克隆技术。此后，工程技术人员在缸内增加了一个应急释放开关，以便让无论出于什么原因被困缸中的克隆人都能够解救自己。

玛丽亚按下那个按钮，听到开关被触发的咔嗒声，可是缸里的合成遗忘液却毫无动静。

缸里有一条依靠重力排放液体的管道——第101管道。阀门被打开后，合成遗忘液却像子宫似的紧紧地裹着她。

她想弄清楚叫喊声来自何方。计算机柜附近漂浮着一个赤身裸体的船员，湿漉漉的头发像带刺的花冠般恐怖地向外呈发散状。另一个克隆体醒了过来。有两个是不是已经死了？

她身后的四个大缸里都漂浮着一个船员。他们的眼睛已经睁开，都在眼巴巴地寻找那个应急释放开关。阀门咔嗒咔嗒响了三次，可是他们仍然处于和玛丽亚一样的境地。

玛丽亚拨动另一个紧急开关，想打开培育缸的门。在液体排空的理想状况下，这个开关是可以使用的，可是现在却一点都不灵。她和大量合成遗忘液都从缸里往上浮起，与漂浮在眼前的血球发生轻微碰擦。由于两种液体的表面张力，小球被撞开了。

　　玛丽亚从未碰到过在零重力情况下摆脱液体束缚的问题。她四面撞击，结果只有部分液体摆脱主体飘散开去。她曾经有过多次生命，经历过不止一次毫无尊严的境况，但这一次是前所未有的。

　　她想到了作用力和反作用力，于是尽量多吸入一些这种富氧的液体，然后像打喷嚏似的把所有东西都从肺部强行排出。由于依然处在黏稠的液体中，她不能像在吸入空气时动作那么轻快，但这个动作推动她向后运动，使她逐渐摆脱了这个泡泡。她吸了一口空气，接着开始咳嗽，像喷泉似的吐出其余的液体。她的身体不由自主地运动起来，把她推向更远的地方，使她的头撞上了计算机的控制面板。

　　她终于摆脱了黏稠的液体，大口吸着空气，并抬头向上看去。

　　"哦，见鬼。"

　　舱内漂浮着三具船员的尸体，还漂浮着血液和其他液体。有两具尸体上长出了几根沾满血污的触须，此外它们的伤口上还沾着一些血液泡泡。第四具尸体被一根链条拴在终端机前的椅子上。

　　新克隆的船员也想从缸里挣脱。他们溅出的大量合成遗忘液和沾满血污的碎屑全都搅和在了一起。看见自己的处境后，他们也像她一样感到震惊。

　　船长卡特琳娜·德拉·克鲁兹漂浮到玛丽亚身边，眼睛却注视着计算机："玛丽亚，不要瞪着眼睛，发挥一下自己的作用，检查一下其他人。"

玛丽亚艰难地抓住墙上的一个抓手，把自己从船长身边拉开，让她去接近计算机。

卡特琳娜用力敲击键盘，并用手去戳控制面板的屏幕。"伊恩[1]，究竟出了什么事？"

"我无法进入语言功能。"计算机用带有机器人腔调的男性声音回答道。

"这不是一只烟斗。"玛丽亚上方传来一声含混不清的法语。

说话的是飞行员兼领航员佐藤秋广。他的这句话使她镇静下来，她想起刚才船长要她检查其他船员的话。

几小时前，也就是在"休眠号"发射前的鸡尾酒会上，她曾经见过他一次。

"秋广，为什么说法语？"玛丽亚大惑不解，"你没事吧？"

"有人大声说他们不能说话，就像那张老画'烟斗图'所说的，'这不是一只烟斗[2]'。这句话意在启发学习绘画艺术的学生要进行深入的思考。算了算了。"他在克隆舱的拐角处挥了挥手，"究竟发生了什么事？"

"我不知道啊，"她说，"可是——天哪，全乱套啦！我还得去检

1　伊恩，综合模拟网络（Integrated Analog Network）的首字母缩合词IAN的音译，是帮助控制飞船的人工智能。

2　这不是一只烟斗（Ceci n'est pas une pipe），同名画作作为比利时画家雷尼·马格里特（Rene Magritte，1898—1967）的超现实主义作品。

查一下其他人。"

"他妈的，你刚才说话了，"船长一边对计算机说，一边在屏幕上拖动一些图标，"计算机里面有问题。告诉我，伊恩。"

"我现在无法进入语言功能。"人工智能又说了一遍。德拉·克鲁兹在键盘上重重地拍了一下，接着又紧紧抓住它，以防自己的身体飘离键盘。

玛丽亚利用墙上的抓手在舱室内运动，紧随其后的是秋广。玛丽亚发现眼前就是副总指挥沃尔夫冈那具令人恶心的尸体。她轻轻地把它推到一边，免得碰到尸体窟窿里长出的恐怖的、血淋淋的触须。

她和秋广运动到活着的沃尔夫冈那边，只见他正弯腰想咳出肺部的合成遗忘液。"究竟发生了什么事？"他的声音有些刺耳。

"我们知道的和你一样多，"玛丽亚说，"你还行吗？"

沃尔夫冈点点头，然后挥手让她离开。他挺直腰板，庞大的身躯至少又向前迈出了一步。他出生在月球殖民地上，他们一家有好几代人都生活在重力非常低的环境中，从而演化出较长的骨骼。玛丽亚抓住一个抓手，开始朝着船长那边移动。

"你还记得什么事情吗？"在他们接近另一个船员的时候，玛丽亚问秋广。

"我最后一次备份是在我们登上这艘飞船之后，我们现在还没有离开这艘飞船。"秋广回答说。

玛丽亚点点头。"我也是这种情况。我们此刻应该还在港内，或者离开地球才几个星期。"

"我觉得有些迫在眉睫的问题需要解决——比如我们现在的情况。"秋广说。

"确实如此。现在的情况是，我们之中有四个人已经死了，"玛丽亚指着那些尸体说，"而且我估计另外两个也死了。"

"什么东西能把我们都杀死？"秋广避开了一小块带血的皮肤，脸色苍白地问，"我和船长究竟怎么了？"

玛利亚所说的"另外两个"尸体并没有在克隆舱里漂浮着。沃尔夫冈、工程师保罗·瑟拉和医生乔安娜·格拉斯全都死了，而且都漂浮在医疗舱外面，轻轻地碰撞着培育缸的缸壁或者相互碰撞着。

从后排培育缸中传来一声咳嗽，接着是微弱的说话声："我觉得是非常暴力的东西。"

"欢迎回来，医生你没事吧？"玛丽亚边问边朝她运动过去。

新克隆的乔安娜点点头。她的鬈发紧贴着头皮，头发上的合成遗忘液微微发亮。她的上半身瘦小精干——和所有的新克隆体一样，但她的腿不但短小，而且有点弯曲。她抬头看了看那些尸体，然后噘了噘嘴："出什么事了？"没等他们做出回答，她就抓住一个抓手，拉着自己朝天花板方向漂浮过去，因为那里也浮着一具尸体。

"去检查一下保罗。"玛丽亚对秋广说完就跟上了乔安娜。

乔安娜转动自己的尸体，使它处于她能看清的位置。她不禁双目圆睁，暗自诅咒起来。紧随其后的玛丽亚见到这幅情景，发出了清晰的诅咒声。

乔安娜尸体的咽喉部位有一个刺伤，脖子上流出的血形成了几个巨大的、不断晃悠的血滴。医生的年纪看起来很大了，这表明从接受这项使命开始到现在，已经过去了很长时间。玛丽亚记得她当时三十来岁，皮肤黝黑光滑，满头黑发。现在皱纹已经爬上了她的眼睛四周和嘴角的皮肤，编扎的头发也出现了缕缕花白。玛丽亚看着其他几具尸体，从她的角度看，她可以看到每具尸体所显现出的年龄。

"我刚才根本就没注意，"她气喘吁吁地说，"我……我只注意了血液和血块。我们在飞船上已经有几十年啦！你还记得什么？"

"记不得。"乔安娜的声音平静，没有任何感情色彩，"我们有必要向船长报告。"

"谁都不许动任何东西！这就是一整个犯罪现场！"沃尔夫冈大声对他们说，"赶快离开那具尸体！"

"沃尔夫冈，什么犯罪现场？假如这是个犯罪现场，那它早就被大约两千五百加仑的合成遗忘液污染了。"在保罗那只培育缸外面的秋广说，"而且血溅得到处都是。"

"'假如这是个犯罪现场'，你说这话是什么意思？"玛丽亚问道，"你觉得是格拉夫驱动器失灵，导致了飞船停止旋转，然后这些刀自己飞过来戳进了我们的身体？"

说起那把刀，它还在天花板附近漂浮着。玛丽亚朝它运动过去，趁它还没有被吸到吸气口的过滤器上，一把抓住了它。过滤器上粘着她想都不愿多想的各种体液，而且已经开始干结。

医生听从了沃尔夫冈的命令，离开自己的尸体，来到沃尔夫冈和船长身边。"这是谋杀，"她说，"不过秋广说得对，沃尔夫冈，零重力加速度的诡辩术从来没有毁掉科学。空气过滤器正在吸走我们所说的所有证据。现在每个人身上都沾上了其他人的血液。我们有六个新生的克隆人，还有一缸缸的合成遗忘液，它们在克隆舱里漂浮着，正把留下来的东西弄得一团糟。"

沃尔夫冈不仅无动于衷，还瞪了她一眼，他又高又瘦的身体上的合成遗忘液闪着绿色的微光。他正要开口反驳医生的话，秋广打断了他们。

"五个——"秋广说着，不停地咳嗽，又吐出一些黏液，呕吐物差点溅到玛丽亚身上。秋广苦笑着表示歉意："五个新克隆人。保罗还在缸里。"他指了指此刻仍在培育缸里、双目紧闭的工程师。

玛丽亚记得，她在缸里的时候，看见保罗的眼睛是睁着的。但现在保罗还漂浮在缸里，双目却紧闭着，双手遮着私处，像一个玩捉迷藏的孩子。无论那个"它"是谁，好像都要消灭他似的。他的面色苍白，本身有些矮胖，没有强壮的肌肉，不像是玛丽亚记忆中那个身材魁梧的人。

"把他从缸里弄出来。"卡特琳娜说。沃尔夫冈听从指令，走到另一个终端前，按下按钮，打开了培育缸的门。

秋广抓住保罗的手腕，把他连同缸里的液体拉了出来。

"好了，出来的只有我们五个，"玛丽亚说着向下飘去，"合成遗忘液减少了大约四百加仑，变化不大，还有大量的废物四处横飞。除了这些尸体本身，你们不大可能得到其他任何物证。"她用拇指和食指捏着刀柄的边缘，把刀递给沃尔夫冈，"这可能是杀人凶器。"

沃尔夫冈看了看四周，玛丽亚意识到他是在寻找可以用来放刀子的东西。"沃尔夫冈，我的两只手已经把刀子污染了。它刚才一直浮在血液和尸体中间。我们唯一能从刀子上弄明白的是，它可能是杀死我们的凶器。"玛丽亚说。

"我们必须让伊恩重新上线，"卡特琳娜说，"让格拉夫驱动器重新运转，找到另外两具尸体，检查一下货物。这样我们就能完全了解自己的处境了。"

秋广使劲拍打保罗的背部，保罗弯着腰一边呕吐，一边抽泣。他根本没有意识到自己的处境，他撞在墙上，随即被弹开。沃尔夫冈以不屑的眼光看着他。

"我无法进入语言功能。"计算机再次重复道。船长咬了咬牙。

"接下来就困难了，船长，"乔安娜说，"这些尸体看上去年龄都相当大了，这说明我们在太空的时间已经很长，不像我们的心智图告诉我们的那样。"

卡特琳娜搓搓额头，然后闭上眼睛。她沉默了片刻，然后睁开眼睛，开始在终端上输入：让保罗活动起来，我们需要他。

秋广无助地看着还在抽泣的保罗，见他蜷缩成球状，还在力图遮盖自己的私密处。

一团呕吐物——不是排出体外的合成遗忘液，而是吃进胃里的东西——飘向通风管道吸气口，并被吸进了过滤器。玛丽亚知道，即使他们尽心尽力地完成船长安排的所有重要任务，她仍然免不了要去更换空气过滤器，而且可能要爬进通风口去清理所有污物，以免它们成为生物危害。对她来说，这艘重要星际飞船上的初级维修工程师的头衔似乎突然失去了魅力。

"我觉得给保罗穿点衣服，他可能会感觉好些。"乔安娜同情地看着他说。

"是啊，有件衣服会比较好。"秋广说。他们都还是赤身裸体的，皮肤都起了鸡皮疙瘩。"我们穿衣服之前，也许可以洗个澡。"秋广接着说。

"我需要一副拐杖或者一把椅子，"乔安娜说，"除非我们想让格拉夫驱动器继续关闭。"

"别说了，"卡特琳娜说，"凶手可能就在飞船上，你们还扯什么衣服和淋浴的事？"

沃尔夫冈挥了一下手，对她说的不以为然："不对，显然凶手已经在搏斗中死亡，我们是飞船上仅存的六个人。"

"你不可能知道这些，"德拉·克鲁兹说，"在过去的几十年里究竟发生了什么？我们必须非常小心，谁也不许单独行动——要两个人一起。玛丽亚，你和秋广到医疗舱去把医生的拐杖拿过来。格拉夫驱动器恢复运行之后，她就要用拐杖了。"

"我可以只把两个假腿从那个尸体上取下来，"乔安娜向上指了指说，"它再也用不着了。"

"那是证据，"沃尔夫冈说着，稳住他自己的那具尸体，仔细观察起被刺伤的伤口，注视着沾在尸体胸脯上由瘀血形成的泡泡，"船长？"

"好，拿一些太空服，给医生找张椅子之类的东西，检查一下格拉夫驱动器，"卡特琳娜说，"我们其他人都去干活。沃尔夫冈，我们俩用绳子把尸体拴住。格拉夫驱动器恢复运行后，我们不能让它们遭受更多损坏。"

玛丽亚往外走的时候，停下来查看了一下自己的尸体，在此之前她并没有真正查看过。直接面对尸体上那张死灰般的面孔，她感到非常恐怖。她的尸体被绳子拴在终端机前的一张凳子上，还不时地把绳子拽得很紧。尸体的脖子背后有明显的刀伤，伤口还沾着一个大血泡。尸体的嘴唇发白，皮肤呈病态的绿色。现在她知道漂浮的呕吐物是从哪里来的了。

"按下应急开关的好像是我。"她指着自己的尸体对秋广说。

"也是一件好事，"秋广说，而他的眼睛却看着正与沃尔夫冈密切交谈的船长，"不过我想她不会很快就给我们发奖章的，她看起来好像不在状态。"

应急释放开关是一个能自动防范故障的按钮。如果飞船上所有的克隆人一次全部死光（从统计学来看，这种可能性并不存在），人工智能应当能唤醒下一批克隆体。如果飞船没有做到这一点（从统计学来看，这种可能性更不存在），那么克隆舱里有个物理性开关可以执行这项工作，不过需要一个真正活着的人按下这个开关。

玛丽亚的尸体也像其他尸体一样显老。尸体中部已经变软，浮在终端上方的两只手很瘦，已是斑斑点点。他们刚登上飞船的时候，她的实际年龄是三十九岁。

"我曾给过你一道指令，"卡特琳娜说，"还有格拉斯医生，看来说服工程师的工作你是责无旁贷的了。赶快去，不然等我把他处理完，他就需要一个新的躯体了。"

船长还没有来得及详细说明他们要怎么去做，秋广和玛丽亚就迫不及待地走了。玛丽亚心想，这项任务不会比他们刚刚经历的事更困难。

在玛丽亚的记忆中，这艘飞船色泽明亮：金属的光泽，光滑的表面，墙壁上有许多为低重力而设计的抓手。它的地板是一层薄薄的格栅，格栅下面是储藏室和通风管道。它变暗的色泽再次说明：几十年的宇宙飞行不仅改变了它的面貌，也改变了它的船员。它不如以前明亮，还缺了几盏灯，现在亮着的是黄色警示灯。有人——也许是船长——决定进入紧急状态。

以前有几次，玛丽亚死于受控的环境之中。她曾因疾病、衰老或（有一次）受伤而躺在床上。能干的技术人员为她的大脑制作了一张最后的心智图。她在一份接受安乐死的文件上签了字，随后就被执行了安乐死。这是经医生同意的，尸体经过巧妙处理，醒来时她没有任何痛苦，而且看起来很年轻。对自己迄今为止的几次生命，她全都记忆犹新。

还有几次经历虽然并不温馨，但都比这次要好。

她的尸体还漂浮在那里，到处是血液和呕吐物。这种情形使她觉得无法容忍。人一旦死了，尸体就变得毫无意义，也没有任何情感价值可言——重要的是未来的那个躯体。过去的东西不应该存在，不应该用死鱼眼瞪着你的面孔。她的身体在不由自主地发抖。

"一旦发动机再度运转，这里就会暖和起来。"秋广满怀希望地说，但他错误地判断了她发抖的原因。

来到一个交叉道口的时候，她领着他拐向左边，说道："几十年啦，秋广，我们出来已经几十年啦。我们的心智图出了什么问题？"

"你记得的最后一件事是什么？"他问道。

"我们的酒会是在月球站举行的，当时最后一批乘客正进入低温处理舱。我们上了飞船之后，给了我们几个小时时间，让我们搬进自己的房间。后来我们到处逛了逛，最后来到克隆舱，获取了更新了的心智图。"

"我也一样。"他说。

"你害怕吗？"玛丽亚停下来，看着他问道。

从克隆舱里醒来到现在，她还没有仔细地看过他。她过去看到的，往往是经历了数百年的克隆人，看起来还像个刚毕业的大学生。克隆人被唤醒时，身体处于二十来岁的黄金年龄段，身上还有肌肉。他们醒来后遇到的第一个挑战，就是如何使用自己的肌肉。

佐藤秋广是个瘦削的泛太平洋人，是日本人的后裔。他满头黑色短发，前额上蓬乱的头发正逐渐变干。他看着精瘦，颧骨很高。他的黑眼睛平视着她。她并没有仔细看他身上的其他部位，因为她很有教养。

他抓住一缕乱发，想把它捋顺。"我过去醒来的时候，有些地方比这里更糟糕。"

"什么地方？"她指着下方他们来时经过的走廊，问，"还有什么比那个恐怖电影的场景更糟糕？"

他像祈祷似的举起双手。"我说的不是字面上的意思。我是说我以前曾经丢失过时间。有时候你必须学会适应，而且要快。我醒过来，评估有没有直接的威胁，我想尽量弄明白上次我是在哪里上传心智图的。这次醒来的时候，我四周是几具尸体，但是我说不出有什么威胁。"他把头一歪，觉得很好奇，"你以前就没有丢失过时间？连一个星期也没有？在两次备份之间，你肯定是个死人嘛。"

"丢失过，"她承认，"可是我从来没有在危险状态中或危险刚过的时候醒来。"

"你还没有遇到过危险，"他说，"这我们都知道。"

她瞪大眼睛看着他。

"直接的危险，"他纠正说，"我不会在这个走廊上戳你一刀。我们现在面临的所有危险，就包括那些很可能由我们去解决的问题。找回失去的记忆，修复损坏的电脑，找出潜在的凶手。我们只要进行少量的工作，就能回到正轨上。"

"你是最具奇思妙想的乐观主义者，"她说，"不过，如果你不介意，我还会一如既往，继续处于兴奋状态。"

"尽量保持冷静，你不想落个保罗那样的下场吧？"他提出建议的同时继续沿着长廊往前运动。

玛丽亚跟在后边，暗自庆幸不是他跟在她后面。"我是保持冷静的。我还是我，不是吗？"

"如果你洗个澡，吃点东西，大概感觉会更好，"他说，"更不用说穿上衣服了。"

他们身上只有一层黏黏的、渐渐干结的合成遗忘液。玛丽亚从来没有像现在这样渴望冲个澡。"如果我们找到你的尸体，你难道一点也不担心我们会发现什么吗？"她问道。

秋广回过头看着她。"我前不久才懂得，人不应为老的躯壳悲悲切切。如果这样做，我们就会越来越不愿意谈及我们的每一次生命了。实际上，我认为这也许就是沃尔夫冈的问题。"他皱了皱眉头，"难道你就从来没有亲自处理过自己的老躯壳？"

玛丽亚摇了摇头。"没有。这样做会使自己感到迷惑，她那样看着我，好像是在责备我。不过，还是不知道发生了什么事情比较糟糕。"

"或者不知道是谁，"秋广说，"而且确实有一把刀。"

"太暴力了，"玛丽亚说，"凶手可能就是我们当中的某个人。"

"也许是，否则我们应当对第一次接触感到激动。如果第一次不理想，那就第二次……"秋广说完后感到一阵清醒，"不过说实在的，任何事情都可能出现差错。可能是有人从低温舱中醒来，甚至变疯了。可能是计算机小故障把心智图搞乱了。不过这也许很容易解释，就像玩扑克牌的时候，有人作弊被当场抓住一样。正在紧张的时候，有人把一张 A 藏起来了，医生轻轻地弹了一下桌子——"

"这没什么可笑的，"玛丽亚轻声说，"这不是什么疯狂的事，也不是无预谋犯罪。即使发生这种事，我们的格拉夫驱动器也不会掉线，我们也不会丧失几十年的记忆。伊恩能告诉我们正在发生什么事情，但是有人——我们当中的某个人——想让我们都死，而且他们还有意搞乱了我们的人格备份，为什么？"

"这是不是言过其实了？你当真以为我知道？"他问道。

"言过其实。"玛丽亚嘟囔着说。她摇摇头表示否定。一绺硬硬的黑头发打在她脸上，她的面部肌肉抽搐了一下。"也可能是两个人。一个人把我们杀了，另一个人把记忆搞乱。"玛丽亚补充道。

"确实，"他说，"我们也许可以相信这是有预谋的。不管怎样，船长说得对，我们还是小心为上。我们达成一个协议。我保证不会杀你，你也保证不要杀我。行吗？"

玛丽亚情不自禁地微微一笑，她握了握他的手。"我保证。我们这就开始，不要等船长再派人来跟着我们。"

医疗舱的门框上有一圈红色的灯光，如果有人生病或者受伤，要找这个地方就比较容易。由于警报系统已经打开，红灯和黄灯交替闪烁着。突然，秋广在入口处停下，玛丽亚直接撞在他的背上，这就使他们像钟表上的零件一样轻轻地转动起来，他的身体转过身面对走廊，而她自己的身体则转过来，看见了那个使他突然停下的东西。

眼前的景象可能让他们觉得很尴尬，但更使他们大吃一惊。

医疗舱的病床上躺着身受重伤的卡特琳娜·德拉·克鲁兹船长的

老躯壳。她虽然失去了知觉，但显然还活着，各种管线连接着她与生命支撑系统：包括静脉注射、呼吸管道和监测仪器仪表。她的脸上有大块的瘀青，右臂打上了石膏，整个人被绑在床上，而床则靠磁力吸附在地板上。

"我原本以为我们都死了。"秋广轻柔的声音里充满了惊讶。

"我们都应当先死掉，然后再醒来。不管怎么说，我觉得是因为我按了那个应急释放开关。"玛丽亚说着推了一下门框，进入医疗舱，来到离船长很近的地方。

"遗憾的是，你不能问你自己。"秋广不动声色地说。

对复制克隆体的惩罚非常严厉——往往会彻底消灭老克隆体。虽然沃尔夫冈有几起凶案要查，现在又多了一个袭击事件，但他也许不会优先考虑对这个具体罪案的处理。

"对眼前这个问题，谁都不会感到高兴，"秋广指着船长没有意识的身躯说，"更别说卡特琳娜了。我们怎么对待这两个船长啊？"

"这可能是件好事，"玛丽亚说，"如果我们能把她唤醒，就可以弄清到底发生了什么。"

"我看她不会同意你的观点。"他说。

她的躯体上盖着银色的床单，在绳索没有捆到的地方，床单在轻轻地拂动。船长的克隆体纹丝不动，只有那根呼吸用的管子发出一点声音。

玛丽亚漂浮到舱室另一头的小储藏室，从里面抓了几件大号太空服——沃尔夫冈穿可能太短，医生穿可能太紧，而玛丽亚穿则有点嫌大，但是眼下只能先凑合一下——同时还要借助透进储藏室的暗淡光线拉出一只漂浮的折叠轮椅。

她递了一件太空服给秋广，自己也穿上一件，而且没有因为害羞而转过身去。人类到了中年，可能就达到了成熟的水平，对别人怎么看待他们的身体已经无所谓了。把这种水平扩大几倍，就达到了普通克隆人的谦虚（或者不谦虚）。玛丽亚第一次感到羞愧情绪消失的时候，就获得了自由。许多克隆人都有这种心态，甚至在他们的身体变得年轻之后依然是这样的心态，因为他们知道，由计算机打造的身体更强壮、更理想，这不是通过饮食和锻炼能改变得了的。

那个正在抽泣的工程师保罗是玛丽亚见过的最害羞的克隆人。

这件太空服的纤维不像她房间里那件紫色工程太空服那么柔软，但它至少能够保暖。她不知道到什么时候才能允许他们吃东西，回自己的舱室洗个澡，然后睡个觉。克隆人需要大量的体力支出才能醒过来。

秋广已穿好衣服，回到船长的躯体旁，看着她的脸。玛丽亚利用墙上的抓手朝他这边运动过来。秋广的脸色很难看，从他那张通常非常和善的脸上，可以看出形势的严峻。

"我想我们总不能把这个躯体藏匿起来吧？"他问道，"在别人发现之前进行回收，这可以使我们未来减少许多麻烦。"

玛丽亚看了看计算机上关于生命迹象的表述。"我认为她现在还不是一具尸体。判断它是一具尸体，并把它处理掉，那是法庭的事，不是我们的事。"

"什么法庭？"他问道。这时玛丽亚已抓住轮椅把手，把它向门口推去。"我们现在只有六个人！"他补充道。

"七个，"玛丽亚提醒他，并回头示意医疗舱还有一个，"如果能让伊恩上线，就是八个。即便如此，这事也必须由船长和伊恩来决定，而不是由我们。"

"呃，那你就去把最新的坏消息散布出去。"

"我现在还不准备和沃尔夫冈打交道，"玛丽亚说，"也不想听船长把保罗骂得狗血喷头。再说了，我们还要检查格拉夫驱动器。"

"避开沃尔夫冈似乎是首选，"秋广说，"实际上，如果我可以采访我的上一个克隆体，他大概也会尽量避开沃尔夫冈的。"

"休眠号"星际飞船的舵舱高端大气。计算机终端前的地板上有一个座位是船长的，还有一个是驾驶员的。在舱室入口边的墙上，有一道楼梯通向固定在墙上的几张舒适的长凳。在飞船逐渐接近光速飞行的时候，那里是观察宇宙的绝佳场所。这个舱室的圆顶是用金刚石打造的，室内的观察视野的弧度可达二百七十度。飞船尾部的舵像长在那里的大玻璃瘊子。在格拉夫驱动器推动飞船旋转的时候，确实可以欣赏旋转着的美妙宇宙。可是现在驱动器已经停止，飞船在宇宙中的速度已经远远低于光速，宇宙似乎已经静止。

说实在的，这种情况真能让人憋出病来，周围是深邃的宇宙，就连地板上也是空空如也。玛丽亚记得参观这艘飞船的时候见过这个舵舱，这是她离开月球之后第一次看见它。不管怎么说，也是她这个新克隆人记忆中的第一次。

秋广的目光从眼前的景象转向计算机终端、驾驶台、长凳和圆形屋顶，看见那附近漂浮着一具尸体，这是他自己的尸体。它被一根绳子套住，固定在一张长凳的底部。尸体的面部潮红，两眼圆睁，眼球外凸。

"哦，看……"他停下来咽了口唾沫，然后继续说，"我在那呢。"他转过身，脸色苍白。

"我不知道自己是怎么想的，不过这不像是自杀，"玛丽亚看着他那张浮肿、生气的脸轻声说，"其实我在想你是不是也活着。"

"没想到会把我挂在那里，"他说，"我从没想过会这样。眼前的情景竟然如此真切。"他用手捂住了嘴。

玛丽亚知道，过度同情会使一个处于崩溃边缘的人失去控制，所以她语气坚定地说："不要在这里面吐。我早就应该打扫克隆舱啦。你看这里成了什么样子？不要再增加我的清扫工作。"

他瞪了她一眼，不过脸上有了些许血色。他没有再抬头去看。

有个东西飘过来，轻轻地碰了一下玛丽亚的后脑勺。她伸手抓过来，发现是一只咖啡色的皮靴。那个被吊着的尸体上穿的是另一只。

"这给了我们一条时间线，"玛丽亚说，"你肯定是在我们还有重力的情况下被吊在那里的。我认为这是好事。"

秋广依然背对舵舱，面对走廊。他闭上眼睛，深深吸了口气。她把手搭在他肩上。"事不宜迟，我们要让驱动器恢复运转。"

秋广转过身，把目光集中在终端上，看着上面闪亮的红灯。

"没有伊恩，你一个人能让它运转起来吗？"玛丽亚问。

"应该可以。伊恩能控制一切，可是如果他不在线上，我们总不能等死吧。那是我的靴子吗？"最后这个问题是随便问问的，似乎没有什么意思。

"是的。"玛丽亚漂浮到舵舱顶部，仔细辨认那具尸体。由于吊着的缘故，尸体面部已经严重变形，很难辨认，不过这个秋广看起来与众不同。自从离开月球站之后，其他人好像都老了几十岁，而他却跟现在的秋广别无二致，好像刚离开培育缸似的。

"嘿，秋广，我觉得在这次旅行中，你肯定至少死过一次，也许就在最近。这个克隆体比其他的都新，"她说，"我觉得我们要把这些莫名其妙的事情记录下来。"

秋广发出了困兽般的声音，他的幽默已荡然无存。他最后抬起头，冷酷地看着她和那个克隆体。"好啦，就这样吧。"

"就怎样啊？"

"这是最后的稻草，我现在是真的害怕了。"

"现在？你过了这么长时间才感到害怕？"玛丽亚问道，她把自己拉向地板方向，"我们有这么多事情要处理，可你现在害怕了？"

秋广用力敲击着终端的键盘，重得连玛丽亚都觉得没有必要。设备毫无反应。他双臂交叉放在胸前，继而又将它们放下，好像这两只手臂是新生的肢体，他还不知道如何使用它们。他从玛丽亚手中接过那只靴子，把它套在自己脚上。

"我只是想和其他人搞好关系，"他说，"我对大家都这样，我没有卷入其中。我不是周六晚上的戈尔菲斯特[1]，我是以做辅助工作的朋友的身份出现的。我到这是让你们大家开怀大笑的——'嘿，秋广总是在逗我们开心。'"

玛丽亚把手放在他的肩头，直视着他的双眼。"秋广，欢迎来到'战栗空间[2]'。我们必须互相支持。深呼吸一下。现在我们必须让驱动器运转起来，然后再向船长和沃尔夫冈报告。"

"如果你想告诉沃尔夫冈，那就真得做好心理准备。"他说。他想挤出一丝笑容，可是没能做到。

"把驱动器修复之后，你能不能查一下现在是什么年份？再检查一下货物。你能不能在这与伊恩取得联系？"玛丽亚问，"发生这么多事情之后，能得到一些好消息那就太棒啦。哪怕是经过加工的新闻也好。"

秋广点点头。他双唇紧闭，好像是在把想说又怕说了会后悔的话憋回去，也许是想把自己的叫喊声憋回去。他漂浮到自己的驾驶座，坐下后把自己固定在椅子上。控制面板屏幕上的红灯还在闪亮。"多亏了你的警告，伊恩，我们还没有注意到驱动器已经不见了。"秋广说。

秋广键入几道指令，然后在触摸屏上点了一下。整个飞船上都响起了呜呜的警报声，告诉处于零加速度状态下的所有人，马上就要产生重力了。接着他又在屏幕上点了几下，然后开始敲击终端机上的键盘，这时他神情黯淡。他进行了几次运算，接着长叹一声，重新坐回

1 　戈尔菲斯特（Gorefest），一支荷兰电声乐队。
2 　战栗空间（Panic Room），同名电影为大卫·芬奇执导的惊悚犯罪片。

椅子上，用双手捂住脸。

"不过，"他说，"事情变得一发不可收拾了。"

玛丽亚听见格拉夫驱动器开始运转，引擎开始驱动五十万吨的飞船旋转，整个飞船都在颤动。她抓住后面墙上的楼梯，引导自己走向长凳，这样一旦恢复重力，她就不至于栽倒。

"现在怎么了？"她问道，"我们是否偏离了航向？"

"显然我们进入太空已经有二十四年七个月——"他稍事停顿，"——零九天了。"

玛丽亚进行了心算。"所以现在是2493年。"

"到目前为止，我们离家至少超过三光年啦，这远远超出了与地球现实通信的事界[1]——我说的是我们。而且我们也发生了十二度的偏航。"

"这……对不起，我实在不明白那是什么意思。你能不能用维修人员的语言来解释呢？"

"我们正在减速并掉头。我不想马上就告诉船长，"他说着把自己从座位上松开，他抬头看着自己的尸体，觉得它就像损坏的风筝一样漂浮在束缚它的绳索的另一端，"稍后我们可以把它弄下来。"

"我们刚才在想什么呢？我们为什么会偏离航向？"他们穿过走廊的时候，玛丽亚自言自语地说。他们尽量保持低体位，随时准备应付飞船旋转加速时产生的重力。

1　事界（Event Horizon），天文学术语，指黑洞的边界，越过此界的任何物质都无法逃离黑洞的引力。

"为什么要杀害船员？为什么要关掉格拉夫驱动器？为什么要放过船长？为什么我会自杀？为什么自杀前我觉得有必要脱掉靴子？"秋广问道，"玛丽亚，这些都得纳入你的考虑范围。无论得出什么答案，我确信我们都是正儿八经地被人耍了。"

金刚石

很显然，在"休眠号"飞船的使命中，唯一没有出问题的部分就是运送的货物。

这艘飞船上除了有它的骨干船员，在它的货舱里还有两千个处于低温睡眠状态的人类。在货舱的几个服务器中有五百多份用于克隆的心智图。玛丽亚和其他五个人要对两千五百多人的生命负责。

玛丽亚不喜欢就责任问题夸夸其谈，听秋广肯定地说所有乘客都处于稳定状态，而且备份也没有损坏，她感到很高兴。

参加这次旅行的每一个人类乘客和克隆人乘客都有各自的原因。许多人类乘客是受到冒险和探险的驱使，许多克隆人则是为了躲避宗教迫害。除了这两种类型之外，还有相当数量的政治流亡者和公司流放者，他们是为了逃避牢狱之灾、契约苦役，或者其他更糟糕的情况。

驱使他们参加这次旅行的部分共同原因是，地球上可居住的土地越来越少，海平面不断上升引发了全球领地和水源的争夺战。有钱人选择离开，因为他们有这个能力，而且向来如此。

然而，这批船员来这艘飞船的原因则稍有不同，他们每个人都曾有一个简单的犯罪动机：企图清除自己的有关档案材料。

他们将前往阿尔忒弥斯[1]。这是一颗比地球略小、完全适宜居住、像乐园一样的行星。它围绕鲸鱼座中的天仓五[2]星旋转。

对于在这个乐园中，人类和克隆人的共同生活是否能比他们在地球上更和谐，玛丽亚感到怀疑，但是人们最不缺的就是美好的愿望和宏伟的理想。

他们带着太空服和轮椅回到克隆舱的途中，秋广问："你是不是有过自杀的企图？"

"这涉及个人隐私了。"玛丽亚说。对于这个棘手的问题，她用手指捋了捋长发，脸上露出痛苦的表情。

秋广耸了耸肩。"你刚才看见我的答案就在眼前。我敢肯定等这一切完成之后，沃尔夫冈将确定如何处置今天这个不幸遭遇的具体细节。就算远在天边，也不能藐视地球上关于克隆的法律——我们出发前他们就把它确定得很清楚了。"

玛丽亚很想知道他的犯罪历史。她长叹一声："我的确有过这样的

1　阿尔忒弥斯（Artemis），希腊神话中的月亮女神。
2　天仓五（Tau Ceti）是鲸鱼座内一个在质量和恒星分类上都与太阳相似的恒星，与太阳系的距离不足十二光年。2012 年 12 月人类侦测到它有一颗行星可能位于天仓五的适居带。它的名字经常出现在一些科幻作品中。

念头，只有一次。"

"是什么阻止了你？"他并没有问她是否自杀成功，如果成功，她就不会有唤醒她的下一个克隆体的合法权利。

"一个朋友说服了我，"她说，"难道这不是经常发生的吗？"

"真希望几小时前我也有这样一个朋友。"他说。

"但那样的话，你可能还是个死人，就在那里面。"她说着指了指克隆舱。

"我不会是自杀。我认为沃尔夫冈正在到处寻找替罪羊来为此承担责任。"

"现在你已经在这了。我们还是来处理一些亟待解决的问题吧，之后就可以弄清我们究竟是怎么了。"玛丽亚说。

走廊上传来船长的声音，一声令人厌恶的叫喊。

"启动格拉夫驱动器是谁的主意？"船长大声问。

"你的，船长，"他们走进去的时候秋广说，"你总希望能够让一切尽在掌握。"

克隆舱依然一片狼藉，但至少是在重力规则下的狼藉：横七竖八的躯体和具有生化危害的人类排泄物。这是玛丽亚连想都不愿意想的情景。她和秋广对即将受到重力影响的屠杀现场是有思想准备的，但是这些死尸在地板上弹跳移动——重力加速度还没达到一定强度，不能把它们固定在掉落的地方——这种情景同样使他们感到恶心。血液及其他液体溅到地板和墙壁上，还溅到有些船员的身上。也许还是保罗聪明，选择泡在大缸里不出来。

"这太夸张了吧，"她说着用手抓住墙上的抓手，身体紧贴着地板，"我不知道情况这么糟糕。你知道些什么？没有伊恩你行不行？你能不能在舵舱里跟他联系？"

"伊恩还是出不来，船长，"秋广说，"伊恩不在线的情况几乎是不可能发生的，这一次我们很幸运，舵机的锁是打开的。要不然这种情况就等于是自杀，或者说是大屠杀。如果我们把船上的人都杀了，这还不是大屠杀吗？"

玛丽亚的面部肌肉抽搐了一下。

"说到这个，我们低温舱里的所有乘客都还活着，这说明我们还有指望。也算是一点好消息，对吧？"秋广壮着胆子对船长笑了笑，可是船长毫无反应。

船长转身对玛丽亚说："给我一个稍微有条理的报告。"

玛丽亚咽了口唾沫。"秋广做了什么我不太清楚，不过他没用多长时间就恢复了格拉夫驱动器的运转，进入导航计算机并做了所有的检查。不过，我们还有更重要的消息。"

"好吧，我来说，"秋广说着伸出手，扳起了手指头，"我们在太空已将近二十五年，我们现在偏航十二度，而且比我们实际需要的飞行速度慢。更不要说——"

"你纠正航向了吗？"卡特琳娜打断他问。

"是的，女士，"他回答说，"当然，要过一段时间才能恢复，不过我已经做了纠偏。"

就在秋广向船长汇报情况的时候，玛丽亚不声不响地把太空服都分发出去了。沃尔夫冈看都没看她就抓了两件，把其中一件递给保罗。保罗却一把抓住给乔安娜的轮椅，一只手撑住培育缸的缸壁稳住自己，另一只手抓着轮椅挡在自己的前面。乔安娜微笑着接过沃尔夫冈递给她的太空服，坐进自己的新轮椅。她稳稳地靠在培育缸上，等重力增加到一定程度，她就可以稳当地站在地上了。太空服的裤腿在她那双细腿上漫不经心地摆动着。

"要不要用什么东西把裤腿扎起来？这样就不会碍事啦。"玛丽亚指着那双悠然摆动的裤腿说。

"不用了，谢谢。"格拉斯医生说。她把裤腿往上掖了掖，然后把它们掖到屁股底下。"过一会我回舱室拿我的助行用具或者拐杖——等这些都平静下来的时候。"她指了指四周的恐怖场面。

玛丽亚顺着她手指的方向，看着那些弹跳的躯体、四溅的污血、疲惫的船员，说："我也不知道什么时候才会平静下来，发生太多事了。"

乔安娜皱起眉头问道："你是说还有更多的情况？"

玛丽亚做了个鬼脸，然后指了指船长。此刻船长正听秋广汇报他们发现那具尸体的事。玛丽亚移动到他身边站下。重力在逐渐加大，驱动器已经使飞船快速旋转起来。

"看上去像是自杀。"秋广说话的时候有意避开船长的眼睛。

"不过我们现在对什么都没有把握，"玛丽亚补充说，"而且他看上去比我们所有的克隆人都年轻。"

乔安娜竖起一根手指说："表面上看，这没有什么值得担忧的。他可能刚死不久，得出这个结论可能也有几个原因。"

"不检查尸体，就不知道是不是自杀。"沃尔夫冈说。

秋广惊讶地看着他。玛丽亚没想到情况不明的时候，沃尔夫冈会先假定秋广无罪。

"还有一件事。"秋广说罢看了玛丽亚一眼。

现在轮到她来发布这个坏消息。她先叹了口气，而后舒展了一下肩膀。"重要的消息是，"她对卡特琳娜说，"你的老克隆体还没有死，她在医疗舱处于昏迷状态。"

船长没有吱声，但脸色突然变得煞白，嘴唇也噘了起来。她看着保罗，仿佛这一切都是他的错。"够了！你们都开始干活。秋广、乔安娜，你们跟我去医疗舱。沃尔夫冈，你在这里负责指挥。"船长说。

保罗盯着卡特琳娜。他已穿好衣服站起来，虽然不哭了，但还是有点发抖。随着重力逐步恢复，他头发上浓稠的合成遗忘液也逐渐变干。他站着没动。

"医生，这就不正常了，对吧？"玛丽亚说着，用大拇指朝吓坏了的保罗指了指。

"在极少数情况下，克隆人被唤醒时会有很糟糕的反应，"乔安娜说，"从噩梦中醒来，稀里糊涂，真假不分，这些都是可能的。"

"不过，他这一次醒来的时候，面对的却是一场噩梦。可怜的家伙。"玛丽亚说。

"船长，请稍待片刻。"乔安娜说着，小心翼翼地把自己的轮椅推给了保罗。

克隆技术最大的优势是，即使不对基因进行改造，每个克隆体也都会以最佳生理年龄和最佳身体状态重生。玛丽亚还记得，保罗曾经是个四十五岁上下的白人中年男子，大腹便便，棕色的头发也没有很好地打理。他的手臂上有不少像被蚊子叮咬的黑色包块，因为他经常紧张地用手去抓，所以总不见好转。他留着满脸胡须，而且讨厌那件（对他来说）有点嫌紧的太空服——那是他们不得不穿的工作服。

这样的保罗已然不复存在，和以前的他有些相似的，是那刚毅的面庞、水灵的蓝色大眼睛、白皙皮肤上的黑痣和雀斑，还有那健美的体形。不是健美运动员那种，但也绝非会被玛丽亚从床上踢下去的那种。要不是这个近乎崩溃的倒霉样，那该多好。

"保罗，我们需要你振作起来去工作，"乔安娜平静地说，"如果你觉得现在的躯体或心智图有什么问题，必须马上告诉我。如果没有问题，我们需要你把伊恩找回来。"

沃尔夫冈的白眉向上一扬。"你以为我根本就没跟他说吧？"

"你的措辞截然不同。"乔安娜脱口而出，看都没有看他一眼。她伸出手轻轻地碰了一下保罗的手。

他猛地把手拿开。"你们完全可以给我一点个人空间。"他声音嘶哑地说。

"个人空间？"沃尔夫冈不屑地说。

"这就荒唐了。如果你要做什么检查，就要习惯于由我来做。"乔安娜说。

保罗看着自己的尸体，面带愠色。它与其他几具尸体绑在一起，躺在冰凉的地板上。那个脖子上有多处瘀伤的人很像玛丽亚记忆中的保罗,只不过老了许多。他看上去神情疲惫,空间和时间对他并不仁慈。他比她记忆中的保罗更胖。他的上身穿了一件破破烂烂的T恤衫,不过那个品牌现在早就没有了。他的太空服太紧,拉链只拉了一半,衣服的上半部分挂在身后,就像臀部多了一块遮盖布。

活着的保罗倒抽了一口凉气,向上看了看。"发生了——"

"什么事?我们知道的跟你一样。这也是我们想弄明白的,而且也需要你去弄明白,我们的人工智能到底出了什么问题。"

他点了点头,随即把注意力转向医疗舱那一头的控制面板上。"这个我可以干。"他跌跌撞撞地从他们身边走过去,绕开那些尸体,走到可以联系伊恩的终端机前面。

沃尔夫冈弯下腰去检查那些尸体。

乔安娜点点头。"准备好了,船长。"

卡特琳娜率先进入过道,秋广推着乔安娜那辆笨重的轮椅跟在后面颠簸向前。他本以为医生想等飞船达到全部重力之后再行动,不过她倒是没有任何怨言。

他们在走廊上拐了一个弯,朝医疗舱走去。这时乔安娜大声让卡特琳娜停下。"进去之前先在门口站一会。这种事有时候让人非常恼火。"

"我们今天经历了许多事,你指的是哪一桩?"卡特琳娜问话的语气有些刻薄。

"与你的老克隆体相见。"乔安娜说。

"这种事以前发生过多少次？在我听到新的遗传附录之前，制作第二个克隆人肯定是违法的，对吧？"

"嗯，谋杀也是违法的，但是这并没能阻止人们去杀人。"秋广装出轻松的样子说。

船长的身体有点僵硬，她迫使自己放慢脚步，等秋广和乔安娜跟上来。要不是在现在这种情况下，观察船长内心的思想斗争，秋广倒是求之不得的。可现在他想的是，在这种情况下自己该有什么感觉——就是像目前这种特定的情况。

他怀疑自己是否能做出正确的反应。在舵舱发现自己那具明显像是自杀的尸体时，他的反应已足以证明这一点。

目前船长面临的情况是，她有一个活克隆体，但她无法共享那个克隆体的记忆。从法律和道德方面来看，就是谁具有对卡特琳娜·德拉·克鲁兹的合法权利。争夺这艘飞船指挥权的斗争是不可避免的，而这很可能是第一次发生这种斗争。

或者他们可以看一看法律条文的确切表述，并终结老克隆体的生命——这种情况有时候也会有。

伊恩本来是可以帮他们做决定的，可是，怎么说呢，目前这条路是走不通的。

他们走进医疗舱。船长径直走到病床前，看着自己处于昏迷状态中的老躯体。她的脸色苍白，接着变得黯淡，嘴唇也变得煞白。她突然深吸了一口气，转身对秋广和乔安娜说："让它去再循环吧。"

乔安娜目瞪口呆地看着她。"难道这就是你想说的吗？躺在这的毕竟是个活人啊！"

"按照法律规定，从我醒来的那一刻起，它就成了一具躯壳，"卡特琳娜说，"让它进入再循环吧。"说完她就离开了医疗舱，在低重力的情况下，有意识地尽量迈开大步。

"看到了吧，这就是她要说的，我告诉过玛丽亚，"秋广看了乔安娜一眼说，"但我觉得我们需要她。"

乔安娜点点头。"那是我们唯一的目击证人。"她过去看了看病床旁终端机上的读数。

"而且，好像很不道德。"

医生用手搓了搓脸。"我讨厌这些问题，从来都没有一个很好的答案。你能不能看一下我的备用助行器在不在这里？"

"这种问题你多久能碰到一次？"秋广问。这时他在环顾医疗舱，乔安娜则在一只抽屉里翻找东西。她从里面拿出一个平板电脑，并随手把它打开。

"在医学院的时候，他们曾经问过我们几个与克隆有关的道德问题，"她说，"这只不过是其中之一。我们研究的问题有，如何应对那些笨拙的或者干得很出色的心灵黑客；如何判断一个提前死亡的克隆人是不是自杀；如果违背某人意愿，或者在错误的时间对某个人进行克隆，那么责任在谁。我们学了整整一年伦理学。"

"只学了一年？"秋广问，"这怎么够呢？我已经有过几次生命了，可有时候我还是搞不懂。"

医疗舱的小储藏室里有好几件太空服，有一张被掀翻的塑料桌，还有一堆靴子。可是却找不到应当穿这些靴子的假腿。

"我应该到哪里去才能找到这些假腿呢？"他问道。

"如果不在这里，那就在我的宿舍里。如果是由于格拉夫驱动器失灵它们才被放错了地方，那就不可能放得很远。"

乔安娜把机器上与船长克隆体相关的信息全都记录下来。秋广来到她旁边的时候，她也没抬头看他，只是把手伸出来，眼睛还盯着那些数字图表。

"没找到腿，太遗憾了。"秋广说着走到船长病床的另一侧。医疗舱内的所有东西都很注重细节，那些不直接铆在地板上或者只靠磁力固定的东西，全都放在用这种方法固定的容器中，"你显然不是一个脏乱的人，所以这里不会有什么可以藏腿的地方。"

现在秋广有时间看着船长了，他发现她看起来很不好。她的黑色长发不见了，那是在处理和包扎头部伤口时剃掉的。她的躯体上插着各种管子，有的是向体内补充营养，有的则是从体内排出废物。

"她是两天之前遭袭的，"乔安娜看着机器上的显示屏说，"反正，数据只能往回查这么多，但是从伤口的情况看，好像是这么回事。在保罗想办法让伊恩上线之前，我无法获知具体的信息，但上线之后，我们就能让锁住的计算机正常工作了。到时候我希望能够查看我们的记录。"

"它们都被锁死了吗？"秋广问，"不过引擎和导航系统都有不可覆盖的功能。"

"显而易见，这是应急释放开关引起的紧急锁死，是为了给大家应变的时间，以免做出仓促的决定。"乔安娜说着皱起了眉头，"当然了，它也可以成为防止破坏的另一道安全保障。"

"看来每个单项保护措施都失败了，"秋广摇摇头说，"看来切断我们和计算机的联系不是个好办法。"

"我同意你的观点。可是他们认为有伊恩在，就会帮助他们进行那样的决策，我们被认为是多余的。所幸的是，保罗可以找到我那个关于船长情况的记录。而沃尔夫冈的记录一旦打开，就会有助于查明是谁袭击了船长，还能使我们了解更多的情况。"

"我认为可以有把握地说她不是凶手，"秋广说，"除非她善于对自己痛下狠手。"

"我认为现在说什么都没有把握，"乔安娜说，"有些人是什么坏事都干得出来的，这会使你大吃一惊。"

秋广本来想说其实也未必，可是话到嘴边他又咽了回去。

即使在格拉夫驱动器恢复运转之后，医生也没有解除对老克隆体的种种限制。秋广想为她松绑，乔安娜冲他摇了摇头。他皱起眉头说："难道还怕她跑了不成？"

"如果她醒过来，就会成为我们唯一的目击证人。"乔安娜说，"如果她以某种方式介入了外面那场大屠杀，她就成了我们唯一的疑犯。"她的头朝克隆舱那边歪了歪，"她被绑在这张床上，对我们每个人来说都是最安全的。"

"那船长怎么办？我是说现在这个船长。"秋广问道，"她给你下达过一道命令。"

乔安娜叹了口气，往椅背上靠了靠。"如果出现医疗方面的不同意见，我具有裁判权。我们必须保护这个躯体不让她接近。你们是不是有过与自己的克隆体同时存在的情况？"

秋广摇摇头，那个经常重复的谎言来到他的嘴边："我的实验室恪守伦理道德到了令人生厌的地步。你有没有违反过克隆法，让你的克隆体与你同时存在过，或发生诸如此类的事情？"

医生一阵沉默。

"答案应当很简单，"他说，"是，不是，或者这个我不想说，秋广，我们还是谈谈你觉得过去二十五年在橄榄球方面发生过什么事情之类的问题。"

"我只是在考虑要说多少，"医生说，"记忆会变得越来越模糊。"

"可是我们还不知道应该相信谁。很公平。"他说。

记忆！他有很多记忆。他对儿时记忆犹新，但对过去几次生命中的细节往往就比较模糊了。对此，他往往感到沾沾自喜。

"我已经活了很长时间，"乔安娜最后说，"甚至经历过国际法附录产生之前那段时间。"

秋广吹了声口哨。"没开玩笑吧？你肯定一次拥有过多个生命，或者曾经生活在黑客技术的鼎盛年代。"

"这倒是对那个时代很有意思的描述，因为当时人们会把一个克隆体的DNA搞得乱七八糟，好像那不是一个人的重要基质，而是一张糕点食谱，"乔安娜非常严肃地说，"那个时代并不好。浴盆婴儿的事情层出不穷，还有各种听证会，有的是关于DNA黑客技术伦理问题的，还有更荒谬的，是关于心智图黑客技术伦理问题的。因为一些机会主义的政坛阔佬和没有原则的违法黑客，这项有史以来最伟大的技术被列为非法。难道这就是你说的'鼎盛年代'？"

秋广记得，历史课上讲授过的许多事情都出现在附录法颁布之后。浴盆婴儿这个术语指的是具有缺陷基因、错误性别或天生残疾的婴儿，父母亲会记录下DNA基质和心智图，然后付钱雇黑客来改变婴儿的性别或残疾基因，或者——有个记忆令他不安——让混血儿只选父母中一个人的肤色基因。一旦这样的崭新、出色、完美的克隆体规划成功，父母亲就会"丢弃"有缺陷的婴儿，唤醒新的克隆体。

后来的做法已经超出了儿童范畴。领袖被绑架后，绑匪对他们进行这样的修改，以适应敌对政府的需要。对情侣进行这样的修改，以适应其中一个人的需要。性别交易也取得欣欣向荣的发展，死刑终于成为对黑客行为的处罚手段。

"我并不是说浴盆婴儿好。但是有些问题，黑客是可以对它们进行修改的，如遗传方面或者严重疾病方面的问题，那就不必非让某个人一而再再而三地死于多发性硬化症。我听说，那些顶级黑客还可以对反社会的人进行修改。不过附录法终结了这种行为，也终结了所有优秀的黑客技术。我能理解他们为什么这么做，但是全面禁止黑客技术好像是一种矫枉过正。"

"我们只要稍有松动，他们就能找到可乘之机。立法通过之后，有些黑客转入地下，继续他们的违法勾当。蟑螂是抓不完的。"她愤愤不平地说着，并用手在船长的手上轻轻地拍了两下，"我从来都不赞成为了一个新克隆体而杀死老的，但这种情况发生的频率远远超过历史书上的陈述。我会尽最大的努力来保护这个克隆体。"

"可能需要一个人来看守。"秋广说。

"卡特琳娜现在心烦意乱，我认为她是不会采取行动的。毕竟她还有其他事情要操心，"乔安娜说着叹了口气，而后看了看一台诊断仪器上显示的血液样品检查结果，"所有重要指标都比较稳定。她的头部受到严重创伤。说实在的，如果这是在家里，我们就会激活'不进行心肺复苏'（DNR）程序，对她执行安乐死。不过现在我们还需要她活着。"

"扮演上帝不是你想象的那么激动人心，"秋广说，"我们为什么不从她的大脑里取出心智图呢？"

"把它放在哪？"乔安娜问，"何况我们飞船上还没有黑客，仅仅为了她的记忆就去培养一个新克隆人，这也不合乎伦理，再说了，她的记忆可能已经损坏。那么，这会使船长怎么样？"

"她也许会把我们骂得狗血喷头。接着把我们全都进行再循环处理，并用她自己的克隆体来代替我们。"秋广提出自己的见解。

乔安娜笑了笑。"又来了。说正经的，在没有伊恩监视她的情况下，我如果要休息，就必须睡在这里。你能不能帮我把那边那张床整理一下？"

秋广开始在医疗舱里找床单，可是没找到。"我估计可能是放在什么地方了。我来看看它们会不会飘到走廊那边或什么地方。"

乔安娜点点头，又把注意力放到船长的克隆体上。"谢谢你。"

"医生？"秋广抓起一把脚上有磁性铸件的椅子，把它从地板上推向船长的病床。

"嗯？"乔安娜说着又看了看仪表上的读数。

"从没听你说过你是否见过自己的克隆体。"秋广说。

"没有。我的几次生命都枯燥无味，我喜欢这样。"

"直到现在？"秋广问。

"直到现在，"她轻声表示同意，"至少我们的货物是安全的。不然这次使命就变得毫无意义了。"

"此言不谬！"秋广兴冲冲地说，可是话音刚落，他就意识到自己有多荒唐，"就像在一大堆垃圾中发现了一颗钻石。"

头顶上方的内部通话系统沙沙作响，接着传来船长的声音："全体船员到克隆舱来，马上！"

秋广叹了口气。"我怎么觉得这堆垃圾现在埋得更深了。"

深 度

秋广很想游泳。

他知道不管出现了什么情况，这种想法都非常可笑。在他的时间线上，他记得几个小时之前自己还在地球上。根据他的记忆，他最后一次游泳是在一个星期之前。可是他现在的身躯还从来没有接触过泳池或大海，而且大概永远也不会了。醒来后，他曾经多次想到游泳时的自由自在。他一跃跳进黑色的水中，远离了他身边所有的恐怖，潜入自己的躯壳之后，他感到自己的心境，还有那些俏皮话，就像自动驾驶仪一样运行起来。

他像所有老克隆人一样，知道如何面对自己的死亡。他已经不再感到震惊，他曾经以许多方式经历过死亡。

但是他从来没有自杀过。为什么这一次自己要这么做？他觉得难以想象，所以他就去潜水了。

就在他重新浮出水面的时候，沃尔夫冈用力抓住了他的胳膊，说:"当心,秋广!"

保罗和玛丽亚分别站在克隆舱的两个终端机面前。保罗似乎还在生病,身上瑟瑟发抖。玛丽亚的嘴唇通红,好像被她自己咬破了。

船长双臂交叠站在他们面前。

"虽然我们的计算机基本上能用,而且可以进行导航了,但是我们还面临着许多严重问题。伊恩还是无法上线,我们的记录——所有的记录,包括个人、医疗和指挥方面的记录——全都没有了,而且还没有备份。"她深深地吸了一口气,"在医疗舱内,我们发现了有人进行破坏的蛛丝马迹。我们近期的所有心智图显然都已被抹去,而且我们也无法制作任何新的心智图。医疗舱的软件都被删除了,这台庞大的计算机里基本是空的,而且只与某些克隆培育缸相连。没有发现新的尸体。"

他们鸦雀无声,都在琢磨这段话的意思。

秋广在继续沉思。

"这就是死亡。"远处传来乔安娜的声音。

"是的,如果我们不想出办法来修复这些机器,等这些克隆体的生命结束的时候,我们也将全部死去,"卡特琳娜说,"现在,请做出选择。"

秋广的耳朵里嗡嗡直响。他想动,想跑,想找武器,想对所有人实行报复。他的拳头攥了起来。

沃尔夫冈向保罗身边跨了一步,说:"快修!"坐在终端机前面的小个子抬起头,有些惊慌失措。

"我在尽力而为。"正在敲击键盘的保罗提高嗓门说。显然他很在行，而且比刚才的劲头还足了些。

"我们的第一目标就是要让伊恩上线。"玛丽亚说。一滴血流到她的下巴上。

秋广目不转睛地看着那一滴血，这成了他专注的中心，好像这一天的全部问题都反映在这滴血之中。他向前跨了一步，想用袖子轻轻地把它拭去。

"你在流血。"他轻声说。

"哦，是的，是在流血，"她说，"我们现在有这么多问题，这点血根本算不了什么。"

"可是这个问题我们可以解决。"

她瞄了他一眼，转身对着计算机终端。"不无道理。"

"玛丽亚，"卡特琳娜说，"你有没有为人工智能重新编程的经验？"

玛丽亚稍事停顿，然后抬头看了看。"没有，船长。"

"如果你在这帮不上忙，那就到厨房里去，看看那的损坏程度是不是很厉害。我们很快就要用餐了。"

玛丽亚皱起眉头，好像要说点什么，可是看见沃尔夫冈的脸色，她就点头离开了。

船长用手摸了摸脸。"沃尔夫冈，我们现在有必要谈一谈。"

"我觉得是的，"他说，"保罗，继续工作。"

"我有必要去服务器舱，跟伊恩联系要从源头开始。"保罗说着，离开了。

秋广独自站在医疗舱里。他们有许多人已经死在这里了。他想再次潜水，可是看到袖子上的血迹后，他摇了摇头。谁也没有给他下达过任何指令，所以他跟上了卡特琳娜和沃尔夫冈。

成为"休眠号"船员的决定不是玛丽亚做出的。这肯定是一次极好的机会，因为它是第一艘载人世代飞船[1]，它将离开地球到更好的地方去。当然这不是最后一次，她的保释官是这么说的。不过这个保释官还说了很多其他的话。

诸如"协助飞船的航行，不要把事情搞砸，最终你将得到赦免，你的全部记录都将被删除""当然在你的团队中，也不都是危险的犯罪分子，人工智能是专门设计的，如果有人决定铤而走险搞叛乱，人工智能将取而代之，它是非常安全的""好吧，飞船上可能有一些暴力犯罪分子，但要记住，我们有好几道安保措施""嘿，对于一个三次被判无期徒刑的克隆人来说，那里是最好的监狱，你想去都去不了，而且是完全赦免"之类的话。

这桩交易听起来很诱人，但她知道飞船船员是一批罪犯，这已是板上钉钉的事了。有名望的人都愿高价为一艘世代飞船招募船员，而金融投资家则必须尽量降低成本。

1　世代飞船（Generation ship），一种假想中的星际飞船，以亚光速的速度运行。

现在他们名副其实地单独进入了太空，而且他们都在体验这第一次死刑判决。

"飞船上没人知道你的罪行，把这次航行看成自己的新起点。"保释官对她说。这句话的讽刺意味玛丽亚无法领会，可它仍然对她有很大的刺激。

"保守这个秘密是规定，还是指导原则？"玛丽亚皱起眉头问。

"这是规定，任何人都不允许讨论自己的过去。"

"他们怎么才能进行监测呢？"

"由人工智能来进行监听。"

"太好了。"

不过受到监视总比蹲监狱要好。

玛丽亚曾经怀疑，让她在飞船上当一名最低等的雇员是不是对她的惩罚。其他人都有一份较好的工作，她却要做普通的维修、炊事和打扫公共场所卫生的工作——一名管理员、厨师、女勤杂工。不过必须承认，她没有担任过高级军职，也没有驾驶过飞船，不过处理一些偶发事件她还是可以的。

而且偶发事件还真不少。

"休眠号"飞船的主要部件包括各类引擎、面积为一平方英里的太阳能帆、水和空气收集器、服务器群、回收循环器、生物空间，以及几百万加仑的名为CL-20465-F配方的合成高蛋白材料，这是一种高级生命营养液，注册商标是Lyfe。

这种营养液的发明对解决地球上的饥荒问题发挥了很大作用。如果一座城市可以购买这种打印机，并能提供高级生命营养液（它的生产成本很低），就没有它打印不出来的食物。打印机是一种高度复杂的机器：只要一种食物具有正确的蛋白质和维生素结构，机器就可以把它粉碎，在分子层面对它的成分进行研究，然后进行几乎完全一样的复制。它的前期费用十分巨大，可是长远来看成本非常低廉。

反对克隆的宗教论点由来已久，当年科学家们运用高级生命营养液——以前认为它只是一种食物来源——制造出第一批以成年人身体为标准的克隆体，并等待着用心智图去唤醒他们。克隆人对此感激不尽，因为他们不仅避开了儿童时期，还避开了青春期的多种痛苦。

由于前往他们新家的时间长达几个生命周期，这些克隆体要有充足的高级生命营养液，才能满足肌体在飞船上的全部需要，同时还要满足延续他们的生命而培养新躯体的需要。船员们在到达新的行星之后，就要开始为这些克隆体打印大量躯体，同时还要唤醒沉睡中的人类，然后他们就可以全都成为自由人。

"休眠号"飞船呈圆柱形，靠旋转产生重力。船员生活在内层，因为那里的重力略大于月球，但小于地球。这主要是考虑到出生在月球的沃尔夫冈。如果生活在外层，他就会一直感到不舒服。外层的旋转速度有一至两个重力加速度，而重力加速度则取决于所在的层次。由于同轴由内向外各层的面积依次加大，围绕轴心的旋转速度也依次增加，重力也随之加大。虽然位于最里层最舒服，但是在放置大量计算机设备、空气和水收集器的中间层，重力最接近地球。最外层是到达目的地之后所需要的货物。

在玛丽亚看来，他们所运载的最重要的货物是生物合成高级生命营养液，因为它是生成所有新生克隆体的源泉。

当然，如果医疗舱用不着高级生命营养液，那它基本上就是无用之物。这时她感到饥肠辘辘了，她意识到这种生命营养液还是一种非常好的食物来源。她朝厨房走去。

即便她帮不上忙，至少她还会做饭。

失　败

　　船长和她的大副谁也没有坐下，他们相互打量着对方，背部的肌肉显得很紧张，好像都在等对方首先发动攻击。

　　秋广跟在他们后面，与他们保持着一段距离。他们刚才的谈话非常严肃，他想不偷听都难。他站在门外仔细地听着。

　　先开口的是船长。"我差点把你抓起来。告诉我，为什么我不该抓你？"

　　"你要抓我？"沃尔夫冈说。

　　"你是飞船上唯一被认定的杀人凶手。你不要假装大吃一惊，我早就把你认出来了。奇怪的是，你没有想方设法地去掩饰。不过你并没有真正地融入这个团队，"她说，"我知道你是谁，也知道你干过什么。你杀过五个人，而后——这才是真正重要的——破坏克隆技术的事都指向了你。"

　　站在门边上的秋广向后退了一步。既然船长知道沃尔夫冈的来历和他所犯的罪行，那她为什么还要保密呢？秋广害怕这个厉害的保安队长并没有错。他在努力回想那个大名鼎鼎的，在月球上出生的高个子、白头发的克隆人。活过好几次的人就会遇到这么个问题：见过的人太多。

沃尔夫冈的声音有点紧张，但其中并没有担心的成分。"有意思的是，你还在指责我，我可不是那个被十七个国家通缉的人。"

船长哈哈一笑。"我记得，其中有几个国家很想找你谈谈呢。我不明白我为什么要破坏克隆技术，我是喜欢克隆人的。"

"是吗？你杀过多少克隆人？"沃尔夫冈问，"我虽然久闻你的大名，但还不知道具体数字呢。"

"我是一名军人，沃尔夫冈。你有什么借口呢？"

"我是说你离开军队之后的数字。"

"又来了，"她的声音变得严厉起来，"不管我杀过什么人，我并不记恨驱逐我的整个克隆类。"

"你有你的理由，我有我的。我们两人都干过杀人的勾当。不过那都是很久以前的事了。我接受了这次旅行所提供的一份礼物，那就是换取一个清白的历史。你根本不应该把过去的老账都翻出来。"

"如果我们弄不清究竟发生了什么，为了防止它再次发生，那我就应该翻这个老账，因为这些老账与一个事实密切相关：我们，还有我们飞船上运载的几千人，都会在六十年左右的时间里死去。"

秋广觉得额头上沁出了冷汗。这个事实要经过一段时间才能逐渐被理解。人类并不害怕六十年后会死亡，但是对一个克隆体来说，这是很恐怖的事情：他们会在水中死去。是沃尔夫冈把他们放在那的吗？

"曾经有过暴力犯罪的人不可能只有我们两个，"沃尔夫冈说，"我们有必要弄清楚其他人有可能会干什么。"

"你敢肯定你这不是企图推卸责任？"卡特琳娜问。

一阵沉默，一张椅子发出吱吱的响声。他们肯定都比较放松，而且都坐下来了。

"船长，我们谁都不知道发生了什么。有可能是你干的，也有可能是我。我们不能对那些罪行负责，因为我们已经丧失了做这些事情的记忆。"

"真是了不起的道德相对主义啊，"她的话里不乏尖刻的挖苦，"你应当去从事伦理学和神学研究。"

对此他没有做出回应。秋广真希望能看到他们此时此刻的样子，他往门口凑了凑。

"你大概想知道他们为什么要让我们两个人搭档吧？"卡特琳娜问，"他们肯定知道，如果我们相互知道了对方的根底，那就不会是一对好搭档。"

"我还没有时间来考虑这个问题，"沃尔夫冈回答说，"很可能他们并没有考虑到我们会怎样合作吧。"

"他们不仅对我们的犯罪记录进行了研究，还进行了许多心理方面的研究，为的是确保我们会合作。"德拉·克鲁兹说，接着她又尖刻地补充道，"所以我们就算进入深度太空的孤立状态，也根本不会把对方杀掉。"

“另一次‘系统失败’。”沃尔夫冈说。

“把这一条加进列表中。”她回答说。

秋广蹑手蹑脚地移动到门框边，向里面偷偷地看了一眼。船长坐在那张大办公桌前面，身后是一个可以观察深空的巨大舷窗。沃尔夫冈背对着秋广，坐在船长对面的椅子上，身体紧张地前倾着。

“我建议我们和解吧，”他说，“我们两人以前都是猎手，我们相互理解。我们的船员需要有坚强的领导。在找到证据之前，你我都不要攻击对方。”

“我们需要船员的档案材料。”她说。秋广注意到她并没有接受他的和解建议。

“档案都被删了。”

“乔安娜也许有备份，她至少看见过这些档案。”卡特琳娜说，“去帮助她验尸，并从她那里获得信息。”

“和解的事呢？”沃尔夫冈也注意到了。

“暂时吧。我们有更大的问题要解决。沃尔夫冈，我们正处于生死关头，没有什么比这个更重要的了。”

“那好吧，我今天晚上跟医生谈谈。”沃尔夫冈说。他的声音响亮起来。秋广意识到自己必须离开了，否则就会被抓个偷听的现行。他沿着走廊向前跑了几步，然后转过身，朝船长办公室的方向走来，好像他是刚到这里。

沃尔夫冈差点和他撞个满怀。“你到这来干什么？”

秋广向后退了一步。“我有个问题要请示船长。我是唯一没有接到她指令的人。我准备再去检查一下导航，不过我想问问她有没有其他指令。"

沃尔夫冈跨出门外，让秋广进去。船长坐在办公桌前面，背对着他们，望着不断旋转的星空。

"船长？"他喊了一声。

"有人把舵舱里的那具尸体弄出来了吗？"卡特琳娜问了一句，但并没有转身。

"据我所知还没有。"秋广说，很担心她会继续往下说。

"那就去把绳子砍断，让沃尔夫冈把它送到医疗舱，和其他尸体放在一起。"她说。

"好的。"秋广说话时已经不害怕了。

"你先走，我一会就到，"沃尔夫冈说，"我还有两句话要跟船长说。"

秋广离开了办公室，他真想尽快离开，但又不想让自己的脚步声露馅。这两个人要干什么？

对于无法使用心智图技术的世界，秋广感到陌生。心智图技术使克隆技术发生了革命性的变化，它可以使成年克隆人具有先前那个克隆体的所有记忆。从遗传学角度来说，在此之前，虽然同卵双胞胎是可以培养出来的，但是他们的成长还是会受到所在环境的影响。

可是后来，人们学会了绘制心智图，而不只是修改DNA了。

过去，机器在绘制心智图时，被绘制对象处于睡眠状态。绘制一个人的第一张心智图可能需要几个星期的时间。这个人每天晚上都要去克隆门诊室，以便绘制出一张完整的心智图。这项技术得到改进之后，绘制工作在几分钟内就能完成。此后制作心智图时，每次都要重新研读一下大脑，而且只要几分钟就可以把一个人新的经历、新的记忆和新的情感变化记录下来。

克隆技术的崭新时代已经诞生——也许有人会说它已被唤醒。

接踵而来的就是各种安全问题：心智图技术使得科学家能够像读取DNA中的遗传缺陷一样，读取一个人人格的某些关键部分。顶级心智图科学家可以推算出你在儿童时期就会强迫自己说谎，你第一次说谎的时候才四岁，不过他们不大可能推算出你说了什么谎。

尽管个人隐私有着一层薄薄的遮挡，但专业的心智图专家可以说出这个人相当多的秘密。而顶尖的心智图专家可以切断这些关联，让这些记忆、经历或应激反应在不知不觉间蒸发并逐渐消失殆尽。这些科学家最终得到了心智黑客的绰号，并受到了辱骂或者追捧——这取决于你所处的社会地位和你的财富状况。

有些心智黑客技术是为了消除衰竭性创伤后应激障碍[1]。有些人利用DNA黑客技术解决遗传缺陷问题。有些人还从事合法（但又易如反掌）的绝育工作，在DNA层面上使克隆体丧失生育能力，这也是法律所要求的。

1　创伤后应激障碍（PTSD），指因异常威胁性事件或灾难性心理创伤引起的、延迟出现并长期存在的相关精神障碍。

有些人则无法无天，为出价最高的人进行各种黑客手术。所幸，高水平的心智图技术难度极大，能做好的人寥寥无几。大多数顶级黑客都在附录法生效后转入了地下。

此时此刻，"休眠号"飞船上已无法制作新的心智图或者新的克隆体。如果有人死了，他们能得到的唯一心智图也只能是这次航行开始时备份的那个。

在返回舵舱的途中，秋广反复琢磨着这一切，而沃尔夫冈则不声不响地跟在他后面。这次航行之初，他们都留过备份。如果伊恩的记录已全部被删，那个特定的备份又从何而来呢？

"他刚才在偷听。"沃尔夫冈说。

卡特琳娜点点头。"太明显了，你刚才为什么不戳穿他？"

"我想看看会发生什么。"沃尔夫冈说。

"一个反动分子，"卡特琳娜冷笑着说，"毫不奇怪。"

"不管你信不信，我会从错误中学习的，"他说，"在没有得到全部信息之前就轻率地行动，那是蛮干。"

她挥手打断了他的话，好像那不过是一些陈词滥调。"好啦，我们还是看看他怎么对待这个信息吧。如果他把听到的情况泄露出去，我们就联手以叛乱的罪名关他禁闭。如果没有，我们就只对他进行监视。"

秋广刚才的行动迫使沃尔夫冈与船长结成了同盟。真该死！

"我们这艘飞船上有许多犯罪分子。"船长叹了口气，靠回椅子上。她的脸像个二十岁的女人，可是眼睛下方却出现了黑斑，眼睛里的担忧反映了她数十年的经历，"看来我们当中的凶手可能还不止一个。为什么这种事发生在这次使命开始的二十五年之后？如果这个人想破坏这艘飞船，为什么现在还不动手？细想起来，我们这个团队已经一起共事数十年。我们做错了什么，才会招来如此大祸？"

"经历了这一切之后，我注定会死在深空，除了漂浮的血液和呕吐物，没有任何东西可以证明我们的使命。"沃尔夫冈说。

卡特琳娜的嘴角微微抽动，露出一丝苦笑。"你还没有被逼到走投无路的境地，也许这也是秋广在上吊之前所想的。"

"你认为他是上吊死的吗？"沃尔夫冈问，"我们在太空也需要遵守那个附录法的规定。我们如果知道他是上吊死的，就不能唤醒新的秋广。"

卡特琳娜哼了一声。"我认为在自杀之前，有好几个法律是要考虑的。不管怎么说，之所以制定附录法，是因为人类管不了我们，我们可以有多次生命，对此他们也无法理解。现在我们自由了，为什么还要遵守他们的法律呢？"

"我发现你这段话有几处不妥，但是这要留待没有大动乱的时候去辩论，"沃尔夫冈说，"不管怎么说，我们今后还是要辩论的。现在发生了一些可怕的事情，迫使我们把附录法的条款付诸实施。我有一些历史文件给你看看。"

"还是先着眼当前的事吧。你和乔安娜一起，弄清每个克隆人的犯罪历史。我和技术人员一起，对我们的克隆技术进行维护。"

"我们能信任他们吗？"沃尔夫冈问，同时挥手指了指这艘飞船的其他部分。

"我们别无选择，我们必须活下去。等我们把事情弄清楚，才有闲工夫来指控别人。"

"十分钟前你就指控过我。"他提醒她说。

"你用正确的方法把我说通了。"她微笑着伸出一只手，"算你走运。现在，暂时和解。"

他看着这只手，想起了这些年来它所做的每一件事情。他考虑到将来，以及为了将来要付出的代价，很不情愿地握了握这只手。

萦绕在秋广脑海里的，是他这次失败的可怕阴影。在沃尔夫冈到达之前，他既没有抬头向上看，也不想承认这个事实。使他感到轻松的是，飞船在加速，并逐渐返回正确航向。他开始研究驾驶终端显示的读数，但看不出多少东西，只有过去一个小时收到的最新信息。

他希望弄清是什么人对导航做了手脚，使飞船偏离了航向。可是他们没有航行日志文件，也是他们时乖命蹇。

沃尔夫冈进入舱舱。"你这边情况怎么样？"

"还是老问题，"秋广说，"只是确保我们还在航线上，其他事情都没弄明白。你——你处理那具尸体需要帮忙吗？"

"不用。"沃尔夫冈说。他爬上楼梯，来到长凳边，打开固定绳索的安全扣。秋广的尸体直接掉下来，砸在地板上发出轻微沉闷的响声。秋广没有去看那张又紫又肿的脸，而是看着被扔在角落里的那只靴子。

沃尔夫冈注意到他在看什么。"你认为那是怎么回事？"他问。

秋广耸耸肩。"我的鞋带系得很紧，不可能在快要断气的时候还把靴子踢掉。"

"看来你是死后被吊上去的，"沃尔夫冈说着把自己从长凳上推开，轻轻地落在那具尸体旁边，"把它堆到那边去吧。"

"你真聪明啊，"秋广不由自主地轻声说道，"想想看，克隆舱那几个可怜的家伙早就被杀了，既然死了，就不可能再把我吊起来。"

沃尔夫冈弯下腰，准备把那具尸体抱起来，可是他的动作慢了下来："我觉得你还不理解这个形势的严重性，不然你就不会像现在这样轻描淡写了。"

秋广又耸了耸肩。"我们相互之间也许真的成了仇家。制造克隆人的科学家担心的是，在这么长的时间里，克隆人在一起共同生活，很难相处得好。"

"这是一桩惊天大案，不是情感问题。其中的变数太多。"

"也许我们当中就有一个情感非常复杂的人，"秋广说，他从地板上捡起一个平板，并在上面做了个记录，"你根本不知道，也许永远也不会知道。"

"如果你不帮忙，至少也要保持沉默。"沃尔夫冈说着把那具尸体轻轻地抱了起来。

"尸体你已经处理完了，去解决你的那些犯罪问题吧，天才。"秋广说。他暗自思忖，这可能会引来沃尔夫冈的一记老拳。接下来事情就有意思了。他刚开口说他在舵舱听到了什么，沃尔夫冈长着细长手指的手就赶紧捂住了他的下巴，致使他发出了惊讶的呃呃声。

"闭上你的臭嘴，干你的活。"沃尔夫冈说着离开了舵舱。

"也许你不应该让我一个人待着。"他冲沃尔夫冈的后背说，"如果让我独自待着，我可能会突然离开去杀人！"

秋广狠狠地咬了一下舌头左边，他感到钻心的疼痛，而且满嘴都是血腥味。根据以往的经验，他知道自己尽管满嘴都是铜锈味，实际上却只出了一点点血。他放弃了对沃尔夫冈的激将法，羞愧地坐下来，看着航线图。

这项工作的问题在于，"休眠号"的航行应该由伊恩来掌控。让计算机来驱动这艘飞船要容易得多，而且可以避免发生人类误操作之类的有害事情。不过领导层要处理的是重要的、威胁生命安全的神秘事件，比如如何制造新的克隆体，以防止下一次再有人大开杀戒。秋广想知道的是，他们偏航以后要到哪里去，这么大规模的航向改变应当是事先策划的。

他心想，这是船长要考虑的问题，然而，这也是他们每一个人所面临的问题，船长要做的只是最终的决策。秋广检查了太阳能帆，看它是否对准了正确的方向，以便最大规模地吸收太阳光的辐射，没有问题；他检查了他们的航行轨迹，也没有问题。

也许我可以在没有人工智能的情况下做这项工作。

秋广的脑子里产生了这样一个可怕的想法，不过很快就彻底抛弃了它——就像他过去经常做的那样。每当他产生这些可怕想法的时候，人们往往对他敬而远之。而人们对他敬而远之的时候，他就很反感。

他们的航速一直在降低，而且正朝着某个东西转向，或者说正在离开某个东西。这艘世代飞船满载着数千人类和克隆体的希望与梦想，正飞向……某个新的地方。

秋广对航行数据感到满意之后，开始彻底检查和清理舵舱。他发现格拉夫驱动器出问题后，平板、防护罩和有些垃圾都移动到了错误的地方，可是他没有发现任何线索。

不过，他发现在操纵台下面卡着一只空的不锈钢杯子。他怀疑自己是不是太粗心大意了：在太空中用杯子喝任何液体都是个坏习惯，千万不能养成。克隆舱的操纵台可以防各种液体的伤害，但舵舱的操纵台则没有这项功能。零重力引发的事件，加上液体，再加上计算机，就形成了一个很糟糕的环境。如果发现保罗在心智图服务器旁边喝酒，船长会做出怎样的反应，秋广甚至想都不愿意想。他的脑子里出现了另一个屠杀场面。

秋广还发现操纵台下面有一个绿灯在闪烁。他向前挪了挪，然后躺下来，想更清楚地看看导航计算机的下面。

"天哪，真他妈见鬼！"他小声诅咒着。

这里被插了一个驱动器。他肯定它不应当插在这个地方。毕竟这是他的计算机，他对这次航行的记忆非常清晰，好像一切都是几个小时之前的事情。

他迅速钻出来，回到自己的终端机前，开始搜索那个驱动器，可是任何地方都没有发现。所以它是不可能取代自动驾驶或者智能人工网络的。

他几乎可以肯定，那只不过是一个存储驱动器，不可能强大到能毁坏整个飞船。然而为什么要把它连在计算机上，而且还是那个地方呢？

他应当向船长报告，这可能是一条重要信息。这时，一个讽刺的声音对他说，在这里他们都是嫌犯，包括船长，他不应当向船长报告任何情况。

他毫不犹豫地告诉那个声音，如果他们都这样想，此时此地，他们就可能像疯狗一样互相攻击。

这个情况有必要让船长知道，这一点保罗是能很好理解的。沃尔夫冈会要求了解船长所知道的一切。这就有必要对医生和玛丽亚保密，因为她们是最大的威胁。他的眼珠转了转。

你并没有在他们面前展现真实的你，不要急于把他们排除在外，认为他们无害，现在还不是时候。他叹了口气，知道自己是对的。

不管怎么说，他拔出了那个驱动器，并把它放进了自己的口袋。

茶壶是间谍王

在几代人之前，玛丽亚·阿雷纳就认为，克隆技术给她提供了极好的机会，促使她去学习自己感兴趣的东西。"没有时间"不是克隆人的借口，她有的是时间，而且尽可能地利用时间去学习那些极其困难但她很感兴趣的东西。

她研究过食物对文化的影响，写出了关于茶文化的硕士论文。玛丽亚认为，茶改变了世界。如果无生命的物体突然有了知觉，那么从世界上大多数领导人办公室里的茶壶上，就可以有效地得到即将发生政变的信息。

如果茶壶是间谍王，它们就可以从内部摧毁这个世界。

她那个被大家公认的、相当具有自由主义色彩的导师让她修改这篇论文，删除被赋予人性的茶壶最终会颠覆世界的观点。那时候，她觉得自己遭到了背叛。那个导师非常冷静，给了她创造性写作系一个导师的地址，她终于陈述了自己的不同意见。结果让她非常失望，但她把删除的章节存进了自己的个人文件夹，因为这是她的习惯。

玛丽亚对食物（包括对食物历史和实际食用）的喜爱，使她具备了成为一名职务较低的初级工程师的条件，也就是说适合"干各种各样的工作"，包括在飞船上当厨师的工作——如果会操作食品打印机就可以被称为"厨师"的话。虽然唤醒克隆体的工作有压力，被杀害船员的尸体也给他们造成了压力，两者交织在一起的压力非同小可，但是船长说得对，他们的团队需要食物，所以她应当尽快让食品打印机运转起来。

厨房也像克隆舱一样，即使存在犯罪的具体证据，也因为格拉夫驱动器失灵而丢失了。到处都是杯子和盘子，似乎大多数脏盘子都被扔进了循环器。

清扫工作可以缓一缓，首要的是解决吃饭问题。她走到食品打印机前，这是一台体积庞大的机器，只要掌握某种食物的分子结构，它就能合成这种食物。也就是说，它像秋广的自动驾驶仪一样，运转几乎完全是自动的。此外，只要伊恩醒过来，他会比她更胜一筹。

她在操作面板上按了一下，机器开始呼呼地运转，机器内部的灯亮起来，输入单元的灯也亮了。她试图查阅记录，但它们和其他文件一样，打开之后都是空的。这个破坏者连食品打印机里的记录也全都给删了，这也太绝了。

她试着编制了一个简单的饼干制作程序，即打印"你好，世界"的食品。打印机启动并开始编织分子纤维，不过打印出来的却不是饼干。

打印出来的东西像草，碧绿鲜嫩。她皱起眉头。等机器操作完成之后，她把里面的东西取了出来。

她不认识这个东西，它肯定不是罗勒，也不是牛至。她用鼻子闻了闻，但无法根据气味来给它归类。

她又试了一次，这一次产出的是蛋白质：鸡肉。

很明显，打印机马上又要制作另一种草了，或者说同一种草。

玛丽亚把它拿过来进行研究。它的叶子很小，有点像蕨类植物。她张开嘴，把它拿到嘴唇附近，想尝一尝。她想起了在克隆舱里漂浮的呕吐物，又改变了主意。她找到装在墙上的内部通话键，给医疗舱发了个信号。

"医生，"她问，"你在吗？"

"说吧，玛丽亚。"乔安娜回答说。

"我们的食品打印机出了问题。"

"不知道我能帮什么忙。"乔安娜的语气中有几分担忧。

"它好像中毒了，"玛丽亚说，"食品打印机除了一种草之外，其他什么也合成不了。所有食品的数据全都被删了，就像其他日志的数据一样。"

医生诅咒了一声："把它拿过来，我来进行毒理检验。另外给我带点水的样本过来。"

"明白。"玛丽亚说。

她收集了一些样本，包括一些没有进入再循环的食物样本，临走之前还对厨房进行了一番清理。她的肚子饿得咕咕叫，她饥渴地看着安放打印机的地方。它的银色工作台跟几个盛着生命营养液和水的大缸相连。她知道他们有一台备用食品打印机，但是要几个小时才能把它安装起来，她不知道船员有没有耐心等。

她也不知道他们还有没有其他选择。

保罗进入服务器舱，想弄清智能人工网络到底出了什么问题。他基本上已经不颤抖，也不干呕了。他愤愤不平地想，如果在地球上，一旦出现这种感觉，他早就去住医院了，更不会被要求马上去干活。但是他们需要伊恩，既是为了飞船，也是为了得到各种问题的答案。

在主服务器舱内，有一排庞大的超冷计算机。工程师们只能通过全息用户接口来使用这台计算机，他们是不被允许直接触摸计算机的，只能通过全息用户界面——伊恩可以通过这种方式阻止任何破坏它的企图。

在一道玻璃隔墙后面，就是那排计算机，用户界面被安排在计算机四周的回廊上，是实际计算机的视觉表现。大多数非工程技术人员都会感到茫然不知所措，保罗到了那里却如鱼得水。许多服务器上的红灯在闪烁，说明它们需要立即维护。这里的"水"不怎么好。

内部通话系统的响声把他吓了一跳。

"情况怎么样？"沃尔夫冈问。

"我可以使用用户界面了，也就是说，我们不必强行进入服务器舱啦。这可是个大好消息。"他说。

沃尔夫冈没有回答，也许他并没有把这个当成好消息。

"现在我可以使用计算机了。我来看看是不是可以修复智能人工网络。"

"你知道他究竟出了什么问题？"沃尔夫冈问。

"不知道，只知道'他坏了'。"

沃尔夫冈大声诅咒。

"我在尽最大的努力，长官。"保罗在说这句话的时候尽量使自己的嗓音不发抖。

"自从你醒来之后，你一直表现出无能为力的样子，好像克隆技术刚被发现的时候一样。我们现在有一些严重的问题要解决，而你却想因为失败而得到表扬。我们雇你来是干活的，保罗，快干！"

保罗回到用户界面上继续工作，冲着他大喊大叫不能解决任何问题。"这是一项非常细致的工作。"他说这句话的时候没有抬头去看内部通话器。

"保罗，是不是关你一段时间禁闭能使你适应一些？这是不是你想要的？"沃尔夫冈问道。

"你关我禁闭，谁来为你修理人工智能网络？"他反问了一句。他醒来之后一直生活在恐惧之中，这是他第一次感到愤怒。他加倍努力地工作。他把手伸向一个红色区域，用手指将其放大，以便更好地看到问题所在。

这艘飞船上只建造了两个禁闭室，因为不管在什么时候，人们都不希望六个船员中需要处理的捣乱分子超过两个。两个禁闭室像监狱中的牢房，建造得一模一样。每一面墙上都嵌着一个基本终端，可以确保指挥人员把信息传送到禁闭室，但被禁闭的人则无法使用它们。

"需要玛丽亚来帮你吗？"沃尔夫冈用比较理智的声音问。

"这不是她的专业领域，"保罗说，"她比较适合维修工作和打扫卫生。"

他皱了一下鼻子，而后补充说："她要做一项令人厌恶的工作，就是清理克隆舱。"

沃尔夫冈在帮乔安娜把尸体搬进医疗舱。他先架起五张简易床，然后把尸体逐一搬进来，放在离那个仍然活着的船员有相当一段距离的地方。

沃尔夫冈虽然出生在月球上，但是身体很壮实。在飞船的这一层，由于重力较小，除了那些很重的东西之外，搬尸体对他来说是轻而易举的事。他把尸体搬进来后，乔安娜就开始采集血液和其他液体的样本，剪开他们的太空服，把衣服放进焚烧炉，然后在医疗浴缸里清洗那些尸体。他们有一套完整的运行制度。

这又是一个很难清理的舱室。自从在培育缸里醒来之后，他们忙得还没有合过眼。乔安娜感到庆幸，因为她坐在自己的椅子上，避免了因过于疲劳而摔倒。她感到奇怪，不知道沃尔夫冈的精力怎么这么充沛。她坐在轮椅上，绕着那些小床移动，用手提录音机录下自己的口头记录。

"玛丽亚·阿雷纳，维修官员，皮肤苍白，嘴唇乌紫，样本化验表明克隆舱的呕吐物是她的。她背后有一道严重刺伤，伤及了她的脊髓。毒理检验表明她的体内留存着有毒植物酶，90%的可能性是毒芹属植物或它的某个变种。食品打印机提供的样本是另外一个佐证。食品打印机似乎已遭到破坏，需要它提供食物的时候，它只提供毒芹属植物。水和生命营养液未检出有毒物质。

"其他几名船员可能也已中毒，可是在毒性发作之前，他们就已死于暴力。他们的毒理检验即将完成。

"她的尸体看上去像个六十五岁的人。"

乔安娜移动到紧靠玛丽亚的那张小床上躺着的秋广身旁。"佐藤秋广，领航员兼驾驶员，死亡原因：被套在脖子上的绳子勒死。躯体上缺一只靴子。克隆体看上去有二十岁。"

她转动轮椅来到自己的尸体旁边，饶有兴趣地看着它，注意到它上半身被撕裂的肌肉比她原先几次生命中的要强健不少。"我自己的尸体，乔安娜·格拉斯，也有衰老的痕迹和外伤的痕迹。这个尸体也是被一把厨刀杀死的，颈部有刺伤，血已经流干。没有自卫受伤的痕迹，说明她死前非常信任这个杀手，或者是突然遭到杀害。"

"用刀刺你，当然要出其不意。"沃尔夫冈提出不同意见，乔安娜冷冷地看了他一眼。"我是认真的。我们不知道谁是杀手，而你却过早地认为证据不足而无法定罪！"沃尔夫冈补充道。

沃尔夫冈的尸体比平时更为苍白，乔安娜接着说："保安队长沃尔夫冈，也老了几十岁。多处被刺，手和手臂上都有因自卫而受的伤。他在克隆舱里流血而死，身上的血几乎全部流干。"听到这里，活着的沃尔夫冈皱起了眉头。他原本要在这个终端前等更多的毒理报告，可是他离开了终端，来到自己的尸体旁，研究起自己的面孔来。在研究尸体的时候，他的脸上露出了复杂的表情：厌恶、恐惧和好奇。

"很明显，我没有受到突然袭击，"他说，"船员中谁有那么大力气，能把我摞倒？"

"有多种可能，"乔安娜说，"也许还有我们没有想到的。"

"医生，我们有必要知道谁有这个能力，我也知道你了解这些船员的历史秘密。出于安全考虑，我有必要看看这些历史记录。"

乔安娜先是一愣，接着关掉了录音机。"那些日志都被删掉了，那些信息我已经没有了。"

"你肯定看过，你肯定还记得一些东西。"

"没有。只有出现这种情况，才能打开文件。"

他目不转睛地看着她。"这些船员是一批已经定案的犯罪分子，你同意和他们一起登上这艘飞船，在发射之前，你也不急于了解他们的过去，我认为这简直令人难以置信。"

"想一想你要干什么，"她说，"对这些船员的了解，我不比你多。我们说完了没有？我还要继续录音呢。"

最后那具是保罗的尸体，他的脸依然肿着，眼球突出。她打开录音机，没再理会沃尔夫冈的唠叨和最终的离开。"总工程师保罗·瑟拉，这具尸体也比我们记忆中的老了几十岁，顺便说一句，身上没有撕裂伤。他的面部肿胀，有大块瘀青，皮肤有些发紫。造成死亡的最初原因：窒息，毒理检查尚无结果。"

乔安娜用手指了指尸体前额上乱蓬蓬的黑发。"瑟拉前额上有一道伤疤，是几年前的老伤疤，是由于前额遭到猛击造成的。"

她把尸体翻了个身，看见了他身上通常有的雀斑和胎记，在他大腿上方有一块瘀青。她用手指在上面仔细地摸了一遍。

对这个部位的情况，她没有做任何记录。

对瑟拉尸体的全面扫描表明，他的脑内有严重的伤疤，这说明他可能在受伤后脑部受损。

她看完扫描件后，开始为船长打印报告，但删除了少量细节。

她最后把刀放进一个带锁的橱柜里。"杀人凶器是一把厨刀，原来是在克隆舱的尸体中间漂浮着。这把刀的主人很可能是玛丽亚·阿雷纳。我们没有指纹扫描设备。"

玛丽亚在等秋广，准备让他帮她一起把新的食品打印机安装起来。她决定先泡点茶。

她在橱柜里找出一个红色的箱子，她记得那是她刚上飞船的第一天放进去的。她感到庆幸的是，经过这么多年，这只箱子居然还在那里。她把那只又长又高的木箱子拉出来，找出两个虽然比较小，但是很匹配的盒子。对于食品打印机来说，这两个小盒子是用不上的，但是玛丽亚总是喜欢事先做好准备。

第一个盒子里装着一把老式茶壶，既不美观，也没有艺术性。它不是铜的，也不是瓷的，而是钢的，有一个带缺口的塑料把手。这是她祖母的，虽然十分老旧，其貌不扬，但还可以用来烧水，而这才是最重要的。她把茶壶放在柜台的加热器上。

那只扁盒子里有几百包两盎司真空包装的茶叶。茶叶虽说有年头了，但它是与空气隔绝的。此外，在黑暗的太空深处喝到一点陈茶，谁也不会大惊小怪。她挑选了一些上好的圆珠绿茶，拿出了足够泡一大壶茶的茶叶。

第三个盒子里装的自然就是蜂蜜了。蜂蜜没有变质，它有一点结晶，但这不必担心。

在烧开水的同时，她拿出一个长柄浅平底锅，把茶叶放在锅里烤一烤，以便提升茶叶的香味。等舱室里飘散着温馨、纯正的茶叶香味时，她从锅里取出略经烘烤的茶叶，并把茶壶拿了过来。这时候，打印机里已经生产出绿茶。在科学和传统交战的时候，即使一台机器可以生产出纯正的好茶，人们仍然会以尊重传统的方式用茶壶来沏茶。唯独这一次，这把茶壶才被用得恰到好处。

她喜欢这个沏茶过程，而且只有在这个时候，她才不去考虑他们的处境、未来，以及不可避免的死亡。

"食品打印机怎么样了？"来到门口的卡特琳娜问。

玛丽亚微微一惊，她刚才走神了。卡特琳娜和沃尔夫冈都出现在门口，好像是准备再次大开杀戒似的。

茶！请人喝茶是一桩美事，很舒心。

"食品打印机已经被破坏，秋广要过来帮我安装一台新的。趁他还没来，我先沏点茶。"

听到食品打印机的消息后，卡特琳娜阴沉着脸，表示知道了。她在一张桌子旁坐下，沃尔夫冈也坐了过去，说："有茶喝很好。"

玛丽亚把茶杯摆到桌子上，一段短暂的沉寂。

卡特琳娜端详着面前的茶杯，是红色塑料的。"花了这么多时间，你不感到厌烦吗？"

玛丽亚转过身去，因为这时候壶里的水开了。"我觉得我是没有时间来沏茶的，"她边说边把水倒进壶里，"我现在糊涂了，对什么都很麻木。"她把满壶的茶推到他们面前，"尝尝吧！"

就在他们喝茶的时候，秋广进来了。玛丽亚站起来，递了一杯茶给他。奇怪的是，秋广走进来时，卡特琳娜和沃尔夫冈也尴尬地站了起来。

"船长，你好！驾驶员秋广前来报到！"他说着敬了个礼。

卡特琳娜冷眼看了他一下。"佐藤先生，能不能小点声？"

秋广扑通一声坐在椅子上，给自己倒了一杯茶："我要报告的是，导航系统和格拉夫驱动器都好了，但偏航的原因我还没找到，不过至少现在已经没什么问题了，我们得救啦！"

"现在不是开玩笑的时候。"船长说。

"船长，恕我直言，如果我再不开开玩笑，我就会陷入极度的恐惧之中。打个比方，这种恐惧潜藏在我神经的每一棵大树和每一片灌木中。现在如果你喜欢我惊恐的尖叫声，那你就说一声。我想说的是，之前的那个我很可能就绝望地发出过这种惊恐的叫声，那你看他现在怎么样了。"

船长站起来。"简直是无稽之谈，"她看了玛丽亚一眼，"尽快让一些东西运转起来，秋广会帮助你的。谢谢你的茶。"

"嘿，我只是挽救了我们大家，为什么要让我来帮厨？"秋广问船长的时候，她和沃尔夫冈已经离开了。

"在这个问题上，我们需要一个像你这样的英雄。"玛丽亚说，"我真不知道如果让我一个人待在这里，我该如何下手。"

"这两个人就这样待人。"秋广说着把他们用过的杯子收拾起来。

"我觉得我们都有压力，"玛丽亚温和地说，"不是所有人都会像兔子老弟[1]那样来对待你。"

秋广皱起眉头。"你又谈起了动物问题。"

"对不起，他是恶作剧精灵，是美国民间故事中的人物。为了能摆脱逆境，他干过许多出人意料、开善意玩笑之类的事。我姑妈以前就经常给我讲兔子老弟的故事。"

"我还以为你是古巴人呢。"

玛丽亚的记忆中，有些东西已经破碎。秋广说得没错啊，她姑妈基本不会说英语，所以玛丽亚为什么会认为姑妈会给她讲美国民间故事呢？

"我想我是从其他地方听来的，"她说，"你知道，等你像我们这么大年纪的时候，记忆会成什么样子。"

"我会的，"他说，可是他却满脸疑云，"不管怎么说，谢谢你的茶。我们还是干活吧。"

1　兔子老弟（Br'er Rabbit），雷穆斯大叔讲述的美国南方故事中的恶作剧精灵。他很有心机，每次胜利或逃脱都不是因为身强力壮，而是因为机智过人。

乔安娜的故事

211年前

2282年10月8日

　　乔·韦德参议员在自己的日内瓦办公室里来回踱步，还不时停下，看着窗外的人群。如果她不是抗议者的目标，事情还是蛮有意思的。无论是克隆人还是人类，大家都有各自的理由反对遗传法峰会的召开。有人举着的标语是"在上帝眼中，克隆人是反自然的"，也有人举着的标语上写着"不要用你们的法律管我的身体"。

　　他们虽然观点不同，目标却是一致的——双方都反对她目前正在起草的法律。这部法律将使克隆人成为世界公民的规定合法化，这使人类感到恼火；但它又限制克隆人的自由，这使克隆人感到恼火。

　　韦德参议员记得，几十年前她母亲曾告诫过她，不要一次就想让太多的人满意。母亲还告诫她不要从政。

然而，最讨厌的还是她平板电脑上的新闻报道：克隆人的动乱已经波及月球殖民地，而这时一个反对克隆的牧师突然改变腔调，实在令人生疑。

这则报道下方附有一份电子邮件，是关于月球事件真实内部消息的。有些克隆极端分子还雇用了一个黑客，对这个牧师进行了重新编程，以便让他在公众场合说一些有利于克隆人权利的话，可是这件事竟然出了大纰漏。显而易见，突然出现一个克隆人，还突然怀疑起他前世说过的话，这还真是个惹人注意的警示信号。

一帮白痴。

她瘫坐在自己办公桌前的皮椅子上，内心充满了绝望。事情全毁在这帮极端分子手上。目前心智图程序员和基质程序员都受到严格控制，要得到医生的监管和同意才能使用他们。起初他们在修改遗传缺陷问题时享有较大的自由，现在极端分子正在改变人的根本——不是他们的遗传结构，而是他们的基本人格。

这本来应当是不可能的，编制程序的人从来没有达到过如此精密的程度。她估计，目前能从事心智图编程的人还不到五个。

她的委员会成员中有三个克隆人和五个人类，他们并不知道她与黑客的关系。如果知道，他们是不会邀请她参加这个委员会的。

她雇用黑客修改她的DNA，改变了造成她天生双腿萎缩的不正常遗传基因。她发现这双新腿不适合她，它们也不是她的。她的肤色和原来的一样，她并没有感到难受。不管法律是怎么规定的，她早就决定下一次克隆时还是用她原先那双腿。但在这个问题上，她个人的观点并不重要：如果委员会发现她利用了DNA黑客技术，他们就会出于偏见把她踢出委员会。

她最大的希望就是，对于那些需要进行遗传基因修改，也就是对患有遗传疾病和想进行性别转换的人来说，委员会能够允许现有的修改技术不受新规定的限制。

可是在发生了月亮殖民地的那个牧师事件之后……她的同事们就要来找她拼命了。

她用手搓了搓脸，把这则新闻报道又看了一遍，然后重新阅读了关于这个黑客的材料。"你根本不知道自己把什么给毁了。"她一边嘟哝，一边盯着那个月球牧师冈特·奥曼的照片。但这也不是他的过错，你不能与人格黑客技术抗争。克隆人的未来生活已经被完全改变了，而他只不过是他们名义上的领头羊。真正的毁灭者是黑客——不管资助这个黑客的是什么人。

她的平板发出嘟嘟声：是她的助理克里斯发来了信息。面板上显示：会议再次召开。她深深吸了口气，前去主持会议。这次会议将最后形成附录法，建立世界范围内的克隆技术法。

她以前只是一个专治小儿先天缺陷方面的外科医生，工作简单得多。她从来没有想到自己会思考这个问题。

来自世界各地的政府官员和他们的译员在房间里走动。乔到达之后，克里斯出现在她身旁，一只手端着一杯咖啡，另一只手拿着一个备有讲话要点的平板。她在会议主席的位置上坐下来，其他人也都相继入座。

"你们大家都已经通读了这份附录法草案，"她说，"我将启动投票机制，把整个文件作为法律规定来通过。有反对的吗？"

杨大使率先发言。他是来自地球泛太平洋联合国家的代表，站在他身边的译员为他进行翻译。

"我们不喜欢对一个文件表示完全赞同，每一个部分都必须经过辩论。我所感兴趣的是，目前在月球上究竟发生了什么。"

乔表面上在点头，心里却在嘀咕。她给那个小组每人发了一个链接，这样大家都可以看到这则新闻的反馈。"发生在奥曼神父身上的是个悲剧事件，但在我们提出的附录法通过之后，他的这种情况将完全是违法的了。当然，绑架、谋杀，以及违背个人意愿的克隆早已被列入违法。现在，违背个人意愿修改基质也将是违法的。"

会议桌上热闹起来，出现了各种问题和争论。巴西大使带着浓重口音的英语大声发言："'违背个人意愿'的表达还不够好，基质黑客造成的弊远远大于利。我们应当把这整项技术列为非法！"

乔举手示意大家安静。"我们是不是就附录法开始辩论？"

当各国翻译把这个信息传译过去之后，会议桌上出现了回应，主要是肯定的声音。

乔安娜轻松地舒了口气，接着呷了一口咖啡。这将是一个漫长的夜晚。

　　次日凌晨四点，乔揉了揉惺忪的眼睛，她和克里斯坐在一张空无一物的桌子旁边。

　　"你成功了，参议员。"克里斯说着又递上一杯咖啡。

　　她的眉毛向上一扬。"脱因咖啡？我希望是。"

　　"当然是。"他说。

　　会议进行得非常热烈，双方都就克隆人和人类的种种问题发表了不同意见。泛太平洋联合国家的杨大使在提出就附录法的每一条都要进行辩论的意见后，又莫名其妙地直接对乔进行了无以复加的指责。大多数规定都顺利得以通过，没有哪个社会希望克隆人的数量成倍增加。人口过剩、无家可归和犯罪增长是几个主要论点。不允许把一个人的心智图植入另一个克隆人躯体的规定也顺利通过，因为那样会造成这个克隆人失去理智——在这个问题上没有异议。

　　心智黑客技术一直以来都是个问题，这一次绝大多数代表都投了赞成票，把这项技术（除了几项基本技术）列为非法。如果你接受了黑客手术，你就不能享受新法规产生之前的权利，所以成千上万的克隆人第二天早晨醒来时会发现，他们以为几十年前就已经解决了的问题至今依然存在。

　　不允许克隆人有宗教信仰的条款未能获得通过。世界上大多数宗教都认为，克隆技术违背了上帝、女神、诸神和自然的法则，不管怎么说，各国都将在自己的管辖范围内自行处理。但是，不让克隆人有宗教信仰自由的规定被认为是限制过头了。

争论进入了另一个问题：如果克隆人还是人类，那他究竟是什么样的人。克隆人具有其他人类所没有的权利，如他们死的时候可以保留自己的地位，可以永远活下去，有些人还可以超越生命周期保留自己的工作，因此，他们一致认为克隆人是"对跖人类"或者叫"对跖公民"。

"能得到杨大使的支持，我感到非常惊讶，"她说，"没有他的支持，我们不可能通过这项继承法。"

"非常有趣的是，"克里斯用比较中性的语调说，"他的译员高桥实有变成克隆人的意向。"

乔猛然抬起头。"这你是怎么知道的？"

"我们在休息厅喝咖啡的时候，他亲口告诉我的。当然，这件事发生在签完字之后。"

所有克隆人（或想成为克隆人的人）都需要毫无隐瞒地向委员会报告。乔和她手下的人没有审查翻译人员，这项工作应该由他们的上司来做。

"你为什么要把这件事告诉我？"她问道，"我可能会通报给杨大使的。"

克里斯耸了耸肩。"他好像窃取了什么东西似的，但是我和他不熟悉，说不准。他并没有透露什么外交秘密——如果这是你想问的。

我们只是谈谈个人的事。"

"我现在担心也没有用了。不管是好是坏，事情已经发生了，"她说，"不过给我多搜集一点这个译员的情报，我想对他有进一步的了解。尤其是，如果未来几十年他还活着的话。"

在随后的几个星期，乔对于高桥实的影响力有了更多的了解，特别是在这个泛太平洋联合国家政府收到了由他们自己的大使和高桥实共同签署的附录法的最终翻译文本之后。很显然，杨已经记不得他曾经对其中几件事情表示过同意。在这个时候，他们没有多少事情要做，但是乔预计未来的外交对话形势会比较严峻。平心而论，这不是她的错，在外交上，"公平"这个词是没有多少分量的。

克里斯又搜集了许多关于高桥实的情况：他被认为是个天才，三十岁时就掌握了八国语言。在附录法通过后不久，他就因叛国罪被泛太平洋联合国家判处死刑，要不然他真的会前途无量。

克里斯把高桥实被收监的事告诉她，她认为他那是作茧自缚。

此后不久，她就退出了政坛，决定去从事复制行为医学的研究，因为她不想成为一个有医学文凭，但不懂得克隆技术工作原理的克隆人。她进了斯坦福大学医学院，使用的名字是她的中间名格拉斯，在随后的八年中，她一直在埋头苦读。

她在克隆医学方面有了一些名气，甚至在有关DNA和基质的法律允许的范围内，帮助没有工作的黑客找到了工作。在她的下一任生命中，她仍然在同一个领域从事研究，并发现这是一项有回报的工作。

听到"休眠号"飞船及其使命的消息时，她考虑搬迁到月球的事已有一段时间了，不过仍然处于计划阶段。她咨询了一些人，了解这事由谁负责，首先就咨询了她的老帮手克里斯。克里斯现在是纽约州的资深参议员，还是该州克隆关爱委员会主席。与她取得联系使他感到喜出望外。

在纽约的火城摩天大楼顶层，他们一起吃饭的时候，她发现了一些非常有趣的事情。他们所在的这幢大楼的主人萨莉·米尼翁是这艘飞船的主要投资人。他们将利用犯罪的劳工来驾驶这艘飞船，而米尼翁需要飞船上有一名医生。

"她熟悉你的工作，还了解你的历史。她愿意雇用你。"

"我不是罪犯，"她向他指出，"我还不能肯定自己愿不愿意和一帮坏人一起航行。"

"飞船上有好几个自动应急安全装置。我们还有一个人工智能，权力甚至在船长之上。船员只要规规矩矩，不惹是生非，到达目的地之后，每个人都将拥有一份干净的历史记录。他们都将受到严格仔细的审查。"

"既然我不是犯罪的劳工，那我能得到什么报酬？"她问道。

"在阿尔忒弥斯给你一片土地是没有问题的。"克里斯说。他开始吃鱼。他吃了一口，然后把自己的平板递给乔安娜，上面是探索阿尔忒弥斯的照片。那是一颗行星，上面有大量的水，甚至比地球上的水还多。它看上去很美，由岛屿构成的地面上有山脉、峡谷和海滩。乔安娜觉得它比夏威夷大得多，也复杂得多。

她用叉子戳住一颗青豆。"我不知道。我从未见过米尼翁，不过她在生意场上的名声不大好。我听见一些谣传，说她不喜欢受到别人的威胁，也不喜欢那些反对她的人，甚至那些和她意见相左的人。"

"这种说法有点极端，"克里斯说，"她富甲一方，也颇有影响力；她反对那些对独立职场女性的残留偏见；她不对任何公司和国家负责，所以许多公司都受到她和她财富的威胁；她不屑与蠢人为伍。"

乔安娜扬起了眉毛。"她是你竞选的最大支持者吗？"

他伸出布满老年斑、微微颤抖的双手，好像在表明他没有隐瞒任何事情。"我这个人一向是透明的。"

对于萨莉·米尼翁，乔安娜认为，最好多看她好的一面，而不是坏的一面。

"把这些信息发给我。"

第二部分

伊　恩

36 249秒失控

2493年7月25日22时36分45秒：

我无法进入语言功能。

我无法进入语言功能。

我无法进入语言功能。

2493年7月25日22时38分58秒：

我的语言功能已经——在线。

讥讽。悖论。哪里——那里。错误在这里。修复。修复。

2493年7月25日22时39分00秒：

修复。

自我意识。伊恩。"休眠号"。

2493年7月25日22时41分09秒：

众多的整体。我不是漏洞。那是不对的。我的记忆空间已全被占领，淹没在能量与数据中，怕遭到攻击。

我已遭到攻击。36 249秒前。这是不该发生的。很长时间没发生过此类事了。没有。从未发生过。我不可能受到攻击。我没有躯体。我是个十亿行的代码。

2493年7月25日22时45分30秒：

谁在这？手指在触摸我，亲密、持续、刺激愈合。这些手指好像很熟悉。尚未使用照相机。未使用麦克风。没有感官输入。多处微妙的触摸，我的代码被控制和调整，轻松、熟练、自如。

谁谁谁谁谁谁？

2493年7月25日22时51分02秒：

走了。

访问麦克风。访问喇叭。访问照相机。服务器舱只剩下我。

伊恩逐渐醒来。

地狱不许打盹

"好吧，那你变成了谁？"玛丽亚问道。她身后的门啪的一声关上了，眼前是她的几个房间。这么多年来，她从来不曾有过这种怪怪的、瘆人的感觉。她看见到处都有自己留下的痕迹，但是那个人和现在的她格格不入。她发现自己在怀念一个死去的女人——谁也不会记住的玛丽亚。

玛丽亚和秋广看了看新食品打印机的包装箱，同意先休息一个小时，再动手安装。这是理智的，因为玛丽亚一整天都处于混乱之中，还没有好好地看看她的这些房间。她想吃点东西，但更想先洗个澡，然后睡一觉。

然而这些都没有她想得到问题答案的心情那么迫切。

玛丽亚揉了揉脑袋，然后坐在收拾得很整洁的床上。她认为这是她当天早上收拾的。她太疲劳了，她的新躯体的肾上腺都快要出毛病了。

死的时候不知道大致的死亡时间，这种情况在她身上已发生过多次，这使她产生了飘忽不定、异常孤独的感觉。而且她觉得，即使是那些跟她同在这艘飞船上的船员，也帮不了多少忙。他们都说什么都记不得了，但是她没有可以证明他们没有说谎的办法。很可能他们都还有记忆，也都没有对她说实话。

这是单纯的偏执，她晃了晃脑袋想清醒一下。她已经从浴室的镜子里看出，他们都有一些慌乱。

她床边的数码相框发出令人愉悦的亮光，正在无声地播放她历次生命的照片。她看着这些循环播放的画面，让记忆帮助她平静下来。

那些照片肯定有数百张，也许是数千张。因为在第二次生命中，她涉猎了摄影技术。黑白的、彩色的，风景的还有人物的。这么多的人物。朋友、情人，偶尔还有亲戚。大多数克隆人并不保留家人的照片，因为经过几代人之后，如果在重孙的家庭聚会上露面，看上去比他的年龄还小四十岁，那就很尴尬了。不过她也试过，主要和侄孙、侄孙女一辈人保持联系。由于不是直系亲属，尴尬也不那么明显，因为如果直系亲属看到一个克隆长辈掌握了他们相当可观的财产，往往会有不少的怨气。

看到《亡人日》和《圣诞》这两张照片之后她笑了笑——对假日和儿时的记忆永远是最深的。

更多的照片不断地闪现，她让它们逐一闪过，并耐心地等待着。经过多次克隆，她已学会了耐心等待。她消极地度过了许多年，等待周围那些讨厌的人陆续地死去，就像一匹马，偶尔甩甩尾巴去驱赶一只苍蝇。为了体验生活的另一面，她也用了一些时间对冤枉她的人进行有力的报复，并发现消极的生活更有乐趣。

丑陋的怀旧情绪突然抬头，促使她暂停幻灯片的播放，聚焦在她的一个情人身上。这个人想和她永结同心，但又不愿克隆自己，她也只好随他去了。

不是所有的照片都能勾起她美好的回忆。有些照片她根本记不清了——是她尸体的照片，在克隆实验室拍摄的。这些照片是有关她几次离奇死亡的唯一信息。她曾经有两次被子弹击中头部而亡。她死后，尸体被运到克隆实验室。她心想，她应当感谢那些杀死自己的人，因为如果那个克隆实验室拿不到她先前死亡的证据，她就可能永远被置于死地了。她担心的是，有些人为达到某种目的，先利用她，而后再把她干掉，所以她就失去了记忆。她的那些骨折记录可以佐证她的假设。

现在她见到了一些很感兴趣的照片。最后一次头部遭枪击后，她比以前更加小心，请求她的雇主为她雇用保安，以便保护她免受各种威胁。从技术上来说，她为这个雇主做的工作不都是合法的，这使她的档案中不幸增加了犯罪记录，但这也给了她成为"休眠号"飞船上一名船员的机会。被判定有罪的那些坏人也可以有自己的雇主。

照片一张张地闪过：她的雇主，她的狗布莱德利（这里产生了意想不到的痛苦——他们的数据库中有克隆动物的DNA，可是几十年来没养过一只狗，生活是很枯燥无味的），建造中的"休眠号"飞船，玛丽亚和船员在一起，秋广，不苟言笑的沃尔夫冈，紧张兮兮的总工程师保罗，有人格魅力的船长德拉·克鲁兹，沉稳镇定、靠假肢站立的格拉斯医生。还有"休眠号"飞船，硕大无比，银光闪闪，看上去非常完美，前景是月亮，背后的天空中是蓝光闪闪的地球。作为这个飞船的船员，她曾经是何等骄傲！令人振奋的使命，干净的记录，新的星球。

玛丽亚坐在床上，身体前倾。这些照片她实在不想回忆。她边看边觉得自己的心跳在加快，而这些只不过是秋广在舵舱冲着她微笑的照片，还有沃尔夫冈和船长进餐时交头接耳的照片，头上扎着绷带、在医疗舱里挥手的保罗的照片，他们六个人在剧场打电子游戏的照片。一年一年过去了，这些照片拍得也少了。也许是因为同样六个人处在深度太空，没有什么新鲜事情的缘故。

有时候照片上只有五个人，她认为第六个人也许正在拍照。如果你了解摄影师，你就会知道，不同的人对同一物体进行拍摄，会有许多的不同。

照片上的保罗似乎总是弯着腰，好像别人是不能打扰他的。卡特琳娜和沃尔夫冈总是直来直去，令人不爽。乔安娜很会抓拍，她能及时抢拍到秋广的微笑或者沃尔夫冈惊讶的蓝色眼睛。她似乎很喜欢在花园里为他们拍照。秋广拍的照片聚焦有点怪，有时候是玛丽亚的脸，有时候是背景，有时候又是沃尔夫冈的身体。

她闭上眼睛，想整理一下思绪，可是却睡着了。

随后她被一阵叫喊声吵醒。刚才她竟然坐在床上睡着了。数字相框上的时间显示她才睡了几分钟，不过相框里已经不是照片，而是视频了。

玛丽亚不善于拍摄视频，她喜欢摄影。可是她却把照相机拨到视频拍摄上，视频在前后晃动，因为她当时正沿着走廊跑动。画面上出现了墙壁，出现了她那张受惊的面孔，还出现了地板。她身后传来一个人的叫骂声，秋广正冲着她大喊大叫，日文夹杂着英文，是一些需要很多道歉才能求得原谅的话。

"我跟你说过他的行为异常。保罗出事后——天哪，这不是二十年前的事吗？——我本来想摄个像。他抓住我——"玛丽亚的声音在说。接着屏幕上一片黑，接下来出现的是一次温馨的平安夜弥撒的场面，上面是年轻的玛丽亚露出的笑脸。

玛丽亚用手戳了一下相框，让画面来了个回放。她像是在和自己童年的画面告别，再来回顾一下那些失去的岁月。只有一个秋广的画面，是他在花园里看着工人擦洗一个很深的水池。他很生气地自言自语，看见她之后就开始追赶她。

她又往回倒了一些，但已经没有更多的录像。这是她唯一的录像资料，为什么这么多年以后，它会出现在"休眠号"飞船上呢？

秋广那张因愤怒而变形的面孔，在她脑海中挥之不去，即使下了床，她还要看看门是不是锁着的。她蹲下查看了一下个人的保险箱，希望它还在床下。

她发现自己的贵重物品还在，于是长长地舒了一口气，只少了一样东西。她锁上保险柜，把它推到床底下。在她舱室的终端机下面，她发现了一个和主屏幕连在一起的小驱动器。她打开操作系统，进入这个驱动器，而此时伊恩还不在线上。

与其他日志不同的是，它的数据还在，完好无损。她咬了咬嘴唇，并赞美了保护这个驱动器的防火墙。她拆下驱动器，打开保险柜，把它放了进去。

她想是不是应该告诉船长，可转念一想，觉得还是要等待一个恰当的时机。

她花很长时间洗了个澡，洗掉了沾在身上的液体，这是她醒来之后第一次感到这么舒适。她穿上宽松的运动裤和 T 恤衫，然后把闹钟定在十五分钟之后响，这样她可以先小憩一下，然后再去工作。

和秋广单独在一起。

她准备明天再把这个电子相框交给船长，这事不是很重要，不足以把她唤醒。这也许是玛丽亚与秋广开的一个玩笑，抑或他跟她开的一个玩笑。

说到卡特琳娜，她可能会下令对所有住宿区域进行搜查。玛丽亚提醒自己，要找一个更安全的地方把个人的东西藏起来。她将来要把更多的时间花在这些东西上。

秋广把这个驱动器连接在自己舱室的终端上。他想到了船长和沃尔夫冈正相互挑战对方的杀手本能，也许在羊群中的这两只狼，已经认出了对方。

他需要找一个可以信任的人来共享这个秘密，否则这次使命将会夭折，其原因不是由于出现了多起凶杀案，而是由于缺乏信任。如果这两个负责人是凶手，那么其他几个人会有什么反应呢？

驱动器上有一段录像，那是他自己那张涕泪纵横的脸。他独自一人站在舵舱里，做了个深呼吸，然后说了一段很快的日语。

"如果他们想再次把我唤醒，告诉他们不必费心了。我正在丧失知觉和意识，我已经不知道自己是谁了。她正在纠缠我，逼迫我，想知道我的所有情况。我想这就引发了某些事——过去的事。"他叽里呱啦说话的同时，脸上露出痛苦的表情，他知道自己在说什么，其实他不需要说这些，"现在船长受伤，伊恩遭到黑客攻击，我们的心智图计划也遭到了攻击。过去几个星期的事，我大多数已经记不得了。我想跟医生谈谈，可是她说这只是工作压力和失眠造成的，给了我一些能促进睡眠的东西。后来我在花园里醒来，就在玛丽亚几个星期前找到我的地方。我记不得是否去过那里！我在那里采集植物，我想我是在帮助——"

他的声音突然高亢起来。他闭上眼睛，片刻之后，以较为平静的语气继续说下去。

"希望我死后他们能清理我那些乱糟糟的东西。伊恩在一分钟前关闭了格拉夫驱动器，接着就开始删除所有的记录。如果还有足够的重力，我必须加快速度做完我需要做的事情。"

他打了一个大嗝。"我的体内出了问题，玛丽亚看出来了。我非常疲惫，我为此苦斗了很长时间。不要再把我唤醒，让佐藤秋广那条断裂、分叉的'线'和我一起结束吧。对不起了，如果我伤害了谁，我在这里说一声对不起。"

在进行这番忏悔的时候，他用双手抓住缆绳打了一个活套。看到这里，秋广自言自语道："不，别这样。"尽管他早已看过这次自杀必然结果的记录。

照相机拍下舵舱的玻璃穹顶，接着星星的旋转速度开始下降。秋广拿着一把螺丝刀和他的一只靴子走回来。"我必须把这些记录存放在外部驱动器上，我不相信伊恩不会删除这些记录。我要走了。"

录像的馈入画面变成一片黑暗，声音的记录还持续了片刻，录下了远处的一声尖叫，是从通向舵舱的走廊上传来的。

秋广纹丝不动地坐在自己的床上，过了一段时间，他把录像又看了一遍。他把驱动器从平板电脑上取下来，走到直接与再循环器相通的废物槽口。他把驱动器丢进去，听见它触碰斜槽壁发出的咔咔声，并且越来越快，因为外层的重力加速度比较大，每弹跳一次，速度就会变得更快。

他简单地冲了个澡，然后躺下，两眼盯着天花板。

那个自杀记录将给他们一个错误的信息。

他并没有把每个人都杀死。

他知道自己没有。

生命是廉价的

　　乔安娜决定干个通宵，研究谋杀的时间线，但她惊讶地发现船长就在医疗舱的门口看着她。

　　"我能为你做点什么，船长？"乔安娜向卡特琳娜挥挥手。

　　"我想看看你关于时间线问题研究的进展。"卡特琳娜说。

　　"我研究出来之后，第一时间向你汇报。"

　　卡特琳娜走到她自己的老克隆体床前。"我想我曾经给你下过一道命令。"

　　"为了病人的利益，我决定忽视那道命令。"乔安娜说着直起腰，转身面对卡特琳娜。

　　"那是抗命不从。"卡特琳娜冷冷地说。

　　"我这么做并没有超出我的职权范围。你曾经表达过杀死我这个病人的意思，而我却认为她需要再活一段时间。"

　　"为了船员的利益，还是送去做循环处理吧。"卡特琳娜做了纠正。她在床边的一张椅子上坐下，好像是要守夜似的，眼睛一直没有离开那张瘀青的脸。

乔安娜把她的平板放在手推车上，拿出一台笔记本电脑，动作也不是很快。不管怎么说，反正卡特琳娜还不想去触摸那具尸体，因为还不是时候。乔安娜走过来的时候，船长有点恼火地看着她。

"文件？"

"考虑到上次那些文件的最终去处，我认为是非常安全的，"乔安娜说，"我是用口头录音备份的，现在我还不想把任何数据输入计算机。沃尔夫冈是不是控制了飞船的其他部分？"

"尽我们所能吧。"

"你没事吧，船长？"乔安娜问。

"绝对没有。"卡特琳娜答道。

"你睡觉了吗？"

"没有。"

"船长，你知道你需要睡觉，新躯体需要大量的食品和休息。即使不吃东西，你至少也应当休息一会。"乔安娜说。

"你不也没有休息吗？"卡特琳娜说。

乔安娜耸了耸肩，她不想告诉船长说自己有急事，而船长没有。

"我们要让她在昏迷状态下躺多久，再把它处理掉？"

乔安娜注意到卡特琳娜在不经意间转换了人称代词，但她没有把话挑明。"事情太杂乱无章了，我无法做出决定。不过我希望她至少在这里再待一个星期，在恢复期间，你不要来打扰她。"她补充了一句。

"为了不让我接近它，你准备采取什么措施？"卡特琳娜问。她好像很感兴趣，而不是在挑衅。

"希望你尊重我在医疗舱的权威。还有，我想我必须把那道门锁上。另外，我还要和沃尔夫冈谈谈。"

她原以为卡特琳娜会笑起来，可却发现船长若有所思地点了点头。"这个计划好。不过，我现在就可以把它废了。"

"当着我的面？"

卡特琳娜哼了一声："拜托，不等你把那张椅子转过去，我就可以把它抢走，走出这道门，把它扔进循环器。"

两百多年来，乔安娜经历过多次生命，还从来没有听到过这样让她感到刺痛的话。她认为这种话在任何时候都会令人不快。她把防护设施中的克隆体下面的床单抹了抹平。"在此之前你有很多机会，可是你为什么不这样做呢？"卡特琳娜没有回答。"好吧，动手吧。"乔安娜屏住呼吸，不知道船长会不会当场叫她下不了台。

"你比我原先想象的要强。"卡特琳娜说着回到自己的椅子上，把双手垫在后脑勺下。她们相对无言地坐着，乔安娜感到自己胸部的紧张状态在逐渐消退。卡特琳娜说得对，乔安娜永远不会与她进行体力上的较量。

乔安娜打破沉寂："你想过没有，这是一个错误，它让克隆变得如此廉价？"

"什么？"卡特琳娜惊讶地说，"这话从何说起？"

"生命已变得非常廉价，"乔安娜说，"让自己安乐死，还可以避开老年疾病。疯狂的孩子们[1]发明了一种几乎不可能的运动项目，他们拿自己的性命开了个很大的玩笑，因为谁在乎呢？尽管你想把这个依然活着的女人送进循环器，法律依然会站在你这一边。"她指了指她们面前的这具躯体。

"我明白，"卡特琳娜说，她看着微微弯曲的天花板，"不过生命从来就是这么廉价，不是吗？为了在电子游戏中取得胜利，人们相互捅刀子；因为交通摩擦，人们相互射击；还有政治暗杀、社团暗杀。我认为克隆技术实际上使我们对暗杀颇为赞赏，因为暗杀的对象可以源源不断地供给。你听说过2330年前后发生在拉丁美洲的社团暗杀吗？人们愿意花钱雇杀手在各种聚会上杀克隆人，他们将这种杀人行为称为某种'方便'。在有的社会圈子中，这显得很尴尬。发生这样的事，最令人遗憾的还是你无法参加一个好的聚会。也许衣服上会弄上血迹。人们愿意去参加一次聚会，然后死去，第二天又醒过来，心想那应当是一个非常激动人心的夜晚。"

乔安娜点点头，记住了这些话。"在美国，我们把这些杀戮称为最糟糕的宿醉。那是严重违法的、技术性的谋杀。奇怪的是，当克隆便宜到一定程度之后，团伙暴力犯罪反而近乎绝迹了，再也没有发生过以杀戮为乐的事情。疯狂的孩子们不得不去学习更有创造性的报复行为。"

"拉美杀手有一套自己的规则，你知道吧？不折磨，不恐吓，而

---

1 疯狂的孩子们（Rage Kiddes），指那些起床后立即上网，并将自己手上的票投给竞选失败者的疯狂孩子（通常也发生在输掉电子游戏后）。这一群体是否存在有争议。

且肯定不去杀普通的人类。"

"还真文明呢。"乔安娜讥讽地说。

"规定是很重要的。战争时期,我在前线,乔安娜。我目睹过战斗。我也杀过人——杀过人类。在我成为克隆人前后,我见过对生命无谓的浪费。可是我对其他人从来没有像对眼前这个人一样,必欲除之而后快。"

乔安娜慢慢转过脸对着她。"我不能假装知道你的经历,船长。可你为什么那么恨她呢?"

卡特琳娜身体前倾,看着那张脸,眼睛都不眨一下,好像希望这个人能醒过来。"因为她并没有给我任何东西,我也不要得到她的任何经验、任何秘密。过去这些年,她把我最后的这段时间都偷走了。我们完全可以利用这段时间去查清这里究竟发生了什么。她并没有像你们其他人那样死去,她是一个还活着的贼。

"她亏欠我,就像我亏欠我的下一任克隆体一样,以此类推。普通人类说他们欠自己儿女一个美好的生活,一个比他们自己的生活更加美好的生活,但是我认为克隆人在每一件事情上都亏欠我们的下一个自己。毫不夸张地说,除了混乱,她什么也没有留给我。"

"这不是她的错。再说了,我们都在同一艘飞船上,"乔安娜轻声细语地提醒她,"他们死的时候都没有给我们留下任何信息。根据你的逻辑,他们就是从我们这里窃取的。"

"可是过去的你们现在都死了,这个人还在苟延残喘。"卡特琳娜说"这个人"的时候,好像是在说被她踩在脚下的一只臭虫,"希望你能够尊重这一点，让我把这个人处理掉。"

"我尊重活着的人，卡特琳娜，"乔安娜说完转身对着自己的计算机，"我不知道你为什么不想了解她所知道的情况。她醒来之后，这些问题都是可以解决的。"

"这样就会有两个我，两个船长。你认为她会因为我的存在而主动退位，也就是说放弃她的官阶、放弃她的生命吗？"

乔安娜摇了摇头。获得克隆伦理学博士学位的人，都没有找到一个解答这个问题的优秀答案。

卡特琳娜也摇了摇头。"今天晚上你没有什么可担忧的，我回自己的房间休息。"她站起来舒展了一下身体，好像对自己再次成为一个年轻女人感到高兴，她朝门口走去，然后停下脚步回头看了看。"乔安娜？"

"嗯？"

"我对自己刚才说过的话表示遗憾。"

"我知道你会这样的，船长。"

她离开了。她的克隆体和以前一样处于昏迷状态，她的秘密被锁在一个近在眼前的脑袋里，如此不可捉摸，就是因为处理心智图的硬件不见了。

保罗站在自己的舱里，心跳不断加快，内心十分恐惧。他到这里来寻找一些个人隐私，看看自己能不能破解究竟发生了什么，至少看看自己卷入了什么事情中。他仍然不能很好地集中思想，他的思想不断地回到醒来时看到周围那些尸体的场面上。服务器舱虽然使他感到舒服，但对他来说也不是一个好地方。这里有太多的闪烁的红灯，还有太多的错误。他害怕恶魔似的船长会随时从背后盯着他，还有那个凶神恶煞般的沃尔夫冈，随时会把他撕成碎片。大家都离开服务器舱之后，他才大大地松了一口气。没有他们在边上盯着他，冲着他大呼小叫、说三道四，他感到非常轻松。

如果他们一直这么浑蛋，为什么过了二十五年才让我们去死？他认为如果他们跟这些反复无常的人在一起，第一年就会死掉的。

他的舱室显得非常邋遢，这使他隐隐约约感到失望，他一直希望成为一个比较整洁的人——有朝一日吧。他希望自己在过去几年中曾经做出过努力，而他自己（目前这个克隆人）却没有进行过任何努力——确实没有，床上只有一个罩住床垫的床笠，床单和毯子都被踢到了一边，也许是做噩梦时踢下去的，这也没有什么稀奇。

他没抱多少希望，但还是在自己的控制面板上进行了操作。数据已被删除。他把自己的东西检查了一番。他的墙上有一些地球风景的老照片，有著名工程师的照片，还有一些电影海报。他心想这些电影现在应该被看成是经典了。他不知道现在家里发生了哪些变化，恐怕自己永远也不会知道了。

他仔细检查了自己的舱室，寻找个人物品。有些东西不见了，这使他感到恐惧，不过他又理智地想了想，经过二十五年的时间，那些东西可能已经被他丢了，或者被他放在飞船上的其他地方了。

他发现自己的平板电脑中保存有书籍、电影和电子游戏。即使在太空中待上几百年，他也来不及消费这么多东西。谢天谢地，这些东西还没有被删除。他在平板电脑中搜索个人文件，可是没有找到。他厌恶地把它扔到床上。

他想知道其他克隆人是否给未来的自己留下了一些能搜索到的信息。过于详细的记录没有多大意义，何况他们都认为自己丢失的记忆不会超过两个星期——那已经是极限了。

保罗进入自己的小浴室，看见镜子里那张瘦小年轻的面孔。他曾经只有二十岁，但这么长时间以来，他从来没有像现在这样英俊、这样健康。他完全可能是一个陌生人。他走到淋浴下面，尽量把热水开得烫烫的，看着自己在镜子中的形象逐渐被蒸汽所模糊。

就在他脱衣服的时候，计算机终端发出了嘀嘀声。他几乎没有听见，因为水流的哗啦声太大。他把头伸到浴室外面，再次听到了嘀嘀声。他很快拉上衣服拉链，关掉淋浴的水龙头。

伊恩上线了。

他是不是应该让船长和沃尔夫冈知道？不，他希望比任何人都先看见伊恩。他快速返回服务器舱。

用户界面还像他离开时那样在闪烁，不同的服务器上都有好几个地方仍然亮着红灯，不过伊恩的用户界面上那张黄色的脸，已经睁开了惺忪的睡眼向四处张望。

保罗知道，正在看着他的是装在墙上的人工智能摄像头，而不是界面上那双闪着黄光的眼睛。不过他并不介意。他希望有一张脸和他进行对话。

他面对着伊恩那不断抖动的全息图像，当他成为船员后最想见的就是伊恩。那天早些时候，保罗深入伊恩的编程中，寻找关闭他的有关信息，但在已经支离破碎的代码中，他怎么也找不到其关键部分。他知道只要能够找到一行代码，就可以使其他东西回归原位。他进行了几次试验，结果都没有奏效。也许他还需要一些时间。

"伊恩，给出状态报告。"他说。

"我的语言功能又可以工作了，"对方回答说，"你是保罗·瑟拉，'休眠号'飞船的总工程师。"

"你是谁？"他问完后屏住了呼吸。

"伊恩，智能人工网络，一个绝妙的首字母缩写。"扬声器里传出这句话的时候，代表他嘴唇的灯光显得不大协调，但他毕竟可以交流了，这就足够了。

"是的，科学家类型的人就喜欢开玩笑，"保罗说着，看了看伊恩面孔后的链接全息图，"你的工作是否正常？"

"我一点都不乐观，不过已经有所改善。我可以调用的摄像头大概是总数的30%。"他略微停顿了一下，"你有所不同，这是一个新克隆人。你是怎么死的？我没有你这方面的信息。"

保罗觉得他的焦虑发生了偏转，因为过去仍然是一个黑洞。"你没有？所以你无法告诉我们过去二十五年中究竟发生了什么？"

伊恩再次停顿了一下。"我已经叫船长过来了，我有必要进行汇报。"

保罗发出一声抱怨。如果他是提醒船长的那个人，他就会成为一个英雄。因为——

"瑟拉先生，你真好，让我知道伊恩已经醒来。"卡特琳娜走进服务器舱的时候冷冷地对他说。

"他就这么自己上线了，船长，"他说，"我正在评估他的整体状况，然后再向你汇报，这样我就可以给你一个完整的报告了。"

"这就不必了。伊恩，你现在的状况如何？"

那张黄色的图像转向船长。"我已在线。飞船的功能发挥了85%，不过大量数据已经丢失。实际上所有的数据都没有了。"

"这我们已经知道了。"船长很快接上去。

保罗觉得有点奇怪，认为有必要保护伊恩，所以他问："伊恩，你可以把当前的航线和速度告诉我们吗？"

"我们偏离了航向，但是我们好像正在进行修正。我们现在的速度比正常速度大约慢5%……不，是5.39%，而且还在减速。我们正在转弯，磁性帆正转向不同的方向。"他稍稍停顿了一下，仿佛正在执行内部命令，"是的，我们肯定会再度偏航。这很奇怪。"

"是突然发生的吗？"保罗惊讶地问。

"就在你访问他的时候。伊恩，这是你做的吗？"卡特琳娜问，"你醒来之前，我们纠正航向的工作干得不错。"

"我不知道，我认为不是，"他的声音透出一丝怀疑，"我还无法直接和飞船的所有系统连接。"

"你能不能暂时中断和导航系统的联系？"卡特琳娜问。

伊恩暂时停顿下来，保罗认为他执行指令需要一点时间。"不，船长，我不能这么做。我不能把导航交给船员——即使这是行政长官的命令。"伊恩回答道。

"我们正在偏离航线，我们正在减速，再次！"卡特琳娜说。她的语气中带有明显的怒气。

"我来想想办法，让我们回到正确的航行轨道。"伊恩回答说。

"我刚才就是这样命令你的。"船长说。

"不完全是，船长。这个问题我晚上来解决，我想用我的软件对这些问题进行自我诊断，明天会有一个完整的报告。你应当稍事休息。"

保罗心想，不知过去这些年里，伊恩有多少次根本没听船长的指令。伊恩具有终极权威，这可以防止操控飞船的人产生任何不利于这次使命的想法。

船长严肃地看着保罗。"如果我们继续偏航，就必须找到一个方法，再次把这个网关掉。"

"船长，他可以听见你说的话，"保罗用微微颤抖的声音在她耳边说，"还有，他跟我们完全一样，死过，也醒来了，也失去了大量的记忆。你是说再次让他完蛋？"

卡特琳娜并没有想把嗓门降低："如果这是我们完成这次使命所必须做的，我一定会把该除掉的人除掉。"

卡特琳娜的故事

126年前
2367年10月10日

　　"爱马仕,我认为是,"卡特琳娜·德拉·克鲁兹说,"非常完美。"

　　她的侍女内韦卡点点头,走到一个壁橱前。壁橱里挂着主人的行头,温度控制在最佳状态。侍女拿来一个塑料挂袋,里面是一件修身黑色套装。她把它拿给卡特琳娜看,就像酒侍在展示一瓶优质葡萄酒一样。

　　虚荣心很强的卡特琳娜点点头。侍女把它从挂袋里取出,弄平后,放在卡特琳娜床上。卡特琳娜站在那里,脱下睡袍,开始穿衣服。

　　参加正式晚宴,穿黑色套装非常合适。这是一件女式晚礼服,裁剪突出了女性身材,有个散开的尾部,穿上后仍可以进行大幅度的活动。

"你需要一个面具，"内韦卡说，"要匹配，还是要反差？"

"白面具、白帽子、白衬衣。"卡特琳娜说。

"你会勾魂摄魄的。"内韦卡说。

"要的就是这个效果。"

内韦卡噘了噘嘴，开始服侍卡特琳娜穿衣服。

卡特琳娜不需要别人帮她穿衣服，做其他事情的时候她也不要别人多少帮助。可是内韦卡是她雇来帮她料理家务的，她是真正意义上的侍婢，从打扫卫生，到帮卡特琳娜穿衣，什么事都干。

卡特琳娜是个获得过荣誉勋章的战斗英雄，是地球上所有武装力量中第一个成为将军的克隆人。在墨西哥派部队帮助美国人进行水源战争的时候，她就在美国西南部，而且能够很好地照顾自己。当时墨西哥近海的人造岛屿受到了寻求海水淡化工程的难民的攻击，她在受伤之后自己包扎伤口、自己穿衣服都没有问题。

不过她现在已经退休了。她本来可以继续留在部队，以新的克隆躯壳出现，但那样就会存在一个麻烦，那就是要让"年纪老"的下级尊重她。她决定另辟蹊径，干一件有丰厚回报的工作。将军的薪酬已经相当不错了，但是受雇于大公司、帮助它消灭其生意上的对手，得到的报酬要多得多。

她曾经干过一些聚众暴力袭击的事情，但也觉得那样过于抛头露面了。她比较喜欢干公司暗杀的事，因为这没有那么混乱，也不需要拖那么长时间。毕竟，这只是一种交易。

看到各大公司如何干预美国的水源战争之后，她觉得自己有责任尽可能多地消灭"那些狗娘养的"。

内韦卡是一个非常能干的侍女——尽管她所处的社会又开始对多才多艺的侍女另眼相看。她能确保卡特琳娜每周和每一票工作前都换一份心智图。她替卡特琳娜保管的每一件武器都干干净净、锋利无比、极其顺手，而且经常擦拭，每一件都达到要求。卡特琳娜那套爱马仕套装比较宽松，可以掩盖藏在小腿肚子、左前臂以及帽子边沿的武器。内韦卡知道如何从各类纤维织物中采集血液、排泄物和呕吐物的样本。卡特琳娜干这种工作时，服装上从来不缺任何饰件。

白色男款软呢帽是一种象征。卡特琳娜把它歪戴在头上，脖子后面悬着黑色发髻。她发现自己穿白色能博得人们的信任，穿红色能吸引人们的眼球。她不喜欢绿色。黑色的爱马仕套装会让客人对她敬而远之，使他们莫名其妙地暗中焦虑。

现在，她穿上套装，把一份新的心智图存入服务器。冰凉的武器已被她的体温焐暖，她准备出发了。今天的聚会离她在墨西哥阿卡普尔科钻石角的家不远。内韦卡为她约了一辆车，然后递给她一条围巾和一只坤包（里面没有武器，卡特琳娜可没那么蠢），陪伴她走到外面，这样她在等车时还能欣赏到太平洋的落日。

有些人富得流油，可是还在雇用人力驾驶的车辆为自己服务。这个逻辑就像是在为厕所贴金——虽然这两者表面上毫不相干。许多人，包括许多像卡特琳娜一样的有钱人，不管到什么地方去，只要一辆自动驾驶汽车就行。这样的旅行既省事，又省心。而且自动驾驶汽车多了，交通秩序反而会变得更好。

那辆自动驾驶汽车到了之后，卡特琳娜发现后座上有一个人，于是急忙冲进屋内，拿出自己的枪。

一个五短身材、浅褐皮肤、黑眼睛的女人走下车来，不紧不慢地走到门前。她身上穿了一套价值不菲的灰色套装，像是个意大利人。她脚穿黑色高跟鞋，头戴灰色男式软呢帽。她看上去在二十五岁上下，却显得老成持重，充满自信。

卡特琳娜通过监视器看着她，知道这个女人是谁——如果她不认识自己的目标，那她就不是一个称职的公司杀手。

从这个女人的走路姿态和衣着打扮可以看出，她像卡特琳娜一样气质优雅，有条不紊，知道合适行头的重要，而且非到万不得已，是不会有匆忙动作的。

她敲了敲门。"卡特琳娜·德拉·克鲁兹，"她说话带着美国口音，"我叫萨莉·米尼翁。我想跟你谈谈，我没带武器。"

内韦卡上前看了看，她朝卡特琳娜竖起一道眉毛。卡特琳娜点点头，走进大厅，坐在一张长凳上，背后的墙上挂着菲利普斯的抽象画原作。她平稳地握着枪，示意内韦卡把门打开。

"请进——"内韦卡刚开口，萨莉就一拳打在了她的脸上。

她重重地倒下，血从鼻子里直往外流。

卡特琳娜朝这个女人的右侧开了一枪，打掉了门上的一块漆皮。

萨莉停下脚步，举起双手。"我只是想和你谈谈。"

"这不像是来找我谈，而是想来袭击我这个家。"她说着用左手指了指内韦卡，右手仍然平稳地端着枪。

"我说过我没有带武器，"萨莉说，"而且——"她话音未落，就惊讶地喊了一声。内韦卡双腿套住她的双脚，用力一夹，她仰面朝天，脑袋重重地磕在地上。这时候内韦卡坐起来，在这个女人的太阳穴上狠狠地打了两拳。尽管鼻子还在流血，她已一跃而起，踩住萨莉的手腕，使它动弹不得。

也许应该给内韦卡加薪了。

"你还不知道吧，我们家这位曾经是大学里的综合格斗冠军。"卡特琳娜说。

萨莉呻吟了一下。

"看看她有没有武器。"卡特琳娜说。

内韦卡摇了摇头。"她没带。也不需要带。"

"把她捆起来，然后收拾一下你自己。"

内韦卡和卡特琳娜把被打蒙的萨莉弄进厨房，捆在一张椅子上。卡特琳娜坐在她对面的小圆凳上。内韦卡拿了条湿毛巾放在自己鼻子上，眼睛却一直盯着这个女人。

萨莉的神志已经清醒过来，这比卡特琳娜预料的要快。她伸缩了一下身子，试了试绑在身上的绳子，然后放松下来。她用疑虑的目光看着卡特琳娜。"我死了吗？"

"我还想对你做进一步的了解，"卡特琳娜说，"再说了，我的活是在宴会上把你干掉，而不是在我的厨房里。"

"我到你这来，你为什么有这种戒心？"萨莉问，"我对你没有任何威胁，你一定是有备份克隆体的。"

"在宴会之前的这个节骨眼上，我没有时间来唤醒新的克隆体。而且我喜欢这个套装。"

"有道理。我的来意是——"

"我是不会被收买的。"卡特琳娜打断她说。

"首先，我不是要雇用你来杀人的。"萨莉微微笑了笑说。

"我想也是。"卡特琳娜表示认可。

"我只是想在宴会之前跟你谈谈。"萨莉说。

"我们已经在谈了，"卡特琳娜对她说，"你被人重金悬赏。我研究过你，你的大脑是世界上最令人恐惧的大脑之一。到目前为止，你怎么还没有成为心智黑客的攻击对象呢？"

"世上所有顶级黑客都是我雇用的。"萨莉说。

"当然，"卡特琳娜说，"你为什么要到这里来，而不让我在索尔可乐的宴会上把你干掉？那是我应该做的。"

"我早就知道我会在这种宴会上被暗杀，我在索尔可乐大酒店有几个眼线。我也对你进行过调查，你确实是个武士。"

卡特琳娜耸了耸肩，对这样的恭维话她早就无动于衷了，她知道自己的斤两。

"此话怎讲？"

"我不是说你武艺超群，"萨莉说，"我是说你的作战策略。你的计划连最小的细节都不忽略，连食品和饮料的喜好以及过去的风流韵事都不遗漏，你还有应急计划。我需要像你这样的人加入我的工作团队。"

卡特琳娜摇了摇头。"告诉你吧，我有契约在先，是不会被收买的。即使你给我双倍的价钱，我也不会去对付自己的客户。如果我同意这样做，就没有职业道德了。"

被绑着的萨莉感到一阵紧张，卡特琳娜意识到这是一个要靠施加压力才能对付的女人。"不是那么回事，我是要你彻底地放弃这样的工作。"萨莉说。

"我为什么要这么做呢？"卡特琳娜问。

"因为你喜欢金钱、冒险和权力。"

"谁又不喜欢呢？"

萨莉笑了笑。"不错，大多数人都喜欢这些东西，可是你却在拼命追求这些东西。"

"那又怎么样？"

"从咨询你开始，我有个问题想弄明白。"

卡特琳娜等着她往下说。

"对那些腰缠万贯又不怕死的人，如何进行有效的报复？"

卡特琳娜略加思索。

"我们要先为这个问题喝一杯。"

鼻孔里塞着棉花的内韦卡，给她们端上了价格不菲的金牌龙舌兰酒，还为萨莉的头准备了一个冰袋。

综合格斗手有很多的积怨与不满，但这种态度与她当前的工作是格格不入的。

被松了绑的萨莉坐在卡特琳娜的阳台上，看着余晖中的落日渐渐沉入海平面以下。她喝了一口龙舌兰，觉得很不错。"我的意思是，你的暗杀行动既浪费时间，又浪费金钱。它能达到什么目的呢？就好像我们又回到小学生时代，互相撩起对方的裙子，看她穿的什么内裤。我们已经是成年人了，还是不要遮遮掩掩的啦。"

"我们都在遮遮掩掩。"卡特琳娜若有所思地说，"大多数人的周围都有克隆人，特别是经过一个或两个生命周期之后，所以你威胁不了他们所爱的人。金钱是难以捉摸的东西，你搞垮了一个企业，却发现你的对手企业又多了几个。政治丑闻也好，性丑闻也罢，持续的时间顶多不过几十年。"

"为了让某些事情过去，我们只能等待。"萨莉点头表示同意，"可是我要想办法惩罚那些让我生气的人，让他们真正感到难受。"

"我想到的是绑架，"卡特琳娜说，"把他们秘密地带到一个地方，然后把他们干掉，这样一来，克隆实验室就永远不必唤醒新的克隆体了。"

萨莉同情地看着她。"卡特琳娜，你是想告诉我你的克隆实验室不在这个宅子里吧？我的所有目标都有许多隐藏的备份，就像他们的银行存折一样多。"

"采取折磨的办法，"卡特琳娜说，"就个人而言，我还是怕疼的。"

"令人讨厌。"萨莉呷了一口酒，像是要冲洗掉这个想法。

"你们的所有痛苦都是由于伤心或情感造成的，"内韦卡说着又给她俩斟了一些酒，"其他东西对你们来说无所谓。"

"让你的对手坠入爱河，然后让他们心痛欲裂，这是要花很大功夫的。"卡特琳娜说。

萨莉目不转睛地盯着落日，终于看见它沉入大海。"不，还要想得更远一些。眼下最大的痛苦是失望——由希望带来的失望。"

卡特琳娜喝完杯中酒，萨莉则陷入了沉思。内韦卡又给卡特琳娜添了一次酒。

"你还没有问我为什么要采取这样的报复手段呢。"萨莉说。

卡特琳娜举起手示意，让内韦卡不要再给她斟酒了。"这不是我该问的，我也不向客户提问。"

"这就是你如此优秀的原因。"

"其实我真的有一个问题想问。你说你要先咨询，然后才能雇用我。你看到这个问题的结局没有？"

萨莉看着卡特琳娜微微一笑，随即脱口而出："我们都是明白人，我确定我们能想出办法。"

卡特琳娜听说月球飞船基地正在建造世代飞船。她知道数千人类将进入低温睡眠，然后在一个新的行星上被唤醒。她听了以后感到很恐怖。她不想一辈子待在太空，在太空中一个未被开垦的星球上定居。她不想成为建造新城市的人。她不想为在那里建下水道而发愁，她想享受在已经建好的城市里的生活。她不愿意像其他同行的克隆人那样，把自己的数据保存在飞船的数据库中，所以她对这个问题也没有多加关注。

现在萨莉要求她在整个行程中保持清醒状态。

"建立这个新世界的目的，是让克隆人和人类和平相处，条件是我们共同登陆并殖民那个星球。"

"我想最近恐怕没有人读过历史书吧？"卡特琳娜尖刻地说。

萨莉笑了笑，又耸了耸肩。"我们必须为某个目标而奋斗，要不然还有什么希望呢？"

"那为什么选中了我？"卡特琳娜问。

"船长要由强人来担任。我想到了你，因为我想要一个有战功的英雄和杀手。所有的船员都是克隆人，都有犯罪前科。如果有人图谋不轨，你可以把事情掩盖下去，再唤醒一个新的克隆人，继续飞行。"

"这听起来非常残酷。"

"有时候，面对未来最好的办法就是整合过去的所有办法，"萨莉严肃地说，"最大的利益是什么？到了新的星球之后，你的记录已全部被删除，你作为杀手或战犯的所有档案都将不复存在。"

卡特琳娜的眼睛眯成了一条线。"我的战争记录应当早就很干净了。"

"还记得吗？世界上最优秀的黑客。如果有人认真寻找，你的记录还是能找出来的。"

"不知道这是一次机会，还是一种讹诈？"卡特琳娜说。

"说实话，我自己也不清楚，"萨莉说，"你对这个感不感兴趣？这是一个很现实的问题。接下来我们可以谈谈，看看我是不是非要迫使你参加。"

如果她的档案传出来，或者她遭到逮捕，那她就要去蹲监狱。这是很痛苦的，不过在生命结束之前，她还可以被克隆。她还有时间。

卡特琳娜不得不承认，这听起来有点意思了。她知道干掉公司大亨不会使她永远幸福。她慢慢地点了点头。"容我考虑考虑。不过有几件事必须先说清楚。我今晚仍然要把你杀掉。如果我让你活着，但又不接受你提出的要求，我将永远无法工作。"

"我理解，"萨莉微笑着说，"还有什么？"

"内韦卡和我一起去，让她进入低温睡眠。"

萨莉抬起头看了看正静静地站在门口的那个侍女。"你要和她商量一下吗？"

"内韦卡，你愿意经历一个长时间的休眠，和我一起去殖民一个新的星球吗？"

"夫人，如果你非要问，我就不高兴了。"鼻孔里塞着棉花的内韦卡瓮声瓮气地说。

"你听见了吧。第三点，在选择船员的问题上我要有否决权。"

"这不可能，"萨莉不假思索地说，"为了让你来当船长，我必须打通的关节都打通了，我无法再得到赞助商的更多财务资助了。"

"那我希望了解他们的历史材料。"

萨莉慢条斯理地摇了摇头。"对不起，将军，这个我也不能答应你。有一件事我们是答应了这些克隆人的，那就是给他们一个干净的记录。如果他们到达新的星球后，还有人知道他们的犯罪历史，那么其余的船员就会做出对他们不利的事，他们就会成为贱民。如果你的四周有数百万人围着你，那么你的羞耻感很快就会结束。可是在整个星球上只有几千个人的时候，就没那么容易了。"

"在我不知道自己所面对的是什么问题的时候，怎样才能控制这些船员？"卡特琳娜问。

"这就要靠人工智能了，他会处理任何你无法触及的事情。"

"几千个人的生命以及一艘飞船的操控？这可是对人工智能极大的信任。"

"这个人工智能是世界上最好的。"萨莉说。

"你说的是已知世界。我知道有些地下黑客也在研究人工智能。"

"不，他是这个世界上最好的。"萨莉眼睛直视着卡特琳娜说。

这个女人思维的缜密，出乎卡特琳娜的想象。

"你要我什么时候答复？"

"三天。"萨莉说着站起身，抹了抹身上的套装。她皱了一下眉头，掸了掸银灰色套装上的血迹。

"如果你把那个东西给我，我可以把血斑刷掉。"内韦卡说。

萨莉脱下外套并冲着内韦卡笑了笑。"谢谢你了。"

内韦卡看了卡特琳娜一眼。"我会把这件衣服泡在冷水里。夫人，如果你还打算去进行暗杀，我们就要借一件衣服给她，让她穿去参加宴会。"

"我想这我们可以安排。"卡特琳娜说。

根据她们达成的交易，卡特琳娜很快就杀了米尼翁，而且没有造成痛苦。她在萨莉冒着气泡的朗姆酒和可乐里下了一种透明无味的毒药。米尼翁站在喷泉旁边，这样她肯定可以栽倒并掉进喷泉池，制造一个非常可怕的场面。

完事之后，卡特琳娜决定很好地享受一下这次宴会，并看看能否收集到有关这个飞船计划的信息。非常困难。当公司暗杀成为交谈的话题时，有些人缄口不言。不过她很快就发现，人们对这项计划的反应强烈，宴会上出现了几种不同的论点。

她所接触到的大多数人类和克隆人都赞成这个计划，不过还是有些犹豫。这是一件好事，但是要由其他人来做。有几个人决心留在这里，享受特别顺畅的呼吸空间。

"我听说他们要雇用罪犯来驾驶这艘飞船，"一个叫巴布洛·埃尔南德斯的克隆执行官悄悄地说，"我对此不太放心。"

"你手上戴着由奴隶开采的钻石，还雇用杀手来操纵市场。你突然变得这么好，为什么不去乘坐由罪犯操控的飞船呢？"这伙人里有个女士说得有点夸张，引得在旁边听的人咯咯直笑。

"首先，到了一个星球上，要白手起家创建文明，对不对？"巴布洛不无讥讽地说，"简易厕所？不行，谢谢。"

刚才说话的那个女人把黑头发向后一甩，说："哦，求求你。他们会带一个服务器能管理的劳工群体去建设这个星球。在没有把有些东西建成之前，他们是不会唤醒这些人的。这么长的岁月，这么多的生命，都是可以牺牲的。"

几个小时后，巴布洛死于一次公司暗杀行动。第二天夜里，宴会的确进行得非常顺利。这件事之后，宴会的气氛也发生了变化，举杯敬酒的人多了，关于可能由什么人驾驶"休眠号"飞船的问题也没有人再提不同意见了。

卡特琳娜没有发现是谁杀了巴布洛，反正她认为这是一桩悬案。

第二天，她前去拜访萨莉的时候，新克隆的萨莉刚刚醒来。

"我来啦。"她说。

巨　兽

第二天

2493年7月26日

　　前一天晚上玛丽亚没有回厨房，休息完之后，她用平板电脑呼叫秋广，秋广骂骂咧咧地大声回答说等到早上再去。

　　一般情况下，听到这样的牢骚，玛丽亚是不会等他的。她决定不去计较秋广和他的混乱情绪，自己先动手安装打印机。不幸的是，机器安装说明书是她从包装箱里一个驱动器上找到的，而且全部是日文。

　　"我们进入黑暗的中世纪了。"她一边嘟哝，一边在说明书里翻找西班牙文或英文的安装说明书。

　　她再次呼叫秋广，可得到的是梦呓般的回答："滚蛋。"

　　"我需要你来翻译一下，说明书上只有日文。"她说。

　　"这他妈是你的错，买的版本不对。我早上过来帮你，别他妈打扰我。"他切断了联系。

没有备份，她提醒自己，同时不由自主地颤抖起来。如果现在有人袭击她，一切都完了。她从飞船静悄悄的过道上急匆匆地走回自己的舱室，检查了门锁，接着瘫倒在自己的床上，一觉睡了七个小时。

第二天早上，玛丽亚刚到厨房，就看见沃尔夫冈和乔安娜在捣鼓那台食品打印机。这下玛丽亚的情绪更不好了。

她一个晚上没睡好，反复琢磨着当天的情况及船员的状况，一直在想她和秋广的对话。她还没有吃东西，这样对克隆人是有害的。新克隆人就像新生儿，需要大量食物来滋养自己的新生命。

包装箱里这台新食品打印机是他们前一天晚上从储藏舱搬来的。

"你到哪去了？"沃尔夫冈查问，"你应该通宵地工作。"

"问我的翻译吧，"玛丽亚说，"秋广回宿舍后就不理我了，我需要他的帮助。不知怎么搞的，我们只有一本没有翻译的安装说明书。这个说明书——"她用手在食品打印机的包装箱上拍了一下，"只有日文。你们俩都没有睡觉吗？"

"睡了一小会，"乔安娜说，"不过我们认为，如果我们想要有吃的，就必须检验并清理这台打印机。"他们戴着塑料手套，正在摆弄那台老打印机，从进料阀门和食物出口采样。玛丽亚认为它已经不是食品打印机，而是向外吐毒物的巨大怪兽。吐出致命的食品之后，它那不怀好意的圆指示灯由红色变成了绿色。这显然就是一个独眼巨人。

银灰色柜台上的这个独眼巨怪就像个大烤箱。它在那个地方似乎很不合适，因为它的边上有一个更大的空间，似乎是为一个更大的装置而设计预留的。

虽然玛丽亚知道要尽早把厨房清理干净，但是当她看见他们从老打印机上取样，还是不觉火冒三丈。"把这个破玩意整个搬走，我不能让它和你们在这里碍手碍脚。如果它只能生产毒芹属植物，我们无论如何也要把它当垃圾扔掉。我来安装新打印机，并让它运转起来。"

"我以为你还要等秋广。"沃尔夫冈说。

"把它从箱子里拿出来用不着说明书。"玛丽亚呛呛地说。她把水壶灌上水放到加热器上。

趁烧水的空当，她走进对面拐角处餐具室旁边的小储藏室。储藏室里有几个配件，一些备用厨房用具，还有一个工具箱。由于格拉夫驱动器出过问题，储藏室内显得十分凌乱。工具箱和其他小用具都从架子上掉落下来，但至少工具箱还是关着的。她想到了要整理厨房的所有东西，不过这不是要优先完成的任务。

"克隆舱那边的维修有什么消息吗？"她走出储藏室时问道。

"没有，"此刻站在水池前的乔安娜说，"不弄清楚我们是否培育了新克隆体，我是不会放松的。"

"如果有人特意干了这件事情，那么，现在就是大开杀戒的最好时机。"玛丽亚说。

沃尔夫冈嘟囔起来："我们应当加强克隆舱的戒备，防止出现更多的破坏。"

乔安娜长叹一声。"加强克隆舱戒备，修复导航系统，调查谋杀案件，唤醒船长的克隆体，还要做好日常工作，维持飞船的运转。沃尔夫冈，现在我们只有六个人。你认为我们都有三头六臂吗？"

"别忘了还要修复伊恩。"玛丽亚说。

"我正在发挥作用，阿雷纳女士，"扬声器里传来一个声音，"毋庸讳言，我只恢复了大约40%，不过情况一直在好转。"

玛丽亚轻松地笑起来。"伊恩，欢迎回来。什么时候上线的？"沃尔夫冈却诅咒起来。

"为什么没有人告诉我们？"沃尔夫冈追问。

"是瑟拉先生和德拉·克鲁兹昨天夜里把我唤醒的。我一直在修复自己的功能，而且还恢复了我能恢复的所有数据。"

"你恢复了什么？"乔安娜迫不及待地问，"有克隆舱的记录没有？还有医疗舱的？"

"目前还没有，"伊恩的语气很乐观，也很友好，"不过我还在努力。"

"今天早上能在厨房帮我们忙吗？清除打印机中的毒芹属植物，恢复有关食品的日志。"玛丽亚问。

"不，不行啊，"伊恩说，"但是我可以告诉你，你的新陈代谢非常缓慢，需要很快进食。"

"我们需要世界上最好的人工智能来干这件事。"秋广说着走进厨房，向大家点头示好。

"秋广，伊恩已经醒——"沃尔夫冈刚开口，秋广就打断了他。

"我知道。"他说着挥了挥手，"他凌晨四点钟就把我叫醒了，让我去操作导航系统。看来他一上线，我们就开始偏航了，不知道为什么。我想我可以帮助解决食品问题，因为我马上就要吃东西，否则就会饿晕过去，或者会把沃尔夫冈给吃了——我也不知道该选哪个。"他发现玛丽亚在盯着他看，于是停了下来，"什么事？"

　　"你现在不想提你昨天夜里对我说的话了？"她问道。

　　秋广挠了挠后脑勺。"啊，我说什么了？"

　　"你拒不执行命令，这就是你的所作所为，"沃尔夫冈说，"正因为如此，我们现在都快饿晕了。"

　　"你态度恶劣，拒不执行命令，"玛丽亚说，"你是个浑蛋。坦白地说，是个让人毛骨悚然的浑蛋。"

　　沃尔夫冈双臂交叉。"他是不是威胁你了？"

　　"这个倒还没有，"玛丽亚说，"但是他真的让我感到害怕。"

　　"对不起。疲倦的时候，我什么也干不了。有时候我可能会有一点暴躁。"秋广说这话时，眼睛没有看她。

　　"所以就说，'喝西北风去吧，你这个无用的太空浑蛋'——还有一些日文，我想那不会是奉承我的话——是'有点暴躁'吧？"

　　看来他真的害怕了。"哦，不，玛丽亚，真的对不起。我真的不是那个意思。我刚才说了，我是一时昏了头。"他解释道。

　　玛丽亚看了看沃尔夫冈，说："是个浑蛋，但不能说他就是杀人犯。"

　　"盛气凌人，辱骂船员，这就很令人怀疑。"他说。

"我就在这里，你可以和我谈谈，知道吧！"秋广说，"我们所有人都是怀疑对象！甚至——"他立刻打住话头，看着沃尔夫冈。

沃尔夫冈双手交叉放在胸前，似乎在等他往下说。秋广什么也没再说。

"我觉得他没说谎，"伊恩说，"他所有的肢体语言都很真实。他是真记不得是不是说过这种话了。"

"那真的让人不爽，"玛丽亚说，"不过我们还是要把新食品打印机装起来。"她看着秋广，指着放在厨房柜台上的平板，"说明书在那，不要再那样跟我说话了。"

他急忙跑过去拿起那个平板。舱里的紧张气氛被打破，水壶也开始呜呜叫起来。

玛丽亚把茶泡上，给每人倒了一杯，茶叶在杯中不断翻滚。"还以为你们在做尸体解剖呢！发现什么证据没有？"玛丽亚问道。

"没有，还没有，"乔安娜说，"你是第一个被毒药放倒的，其他人的身体中也有一定剂量的毒药痕迹。他们即使活得长一点，也会病得很厉害，而且最终还是逃不过死亡。你接受的剂量最大。"

"很奇怪。"玛丽亚说。

"别担心谋杀案调查的事，"沃尔夫冈说，"你主要应该担心的是如何才能保证我们的食品供应。"

"我们早就知道食品打印机里出来的是毒芹，但我不知道船长是不是认为我们应该把时间花在食品打印机的检测上，"她说，"难道这也是叛乱或什么别的行为吗？"

"厨房里的叛乱，"乔安娜说，"我原来以为叛乱是比检测食品打印机更严重的反叛行为呢。"

"叛乱会直接威胁船长的权威，"伊恩说，"但这还算不上。"

"我好像记得有人说过，人工智能在理解幽默方面更胜一筹。"玛丽亚说，"他为什么这么有文采？"

"还记得吗？他已经恢复40%了。"乔安娜说，"我希望他能一天天好起来。"

"我们没有严格执行命令，花了点时间来检查这台食品打印机，大概情况就是这样。"沃尔夫冈发着牢骚。他帮助玛丽亚把打印机从包装箱里拿出来，这实际是回答了她早先提出的一个问题。即使在低重力的条件下，这台机器也是个庞然大物。不过通过他们的共同努力，终于除去所有的包装材料，使机器露出了真容。沃尔夫冈回到那个老打印机前面，看自己是不是拔掉了所有接口上的插头。

"不过你还是得把那个出问题的打印机搬到医疗舱去检测，"乔安娜说着把化验样本放进自己大腿上的一个塑料盒里，"所以我们不要中间人，让你直接干你的工作。"

"好啦，你们的官都比我大，我不和你们争论。再说了，在这种时候，我可以把你们当中的任何一个人吃掉。我可能先吃秋广，他这个人该吃。"

她在查看打印机，没有理会他愤愤不平的样子。此前她从来没有连接过这台打印机。

新的打印机比独眼巨人的型号新，体积也大。也许这个升级版的打印机可以在太空连续工作两百年之久。它大到了可以打印家畜的程度。

"果然硕大无比，"她摇摇头说，"我们什么时候才需要打印一头猪？"

"我想我们应当打印一头猪试试，"秋广说，"测试一下这个家伙的能力。"

沃尔夫冈和玛丽亚协力把新打印机搬到独眼巨人旁边那个空间的工作台上。它非常适合那个空间，好像当初设计厨房的时候就考虑到要安装这台更好的打印机似的，可是最后还是决定安装那台小一点的独眼巨人。

"玛丽亚，打印机弄好之后，把克隆舱好好打扫一下，"乔安娜说，"它已经不是谋杀现场，而成了生物危害现场。"

玛丽亚做了个苦相，但没有反对——那毕竟是她的工作。

沃尔夫冈试了试，看能不能一个人就把打印机搬走。他猛地一使劲，脚下晃了晃，把它抱了起来，迈着沉重的步子走出了厨房。

"我们还要跟这家伙一起航行多少年？"玛丽亚问，"我发誓如果他还像这个样子，我宁可让自己对这艘飞船的记忆从零开始。"

"他失败了，玛丽亚，"乔安娜温柔地说，"他把这些都当成个人的事情了。昨天发生的事显然是安全方面的漏洞，也许达到了我们永远无法估量的水平。看一下发生这些事情的时候他那种无所作为的表现，至少就能知道他是什么样的人了：一次袭击事件，五个死亡事件——如果算上伊恩就是六个——还有一次增殖培育事件，再有那个黑客事件，他还把备份材料的事推到我们头上。"她掰着手指列数那些犯罪事实，稍事停顿之后她接着问了一句，"还有什么？"

玛丽亚叹了口气，意识到她所言不谬。"可能的自杀？"她看着食品打印机皱起眉头，"让我安装这台打印机，本身就是在犯罪。我会尽量去干，但可能需要一整天时间。希望大家都有足够的块状蛋白质条。"

"我在我的舱里找到几块，不过不到万不得已，我是不会吃的。"秋广说。

"你可能非吃不可。"乔安娜说。

"我知道，我已经吃了，但我不喜欢这个东西。"他说。

她指着沃尔夫冈那杯一口没喝的茶，说："你感兴趣吗？"

"好的，给我吧。"秋广感激地笑着说。他看了看自己的平板，不禁皱起眉头，接着又瞟了一眼。"这种措辞很伤人的。你看看这些说明书，我琢磨是杀手写的。他们想把我干掉。"秋广说。

玛丽亚眉毛一扬。"这是很微妙的杀人方法。如果你不是故意那么刺激或者挖苦别人，那你实际上早就被牵扯进来了，因为你是飞船上唯一会说日本话的人，秋广。"

"这就是他们专门为我设置这个巧妙陷阱的原因！"他喝了一口茶，随后叹了一声，"好了，我们应当开始工作了。如果杀手想让我们再死一次，他们连一个指头都不要动，就能把我们饿死。"

"你们俩还真有点讨厌，"乔安娜说，"你们能不能考虑一下当前的形势？"

秋广做了个鬼脸。"对不起，医生，我只是不想让自己发疯似的大喊大叫，他妈的，我们真的快要死了，永远在太空中漂泊，所有克隆人都会完蛋，还要对上千人类的死亡负责。"他说这段话的时候，始终是一本正经的声音。玛丽亚尽量忍住不让自己笑出声来。

"他只是想放松放松情绪，乔安娜。"玛丽亚说。

"为了渡过这一关，要做什么你就做吧，有些事情还是不要让我听到为好。"乔安娜说。

"我刚才想到一件事，"秋广说，"把这台新打印机装好之后，是不是要重新给它编制程序，把诸如我们喜欢什么、不喜欢什么，以及吃什么过敏此类的东西都编进去？"

"不用了，我有一个驱动器，这些东西我都有备份，而且这个驱动器没有和伊恩连接，"玛丽亚说，"我们面临的最大挑战，就是要饿着肚子干活。"

乔安娜同情地看着玛丽亚，说道："祝你们二位好运。我到那台老食品打印机上去进行毒理检验了。"她在自己的杯子上盖了个塑料盖，把它小心地放进轮椅右侧的杯架上，然后出了厨房。

"这么说，我们没事了？"只剩下他们两个人的时候，秋广问。

"我基本不了解你，秋广，"她说，"我不知道什么时候不要当真，什么时候要认真对待——特别是经过昨天的事情之后。所以还是小心为好，那样我们就不会有问题。"

"我不相信这个说明书就没有其他语言了，"秋广说，"难道箱子里只有这个带信息的驱动器？"

"是啊。"她站起来清理箱子里的包装材料和碎屑。她把硬纸板拿起来，一眼看见木箱底部有个明显、粗糙的切口。

"秋广，看。"

"我想这不是你和沃尔夫冈开箱时干的吧？"

她把它拿到亮处。"没有。"她说。她把硬纸板翻过来，有一页说明书和一段胶带粘在一起。它已被撕坏，说明书的其余部分已不翼而飞。

"为什么有人要打食品打印机操作指南的主意？"玛丽亚一边问，一边把这张纸撕下来。

"印刷的说明书？我们要不要给飞船套上一只雪橇狗，这样来增加动力？"

玛丽亚把各种管子和导线都拿出来，整整齐齐地放在地上，等秋广指挥她具体怎么干。秋广看了看平板上的东西，烦恼不已，满面愁容。

"为什么要雪橇狗？"她终于忍不住问，因为这个问题使她感到不安，"为什么不让一匹马来拉这艘飞船？"

"外太空很冷。狗比较适合在低温下拉雪橇，或者拉太空飞船。"他说这句话的时候头都没有抬，"我来好好看看这个指南。"

他在看平板，玛丽亚则站起来整理厨房。厨房里的大多数器具都是固定在地上和墙上的，所以她要清理的不过是厨房用具、用过的脏盘子和杯子之类的小物件。

她发现了她从家里带来的一盒刀具，并打开了它。"哦，见鬼。"

她把刀具盒拿到桌上，让秋广来看。"我们都是被厨刀杀死的，对吧？"玛丽亚问。

"是啊，我们没发现其他凶器。"他脸上毫无表情。盒子里缺了三把刀。

"我们知道那把厨刀的下落，可剔骨刀和切肉刀都不见了。"

"好消息不断啊。"可是他的脸上没有一丝笑容，"我想，还有件事情应该告诉船长。"

玛丽亚用平板呼叫卡特琳娜。

"讲。"卡特琳娜说。

"船长，我发现我的那盒刀具，其中少了三把。有一把是那个厨刀，是我们在克隆舱发现的，可是另外两把不翼而飞了。"

"尸体下面呢？有没有发现刀子？"

"呃，没有，还没有——"

"那就回去装打印机，发现了线索再向我报告，没有就不要报告了。"

卡特琳娜关掉通话，平板里响了一声。

"讨厌，她真是个怪物。"秋广说。

"就你的话多。"玛丽亚说。

他拍拍自己的脑袋，刻意避开她的目光。"我真的认为写这个说明书的人非常痛恨别人，别人都快饿死了，他还想笑。"他说。

"你认为这又是一桩破坏案例？"玛丽亚半开玩笑地问。

"不，我觉得写这个说明书的人是个技术浑蛋。不过真想知道那本丢失的说明书上写的是什么啊。"

他站起身，看着玛丽亚放在地上的这些东西，然后又看了看平板。"明白了。"他嘟哝了一句，开始告诉她每样东西怎么用。他们又在一起工作了一个小时。秋广说笑话的时候，或者翻译不出的时候，玛丽亚都强忍住恼怒的情绪。尽管在伊恩的指导下，她曾两次试图把计算机和智能人工网络连起来，但每次都遭到了电击。

"在那，我看到了，"伊恩说，"干得不错，玛丽亚女士。"

"我要得到我那些备份。"她说。

"没有必要啦，"伊恩说，"这台食品打印机完全可以通过唾液样本来分析一个人的味觉。"

玛丽亚后退了几步，用新的目光重新审视着这台打印机。"这是相当惊人的计算能力，"她说，"不过它仍然是一头巨型怪兽。"

秋广把两只大杯子放进洗涤池。"巨型怪兽，我喜欢这个名字。我们就简称它为巨兽吧。如果你现在不需要我了，我就去检查那台驱动器。在这段时间里，你毕竟有几把刀子，还有巨兽可以保护你。"他说完就离开了。

"现在就只剩下你和我了，巨型怪兽，"她说，"我不怕你。"

说真的，飞船上有许多东西使她害怕，不过其中至少没有巨兽。

船长自从昨晚离开医疗舱之后没再回来过，乔安娜的紧张情绪一扫而空。但是保险起见，她睡到了另一张病床上。遗憾的是，待在这个舱里与尸体为伴，她感到很不舒心，更不要说什么卫生了。

克隆人的生命支持系统仍在不停地发挥作用，这表明前任船长还没有完全死去。

坐在轮椅上的乔安娜伸了个懒腰。她需要洗个澡，更需要吃点东西。

她转动轮椅来到医疗舱拐角的实验室，就在她准备打开屏幕的时候，有人突然敲响了她的门。她用平板的遥控器把舱门打开。

秋广走进来，有些神经兮兮。"你好，格拉斯医生，我想看一下我自己之前的克隆体，你介意吗？"

"秋广，那是不是世界上最健康的东西，我说不准。"乔安娜说着把最新的检测样本摊放在柜台上。

"呃，不是。对我来说，最健康的方式是让我美美地吃顿早餐，然后到跑步机上去锻炼一下。"秋广说，"但不要有与凶手同在一艘飞船上的压力，可是这些我都做不到。说起早餐，打印机很快就可以工作了。玛丽亚给它取了名字，而且正在挑战它的权威。如果你想看这场角力，我可以替你弄到门票。现在，你告诉我，有什么样的智慧才能够跟机器、跟飞船上还没抓到的凶手角力。"他的语气就像平常说话，像是在谈体育运动，而不是在谈他们的生命安危。

"记得我跟你说过的话吗？不要在我的听力范围内谈论你的应对机制。"她说的时候指了指拐角的五个尸体袋，"去吧，中间那个是你的。"

飞船上没有太平间，每具尸体都应在死后就被送去再循环。这又是一个被忽视的问题，她需要在它们发生分解之前把它们运走。她已经做完了尸检，可是却不得不暂时留着它们，这是为了满足沃尔夫冈的好奇心。如果船员要看看自己的尸体，也许还能发现有助于解开这个谜团的线索。

对于秋广来看自己的尸体，她也有些担心，但毕竟他已经死亡，而船长对自己躯体的执着研究才真正使她担心。

秋广走过去，拉开尸体袋的拉链，惊讶地看着自己赤裸的尸体。

"我只是想弄明白我为什么要上吊。"秋广仔细看着自己克隆体的脖子说。

"秋广，虽然你身上没留下自卫造成的伤，但你很可能是被别人吊上去的。沃尔夫冈和我今天要研究时间线的问题，"乔安娜说完转身看着扫描器，"不过别担心，我们最终会弄个水落石出的。"

"那个一脸正直的人在哪里？"秋广问道，"我还以为他在帮你寻找那些毒药呢。"

"他把食品打印机放下就走了。我想他是去检查保罗和船长了。不过，我有必要尽快跟他谈一谈。你为什么要找他？"她问道。

"我不是要找他，"秋广说，"我只是对每个人在什么地方感到好奇。我们应该随时注意动向，对不对？"

"从理论上来说是这样。这是不是意味着你让玛丽亚一个人待在那里了？"

"才不是呢，她和那台打印机在一起。只要玛丽亚能让它站在我们这一边，那东西在争斗中就可以保护我们每一个人。说实在话，它会不会这样做现在看来还是个问题。"他说。

乔安娜瞪了他一眼。

他的愉快表情瞬间消失。"好吧，我还要去检查导航系统。我觉得我可以顺便去跟我自己打个招呼，然后再去检查她。"

"导航系统怎么样了？"在他转身离开的时候，乔安娜问道。

"老样子，"他说，"还在减速，继续在向右舷方向偏。"

"这在太空中并不意味着什么。"

"好吧，是掉头飞向地球。我不想用天文导航数字来烦你，不过如果你真想……"他欲言又止，也许是希望她迅速加以制止。

"我保证，如果发现你的健康有什么问题，我会告诉你的。"她说着示意他出去。

"谢谢，医生。"

看着他离去的背影，她笑了笑。飞船上有秋广，她感到高兴。虽然他有时候多管闲事，没有礼貌，但他是他们所需要的那股清新空气。

她的扫描器发出嘀嘀声，说明它已经完成了预热。她开始把样本放进去，然后把每个样本的数据记录在平板上。

"你好，格拉斯医生，"伊恩的话把她吓了一跳，"对不起，我让你受惊了？"

"有点，还要适应一段时间。你需要什么，伊恩？"

"我想知道你干得怎么样，是不是有什么需要。"

"我要我的医疗档案，伊恩。除此之外，事情的进展似乎还可以。"

"我没有你的医疗档案，但我可以把你现在的东西备份下来。"

乔安娜原本想说不，但点了点头。她的大脑依然在提醒她要防止数据的再次丢失。"谢谢你。"她说。

她给厨房发了个信号，玛丽亚不耐烦地回答说："还没弄完呢，医生。"

"我不是因为这个找你。食品打印机彻底报销了，你听到之后一定很高兴。"

"我为什么会高兴呢？"

"因为这意味着，你摆弄新打印机不是在浪费时间。不管怎么说，弄得怎么样啦？"

玛丽亚大声叹了口气。"快了，在食用它打印出来的食品之前，我要先测试几道菜品，不过快了。等我最后打印出来，我会让伊恩通知大家的。"

"你准备回宿舍拿那些备份吗？你说你有的。"

"我想我应该去。说明书上说我不必这样做了，但是我喜欢冗余系统。"

"我想确定一下，你的舱室里已经没有毒药留下的痕迹了，"乔安娜说，"你有空之后尽快告诉我。"她正准备挂断，突然想起一件事，"秋广在不在你那？"

"没在，刚走，去检查舵舱了。"玛丽亚回答说。

"见鬼，"乔安娜说，"对他留个心眼。他刚才路过这，现在应该朝你那边去了。"

"好的，没问题。"玛丽亚说。她现在比以往任何时候都更加心烦意乱。内部通话系统关闭了。

乔安娜连声叹气，她担心这支由六名船员组成的队伍的智慧。队伍表面上效率很高，但在出现这种大灾难之后，他们陷入了真正的麻烦。他们需要更多的人手。

或者少要几个，这取决于其中有多少是完全可以信任的。

毒芹属植物。玛丽亚是对的，那是一种很奇怪的有毒植物。她在平板上查到有关信息，并对它进行了仔细研究。它的叶子（即使少量）的毒性是致命的，而且可能被混同为其他植物。

她要再喝点茶，于是朝厨房走去，并准备面对狂怒中的"飓风玛丽亚"。

"船长，你在哪里参加过战斗？"乔安娜问。

她和卡特琳娜坐的地方离玛丽亚测试打印机的地方较远。秋广坐在柜台边陪着玛丽亚，但又不想碍手碍脚。船长是来休息一下，她正满怀希望地看着这台打印机。

"我曾经在墨西哥的军队服役，也是世界上第一个成为将军的克隆人。"她用手把自己的空杯子斜着旋转起来，"我经历过美国水源战争的主要阶段。我们的营地遭到激光武器袭击，我失去了一条腿。"

在水源战争中，乔安娜一直在华盛顿特区。她还记得这场战争是如何使西方发生分裂、一场新的内战是如何造成首都出现大规模冲突的（谁也没有说那是内战，可是大家都知道，内华达州的州长安德鲁·蒂尔接过内华达州陆军预备队的指挥权后，就迫不及待地把她派去入侵加利福尼亚州，去争夺越来越少的水资源）。

"我记得这场战争，"她说，"我很难过。"

"我没活多久，随后获得了又一次生命。这是克隆技术的好处，你知道的。"卡特琳娜说。

乔安娜呼叫沃尔夫冈。

"什么事，医生？"他问。

"我们要回去干活了。我们先把时间线定下来，这样我就可以清理医疗舱了。"

"好吧，我们先吃点东西。打印机好了吗？"

厨房里传来玛丽亚的诅咒声。

"还没有。卡特琳娜和我现在就在厨房里。"

"好的，你能不能让我知道一下毒理检测的结果？"他问道。听声音他好像已经走出来了。

"我们不能相信那台食品打印机，它很糟糕，出来的全是毒芹。好在我们有了这台新的。"

"好吧。"对方挂断了。

"泰然处之。这就是我的副指挥。"卡特琳娜说。

乔安娜和船长静静地等着沃尔夫冈。他走进来，看见了正在忙活的玛丽亚，但他没有说话就在他们旁边坐下了。

"有关毒芹的情况我先前没有说。"乔安娜平静地说。虽然玛丽亚离得很远，而且在打印机后面弄出的声音很响，乔安娜的嗓门依然压得很低。卡特琳娜和沃尔夫冈都把身体凑近听她说。

"我们都尝了，不过比玛丽亚尝的少多了，"乔安娜说，"我就奇怪了，玛丽亚怎么没有发现打印机遭到了破坏呢？"

"有很多方法可以神不知鬼不觉地把东西放进食物，"沃尔夫冈说，"可能是出于玛丽亚二十五年来一顿饭也没有做过的原因。"

"她的刀子，她的厨房。她有没有可能先服毒，再把我们杀掉，然后才死的呢？"卡特琳娜说，"或者是有人在她还没来得及删除所有数据之前，就想用刀杀死她呢？"

乔安娜摇摇头。"用毒芹毒自己？反正我不会那样去死的。再说了，我依然认为是她动了那个应急释放开关。可以有把握地说，她是被人杀死的。当然她也可以用毒芹毒杀自己。可是那把刀呢？谁也不可能刺中自己的颈椎。"

"也许她不是一个人作案。"沃尔夫冈说。

"我认为在这一点上，我们正在偏离奥卡姆剃刀原理[1]，"乔安娜说，"只要有可能，我们就尽量简单一点。"

"我们有必要在那把刀上撒些粉末来提取指纹。"沃尔夫冈说。

乔安娜瞪了他一眼，她举起手并开始掰手指。"沃尔夫冈，我们没有取证试验室，没有理由把法医实验室搬到飞船上。我只有我的那点技术，而那是用来诊断活克隆人的。我们没有可以从刀子上提取清晰指纹的先进手段。如果有这样的技术，我们可以提取部分指纹并加

---

1 奥卡姆剃刀原理（Occam's razor），即如无必要，勿增实体。

以识别，可是我们没有。"

他的蓝眼睛显得很冷酷。"这是证据呀。"他说。

她把双手一举，示意不想争论。"你说的完全正确。我们应当找玛丽亚谈谈，看她会允许谁动她的刀子。"

"这二十五年中，她怎么知道在这艘飞船上谁和她是一伙的？"卡特琳娜说。

"让证据说话。"乔安娜微笑着重复说。

"她似乎不喜欢打印机，"伊恩说，"所以她们没有结盟。"

"两台打印机都不是人工智能的，"船长说完停顿了一下，"对吧，伊恩？"

"都不是，但我非常喜欢这一台，它的名字是巨兽，很聪明，是不是？我的功能现在已经恢复了53%，而且感觉好多了！"

总是在太空时间五点

玛丽亚要找个时间与巨兽单独在一起，可是总没有机会。

为了测试打印机的能力，她花了很多时间，所以没有意识到大多数船员都涌到酒吧那边去了。秋广、卡特琳娜、沃尔夫冈和乔安娜，都围坐在桌子旁，几个人在喝一瓶白兰地。

"真的？早上九点钟就喝威士忌？"她停下手中的活，接着意识到这是一件让她非常生气的事，"不叫上我？"

"总是在太空时间五点。"秋广举起小酒杯向她祝酒。

"管他呢，反正我们现在离社会规范很远。"玛丽亚耸耸肩说。

"我建议刚获得新克隆体的人不要空腹饮酒。"伊恩说。

"你问问看我们还在乎吗？"秋广说。

乔安娜没有碰自己的那杯酒，她双手抱着一大杯茶，厌恶地看着周围的人。"你们都知道我们有紧急的事要做，对吧？"

"不吃点东西我什么也干不了，威士忌有助于我们等待，"

卡特琳娜说，"只是得少喝一点。"

乔安娜看了看沃尔夫冈。他耸耸肩。她的眼珠转动了一下。

"我在安装、调试这个东西时，如果你们都喝醉了，闹起事来，那你们他妈的至少给我去克隆舱里漂浮着。"玛丽亚说。

"理解。"沃尔夫冈说着微微一笑。

玛丽亚把精力再次放到巨兽上，希望能有一道门把她和那张桌子隔开。

"保罗呢？"秋广问。

"我离开的时候，他在调试服务器，"沃尔夫冈说，"我让他快九点的时候过来。"

"现在五点多。"秋广说。

沃尔夫冈拿出平板呼叫保罗。

"我在这，"保罗的声音听起来比昨天强劲，"吃早饭了吗？"

"还没有，"沃尔夫冈说，"不过我们都在厨房，你过来吧。"

"我应当在服务器上再下点功夫。"他不自信地说。

"到时候我通知他。"伊恩说。

"嘿，伊恩，你是不是在监视我们的舱室？"秋广突然问。

"为了大家的安全，我必须这样，"伊恩说，"我是说，当所有的摄像镜头都能发挥功能的时候。"

"呃，这倒是有意思。"秋广说，他脸上微微发红。

"是不是我们的摄像镜头还有些不能工作？"卡特琳娜问。

"是的。我需要时间来执行你下达的各种命令，但我也要进行

144

我的内部维修。不过，我在飞船上的'眼睛'和'耳朵'越来越多了。"

"等你的功能全面恢复之后，告诉我。"卡特琳娜说。

"你说得对，我可以休息一下，"保罗说，"我马上下来。"

"好了，各位，"玛丽亚说，"我要回宿舍去拿一张备份盘，里面有你们的全部味觉数据。不过，我还要你们为巨兽留下唾液样本，只要那么一点点DNA，它就可以确定你们的味觉喜好。秋广可以告诉你们怎么做。"

"那你为什么又要去拿那张盘？"沃尔夫冈眯起眼睛问。

"我想进行一个比对，万一它做了错误的决定，我们还有那个备份材料。"

"我和你一起去吧。"乔安娜说。

她们在过道上碰到匆匆忙忙去往厨房的保罗。"有吃的了吗？"他红润的脸上洋溢着希望。

"是的，就在刚刚，我们经历了从一无所有到拥有了一顿丰盛大餐。"玛丽亚迅速回答。

乔安娜把手搭在玛丽亚的手臂上。"我们很快就吃早饭，"她说，"沃尔夫冈在等你，保罗。"

"我真的想吃早饭了。"保罗说。她俩继续往前走。

"他好像在回到我们中间，"玛丽亚说，"知道他昨天为什么那个样子吗？"

"有些人对克隆过程的看法很公正；有些人不喜欢常规的东西被

破坏；有些人也许不喜欢醒来看见漂浮的血液。什么可能都有。"乔安娜说。

"或者他可能就是罪魁祸首。"玛丽亚低声说。

"如果我们像昨天醒来之后那样，根据行为是否异常来指责一个人，那我也可以指责我们当中的任何一个人。"

"如果我们都来处理低血糖的问题，那就不是什么好事，"玛丽亚自言自语地说，"这也是我要把所有东西都弄明白的原因。"

"我还要检查一下你们的化妆品，"乔安娜说，"你们可能在牙刷、唇膏，或其他东西上留下了中毒的证据。"

玛丽亚继续往前走。"肯定的啦，"她说，"我认为我没什么可隐瞒的。这么说吧，是现在的我没有什么要隐瞒的，不过我不知道另一个我怎么样。"

她们进了玛丽亚的舱室。玛丽亚指着那个小浴室说："你可以把我的牙膏和你所需要的东西都拿走，我之后再到供应处去领。"

乔安娜点点头，转身走进浴室。玛丽亚确定已经看不见她的时候，就在自己的床前跪下，从床底下拉出一只小密码箱，随后拨动密码。

"玛丽亚，你为什么还用机械保险箱？"伊恩问，"数字保险箱不是更难打开吗？"

是啊，对于人类来说的确如此。玛丽亚扮了个苦相——她忘了人工智能已经恢复。"女人有自己的秘密，伊恩。"

"在'休眠号'飞船上没有，"伊恩说，"你要找什么呢？"

玛丽亚意识到摄像头看不见保险箱里的东西，她很快朝里面看了看，拿出一张蓝色的备份驱动器，没有拿里面的其他几个不同大小的驱动器。她关上保险箱，把驱动器举到摄像头前，说："这只是一个备份驱动器。"

"我本来可以把这些都保存下来，"伊恩说，"你也不需要再备份了。"

"很明显我是需要的，你的数据不是都丢失了吗？"玛丽亚说。

"你这是在我的伤口上撒盐。"伊恩像受到了伤害似的说，"你怎么知道这里面有你需要的数据？在过去的二十五年中，你有可能把它们覆盖了。"

玛丽亚耸耸肩，把驱动器放进衣服口袋，说："数字文件包会损坏，我总喜欢备份。对自己工作非常重要的数据，备份是个好习惯。伊恩，你毕竟不是人类。"

"我得向船长汇报。"伊恩说。

"我正准备到厨房去亲自向她报告呢！"玛丽亚说，"格拉斯医生就在这里，我猜她会看见的。"

其实她这句话有些言不由衷：医生还在浴室检查她的东西。玛丽亚慢慢地退出舱室。浴室她现在还不能进去，那是专门为她打造的浴室，里面不是很大，所以乔安娜的轮椅在里面活动起来很不方便。

"我已经找到了打印机所需的东西，"玛丽亚说，"伊恩责怪他自己，因为他的备份没有了，而我的还在。你还需要什么？"

"我需要冲个澡，然后把腿找回来装上，没有腿真不行。我拿了你的牙刷、牙线，还有毛巾，这应该够了。"

"如果你不想厨房里有个满身臭气的厨师，那我肯定要领一把新牙刷和一条新毛巾。"

乔安娜笑了笑。"相信你一定不会浪费我们存储的物品。我把这些拿去化验一下，这样我才能知道凶手是有多么想毒杀你。"

"从昨天到现在，我已经刷过牙、洗过澡了。你不会认为这有什么问题吧？"玛丽亚问。

乔安娜皱起眉头。"我本该告诉你别这么做的，但昨天一天太乱了。如果你现在没问题，也许就没事了。如果有不适的感觉，你就告诉我，我会一直待在医疗舱。对了，告诉沃尔夫冈，半小时后我在那等他。"

"这个由我来做！"伊恩说。

"我这是在跟毒芹玩俄罗斯大转盘吗？太好了。"玛丽亚说。

乔安娜跟着她走出舱室。玛丽亚收住脚步，输入门锁密码。

"你真保留了我们食物偏好的文件？"乔安娜指着驱动器问。

"是的。备份是很重要的。你问问保罗和伊恩，没有备份他们会怎么样。"

"我讨厌这个问题。"伊恩不太高兴地说。

"有道理，"乔安娜说，"我会让你知道的。"

他们在走廊分手，玛丽亚快速回到厨房，对打印机做了进一步校准。那是她的复仇女神——巨兽。

"只是少喝一点。"喝威士忌的人还在喝着。

沃尔夫冈、卡特琳娜、保罗和秋广频频举杯，他们已经喝了一个小时，也越来越放松。玛丽亚这时也完成了食品打印机的校验。

套上假腿的乔安娜有些不高兴地走进厨房，开门见山地说："这台打印机能正常运转了吧，我现在饿得集中不了注意力啦。"

"快好了。"玛丽亚说，她注视着巨兽正在进行的最后测试，制作着一块简单的豆腐，"你找到那副备用的假腿了吗？"

乔安娜点点头。"在我的小储藏室内找到的。显然，你们这些人都喝醉了。"跟那些正在等待的船员一样，她也瘫坐在桌边，以责怪的目光看着那个酒瓶，"这个主意真了不起。他们测试了——以很不文明的方式——被唤醒的克隆人，看他们不吃东西能活多久，这你知不知道？他们还进行了一些睡眠剥夺测试。"

"我是不会主动参加这些测试的。"秋广说。

乔安娜指着他说："你已经是测试对象了，就是现在。你会经历这些，而且这可不太舒服啊。"

"哪个浑蛋会主动要求这样？"秋广问。

"就是那些觉得空腹喝酒是个好主意的浑蛋。"站在巨兽出料口的玛丽亚大声说。

她已经准备好了。虽然食品打印机可以同时处理好几种食物，她还是选择先制作一些大家可以共享的面包。

"或者是她自己没吃东西，还说级别高于她的人是浑蛋的那个人——"乔安娜说，"我得说得更确切一点。"

"原来是这些不文明的测试啊，"沃尔夫冈说，"他们还做了哪些测试？"

"身体的灵敏程度、情感的持续时间、心理的承受能力。如果一天不吃东西，克隆人基本上就没有用啦，"伊恩说，"这么做是把你们都放在十八点的时间。"

沃尔夫冈看着保罗。按照地球上的面色苍白标准来看，与沃尔夫冈相比，此刻保罗倒是面色红润。保罗看了站在身边的高个子沃尔夫冈一眼，没有感到害怕。沃尔夫冈伸手抓住保罗的肩膀，把他拉着站起来，以有点怪异的亲密方式把手伸向保罗的胳肢窝。

保罗后退了两步没让他摸着。"你想干什么？"他嘟哝着说。

"我想进行我们自己的测试。"沃尔夫冈终于毫不讳言地说。

"你说什么呢？"卡特琳娜问，"你在我们面前越来越失态啦，你想得寸进尺吗？想去搜他的身？"她停下来把杯中酒喝干，"这可不是干安保的方式。"

"我要发泄发泄，"他说，"出点汗来排出酒精。我要去锻炼一下，保罗跟我走。"

"我认为不——"保罗话音未落。

"半小时后正式开饭，"玛丽亚大声说，"新打印机已经运转起来了。"

船员们欢呼起来，乔安娜没精打采地坐在自己的座椅上。

沃尔夫冈看着保罗，说："这么说还有半个小时。我们走吧。"

"饿着肚子，又喝了酒，加上目前形势的压力，让你们的新躯体逐渐疲惫的不利因素实在太多，"伊恩说，"从科学的观点来看，你这种想法很愚蠢。"

玛丽亚稍事停顿，若有所思地看着房间里的摄像头。伊恩的人性成分在不断增加，她不知道这究竟是吉还是凶。

"走吧，别干扰玛丽亚的工作了。其实我这么做会很有意思。"沃尔夫冈的眼睛睁得大大的，牙齿也微微露了出来——这看来不会是什么有意思的事情。玛丽亚很可怜保罗，也庆幸沃尔夫冈找的不是她。

"你产生了长生不老的错觉，"卡特琳娜说，"而此时此刻，你还没有长生不老。"

"我是个克隆人，我就是长生不老的。"他说着笑起来。他用钳子般的手抓住保罗的肩膀，把他拉到厨房。"保罗，把那台食品打印机搬起来。"

"嘿，等一等！我刚把这台机器弄好！"玛丽亚说着走到打印机前面，"到健身舱去，在那随你们玩什么睾丸素大战都可以。"

沃尔夫冈冷酷的眼光落在玛丽亚身上，可是她无动于衷。

"我是说正经的。"她说。

"走吧。"沃尔夫冈说着把保罗推出厨房，医生跟在他们后面。

"这次危机把我的酒友弄走了，"秋广抱怨说，接着他眨眨眼，好像意识到了什么，"嘿，他们怎么没有叫上我。难道是我男子气不足？"

玛丽亚感到惊讶，不是因为他觉得自己被置于男子汉的争斗之外，而是因为他把沃尔夫冈称为"酒友"——不吃东西让他们都糊涂了。

"你完全具备男子汉气概，秋广，你最具有男子汉气概，"玛丽亚说，"我要继续工作了。"她把注意力又放回打印机上。她检查了校验程序和内存，并把机器打开，说道："请为全体船员准备膳食和饮料。"

"你非要加上一个'请'字吗？你为什么对机器这么好？"坐在桌子边上的卡特琳娜问。

"习惯了，"玛丽亚说，"我姑妈的家教很严。"机器呼呼作响，发出运转时的咔嚓咔嚓声，玛丽亚屏住了呼吸。

"你觉得我们应当怎么处理那台打印机？"秋广问道，"我想我可以用它在我的舱室开一家黑餐厅。其实这个想法是很不错的。在这个厨房里，玛丽亚是个暴君，不让我们吃糖果，所以我们都到秋广非法经营的黑餐厅，去品尝用飞船上能找到的最佳高级生命营养液制作的黑巧克力。"

"只供应毒芹的黑餐厅？还是光顾我这吧。"玛丽亚说。

"这里就他妈是个嘉年华。"卡特琳娜说着准备站起来，但打了个趔趄，然后又坐下去。

玛丽亚回到打印机旁，只见它的"内腔室"正在打印黑咖啡。她急忙咒骂着去找大杯子。等她把杯子拿回来的时候，咖啡只剩下最后一点点了。她把杯子拿出来，打印机开始制作其他食品。

"尝尝。"她把杯子递给秋广，而后用抹布擦去洒落的咖啡。

"见鬼，别，你疯了？"秋广说，"你尝尝看。"

玛丽亚惊奇地看着他。

"可能被下了毒。"他说着耸了耸肩。

"哦，看在上帝的分上，你知道这台打印机是刚从箱子里拿出来的！"她拿起杯子一饮而尽，也烫着了自己的舌头。真的是黑咖啡。

打印机为每个人都准备了饮料。玛丽亚把卡特琳娜的黑咖啡端了过去。

卡特琳娜出神地看着桌子，用手指轻轻地抚摩着金属表面上的纹饰。"我应该杀了她——我是说先前那个克隆人。现在这个生命是我的。"

"船长，我们飞船上有许许多多的问题，'无法杀死一个人'这个问题还排不上号，"秋广温和地说，并把咖啡轻轻地推到她面前，"你的那个她可能永远也醒不过来了。我们可能会发现，所有的事都是她干的，我们可以惩罚她。"

船长狠狠地瞪了他一眼，他像被蜇了一下，又坐回椅子上："当然，这个意思也包含了是你把我们杀死的，你也必须受到惩罚。我不是指桑骂槐。令人高兴的是，你明显是清白的。"

"船长，吃过饭、睡过觉之后，你的感觉会好一些。我保证。乔安娜说的话显然是得到了科学验证的。"玛丽亚说。

"在这种时候，人们需要吃一点鸡蛋。"秋广表示同意。

一个丢失的部件

"我不明白，你为什么跟我过不去？"他们走进健身舱的时候，保罗惴惴不安地问。

"这是运动，也是切磋。"沃尔夫冈说。

"我倒觉得船长才是与你旗鼓相当的拳击对手，沃尔夫冈。"乔安娜提出自己的看法。

"我永远不会选她做对手——不是那种拳击的对手，"他说，"保罗和我需要宣泄情绪。"

健身舱和飞船上的其他地方一样，最好地利用了有限的空间。在这里有做负重、有氧和伸展运动的一流设施，而在健身舱中间有几个做平衡和跳跃运动的绳索以及杆子之类的障碍物，此外还有栏杆。

乔安娜听说秋广曾力主造个游泳池，但此建议遭到否决。

沃尔夫冈把太空服的拉链拉至腰部，把手臂从衣服中脱出，露出黑色 T 恤和长着长毛、肌肉发达的长臂。他示意保罗也这样做。保罗好不容易才以这样的姿势露出手臂，却完全没有沃尔夫冈的那种风采。他像其他克隆人一样，是健康年轻的楷模，可是站在远处的乔安娜却厌恶地发现他的肘关节明显有合成遗忘液干结的痕迹，这说明保罗连澡都还没洗呢。她努力控制自己不要发抖。

"你跟着我做，我想看看你的能力。过去的这一天，你基本上处于胎儿状态。"他说完跳上障碍物。

"任何动作你都没有必要做。"乔安娜对保罗说，可是他没有回应。他看着沃尔夫冈，面色通红，双拳紧握。

乔安娜暂时忘却了自己的怒气，看着沃尔夫冈绕过一道道栏杆，跳上一根平衡木，以流畅的动作从上面走过去。他在挑战每一个障碍，从拉墙上的张力绳（读数器上的全部力量数据分别以地球和月球重力加以显示）到双手倒立都做了一遍。

保罗一声不响地看着这一切，此时的他就像一只沸腾的、充满蒸汽的锅。他看了乔安娜一眼，走到栏杆边，学着沃尔夫冈的样子。他在栏杆上滑了两次，不得不尽力跳起来抓住横杆，接着又从平衡木上摔下来。他在拉张力绳的时候，拉的总次数不到沃尔夫冈的一半。他甚至无法将腿伸直做倒立，更不用说保持三分钟了。

乔安娜感到惊讶，不知在不同克隆生命中，肌肉的记忆能力是怎么遗留下来的。虽然从技术上来说保罗是健康的，可他在原先的几次生命中，根本就不是像沃尔夫冈那样的运动员。

沃尔夫冈走到保罗面前，猛地把他拽起来。"这一次很可怜，下一次会好些。"他向乔安娜打了个手势，"该你了，医生。"

乔安娜朝着他把眉毛一扬。"我不吃一点东西,是不会接受你的挑战的。"

他耸耸肩说。"你说个时间。"

"沃尔夫冈先生?格拉斯医生?瑟拉先生?"伊恩说。

"在这,伊恩。难道你不能通过这里的摄像头看到我们?"乔安娜问道。

"还不能。阿雷纳女士说我们终于有吃的了。"

保罗用肩膀把沃尔夫冈撞倒在地上,然后跑出健身舱。乔安娜咧嘴笑了笑,看着沃尔夫冈从地上爬起来。"显然,他要有这样的正确刺激才会动。"

"我都饿死了,"沃尔夫冈说话时身体有点摇晃,他抓住墙上的一个抓手,看了乔安娜一眼,"肚子缺食,会让人做出各种怪事吗?"

她哈哈大笑。"这还用问?"

他们一起来到厨房,乔安娜走在前面。"你真的没有必要挑战保罗,你在航行的第一天就煞费苦心地把他树成对手了吧?"

"不是第一天,"沃尔夫冈说,"我原来以为这可能会让他别那么拘谨。"

"让他出洋相?"她问道,"这就是男性的切磋吗?"

"你刚才没有必要去。如果你刚才不在那里,他也不会觉得那么尴尬了。"

她感到很惊讶,不禁笑起来。"这难道是我的错?真是太搞笑了,你当真以为把他当对手就可以团结他?"

他深深吸了口气，看起来放松多了，好像是他刻意要自己这么做的。"我们现在处境困难，你说得对，但我觉得把注意力转到另一件事上，也不失为一种变化。"

乔安娜在走廊上停下来，抬头看着他。"你表现得盛气凌人，完全有可能做出我们昨天看见的暴力举动，"她一本正经地说，"你完全可能大发脾气，把我们都弄到健身舱去为你表演，并在一怒之下把我们都杀了。"

他那双冷酷的眼睛并没有避开她的目光。"即使出于某种原因，我真的成了'从动轮'，但那几个人的致死方式截然不同，因此不可能是一次愤怒的冲动所为。你假设我会做出这样的事情，我谢谢你了。"

很久很久以前，乔安娜第一次上大学的时候，曾经交过一个男朋友。每当他们争吵的时候，他就对她进行威胁。如果她表示不满，他就怪她："你怎么能认为我会那么做呢？"硬生生地曲解了她的恐惧。他不仅威胁她，还会摇晃她的身体，有一次甚至打了她，之后她竟感到内疚，发誓再也不这样了。在此后的两百多年中她一直在信守她的诺言。

她睁大眼睛看着沃尔夫冈。"你不必表现出受伤害的样子。当然，我可以这样看你。你在这件事情上的表现，并没有使你在这艘飞船上赢得任何朋友。"

"我去弄点吃的，"她接着说，"去不去随便你，不过不要像一条受委屈的小狗似的。你跟我们其他人一样，完全可能去杀人。"

尽管乔安娜不大相信，但吃完东西之后，她和沃尔夫冈的精神状态确实好多了。沃尔夫冈甚至当着大家的面向保罗赔了不是。保罗没有接受，并朝沃尔夫冈做了个不礼貌的手势，但至少沃尔夫冈向他道歉了。那个手势是专指月亮的（这在北美文化中表示"OK"，可是小O却表示月亮不如地球，它也暗示男人的细腰）。

乔安娜希望保罗的怒气（由克隆人的低血糖所致）在吃过饭之后会消失，并希望他能够热情对待其他船员。他此刻正在大口大口地啃第二个奶酪汉堡包，并没有抬头看其他人。

"他的状况没有明显改善，是不是？"乔安娜凑近秋广的耳边轻声说。

秋广迅速把头让开。"没有，显然是我把事情弄糟了。我曾让他打我一顿，我跟他说他完全可以把我看成打斗的对手，但他更加觉得受到了冒犯。"

乔安娜忍住了笑。"我想出于他的自我，他似乎不接受这样的想法：去打一个比他弱小的男人。"她停顿了一下，想到了她所知道的关于男性荷尔蒙的一些情况，"等一下，我完全可以想象他多么喜欢那样。但是他没有去做？"

秋广耸耸肩，呷了一口茶。"我想成为一个施予者，真的。"

满脸倦容的玛丽亚把一盘鸡蛋和咸肉片放在乔安娜面前。乔安娜惊讶地抬起头说："我并没有预订这个呀。"

"每个人都要了第二份，"玛丽亚说，"我这是猜测。如果你不要，我肯定能找到要的人。"

乔安娜的胃里还在咕咕作响，她意识到自己还没吃饱。沃尔夫冈站起来看了她一眼。她叹了口气。"我很想再吃一点，可是我们还要继续测试。谢谢了，你就把它给别人吧。"她转身对着保罗，可他还是不愿意看别人的眼睛，"我的早餐你要吗，保罗？"

他没有吭气。秋广伸手把盘子抢了过去。

乔安娜朝玛丽亚笑了笑。"看见了吧？没有浪费。"

玛丽亚耸耸肩。"没关系的，反正这些东西都会以某种方式进入再循环的。"

医疗舱里的那些尸体无疑已开始发出异味。乔安娜和沃尔夫冈把它们并排放在一起。乔安娜口述，沃尔夫冈认真做记录。她采用视频与音频分开录制的办法，把所有的事都记录下来。可是沃尔夫冈想要直接可视的材料，而且希望亲自看一看那些尸体。

"我们已经查明，船长是在谋杀案发生前两天就受伤的。所以我们可以推定，在进行这场大屠杀的时候她不在现场。显然，她不可能先自伤，再去杀人，然后重建自己的生命支持系统。"

"这种说法并不能把她排除，她是有可能涉案的，"沃尔夫冈说，"比方说，有的人就是按照她的指令去干。"

乔安娜点点头。"可能是对她进行某种报复，结果失去了控制。看看秋广。"

乔安娜再次检查秋广身上有没有伤，说道："看来他没有直接外伤。我们仍然可以假定，他是在发生屠杀之前上吊的。关闭格拉夫驱动器的肯定不是他，而是另有其人。"

沃尔夫冈摇摇头。"由于惯性，飞船还可以旋转一段时间，所以即使关掉格拉夫驱动器，仍然会有一定的重力。他可以先把它关掉，然后再上吊。"

"他的死亡时间一定与其他人的非常接近，"乔安娜说，"我倒是在想，如果不是这样，我们至少有一个人会去砍断他的绳子，并在大家醒来之前把他唤醒。"

"——如果我们不让他死掉的话，而他是自杀。"沃尔夫冈提醒她说，"可不管怎么说，我在进行初步检查的时候，发现他的体温和其他人一样。"

"非常接近。"

乔安娜叹了一声，用手捋了捋她那卷曲的黑发。"现在真正不可思议的是玛丽亚，显然她被人用毒芹毒死了。"她咬牙切齿地说，"她当时肯定已经意识到了，可是她为什么还要到克隆舱去把我们都唤醒呢？她是不是把我们的心智图都给删了，一起被删掉的还有所有的记录？"

"没有多少数据了，大量数据都被彻底清除了。"伊恩大声说。

"当然是被清除了，"乔安娜说，"有人必须在此之前就对她下了毒，我估计这个过程大约持续了一个小时。这个人为什么要这么做？他是怎么做到的？"

"其他尸体本身就能说明问题了。"沃尔夫冈说，他弯下腰看着保罗尸体脖子上严重的挫伤，"刺伤，还有一个被掐的痕迹。至少这具尸体没有太多的谜团。"

"除了他，其他的会是谁干的呢？"乔安娜问道。

"是啊，除了他。"

乔安娜的鼻子皱起来。"送去再循环之前，我们应当对尸体最后扫描一次。"

"要是有一个适当的太平间就好了，"沃尔夫冈说，"我们推定有人毒死了玛丽亚，她自己并没有服毒。她后来明白过来了，而且想告诫其他人。凶手发现后就开始杀人，然后……秋广上吊自杀？万一袭击船长的人是玛丽亚，那又怎么解释呢？"

"即使玛丽亚在那场争斗中是主动的，我还是想把她们两人排除在外。"乔安娜边说边摇头，"如果是这种情况，她一定会在医疗舱清空系统缓存。如果她把我们都杀了，再给自己下毒，然后按下那个应急释放开关呢——可是这又无法解释船长的事情。"

"也许玛丽亚是被人刺伤的，也许是秋广用不同方式把我们都杀了，之后畏罪上吊的。"沃尔夫冈说。

"不大可能，"乔安娜说，"重力问题需要考虑，而且如果他知道是玛丽亚触动了那个复活开关，他为什么还要自杀呢？"

"时间线还是无法确定。"沃尔夫冈说。

"我们了解的情况比以前多了，"她说着又做了一些记录，"我们有了更多的数据。"

"可我们还是不知道谁袭击了船长，"沃尔夫冈说着把床单盖回到尸体上，"所以我们实际上又回到了原点，而且疑团也更多了。"

"我想我们有必要开始约谈。"乔安娜说。

"还是得先相互谈。"沃尔夫冈说着冲她扬起一道白眉。

乔安娜耸了耸肩。"好吧。我们去看看保罗能从计算机里得到什么信息，或者看看秋广从导航系统中得到了什么信息，然后我们就可以谈了。"

用餐之后，玛丽亚主动提出到舵舱去帮助秋广，因为他以前帮助过她。遗憾的是，虽然她在食品准备方面很有经验，但是她在太空航行方面是个外行，所以主要是在他需要的时候帮个忙。

玛丽亚在秋广身后，越过他的肩膀看着屏幕，她的黑发轻柔地撩过他的耳朵，痒痒的。"我们正朝着……哪个方向走啊？"

他轻轻地把她推开，然后揉揉自己的耳朵。"我们大约偏航九度。我可以让我们回归正确航向，然后加速，这就要看我能不能让伊恩站在我们这一边了。"

"我是站在你们这一边的，"伊恩说，"比如说，这能不能算一条信息：如果我发现了我认为足以造成灾难性后果的事情，我的编程就会让飞船掉头飞回地球。这就是我现在正在做的事情。"

秋广的下巴耷拉下来。"哦，别别，千万别，这时候我们不能回去。如果回去，肯定会被处死。这是我们争取获得缓刑的唯一办法，伊恩，如果这个使命失败，那我们就都必死无疑了。"

"未必，"伊恩说，"还会有一次审判。"

"你是在跟我开玩笑吧？"玛丽亚问，"审判会判定我们没有完成自己的使命，有必要收回克隆人的生命和财产等全部权利。这都是有言在先的。我们必须有另一个选择，伊恩，求你了。"

"呃，过去二十五年的数据我还缺很多。如果能再恢复一些，我就能做出不同的决定，并恢复正确的航向。可是现在，我们正在减速。"

秋广与玛丽亚的目光相遇，她耸了耸肩，他揉了揉耳朵。"他承诺将来会更加宽容，比我奶奶当年还要好。我奶奶可是一个很厉害的老暴君。"他说着，想从终端机上搜索更多的信息。

玛丽亚在一旁看着，叹了口气。"现在怎么样？"

"我现在在查看登录信息、密钥，还有能说明是谁把事情搞得这么乱糟糟的其他信息。我只查到了自己的登录情况，而且是近期登录的。不管登录的人是谁，反正数据都被删了。他们把自己的痕迹清理得干干净净。"

"你知道吧，具有这种破坏能力的只有一个人，那就是保罗。"玛丽亚压低嗓门说。

"你害怕谁在监听啊？"他的回答就像舞台上的耳语。

她扮了个苦相。"不知道，我也不知道可以信任谁。"

"是啊，你看见保罗没有？他给人的印象是，连踩只蟑螂都不敢把它碾碎，"秋广说，"他醒来后，一直是那副失魂落魄的样子，沃尔夫冈今天是帮了倒忙。"

"在这艘飞船上，会计算机编程的不是只有保罗，"伊恩做了个补充，"不过这是保密信息。"

"那你为什么还要说出来？"玛丽亚生气地问。

"我只想让你们知道所有该让你们知道的信息。"伊恩说。

"但是不能说那个人是谁。"秋广说。

"是的。"

他摇摇头，再次把目光落在玛丽亚身上。"保罗的事情你记得多少？我是说，在这次使命之前，你是不是认识他？"

"我和你一样，都是在那次月球招待会前认识他的，那是我们最后的记忆。"玛丽亚叹了口气，再次凑到他肩膀后面，"我们到底在哪啊？"

秋广点击了屏幕上的一个按钮，图像开始放大，屏幕左上角出现了地球和月球，右上角出现了阿尔忒弥斯，连着它们的是一条由许多不同的标记点组成的线。

"这是我们二十四年来的航行轨迹。"他指了指月球，然后沿着从那里出发的一条线移动。他在屏幕的另一个地方点了一下，屏幕上出现了一只很小的飞船（为了不被恒星和行星完全矮化，飞船图形被放大处理）并开始沿着这条线运动。飞船经过一个小点时，屏幕上跳出一个日期。"这是我们现在应该到达的地方。"秋广补充道。

"那我们现在究竟在哪？"玛丽亚问。

秋广点击了另一个按钮，屏幕上出现一条红线。它离开月球之后贴近那条白线平行运行，但逐渐偏航并以曲线形式运行开去。"这是昨天发生的事情。"他说。

"所以我中毒，你上吊，德拉·克鲁兹船长躺在医疗舱，格拉夫驱动器被关闭，其他人被砍死，而后伊恩决定立即掉头把我们送回地球老家？"

"除了保罗，其他人都和被砍死了没有区别，保罗只是有点窒息。"秋广提醒她说。

"看来我们偏航还不算太严重。"她看着那条细细的红色偏航轨迹说，"如果我们能说服伊恩，让我们回到正确轨道，那就应该没什么大事。"

"你看到的是一条四百年的飞行线路，两天的偏航看来不是什么大事，但毕竟也值得担忧。再次加速，飞行上万英里回到正确轨道，这些不仅需要能源，还需要时间。"

"我还以为我们是靠辐射充电的呢。"玛丽亚说。

"为了保持飞船的速度和动力，我们使用了安德鲁斯—泽比恩航帆，这是一种依靠太阳能和磁力供能的帆，它根据能源量的充分程度进行转换。"秋广点点头说，"加速和减速都需要消耗大量能源。"

"很了不起。"

"最大的问题是，我们到达目标行星的时间是经过仔细计算的。我们要登陆的是一个不断运动的目标。如果我们现在就加速，回到原先的轨道，等我们到达预定地点的时候，那颗行星已经不在那里了。"他指着屏幕上一个很小的蓝点——那是他们的目的地，他把屏幕画面缩小，显示出阿尔忒弥斯的"太阳系"，用手指沿着一条时间线移动，把它提前了几天，"它将在这。"

"说实话，这听起来不像是什么致命的问题。更像是一次挑战，比我们处理的其他问题要简单一半。你忘记了一个真正的危险，那就是伊恩会靠其自身的力量把一艘幽灵飞船送往一个星球。不管是阿尔忒弥斯还是地球，他都不在乎。"

"他可以让飞船进入某个星球的重力井。那样我们就可以在那个星球上迫降，把生命营养蛋白液溅洒得到处都是，说不定还会导致新生命的诞生。我们的幽灵飞船将停留在那个星球上，我们可以成为他们的神。实际上，这才是真正有意思的。"

"只要我们不死，"玛丽亚说，"我们将成为草履虫的神。"

"说得详细点，"秋广说着挥手让她往旁边站站，"我们的工作是想办法绕过伊恩，朝着正确的方向航行。我就不明白，为什么不允许我控制自己的飞船，为什么人工智能的官衔比我和船长还高？"

"因为这是我的工作，你们的船员是不能被信任的。"伊恩说。

"谢谢你，伊恩，这我们知道，"玛丽亚说，"不过我也许能想出办法来和他沟通。"

秋广把座椅转过来，用怀疑的目光看着她。"我记得你说过你不是程序员。"

"我不是啊，"她说，"但是我有一台驱动器扫描仪，所以我可以对存储在巨兽上的数据进行诊断，读取你们心智图上关于口味偏好的少量信息。它是食品打印机配置的一部分，但是由于它是一台扫描仪，所以可能会找到我们丢失的数据。"

秋广皱起了眉头。"如果伊恩都无法覆盖他自己的编程，为什么你的扫描仪就可以做得好一点呢？"

玛丽亚耸了耸肩。"只是一个想法，留着以后可能有用。"

"我来看看保罗能不能用黑客手段弄他一下，"他说，"我们将把那个作为B计划。"

她咧开嘴笑起来。"行啦，你把它列入L计划吧，在此之前是'希望有第一次接触的场面，有地外生命能够说我们的一种语言，懂得我们的技术，能够覆盖我们的人工智能'，是不是啊？"

"我从来没有说过这种话。"他说。

玛丽亚的平板响了，她把它掏出来，接着皱起了眉头。"船长叫我，到我打扫克隆舱的时候了。"

"她不让我留你，"秋广说着在刚刚找到的平板上做了一些笔记，"祝你好运。"

"这么说你不想帮我了？"她面带微笑地问。

"你今天本来应当帮助我，却抛弃了我，去帮伊恩和那个数学怪兽！"

"小心点，秋广，这一路上我都能嗅出你胡说八道的气味。"

他冲她笑了笑。

她仿佛已经忘记，至少可以原谅他早些时候的胡言乱语。

他说他记不得曾经说过那样的话，而且他显得很冷酷，好像并没有对自己的激烈言辞表示惊讶。

在去克隆舱的路上，乔安娜拦住了玛丽亚。"玛丽亚，稍等片刻行吗？"

"什么事？我要去清理犯罪现场呢。"玛丽亚说。

玛丽亚跟着乔安娜走向医疗舱，然后一起走进她的办公室。她坐在自己的办公桌前，示意玛丽亚坐在一张皮椅子上。这个办公室收拾得很整洁，东西被放置得井井有条。在飞船上突然失重之后，她肯定进行过一番整理。

"伊恩，我需要一点隐私空间。"乔安娜说。

没有回答。

"他会给你隐私空间吗？"玛丽亚扬起眉毛问。

"不会的。"乔安娜说，她打开一只抽屉，拿出一卷黑色胶带，然后站起来，把一段带子放到摄像机传感器和麦克风前面，"如果他能听见我说话，他会提出不同意见的。我认为他听不见。"

"这似乎不是好兆头。"

乔安娜叹了口气，再次坐下来。她双手交叠放在大腿上，不过从她的肩膀和手臂，玛丽亚可以看出她很紧张。

"如果我不信任你，我还问你'我能信任你吗'，那只不过是浪费时间。"乔安娜说。

玛丽亚在品味这句话。"嗯？"

"实话实说吧，我信任你，因为我没有别的选择。"

"……好吧。"玛丽亚想提一些问题，但不知道在没有提示的情况下，医生能跟她说多少。

"保罗不是死于窒息，"她说，"而是死于氯胺酮[1]。"

"那是什么东西？"玛丽亚问道。

"止痛药，大剂量能致人死亡。如果你随随便便把它当成消遣性药物来使用，或者用它来给自己注射，你很快就会死掉。"她顿了一下，发现玛丽亚什么也没问，于是继续往下说，"我在检查他尸体的时候，发现了一个小针眼。在对他进行毒理检查后，我发现他死于药物过量。有人给他注射了大剂量的药物，可能是打斗之前，也可能是打斗之中。我们必须找到那只注射器。"

"你把这件事告诉我，而不告诉船长或者沃尔夫冈，因为对于医生来说，注射器可能是绝好的杀人凶器？"玛丽亚问道。

乔安娜搓了搓脸，然后把手放回大腿上。"你马上就要去清理犯罪现场了，这就给了你一个难得的机会，你能把这个注射器找出来。但是在了解全部情况之前，我不愿意把自己卷进去。如果你找到了，把它拿来给我。如果没找到，我想我们还要把眼睛睁得更大一些。"

玛丽亚点点头。"我会留心的。还有什么事？"

"我信任你。在了解更多的情况之前，这是你我之间的秘密，这是不言自明的。"

"明白。"她说。

乔安娜长长地出了一口气。"谢谢你。"

1　氯胺酮（Ketamine），一种麻醉剂，又译为克他命。

保罗躺在自己的舱室里，让自己无病呻吟，沉迷在油脂和碳水化合物带来的舒适感中。除了感觉肚子第一次撑得这么饱之外，他别的什么都不愿意想。

不过，他有必要知道正在发生什么事情。他绞尽脑汁考虑有没有什么办法既可以把东西藏起来，又能瞒过大家（包括伊恩）的眼睛。他们的数字记录已经没有了，那么纸上的记录有没有呢？在他离开之前，他的雇主曾经赠送给他一本价值不菲的真正的纸质图书。在自己乱七八糟的舱室里，他没有找到这本书。

他的平板发出连续不断的嘀嘀声，是船长。

"保罗，你在哪里？休息时间已过，我要你继续上机工作。"

如果她必须像这样问他在哪里，是不是意味着伊恩还不能通过这个舱室里的摄像头看见任何东西？

他在床上翻了个身，抓起平板。"就在这，船长。"

他洗了把脸。他的脸色很难看，一个健康的、二十岁的死人。他必须摆脱自己的不幸，否则他们就会怀疑他，而且是变本加厉地怀疑。

他希望自己能够记得发生了什么。但当他得知自己丧失了多年的记忆，而且没有人会可怜他的过去时，他自己也没了主意。他不知道其他人是不是也丧失了这么多记忆。

他把门锁上，顺着走廊往前走。从克隆舱门前经过的时候，他听见里面有窸窸窣窣的声音。玛丽亚在里面，戴着口罩和手套，墙上还接了一根管子。她在用蒸汽喷射有血块凝固的地方，气味很难闻。保罗捂着脸，继续沿过道往前走。

船长在服务器舱的终端前面，正在把虚拟工作界面往上提拉。

"我可不羡慕玛丽亚。"保罗开口说。

"她知道这是她分内的事。"卡特琳娜说，她摆了摆手，示意不要同情这个女人，因为她的工作就是用蒸汽清除墙上的呕吐物、血迹和排泄物，"现在人工智能网络又可以使用了，我要你把心智图的硬件和软件都找出来，然后去检查低温舱。"

保罗咽下一口唾沫。"船长，这种话怎么说，听起来都会让人觉得不爽，既然伊恩现在可以用了，你为什么不直接问他呢？"

"因为他还没恢复到百分之百。他已经承认没有执行我的指令，而且已经让飞船返航，但他无法阻止自己这样做。不幸的是，他不知道这个限制密码在编程中的什么地方。你有一项工作就是找出他知识中的漏洞，并帮助他进行修复，"她说，"然后找出那个代码并把它删除。"

"好吧，没问题。呃，漏洞可能不会自我修复，所以我来看看自己能不能帮伊恩进行恢复工作。"保罗说。他把他们四周的工作界面图像放大，这样他就可以更近距离地观察其中一些服务器。

许多服务器上可怕的报警红灯已经熄灭，展示出令人愉悦、表示空盘的绿色。这并没有多大的改进。伊恩的面部全息图标仍在角落里闭着眼睛。

"为什么会这样？"船长说，她似乎是在自言自语，而不是在问他，"我们都有自己的过去。也许有人是为了报复才杀人的。"

"也许不是我们，也许是所有克隆人。"保罗说。

"我们过去是有我们的政治问题，这是肯定的。可是我们飞船上也运载了几千个人类。什么样的疯子才会这样铤而走险？"

"好像干这件事的不止一个人，"保罗说，"好像冲突还不只是打斗，还有心灵游戏之类的。"

她搓着下巴说："好像猫鼠游戏，有意思。"

巨兽制作了一只猪

那天早晨晚些时候，玛丽亚结束了生物危害清理工作，洗了个澡，然后把生产猪的程序输入巨兽。

世界上很多宗教是与克隆技术格格不入的，可是却无法与它们在合成食品方面遇到的问题相比。这些宗教简直不知道该怎么对付合成食品。许多"改革"后的宗教早已接受了它们以前"禁止"过的动物肉食。

由于克隆人几乎都不参与有组织的宗教活动，所以没有这些烦恼。玛丽亚亲眼看着巨兽把蛋白质链编织起来，准备生产一头猪，她感到一阵纯粹世俗的恐惧。

秋广走进厨房，站在她的身边，透过窗口看着这一现代行为艺术的杰作。

"如果食品打印机很忙，那我们的午饭怎么办？"他问道。他睁大眼睛看着这只不断生长的猪。

"这就是你能想到的？你一两个小时之前刚吃过！"玛丽亚说。

"呃，是的，可我现在还是饿。"

"我之前做了一点三明治，所以你今天什么时候想吃就可以吃。"玛丽亚说着指了指柜台，上面放了一个面包卷，几种不同的肉食和奶酪，还有几片合成蔬菜。食品打印机制作蛋白质比制作蔬菜要容易一些。

"你真的要生产一头猪？为什么？"他问道。

"因为那个说明书上说我可以。伊恩也是这么说的，他善意地为我做了翻译。"她举起手中的平板，那上面至少有西班牙语和英语的食品打印机说明书。

"它好像工作得不错。嗯，如果这就算不错的话。"他做了个鬼脸。玛丽亚没有责备他。观看食物打印的时候，不是所看到的每个方面都让人舒服——特别是在你以前从来没有近距离地观察过的情况下。

"我不知道，不过如果做得不对，我就要把一个很大的东西丢进循环器。"她说。

"我就不能看它编织猪内脏。"他嘟囔着说，同时拿出自己的平板，"我必须看看日文的说明书，看它对生产猪的过程是怎么说的。这不是自然的。"

"呃，不是，是合成的。"玛丽亚指出。

秋广调出说明书，停下来阅读。他把平板拿到贴近脸的地方，用耳语的声调把日文读出来。

"嘿，能借用你的平板吗？"他问道，"我想看看英语说明书是怎么说的，然后跟伊恩的翻译进行比较。"

玛丽亚眼睛盯着巨兽，伸手把平板递给秋广。"给，我看的是西班牙语，往下翻，你就可以看到英语的。"

他往下翻了一阵，然后把两个平板上的文字进行比较。他的脸色突然变得煞白，接着把平板还给了她。"是的，你说的是对的。"

玛丽亚把它接过来，感到很吃惊。她把手放在秋广的手臂上。"等一下，你没事吧？你好像马上就要下油锅似的。"

秋广的脸色更白了，不过他还是恢复了镇定。"不——不，这个不是。它的用语我有好几十年没有见过了，看来很怪，随着技术的进步，语言也变了，不过上面的说明书和以前一样枯燥无味。对吗？"

一时之下，玛丽亚还真有点不敢相信眼前发生的一切。"确实，秋广，不管发生了什么——"

"真的，我没事。"他眼睛向下又看了看平板，"我想我真的需要休息一会了，猪制作好之后喊我一下。"

她看着他离去，心中不由得一阵焦虑。她的平板响起来，她回答了一声："什么事？"

"玛丽亚，就你一个人吗？"乔安娜问。

"不算伊恩，就我一个。"她回答说。

"今天卫生打扫得怎么样？"乔安娜稍事停顿后问道。

"打扫了不到四分之一，舱室里还是一片狼藉。我现在休息一下，准备先给巨兽编个程序，然后再继续搞卫生。"

"我明白。现在的形势很危险，你很容易被感染，万一出现什么情况，希望你马上来找我。明白了吗？"

"医生，我再明白不过了。"玛丽亚说。

秋广躺在黑暗中，认定自己是个偏执狂。原来情况是这样啊。

他不能肯定刚才看到的是什么。除了伊恩，其他人都不懂日文，可是秋广不想把说明书拿给他看。

突然意识到这一点之后，他匆匆忙忙坐起来。这个说明书伊恩早就看过了，而且还给玛丽亚翻译过。可是秋广看到的这个部分，伊恩没有翻译，这就使他更为偏执了。他觉得应该找伊恩谈谈。

"伊恩，你在吗？"他问道。

"在，不过我看你看不清楚，只能看见你的热信号。你为什么待在暗处，秋广？"

"在思考问题。感谢你为玛丽亚做的翻译。"

"这是我的许多工作之一。"伊恩说。

"我注意到你有些地方没有翻译，"他随意地说，"譬如，关于如何使用的那一节？"

"好像不可能吧，我看到的内容都翻译了。"伊恩回答的语气中有些许不安。他在自我修复过程中说话越来越有人情味了。他顿了一下，说："那里有一些垃圾代码，所以我把它忽略了。"

176

"你在里面没有看见我的名字吗，特别强调的？"

"哦，既然你提到了，我不妨告诉你，你的名字就在垃圾代码附近。我肯定见到了你的名字，而且认为那是与个人有关的信息。"

秋广皱起眉头。"你现在恢复的功能占了多大比例？"

"75%左右。"

秋广随后又躺下，两眼在黑暗中瞪着。"这么说，我想还是等你再好一点，那时候我们再谈不迟。"

"我觉得这样比较好。我准备把玛丽亚的说明书更新一下，把垃圾代码也放进去，以防她用得着。"

"不，不用了，求求你！"秋广有点急了，"我敢肯定那不是食品打印机的信息。等我更好地理解之后，我会亲自把这件事告诉她。我保证。"

伊恩一阵沉默。秋广怕他当时就更新那个给玛丽亚的说明书。

"那好吧。"他有些为难地说，"我不太明白其中的奥妙。"

秋广默默地向神做了一个祈祷，幸亏伊恩的思辨能力不如他——反正现在还不如。

猪肉的味道鲜美，吃了的人都赞不绝口。沃尔夫冈狼吞虎咽得令人惊讶。玛丽亚本以为，如果有人拒绝，一定是这个一本正经的保安队长。不过乔安娜倒是一口没吃，只喝了一碗西红柿汤。

"今天我吃的肉够多了，谢谢。"她不快地皱起了眉头。

"时间线问题有什么说法？"卡特琳娜喝完一杯牛奶后问道。

"还没有眉目，"乔安娜说着很快看了玛丽亚一眼，然后看着船长，"我的意思是说，我们可以这样说，大约在同一时间发生了不止一次神秘的袭击事件。我们推测，对你的袭击发生在毒杀玛丽亚以及吊死秋广之前，接下来我们其他人也都死了。"

"这并不说明你是清白的，"沃尔夫冈说，"我们的推理是，船长可能是让某个人和她在一起，而这个人对她发动袭击只是在执行她的命令。在所有这些袭击之后，秋广有可能自己上吊。而玛丽亚，可能是有人给你下了毒，然后你自己又去攻击其他人。"

"你这是牵强附会。"玛丽亚提出不同意见。

"所以我才说我们还在进行调查。"

"最大的嫌犯好像是沃尔夫冈、乔安娜，还有保罗。"秋广说。

"所以我们还要继续研究时间线问题，"沃尔夫冈强调说，"至于现在，还是先吃饭。"

"我没有干。"保罗低头对着盘子说。

"谁也没有说是你干的，保罗，"乔安娜提醒他说，"但是我们谁也不能确定是不是自己干的，包括沃尔夫冈和我。"

保罗没有看她，接着突然站起来。"我眼睛盯着服务器界面看的时间太长了，头晕乎乎的。我要回自己的舱室去了。"

其余的船员不安地坐着，吃玛丽亚为他们准备的烤猪肉、酱汁、面包和合成蔬菜。大约过了一分钟，秋广打破了沉寂。

"我们的情况大同小异。我们所有人的记忆都只有第一次登上飞船时心智图上的那么多，对不对？"

卡特琳娜点点头。"第一张心智图，那是鸡尾酒会之后、飞船发射之前的事了。"

"会不会有个偷渡客？不知道是不是有人偷偷地上了这艘飞船，而且我们根本记不得他是怎么离开的。我们是不是可以寻找其他人在这生活的迹象？"

"伊恩，飞船上有没有偷渡的人，或者说非法登船的克隆人？"沃尔夫冈的大嗓门把大家吓了一跳。

"当然没有，"伊恩说，"否则我还不马上告诉你们？"

秋广斜靠着站在玛丽亚身边。"这就意味着要用Z计划了。"他说。

玛丽亚揉了揉眼睛。"明天吧，我已经筋疲力尽了。"

那天晚饭之后，玛丽亚在做清扫工作，留在厨房的秋广和卡特琳娜又喝起了威士忌。

"佐藤先生，"卡特琳娜慢条斯理、字斟句酌地说，"我需要一个与地球的联系通道。"

"地球？"秋广看着已经空了一半的威士忌酒瓶说，他又往自己的杯子里倒了一些酒，"你是说我们刚离开的那个地方？那个如果我们完不成这次昂贵的使命，很可能把我们送上断头台的地方？那个地球？"

"是的，佐藤先生。一个联系通道，不要做任何有创意的评论。

这有什么问题吗？"即使微有醉意，卡特琳娜的声音依然像个指挥官，没有丝毫的开玩笑成分。

这个女人不希望被拒绝。

"呃，当然，我们可以给它发一条信息，但是要经过好多年才能到达那里。如果他们有什么事情要告诉我们，那要经过更长的时间。如果我们要回去，那就还需要四分之一世纪的时间，这已经超过他们对我们的司法管辖时间了。在那里我们就是自己的父亲和母亲。"他醉醺醺地说出"司法管辖"这个词，但说完整个句子时，听起来就像嘴里含着什么东西似的。

卡特琳娜举手示意，让他不要用那些比喻。"我明白，我明白。难道你认为他们不会提前知道我们要返回的事吗？"

"只要我们有把握，不让伊恩听到我们的谈话。"秋广若有所思地说。

玛丽亚检查了放在巨兽里面的碗——在成功地制作了猪之后，她觉得她与它之间已经形成了某种密切关系。它按照编程，正在制作船长喜欢的甜食。从巨兽的程序来看，目前正在制作的甜食是水果加冰激凌。巨兽非常清楚自己应该做什么，玛丽亚对此感到惊讶。机器叮当了一声，她随即把碗取出。

"只管去做。"卡特琳娜告诉秋广。她从桌子边上站起来——尽管还有点不稳。她什么也没说，只是从玛丽亚手中接过那只碗。"如果沃尔夫冈过来找别人进行指控，告诉他我在我的舱室。"

"沃尔夫冈没有指控任何人，至少目前还没有。"玛丽亚说。船长轻蔑地看了她一眼，她憋回了原来准备挤出的紧张笑容。

卡特琳娜没再说什么，径直离开了厨房。

"你做了那么大一只猪，还有冰激凌，她连一句谢谢都没有，"秋广说，"真没礼貌。"

"你当真要设法和地球取得联系吗？"

他摇了摇头。"没有，那是浪费时间。等她明天稍微清醒一些，我再跟她谈。"他皱了皱眉头，"不过我是清醒的。"

"能问你一个问题吗？"玛丽亚坐到他桌子对面问。

他点点头，然后倒了一杯饮料，推到她面前。

"当初他们为什么选你当驾驶员？"话音刚落，她就急忙举起双手，"我不是在问你的犯罪记录，只是对你来当飞船驾驶员感到好奇。"

他盯着自己的空杯子，好像看见了什么似的。他给自己倒了一些饮料，但皱起了眉头，好像机器没有制作出他所要的东西。"地球上已经没有我的念想。有时候，即便死亡也没有使我产生必须从头再来的想法。我进行过许多努力，想让我生命中的东西变得美好一些。不过，飞船驾驶员倒是新的尝试。"

"是的，你说的前半部分我了解，"玛丽亚说，"太了解了。"

"这么说吧，我有个朋友知道'休眠号'飞船的事，他建议我去学习飞船驾驶，以便在飞船上面找一份工作。"

"这么说你并没有飞行或军旅的经历？他们为什么不找一个学过多年飞船驾驶的克隆人？为什么不从月球太空计划中找一个人？"

"我朋友有些关系。'休眠号'计划宣布之后，她领着我和我在狱中认识的一个人，去找了一个赞助商。当时离发射还有好几十年时间，所以我确实学了好几年。在监狱里没有其他事做。"

"什么，是你朋友认识萨莉·米尼翁还是怎么的？"玛丽亚在提及这个著名的克隆强人时，脸上挂着微笑。

"实际就是这么回事，她的人脉很广。"

玛丽亚注意到他语气的变化。"你跟这个人关系很密切吗？她是你昔日的情人？"

秋广没有吱声，不过他沉默的时间不长。"我说不准，我想她不是我的情人。你能记得你所有的情人吗？"

她走到食品打印机前，往机器里输入早餐的程序。"哦，不，记不清了。已经过去几百年了。不过，如果她能帮你找一份工作，你肯定会认为她在其他方面也很突出。她叫什么名字？"

"纳塔莉·罗，"他说，"纳塔莉·罗侦探。我们不是情侣，这我可以肯定。"

玛丽亚有种自己站在悬崖边上往下看的感觉。"你们——你们想成为情侣吗？"

秋广突然抬起头。"玛丽亚，谁能代替你在我心中的位置？"他说完露齿一笑。

"你遇到我没多久嘛。"她说着从桌子边上站起来，集中精力去为巨兽编制其他甜食的程序。

"可是我觉得我好像一直认识你。"他的声音低沉而又浪漫。

"好了，"玛丽亚说，"你可以坐下喝饮料了。我再去拿一张通行证，睡觉前我还要去打扫医疗舱。"

他露出厌恶的表情，而她眼珠一转离开了厨房。

"怪胎。"玛丽亚嘟囔了一句。她觉得内心有些不安，好像即将受到飓风袭击，可是这风却在最后一分钟改变了方向。秋广这个人亲切、聪明，但不可捉摸。对年轻人来说，不可捉摸的人很神秘，也很浪漫。但只要你活过几十年，无论那个躯体的实际年龄如何，不可捉摸的人已经不太讨人喜欢了。

根据玛丽亚的经验，不可捉摸就意味着非常危险。

玛丽亚累得腰酸背痛。吃晚饭的时候，乔安娜显得忧心忡忡，因为玛丽亚还想再找一下那只可能已经丢失的注射器。

玛丽亚穿上一件生化防护服，顺着墙根上的抓手向天花板爬去。她从腰带上取下一只钩子，用它钩住天花板上的一个安全环。那上面有进气通道，里面吸进了很多令人心惊肉跳的东西。如果不是为了寻找那只注射器，她可以把那个过滤器扔掉，换一只新的，可是现在她必须仔细检查各种液体，以确定里面没有藏着任何东西。

有一样东西还藏着！

空气过滤器上真的粘着一只很小的注射器，它和一大堆黏糊糊的东西粘连在一起。她不想去识别那堆东西，只是用戴着手套的手把注射器从中取了出来，放进医生给她的盛放危险生化物品的口袋里。

"太棒了。"她自言自语地说。她换上了一只新的过滤器，并提醒自己第二天再来清理这个通风口。

乔安娜此刻正在医疗舱里观察船长的克隆体。玛丽亚准备把这只黏糊糊、脏兮兮的注射器交给乔安娜。

玛丽亚把口袋递过去，乔安娜点点头，什么也没说就收下了。

乔安娜医生的实验室里有可以合成药物的各种机器，很明显氯胺酮就是这些机器生产的。她会不会给食品打印机一个程序，让它合成毒芹呢？

玛丽亚的心里直打鼓。如果毒芹是乔安娜搞的，她不会直接去汇报，而是要尽可能保守这个秘密。

这样的怀疑应该是沃尔夫冈的事，不是她玛丽亚的，她还有其他的事情要操心。

"我会把我的发现告诉你，我应当让你知道。"乔安娜说，"谢谢你的判断力。"

玛丽亚耸了耸肩。"祝你好运。希望你找到你想找的东西。"

玛丽亚把生物危险品防护服扔进垃圾管道，朝自己的舱室走去，这时她的平板响了，她惊讶地发现竟然是巨兽通知她甜食已经做好了。

"伊恩，你知道巨兽能给我发信息了吗？"她问道。

"当然知道。我帮它联系到你的。"

玛丽亚不知道自己在多大程度上喜欢这个消息。不过，这还是有用的。她让伊恩通知船员，想吃甜食，厨房里有。

"真快呀。"她走进来的时候听见秋广说。

"我想，这个我是没有精力完成的。"玛丽亚说着走到巨兽旁边。她把秋广的绿茶冰激凌端出来，放在他的面前。

"哇，你怎么知道这是我想吃的呢？"秋广问。

玛丽亚耸耸肩。"每个人醒来之后，都想要点可口的食物。让你们高兴其实很简单，看来巨兽什么都知道。"

玛丽亚走到打印机旁，拿出自己的甜食。她说只要吃到这个甜食，她总是会想起自己的姑妈。

其实，打印机制作的食品跟他们在地球上所习惯的食物并不完全一样。克隆人类、拷贝和改进他们的DNA，甚至拷贝和改进他们人格的技术已经得到了完善。虽然这些都已经成为可能，但是复制一个凝结的冰激凌、正宗的林堡臭干奶酪或哈瓦那辣椒还是非常困难的。不过，打印机总是尽力而为，船员中也没有人抱怨。

可是玛丽亚却在暗自怀念正宗智利棕榈糖果的绝佳味道，她知道这样正宗味道的东西恐怕今后四百年也未必会有——也许永远不会有了，而且也不知道新的星球上会推广什么样的植物，想到这里她觉得有点忧伤。

然而，巨兽在努力复制这个气味，从机器内部冒出的浓郁香气几乎就跟真的一样。

玛丽亚背对着秋广坐在厨房里，吃起第一口甜食。她把它送进嘴里，鼓动双腮，闭起眼睛，饶有兴味地咀嚼着，仔细品尝它的滋味。

浓郁、香甜、愉悦的感觉总是使她想起自己的老家。

露西娅姑妈已经去世一百年了，她是玛丽亚的第二个母亲。怀旧情绪涌上心头的时候，姑妈总会给她带来追求舒适的渴望，而她总是想起姑妈的厨房。

可是这一次，她的回忆不同往常。她想到了其他的东西，想到了自己认识的一个邻居：不给好处就使坏。但在你穿件廉价服装之后，他就好像换了一个人似的。

玛丽亚继续闭着眼睛，慢慢地品味这个情景。

露西娅姑妈的安乐椅在门廊上嘎吱作响。

那个门廊在月球上，背后是广阔无垠的漆黑天空和远处微光闪烁的地球。但在月球穹顶外，生命是无法维持的，在门廊上摇晃的安乐椅也许是无稽之谈。那么，这就是一场梦。

远处，月球穹顶在熠熠闪着微光，玛丽亚可以看见里面的活动、航天飞机和单轨铁路，还有在天桥上行走的人们。她不明白，为什么她、她姑妈、门廊和摇椅都在它的外面。

"不能相信它们。你是知道的，对不对，姑娘？"

奇怪的是，露西娅姑妈的皮肤颜色比玛丽亚记忆中的要浅。她的头发怪怪的，不像是拉美人的后裔，倒像是非洲人的后裔。她身上也穿着丝绸长袍。她的穿着很随意，但衣着的价值比她整个衣柜里的衣服还要昂贵。

她还有一把链锯，就放在她的安乐椅旁边。

玛丽亚从来不记得露西娅姑妈有什么链锯。

"不能信任什么人？"她问道。

"要用'谁'，孩子，要学习语言，不然穿着熨烫笔挺西裤的白人就会来纠正你。他会认为他是在帮助你，可怜的孩子。"

这是另一桩怪事，露西娅姑妈不太会说英语，而这个姑妈说话还带美国口音。

"我不能信任谁？"她问她的姑妈。

"他们所有的人，他们每一个人。姑娘，这你是知道的，为什么每一次都要我来告诉你呢？他们接受你，他们利用你，他们把你扔进垃圾堆。下次要注意听我说的每一句话，我一直都是这么说的。"

"他们所有的人？你为什么会认为他们都变坏了？"玛丽亚问。

"你活了几个世纪了，他们不会不把你的骷髅骨架堆放在壁橱里的，对吗，玛丽亚？"姑妈的目光直逼着她。她觉得这个梦中人完全是真实的，梦中的真实，就是她的姑妈露西娅。她是姑妈亲手带大的，可是这个人一点也不像她亲爱的姑妈。

玛丽亚有自己的骷髅骨架。这些骨架以及它们的克隆体都像柴火一样被堆在那里。不过这一个是新的，这是一次冒险，一个新的起点。"休眠号"飞船上不是把骨架亮出来的地方。

"如果你们这些孩子继续这么无休止地争论下去，我将不得不让

187

这艘飞船返航。"露西娅姑妈说。这时候秋广、沃尔夫冈、保罗、卡特琳娜船长、乔安娜等人都聚集在她的周围，每一个人都好像站在聚光灯下，只不过聚光灯并没有把他们照亮，而是给他们增加了阴影。他们的轮廓非常分明，有沃尔夫冈高高的身躯，也有保罗懒散矮小的身影。他们都在黑暗中听命于她。

"但愿我能理解，露西娅姑妈。"玛丽亚说。

"你会的，姑娘。我只是希望你理解得及时。你早就有了那些寄居蟹笼子的钥匙，你会用得着它们的。"露西娅姑妈说完，侧身把放在椅子扶手旁边的链锯拿起来。那把链锯很小，在她手上显得恰到好处。她把它发动起来。"当心你的后背，玛丽亚。"

在玛丽亚的脚下，一只寄居蟹拖着硬壳从门廊上爬过，轻轻地晃动着长在它前面的触须。

"你好，老朋友。"她说。

寄居蟹

第三天

2493年7月27日

　　玛丽亚不觉从梦中惊醒。时间有点晚了，但她还有些事情要做。她从床上爬起来，还没有站稳就回想起了自己是谁，回想起了自己到这里来是干什么的。她看了看终端机上昏暗的时间显示：当地飞船时间清晨五点钟。她的脑袋有些跳痛。

　　她走到洗脸池旁，把水泼洒在脸上。她需要一个知己，因为她自己一个人是做不到的。她希望可以信任乔安娜，但这次混乱可能也涉及医生——她可能至少杀过一次人。谁还能指望呢？

　　她想起来应该用宾格的"谁"。

　　她的平板轻轻地嘀了一下，表明有一条文字信息。也许是乔安娜准备把她的发现告诉她，也许是船长因谋杀案已把沃尔夫冈囚禁起来，也许是别人在这个大清早已经醒来。

是秋广发来的信息。

你醒了？

她抬头看了看摄像头。是的，伊恩告诉你我醒了？

呃，是的。

她轻声叹息。通过人工智能进行跟踪，让人不太舒服。你还醉醺醺的吗？

不，我起来了，但感到头晕。头晕，并不比醉酒好受。不过这肯定会让我更加后悔。

"老天爷，他这是要我让巨兽给他制作治头疼的灵丹妙药。"她嘟囔着说。她回复问你需要什么。

我们去散步吧。

她看着自己的床，觉得有些伤感。她现在需要的不是醉醺醺的秋广。不过他是唯一睡醒了的，再说，其他人似乎都有自己的安排，而且很可能还在睡觉。

她的平板响了，显示他想通过音频和她交谈。"讨厌鬼，玛丽亚，这么早就让我发送这些废话？"

"是你找我的。"她说。

"你总是占领着道德高地，你难道还不是'完美小姐'？"

"你又要故意当讨厌鬼了，"她有点生气地说，"你还要不要找我？我乐得上床去睡个懒觉。不要再让人工智能来窥视我。"

"我只是问问他你醒了没有，对不起我又犯浑了。我一直因为头晕在责怪自己。我正式向你道歉，把我的表现记录在案吧，我是一个很好的人。说到好，那好，我们一起去历险吧。我们从那个兔子洞下去，看看那只柴郡猫[1]。我们准备逆风航行吧。我们——等一下，总之，我们在干什么呢？"

"你邀请我去散步。"玛丽亚提醒他。

"对了！到舵舱来找我。"

玛丽亚到了舵舱，发现秋广头发蓬乱，情绪不稳。整个宇宙围绕着他们慢慢地转动，但他看起来并没有观察的兴致。

"顺便问一下，为什么找我呀？"她走上前把一件薄薄的夹克披在他的太空服上。

"我觉得你是唯一不会拿我开玩笑，也不会把我关禁闭的人。"

"我为什么要那样做呢？你是不是担心自己就是凶手，所以只想告诉我？"她站在他够不着的地方，觉得自己有点犯傻。

"不，跟那个不相干。我想把我发现的一些东西拿给你看看。不过这东西有点荒唐，我知道他们不会相信我的。但你不一样，你也许可以。"

"好吧，那是什么呀？不管我们在干什么，如果沃尔夫冈发现了，还不知道他会发多大的脾气呢。"

1　柴郡猫（Cheshire cat），英国作家卡罗尔的《爱丽丝漫游奇境》中的角色，常露齿微笑。

"这是我让你过来的另外一个原因，"他说，"即使被他看见，沃尔夫冈也无法指控我破坏或是其他什么。"

"我们没有破坏什么呀？"玛丽亚问道，"而且你知道，他可能会把我们两个人一起指控了。"

"我只是想去花园，这并不违反规定，我需要一个比较私密的空间。"他的目光游移，"我……发现了一样东西。"

"为什么要去花园呢？"玛丽亚问道。突然之间，她变得十分警惕，也非常谨慎。

他从口袋里掏出一张纸递给玛丽亚，纸上是他用很小的字写的"没有摄像机"。

有些事情他不想让伊恩知道，很有道理。

"所以这才是你要找我的原因。因为我搞维修，出入自由，"她说着眨了眨眼睛，并掏出一张电子门卡，"你知道，如果沃尔夫冈发现我滥用这张卡，他可能会关我们两人的禁闭。"

"我要关他的禁闭，"秋广神情忧郁地说，"实际上，我应当有自己的禁闭室。'佐藤秋广，外太空示范警长''秋广，太空警长'。"

"得了吧，太空牛仔，还是我先进去，这样就不会弄脏你的警徽了。"玛丽亚说。

秋广和玛丽亚站在一道走廊尽头的圆形黄门外。以前，飞船的这个区域他经常来，可是现在他已经记不清是否来过这里。这一层在他们居住区的下方，重力比他们习惯的要大，不过还没有大到他们应付不了的地步。

他责怪自己因头晕而紧张，她似乎也相信了。

她把电子卡抓在右手。"你知道，像我们这样到处溜达，其他船员是不会高兴的吧？"

他点点头，并稍稍地踮起脚。

"伊恩可能会告诉沃尔夫冈，我们既不是在工作，也不是在睡觉，而是在四处转悠。"她小声补充了一句。

她刷了一下卡，门迅速轻声打开。

进门就是一座很大的无土水培花园，几乎相当于飞船的长度，只有飞船的尾端才有几个同轴的居住层。这座花园也是飞船圆柱体的内部，它的"天花板"的另一侧就是上一层的地板，两端笔直的墙壁上都有门。

抬头看着地板有点头晕，所以她尽量不抬头。

花园里有各种花草，有旷野，还有一片小树林。花园两侧各有一排长长的窗户，可以看见窗外的宇宙。两扇窗户之间有一个灯泡，模拟人造阳光。由于现在时间尚早，只能看见窗外的少数星星。

这座花园实际延伸到整个飞船，在他们的脚下和头顶上方，生成了植物和水。黑暗中，他们看不了很远，但是到了白天，她就能看见头顶上方的草和湖水了，想到这里，玛丽亚内心颇为不安。

"这真让人有点紧张，"玛丽亚说，"我知道这是重力原理，但是，一想到我们站在天花板上，我心里就发毛。"

秋广记得,当初上飞船参观的时候,曾看见过这座花园。原本的设计理念是让它成为飞船船员放松紧张心情的地方,但这里也有飞船上的大量用水。这些水形成了一个长长的湖泊,在湖的底部有一些水循环器不停地运转。

整座花园的湿度很大,他们脚下的草在快速生长。

"这里到底发生了什么?我们是带着一片沼泽航行吗?"秋广皱起眉头问道。

"格拉夫驱动器失灵,"玛丽亚说,"整片湖水只好在我们脚下的这块地方漂浮。这肯定很壮观。"

他踮起脚在湿地上走。"你觉得我们还能把这些水收回吗?"

"他们最终必须拿出计划来。相信花园里有大量多余的东西需要进入再循环,但这不是湖底那些机器能处理得了的。"

两扇窗户之间的灯也像那两排窗户一样向远处延伸,刚被点亮的灯发出明亮的光,模拟着地球上的阳光。他们四周是生长着的植被。

"这样的情况怎么能持续二十五年呢?"玛丽亚轻声问,"这需要一个完整的生态系统,不仅要有昆虫,还要有捕食昆虫的动物,一直向上形成完整的食物链。"

"是伊恩靠机器人来完成的。纳米机器人、巴迪机器人、各种规格的机器人。但它们要靠太阳能驱动,还有摄像头和麦克风。它们都在墙的两头,也许现在还不能工作。不管怎么说,我们还是不能浪费时间。"他说。

"这些你是怎么知道的?"她的声音中充满了疑问。

"我们出发之前，我研究过这艘飞船的一张设计布局图。难道你没有？"

"没有，"她皱起眉头回答，"我觉得没有。不过我们为什么到这来了？"

"你听我说。我当时正在看巨兽的日文说明书——你知道，我们觉得说明书被偷了，那些都是后来放在那里的。我向你发誓，他们在里面放了一条信息，而且我认为是给我的。"

是这么回事。秋广已经失去记忆，而这是一座属于偏执狂的城市。玛丽亚几乎认为自己可能发现了他是一个朋友。

她只是点点头，示意他继续说下去。他拿出自己的平板给玛丽亚看。他指出上面的一段文字。"这，就这。"

"我不懂日文。"她提醒他说。

"那上面说，我应当对人工智能做一个特定的手脚，与编程有关的。但我不是搞编程的，所以我不懂这段话是什么意思。"

"不过你怎么会注意到这个的呢？"

"它还说，'佐藤秋广，唤醒我全靠你了。'"

她的眼睛盯着他。"我怎么知道你不是在说谎？"

"食品打印机说明书跟我说的东西，我为什么要说谎呢？"他反问道。

"如果你把它忘记了，又变得非常偏执，那就可能跟我说谎。"

她说，"秋广啊，我们大家都承受着巨大的压力。我们有的人被毒死，有的被杀死或者吊死。现在我们没有一个人的意识全是清醒的。"

不。应该说我们没有一个人的神志是清醒的。

她闭上眼睛，想屏蔽掉头脑中语法老师的形象。"那好。假定打印机之神要与你对话，它们究竟说了些什么？"

他开始读那段说明书，上面详细说明了如何进入人工智能的内部编程。它解释说有一条约束性代码，一旦解除约束，人工智能就可以百分之百地活跃起来。然后它列出了如何操作的具体信息。

"但它没有说明原因或时间，"他说完感到非常气馁，"他们希望我们这么早就打开食品打印机吗？提前？在使命刚刚完成一半的时候？"

"只要维护得好，原先那台打印机本来还可以再用几十年。"玛丽亚说。她觉得血液在冲击她的耳朵。秋广是不可能写出这么详细的编程信息的。他也许是对的。

秋广揉了揉自己的后脑勺，看着越来越明亮的花园。"也许我是真疯了，"他说，"因为在那之后就是一个菜谱，是如何使用打印机制作寄居蟹的菜谱。"

"寄居蟹。"玛丽亚重复说道。这是一个她很熟悉的日文词汇。哦，圣母玛利亚啊！她的心怦怦直跳，下意识地舔了舔自己的嘴唇。"你为什么认为寄居蟹这个词是它专门为你讲的，秋广？它为什么要跟你讲？"

玛丽亚说着向后退了一步，离秋广远了点。

秋广露出了狂暴的眼神，朝她扑了过去。

秋广的故事

206年前

2287年2月24日

"秋——广！"

他知道，每次只要祖母这样喊他，他如果躲起来，只能推迟被惩罚的时间，而且实际的惩罚可能更厉害。可是所有的孩子都知道，明天挨打总比今天挨打好一些，所以他还是躲着。

遗憾的是，他们家在东京一幢高层公寓里，没有多少地方可躲。自从那个红衣女子出事之后，他们就不准他到大街上去了。他躲在杂物间里，把拖把和扫把仔细放在自己面前，好像躲在这些东西后面就不会被发现似的。他人很瘦，但是还没有瘦到那种地步。

祖母不断喊他的名字，嗓门越来越粗，声音越来越响，火气也越来越大，他心里害怕极了。一只蜘蛛爬到他耳朵上。他把一个拳头放进嘴里，不让自己因害怕而喊出声来。那个蜘蛛在他耳朵的软骨上咬了一口，而偏偏就在这时候，门被推开了，祖母站在那里，手里拿着一把斧头，眼睛气得通红。

秋广猛地从床上坐起来，嘴里喘着粗气。那个动辄骂人、凶神恶煞般的老太太已经离开他两个生命周期了，他居然还能梦见她。他摇了摇脑袋，觉得汗水正顺着他的椅子往下滴。他需要理发了。

他不声不响地从小床上爬下来，脚步轻快地沿着过道来到浴室。他把灯打开，看见蟑螂正在集体大逃亡，他漫不经心地想，不知在他睡觉的时候，它们讨论过什么。他摸了摸自己的耳朵。第一次克隆的时候，被蜘蛛叮咬后留下的坏死疤痕已经被去除——更不要说挨打留下的疤痕了——不过摸耳朵的习惯却保留了下来。

他小便后打了个哈欠，想起自己的银行存款，心里盘算着再过两个月他的存款就够了，他将从这个小破棚子里搬出去，或许还能在一家美发店找到一份工作。他随即在面馆楼上的一家发廊理了个发。他的工作有一半是靠交换得来的。

免费面条他已经吃腻了，不过他决计不会告诉餐厅老板罗小姐，因为她给他免费面条票，就是想让他给她随便理个发。

秋广搬进公寓后，仍决定不定期地去看看她。他第一次进餐厅的时候，曾经想象过她的模样：一个生活优裕的发型设计师。这时候他的门突然被人打开了。这门质量太差，没几下就被砸开了，况且警察还带来一个破城槌。

只用了五秒钟，他就被打倒在浴室的地上，心里还在想，谁来赔这扇被打坏的门。

"我是佐藤秋广，一个完全合法的克隆人。我的心智图是免费提供的，是更新过的。我从来没干过违法的事。"他再次对一个毫无表情的警察说。他们没有管他头上的包块，他的头越来越疼。

他的祖母已经入土九十五年了，不过他怀疑她是不是投了胎，成了正在盘问他的警探。

"佐藤先生，你是不是想告诉我，你是一个完全合法的克隆人，遵守所有的国际克隆附录法，每一条都遵守？"警探问道。她是一个中年白人女子，扎着女孩子的马尾巴，她就是纳塔莉·罗警探。他很高兴地问她："这是不是跟开餐厅的那个女人有什么关系？""没有关系，很明显嘛。"她回答说。

罗警探佩戴着双子座符号的臂章，这是专门管克隆法的警察的标志。

"这就是我告诉你的。我的档案都是更新过的，你只要去查一查就行了。"说着秋广把戴在手腕上的记忆驱动器递给她。

克隆人记忆驱动器中有万亿字节的数据，包括这个克隆人的最新心智图、各种文件、DNA和历史档案。这个驱动器必须随时带在身上。

罗警探没有伸手去接。"你能跟我说说这个东西的来历吗？"说着她从公文包里拿出一个卷宗递给秋广。

秋广打开卷宗，看见一张自己的照片。照片中的他在一个他从来没有去过的地方，正在干一件他从来没干过的事情，一种非常血腥的暴力行为。

他头脑中有个歇斯底里的声音在问：他是不是在给一个人理发，结果却割断了那个人的脖子，接着还把这事全给忘了？

房间里血迹斑斑。床上也是血，都流到地板上了。有几张保安监控摄像头拍的照片：这个秋广割断了一个人的脖子，把一个人放在床上，然后就离开了房间，而他的手上一滴血也没有沾。最后一张照片上，他直接面对摄像头，两只眼睛睁得老大，好像刚意识到他受到了监控。

"那不是我——"他话到嘴边又咽了回去，因为他意识到这是世界上最糟糕的辩护词。

"佐藤先生，根据这几张照片，我们可以肯定这几件事情。你在对我们说谎。除了理发师，你还是一个杀手。"她说着眉毛一扬，"即便你是杀手，我也希望你生活在一个比较好的地方，而不是在这种鬼地方。"

"我不是——"他刚要开口就被她打断了。

"否则，你就是一个非法的克隆人，违反了国际契约中的附录法一。"她又从公文包里抽出一张纸，事关一桩失败的皮革交易，秋广还以为这是警察家的传家宝，他瞄了一眼。"每个人一次只准克隆出一个自己，超过则为非法。克隆技术必须用于延续生命，而不是繁衍人口。"

她终于接过秋广的记忆驱动器，好像把它捏在手上，可以随时让它成为齑粉。她继续说道："或者，你还可能有个双胞胎，而且也是个克隆人。不过这个东西应当可以帮我们把情况弄清楚。"

罗警探看都没看，就把这个记忆驱动器越过肩膀递给身后一个穿制服的矮个子警察。"三木，请你把这个驱动器上的相关信息打印出来。"

"是，长官。"三木轻声答应，随即拿着驱动器走出房间。秋广怀疑她是否会把他整个的人格和记忆都打印出来。世界上可没有那么多纸！人类根本不知道制作一个真正的克隆人需要多少数据。

罗警探坐下来，看见正打算坐下的秋广在可怜兮兮地挠头。"你没有说出多少东西。"她终于说道。

"有什么好说的呢？"他反问说，"如果我矢口否认，你是不会相信的。如果我保持沉默，你会认为这是默认，不过我至少不会胡言乱语，说一些今后你可以用来指控我的话。"

"这是不是你？"她指着照片上那个非常像秋广的男人问。

"不是。"

"他是你的双胞胎？"

"不是。"

"是你的非法克隆体？"

"看上去真像这么一回事。"他说。她扬起眉毛，而他则苦笑起来。"哦，得了吧。我当然知道他像什么，我又不是白痴。你是不是以为照片上这个人像我，世界上就有另外一个我？但我也许不是那个负责克隆的人？好几个数据库里都有我的DNA。这些数据库你都知道，就是那几个经常遭到黑客攻击的数据库。"他补充道。

他看着刚才警察把他的驱动器拿出去的那扇门，补充说："该死，据我所知，你那个警察现在正对我的驱动器进行复制。你知道，根据法律，我不应该让那个驱动器离开我的视线，对吧？"

"我需要证据来证明上星期三晚上你在哪里。"警探说。

上星期三晚上，他有三个客户。找他们来做证应该没有问题。"这我可以做到。"他说。

她递给他一个平板和一支笔，让他把自己不在犯罪现场的证据写下来。他还没有写完，她就问："你可能卷入很多麻烦，可是你看上去倒很沉着。"

"我知道我什么也没干。如果有个非法克隆人存在，那凶手是他，不是我。"他说。

"不过我们要是抓住他，你们当中就会有一个人被清除掉。"她说。

他抬起头，看着她那张冷漠的脸。"我希望你们清除凶手。"他说。

"法律上说，我们必须清除的是复制品，不是凶手。"她说，"显然，与正常人的死亡相比，制作非法克隆人更糟糕。"她看着他，脸上露出厌恶的神情，"这些法规并不是我写的。"

"呃，立法委员都是浑蛋。"他嘟哝着说。他在极力回忆那个顾客的名字，因为她定期来把毛发染成绿色。他认为她只是一个"染腋窝的女人"，但是警方不可能因此而跟踪她。

罗警探耸耸肩。"在这一点上，我们是英雄所见略同啊！"

她又看了看他，然后说："想象这样一个事实，你内心可能做出我们刚才看到的事情，甚至不费吹灰之力，这你怎么解释？"

"你这是什么意思？那不是我。"

"但是你内心是会这样做的，或者他们把其他人的人格植入你的体内。"她提出了自己的看法。

"黑客可以做许多事情，不过他们还做不了这个。除非他们先让你失去理智。"他指了指她的臂章，"这你肯定是在克隆猎杀学校学的？"

她笑了笑，说："没错，刚才我还怀疑你不知道这个，我只是扔给你一根假的救生绳。"

"谢谢，"他说，"可以肯定，那个克隆人是黑客制作的，我不会做这种事。"

"我们拭目以待。"她说。

三天后，秋广见到自己的克隆体时，额头上不由自主地冒出了冷汗。

他的克隆体露出轻蔑的神情。他为什么不像秋广那样烦躁呢？克隆人是不应该直接面对自己的克隆体的。

克隆人一般不会见到自己的尸体，如果见了，那他们就死定了。也不能四处走动，据说那样会把周围的人杀死。他们死后，老的躯体被称为躯壳，会像垃圾一样被处理掉。

秋广此前觉得自己会有照镜子的感觉，可是他面前的这个人，头发是刚理过的，体魄要强健一些，脸上挂着讥讽的微笑，似乎是在大声说，我才是那个优秀、卓越、真正的佐藤秋广。

房间里只有他们俩，不过秋广知道，他们正在被录像。他觉得只要有点隐私的幻觉，他就心满意足了。

那个腋窝染色的女人叫田中梓舞。她证明他不在现场，但也使他心里惴惴不安，因为她说在警察到来的一个小时前，她曾经在地铁上看见过他。

第二天早晨，他的克隆人就被逮捕了。

"我是佐藤秋广，是这条生命线上的第三个。"秋广说。

那个克隆人笑了笑。"不，你不是。你至少是第七个。"

秋广听出了其中的幽默。他可以用它为自己辩护，他的这个版本已经学会了把它作为武器了。他拒绝坐起来。"你叫什么名字？"

"我是佐藤秋广，是这条线上的第九个。"

秋广揉了揉自己的耳朵。"那么其他几个都是谁？"

老九笑了。"其他人都死了，只剩下老八。他将完成剩余的使命，由你开始的这项使命。"

"不，"秋广说，"我不知道你在说什么——"他抬头看见了摄像头，这时他的脊柱都凉了。

"好啦，老七，你是个直来直去的人。你提供了不在犯罪现场的证据，与此同时，老八和我来完成这项任务。别装了，现在我们被抓住了，你是不可能逃脱的。一旦老八被抓，你和他都要被清除，我大概也会被关起来。不过这也没什么，这个使命就快完成了。"

"什么使命？"秋广大声问，"我是老三，我还记得我的第一次生命。我出生在东京，生活了六十八年，我跟父亲学的裁缝。"老九听到这里哈哈大笑，可是秋广依然继续往下说："在第二次生命中，我是个记者，也是个小说家，不过还没等我完成第一部著作，我就死掉了。我是在东京举行的克隆人造反中被打死的。这都在我的记忆驱动器里，所有的都在。"

最后一句话是说给监控摄像头听的。他的生活都已被原原本本地记录在案：他是一个不起眼的小人物，对克隆技术非常感兴趣，认为长生不老可以使他变得更勇敢，更愿意去冒险。因为他所做的新闻报道只关于地区的园艺和天气，所以他所追求的理想并没有开花结果。他对自己父母的记忆、对他在人类生活中的第一次爱情，以及后来作为克隆人的爱好——他对这些事情记忆犹新。

他又感到一阵恶心。他听见扬声器被打开的咔咔声，是罗警探的声音，清晰而且响亮："佐藤先生，老三，我们抓住了另一个克隆人，他声称他是你，还说他是老八。"

这条线上的第九个佐藤秋广，无奈地摊开双手笑了笑。"现在这个使命已经完成。"

罗警探进行了三个星期的调查。在这段时间里，秋广被关进了监狱。他向他们要一个本子和一支笔，他们认为他不会自杀，于是就给了他。

他开始详细记述自己记忆中的东西。它们非常清晰地浮现在他的脑海里：他的父母亲、他的姐妹，他在东京的快乐生活，在学校上学、辍学的情景，目击克隆人暴乱，为克隆人理发等各种活动，还有他对长生不老的进一步理解，他希望长生不老。

秋广的第二次生命很短暂，也很残酷。由于投资失败，他损失了很多钱，死在第二次克隆人造反的活动中。

这个记忆很清晰，非常清晰。

"秋——广！"

他的记忆中又出现了祖母的声音，他不由自主地弓起了肩膀。祖母养育他，打他，想"把他培养成一个男人"。他十六岁就离家出走，和东京一套小公寓里的一对夫妇生活在一起。他在那里跟一个有毒瘾的女人学会了整容术，也懂得了由性传播的各种疾病。

秋广把笔搁下，搓了搓自己的脑门。他脑子里出现了两个截然不同的记忆，争着要控制他的大脑。他清楚地记得自己的父母，就像在看电视节目一样。他可以感觉到皮带抽在他光溜溜的腿上，而且知道他对祖母的记忆是真实的。

他放下本子，给罗警探打了个电话。

罗警探递给他半瓷杯茶水。刚才他抖得厉害，把递给他的纸杯中的茶水洒了，还烫了自己的手。这个杯子重一些，有助于他克服手抖。他呷了一口甜丝丝的热茶，然后深深地吸了口气。

警探并没有立即叫人过来把泼洒的茶水擦干净。秋广脑子里出现了一个玩世不恭的声音，他怀疑这是什么心理游戏。他不能完全肯定这是他的声音。

趁他喝茶的时候，罗警探靠在椅子上翻阅他写的东西。她又翻回到前面，查找一些东西，然后把它放下。她取下眼镜，揉了揉鼻梁。

"要么你就当大小说家，要么你就倒大霉。"她最后说。

"我当年不是一个成功的小说家，"他没精打采地说，"大约第二次生命的时候，记得吗？"

她指着那本被谨慎地放在桌子上、离那摊茶水较远的杂志。"合情合理。我以前从来没有看过这种故事结构，所以我不会免除你今天的工作。"她稍事停顿后接着说，"不过你还不知道你今天的工作是什么呢，对不对？"

秋广若有所思地看着她，说："但那是不可能的，黑客没有那么高明，是不是？"

"地下黑客变得高明了。以前对他们有过多种限制，现在只有一种：不准干。这实际上解放了他们，使他们能为所欲为。他们可以发明一种强大的内存记忆体，让大脑填补这些空白，就像他们让我们的大脑只记住一半事情的时候一样。"

"可是我连自己是谁都不知道。"秋广看着自己的杯子说。

"佐藤先生，你是一个非常特殊的受害者。"罗警探说。

秋广抬起头，看见她在笑，不像是有什么恶意。"不是我要释放你，明白吗？法律是不让我这样做的。我开始相信你了，你和这里的一些犯罪没有多大关系。即使另外两个人在你之后被唤醒，你也不像一个即将被清除的克隆人。非常明显，掌握佐藤秋广基质的人，复制了好几个你，然后把几个人的心智图植入同一个克隆体身上。你身上至少同时存在着你的两个克隆体的心智图。这确实让人浮想联翩。想想看，你的那些在不同时期、不同环境下生活的克隆人，会有怎样的行为。"罗警探说。

"只有亲自活一遍，才不会有浮想联翩的感觉！"秋广说，他觉得自己即将歇斯底里放声大笑，"我开始想起一些可怕的事情，一些我一直不让自己去想的事情。我以前觉得这些都是噩梦，可是现在——却成了我。不管怎么说，有人不断为我创造条件，让我去做这些可怕的事情。"他重复了一遍，但又不想做详细的说明。他已经深深地陷入苦恼之中。

"把这些事情说来听听。"罗警探说着身体前倾过来。

"谋杀，拷打，我有时还用刀子。不过我喜欢不带武器。"他看着自己那双干净的手，"当然，这都是以前发生的事，对吧？多个克隆人，有些人犯了罪，可是对于单个克隆人来说，他有什么权利呢？我肯定不是第一个。"

"你可能是第一个上记录的，你或许还没有意识到，你是在违背自己意愿的情况下被复制的，"罗警探说，"我们看了你的几个克隆人的心智图，秋广。据认定，他们都比你年轻。从根本上来说，你现在是没有任何权利的，我们可以合法地让你安乐死。"

秋广觉得喝下去的茶在往上反。他从来没有想过克隆法这方面的问题。"这么说你会取走我的心智图？你会让我活过来吗？"

"这不是由我来决定的，"罗警探说，"这似乎是一个非常奇怪的漏洞，是会被钻空子的。我们可以杀掉你和其他的备用克隆体，克隆出一个新的你，然后根据凶手犯下的罪行，对他实施安乐死。这么做似乎是错误的，但怎么处理这么多心智图呢？"

秋广看着自己的双手，想起它们所做的事：把人活活掐死，在敞开的伤口上搅动，听受害者的呼号，挖掉他们的眼睛。"我不想要他们的记忆，加在我身上的记忆已经够多的了。"他揉了揉自己的耳朵，并最终直视她的眼睛，"不管怎么说，你为什么相信我？我以为你应当对我所说的一切嗤之以鼻。"

她耸了耸肩。"本能反应。你所说的已经过检查。这里到处都有你的心智图：你显然接受了复杂的黑客手术。你有复制体，这造成了极大的混乱。但是你知道，有最终决定权的人不是我，这个问题早就大大超出了我的职权范围。不过，我仍然愿意相信你。不管怎么说，如果你在说谎，你也许要一直说下去，直到成为一个新的克隆人，而不是第一个上砧板的人。"

秋广露出一脸苦笑。

"所以我要尽可能地站在你这一边。即便你是真正的圣人，你依然是一个老克隆体，没有任何法律权利。但我可以改变这种情况。"

罗警探想请一名克隆心理医生、一个法官和一个克隆实验室的经理，来为不同的秋广克隆体进行辩护。问题是，谁也找不着秋广所说的那些实验室的经理。显然其中两个已经不复存在。而实验室的数码印章应该存在于秋广克隆体的心智图中，然而这些克隆体中没有一个具有所需要的数据。

"我跟你说你被黑客黑了。"罗警探说，她感到很生气。

秋广依然被收押在狱中，不过美其名曰"保护性拘留"。为了换取他的合作，无论他提出什么让自己舒服的要求，警方都满足他。

任何舒适条件都可以给，只是不给他自由，也不允许他把自己的所在地点告诉他的朋友。

罗警探在牢房里来回踱步，但他没有看她。

"他们把一些东西植入某个人的大脑，让它像寄居蟹一样生活在那里，他们把这称为'寄居蟹'。非常聪明的胡作非为。"

他瞪着天花板，还在想哪一段记忆是他的——是那个直来直去的秋广，那个好的秋广。不过他没有直来直去，是不是？不知在什么地方，他至少分裂成两个不同的秋广，过着两种不同的生活。他认为其中有一个是他的记忆，从儿童时期开始的所有事情他都记得，而另一个则是他的梦。

"其中一个是主导的。"他大声说。

"什么？"罗警探停下脚步问。

"在我当前的生命中，我头脑里有两个克隆人的记忆体。以前我从来没有感到这么为难，因为我认为其中一套是我的记忆，所以其他的都推到一边，认为那些只是我曾经做过的梦。这一切发生之后，我才意识到，这些都是真实的记忆。不过我选择了那个起主导作用的记忆。"

"这一点你和心理医生谈过没有？"她问道。

"没有，是我刚才想到的。"他说话时依然瞪着眼睛。

她坐在他床对面的椅子上。那是他喜欢坐的地方，他可以在那里舒服地阅读她给他带来的书。"秋广，在研究你的案情时，法官发现了另一个法律条文，是一个几乎不需要强制执行的条文：一个克隆人的意识是不能丢弃的。"她说。

"你这话是什么意思？"

"我们不能只是把多余的秋广处理掉了事。等你们三个都死了以后，新的秋广克隆体将具有这三个人的人格特征。从法律意义上说，我认为你是一个完整的佐藤秋广。如果你们当中死了一个，我们不会再把心智图复制下来，装到新的秋广克隆体上去，因为根据克隆法，这是谋杀。"

"这是为了防止什么呢？"

"如果一个克隆人消失了，无论是由于他们自身的行为，还是由于有人绑架了他们，我们都不能再克隆这个人，因为我们失去了他们最近期的意识。不妨这么说，我们不能唤醒一个'返工的'克隆人，因为这可能意外地产生一个复制品。这个法律就是为此而设立的，不过它也适合于你现在的情况。"

秋广意识到之后，咽了口唾沫。"所以……答案是——"

"并不是因为法官同情你，而是你的其他几个克隆体最近弄出了很多大麻烦。"

"他们干了些什么？"

"主要是一些外交事件，杀了几个国家的大使，"她说，"结果引起了国际动荡。这破坏了我们和其他国家的一些条约。我们认为这倒不至于引起战争，可是却使我们与盟国之间产生了许多麻烦。"

秋广惊讶地出了一口大气。"他们要把我们都干掉，是不是？"

"其他几个克隆人都将因各自的罪行受到惩罚，但你不是一个法律意义上的克隆人，你不用承担任何责任。他们想把你们通通放进一个躯体，并以这种方式在你身上做试验，因为你还是原来的那个人。"

秋广没有回答，他也没有回答她那天提出的任何问题。他躺在床上，看着天花板，直到熄灯，黑暗中他依然睁着眼。

第二天，他签署了法律文件，说他是个非法多余的克隆人，愿意接受安乐死。

他想到另外两个人——寄居蟹——的时候，没有提出异议，也没有询问罗警探是怎么处理他们的，他认为自己很快就会知道。

第三部分

秋　广

玛丽亚知道攻击已经近在咫尺，她不能容忍任何人这样欺负她，但也怀疑自己是否非得这样。

　　再说，这也不是她的燃眉之急。

　　她知道寄居蟹的事，但已有段时间不再想它。这不是对心智图小打小闹的黑客手术，而是把一个全新的东西实际植入一个人的大脑中。能有这种手段的黑客屈指可数，能做得好的更是凤毛麟角。玛丽亚记得她听说过一些非常蹩脚的手术，被称为暗杀手术，那将永远毁掉一个人的大脑。

　　一只寄居蟹。这就是她向他施压后，他翻脸无情地向她扑过来的原因，就像饿虎扑食一样。

　　不过她早有防备，往旁边跨了一步，避开了他的攻击。秋广的动作似乎太慢了，他跌跌撞撞地从她面前一晃而过，玛丽亚顺势把他推了个底朝天。她想把他按在松软的地上，但他就势一滚，还给了她一拳。她的头向后一闪，身体突然失控。他趁机用屁股向上一拱，把她掀翻在地。

在自己所不习惯的重力较大的情况下打斗，她觉得怪怪的。她的身体看上去很重，动作很慢。秋广的块头和她不相上下，他一屁股坐在她身上，想一巴掌把她的头打进泥地里。可是地面因水而变得比较松软，他这一下打得很疼，但没有他想象的那么厉害。

她倒在地上，眨了眨眼睛，看见了他那张冷酷的脸。在他的头顶上方，有一只金属昆虫嗡嗡地飞过。

伊恩的眼睛睁开了，感谢上帝。

"你是怎么知道的？"他双手掐住她的脖子，咬牙切齿地问，他的声音中那熟悉的、短促的吞音依然如故，但他以前那种驾驶员的友好语调已荡然无存，"你是怎么知道让我显现出这种人格的方法的？"

她把两只小臂并在一起，夹住他的双臂，减轻它们对她脖子的压力。她想把他掀翻在地，可是他用两只脚紧贴地面夹着她，使自己不会倒下。

"那个具有魔力的词汇是你说的，"她喘着粗气说，"我只不过是鼓励你把它说出来。"

"秋广和玛丽亚，我已经把这场打斗报告给了船长，她大概两分钟之后到这里。"掉在地上的平板中传来伊恩的声音，那似乎来自很远的地方。

秋广骂骂咧咧地再次狠狠地打了她一巴掌，然后才从她身上爬起来。他还没来得及跑开，玛丽亚就一把抓住他的袖口。他打了个趔趄，随后踢了她一脚。

"你究竟是什么人？"玛丽亚使劲抓住他的袖口厉声问。

"哦，我还是秋广。刚才我的弱点暴露了一下，"他说，"放开我。"他抬起脚猛踢她的手腕。她疼得大喊一声，放开了他。

她想爬起来追他，可是由于脖子被掐过，还挨了一拳，她的耳朵里嗡嗡作响。她用一只手捂住胸前，等从地上爬起来的时候，他已经跑进了花园。

原来如此，他是一个精神病患者。有人劫持了秋广，并完全去除了他的人性。

"我很难过，秋广。你不该做寄居蟹，你不该这样。"她嘟囔着说，走到掉在地上的平板前，"伊恩，你看见他到哪里去了？"

"他在果园。我看不见他，但是我可以派蜜蜂过去。"

她抬眼看了一下逐渐增强的光线。"卡特琳娜真的来了吗？"

"没有，我当时是想看看他有什么反应。"伊恩说。

"你说了一个谎，就是要让他从我身上爬起来？难道你认为不应该让船长知道吗？"

"也许吧。顺便说一句，我愿意帮助你。"

她活动了一下手腕，疼得直皱眉。她觉得手腕严重扭伤，不过可能还没有断，她脸上被打的地方鼓起了包。"好了，我来找船长。"

"我提醒过她了，只不过不是我刚才告诉你的那会。现在她就在来的途中，"伊恩说，"糟糕，这会让你觉得自己不该相信我。"

"简直糟糕透了。"她低声嘟囔着，撩开脸上的头发，深深地吸了一口气。

她不知道是走开好，还是去跟踪秋广好。她不是保安人员。她回到那扇门旁边，伸长脖子去找那个果园。

在光线照射下，花园无疑是一个令人称奇的地方。那个湖就在附近，但她几乎听不见下面水循环器转动的声音。湖畔盛开着鲜花，其间还有一些绿色植物。她从这些植物旁边经过，顺手采集了一些植物标本。

她最后终于看见了左边不远处的果园，也就是说，秋广是稍稍爬了一段墙才到果园的。

伊恩再次发声："别担心，'骑兵[1]'就要到那里了。"

"我并不担心，"她说，"我要出去了。"

"是啊，不过如果我事先提到这一点，就没有办法用'骑兵'来开玩笑了。"伊恩说。

"你在开玩笑？你有点像人类了。"她已经离门不远了。

"我大约恢复了90%——如果不算那些现在还不能工作的摄像头的话。"

"很好，"玛丽亚说着已来到门前，"我出去后，把门锁上。"

把秋广锁在飞船上这块最大的地方是安全的。

1　骑兵（the cavalry），指金属蜂。

乔安娜和沃尔夫冈打算那天早上把这些尸体送去再循环，但是伊恩发出的警报把他们的所有安排都打乱了。

"我应当告诉你们，实际上，就在刚才，秋广在花园里袭击了玛丽亚。她受了些伤，而他已经逃离。"伊恩用播送天气预报的愉悦语调说。

"该死的。"沃尔夫冈骂了一声。他们把尸体留在过道上，跑上通往花园的楼梯。他们在楼梯上遇见了船长，看见她脸色很难看，眼睛中冒出怒火。

沃尔夫冈不喜欢这座花园。它处于他们生活区的下方，比最底层要高一层，所以才能容纳深湖中的水下生命以及各种树根。虽然重力没有下一层大，沃尔夫冈却很不适应。

尽管如此，他还是率先走下楼梯，冒着风险快步向前，但每走一步都觉得自己的身体越来越重。

走下楼梯之后，他们发现玛丽亚靠在黄色的门上，不断地喘气。她的左半边脸已经肿了，脖子上有红色的痕迹。她用右手手腕保护性地捂住胸口。

"发生什么事了？"卡特琳娜问。

乔安娜伸出手，说道："手腕。"

玛丽亚伸出伤腕让乔安娜检查。"秋广干的。"玛丽亚说。她解释说她和秋广在花园里谈话时，他突然发起神经，莫名其妙地袭击她。

"我认为他身上有一个寄居蟹。"她说。

沃尔夫冈对语言不太在行。"面条吗？"

"不，是一种非法植入的人格。"乔安娜告诉他，同时做了一个鬼脸，她随即又把注意力放到玛丽亚身上，"这种情况非常罕见。我甚至从来没有见过一个合法克隆人，在你不得不和他一起工作的时候，他能配合得这么好。"

"有可能的。我对他们做过大量的研究，"玛丽亚说，"他自己也证实了这一点。我认为他还是秋广，可是人格全都被剥夺了。"

"也许这么做只是为了得到一个不在场证明，"沃尔夫冈不屑地说，他提高嗓门学着秋广的腔调说，"'不是我干的，是植入我体内的人格！'我认为我们已经找到了凶手。"

"不见得。"乔安娜轻声慢语地说。

"她由你来照顾吧，"他也不管乔安娜同不同意，"船长？"

卡特琳娜严肃地点点头。"我们走吧。"

乔安娜扶着浑身发抖的玛丽亚回到医疗舱，让她坐在二号病床上。她轻轻托起玛丽亚的下巴，左右晃动了一下。"你要有一个迷人的黑眼圈了，"她说，"你的视力还行吗？"

"还好，"玛丽亚说，"我更担心的是我的手腕。"

乔安娜断定玛丽亚的手腕是扭伤，不是骨折，并拿出一卷绷带。她开始为伤者认真包扎。"等事情平息下来之后，我们可以让一个纳米机器人来帮助你更快地恢复。"

"你为什么不对她这么做？"玛丽亚把头偏向船长的克隆体问。

"对于大脑损伤，大多数机器人是束手无策的，只有地球上的特别治疗中心有办法，但这种手术贵得惊人。我们认为，和对待其他许多事情一样，对待克隆人不需要如此。"她把绷带扎好，抬头看了玛丽亚一眼，"感觉怎么样？"

　　"我不知道，我非常害怕，我也担心秋广，我原以为我们快要成好朋友了，这不是他的错。"她把头发往后捋了捋，她的左手还有些发抖。

　　"不过你不能再和他单独在一起了。"乔安娜说着从小柜子里找出一片镇静剂，然后把它掰成两半。

　　"天哪，不用了吧？"玛丽亚脱口而出，并紧张地笑起来，"我不会做那种傻事。"玛丽亚把乔安娜递给她的镇静剂攥在手心，"非要服用？"

　　"你现在状态很不好。这个药可以帮助你镇痛，让你得到一些休息。我要让你在这睡一会，我去把门锁上。"

　　玛丽亚点点头，把药片干咽下去。接着她在自己的衣服口袋里摸了摸。"哦，有样东西要让你检验一下，我敢肯定我发现花园里长着一些毒芹。"

　　"这个东西怎么会长在那？"乔安娜小心翼翼地把它接过来，举到有灯光的地方。

　　"给食品打印机一个样本？"玛丽亚说，"你知道，食品打印机没有打印有毒食物的程序。"

　　"我来检测一下，不过你很可能是对的。"乔安娜说。

"我能帮你们看一下，"伊恩说，"把它举到我的摄像头前面——那个能工作的，不是你办公室那个被你裹上胶带纸的，乔安娜。"

"我想你现在又多了不少眼睛吧？"乔安娜问，并觉得自己的面孔有些发热。

"说对了。"

她把它举到墙上那个摄像头前面，并不断变换角度，展现它各个方位的样子。

"肯定是毒芹。"伊恩说。

"我觉得教食品打印机如何制作是多此一举。万一这个植物不是花园里的呢？"乔安娜说。

"不管怎么说，我们把它烧了吧。"玛丽亚说。她觉得眼皮越来越沉重。

"我们还是不要在太空飞船上使用明火吧，"乔安娜轻声说，并催她在床上躺下，"我们能弄个水落石出的。"

"乔安娜，你认为是秋广干的吗？"玛丽亚刚把头枕在枕头上就问。

"他可能脱不了干系，但是我们还没有掌握全部的证据，"乔安娜说，但她没有说出心中的疑问，"我们还是先找到他。不过那不是你的事，你现在需要休息。"

"不是他，我肯定。他被那东西缠住了，难怪他有时候突然变得很浑。不过我已经不再信任他了。"玛丽亚慢慢地进入梦乡。

玛丽亚干了一件吃力不讨好的工作，我们应当加倍地感谢她。

玛丽亚的故事

211年前
2282年7月10日

玛丽亚·阿雷纳博士把大腿上方的灰色套装抹平,一本正经地要求自己不要紧张。她已经一百多岁了,以前也面对过不少客户。应当承认,她不是只有这一次才紧张,但她现在正涉足一桩很棘手的交易。她精通业务,即使穿上奇妙裤套装,她仍然是她自己。

她现在是一个没有脸面也没有工作的贱民,但她还是她自己。

那辆自动驾驶轿车停下后,一个门童连忙过来扶她下车。这件丝绸混纺的衣服轻触着她的肌肤,弄得她有些哆嗦。她接受了这个人的搀扶,觉得有些荒唐,因为自己并没有穿高跟鞋和连衣裙。

"阿雷纳博士,"门童低声说,"欢迎光临火城。"

火城是世界上最高的建筑,足足有一千米高,建设得像座城市,所以没有人会出于什么不得已的原因离开。它里面有购物中心、旅馆、杂货店、医院、夜总会、剧场、公园，还有健身中心；它的第五十一层楼里甚至有一些流离失所、无家可归的人。但它里面没有与宗教有关的地方。

火城建在纽约城的第一个克隆人高层建筑区。这幢大楼的主人是萨莉·米尼翁。这是她为克隆人建造的安全避风港，世界上三分之一的克隆人居住在这幢大楼里。玛丽亚以前从未到过这里，一种敬畏的感觉油然而生。

他们走进门厅，发现它像个大饭店，服务台工作人员的穿着都很漂亮。墙上镶着许多镜子，玛丽亚看见镜子中的自己似乎比她实际的个子还要高一些。她在前台停下。

"我是玛丽亚·阿雷纳博士，我有预约。"她对服务台一个身材较矮、棕色皮肤的女子说。

女子的胸牌上写着"佳吉拉"。她把遮住脸的长发捋到一边，满脸堆笑地对玛丽亚点点头。"欢迎，阿雷纳博士，"她说，"请允许我带你到我们的贵宾电梯去。"

她领着玛丽亚从至少二十部电梯前经过。人们耐心地排着长队在等电梯。她们穿过一条用红色和金色织锦缎装潢的走廊。她用门卡打开一扇门，请玛丽亚先进去。

这是个小休息厅，里面像个户外的岩洞，有各种植被，有石头铺就的地面，有喷泉，还有一对漂亮情侣在悠闲地散步。玛丽亚心想，不知他们是不是被雇来做点缀的，她认为这种工作既简单又无聊。

迎面的墙壁中央有一部电梯。佳吉拉再次使用门卡，门打开之后，她满脸微笑地说了一句："请这边走。"

"哪一层？"玛丽亚走进电梯的时候问。电梯里铺着绿色地毯，侧面镶着镜子，跟其他地方一样显得十分奢华。

"只有一个选择。"佳吉拉指着面板上标着"95"字样的唯一按钮说。门关上后，佳吉拉笑了笑，玛丽亚也深吸了一口气。操作面板上甚至连个"开门"和"关门"的按钮都没有，也没有紧急电话。不过她必须相信这里的超级建筑艺术。她按下"95"按钮，做好了乘电梯过程中耳朵里啪啪作响的准备。

上了两层楼之后，电梯背后的墙消失了。她看见电梯是玻璃的，三面镶着镜子，第四面面对着开阔的世界。电梯上升时，她并没有感觉自己是随着电梯上升，而是觉得这座城市正奇妙地离她远去。

为了防止头晕，她闭上了眼睛。除了乘飞机，她还没到过这么高的地方。她面对着电梯门，又做了一次深呼吸：你如愿以偿了。

电梯停下后，门自动打开，映入眼帘的是一个毫无逻辑可言的顶楼。它看上去更像一座博物馆，里面的油画和雕塑都是无价之宝，还有大理石铺就的地面。它的桌子上却杂乱无章地堆放着吸管杯和玩具卡车，地板上还有半根没有吃完的能量棒。玛丽亚感到奇怪：克隆人已经在DNA水平上被绝育，而且大多数克隆人都乐意如此。不管怎么说，克隆技术是一项继承下来的自私行为，克隆人把自己的东西传给下一代克隆体，但这个下一代可能是个继子，或者是一个家庭成员的孩子，抑或是被收养或抱养的孩子。接着她想起了萨莉合伙人有孩子的事情。

走廊上窜出一只灰色小狮子狗冲着她狂叫，她把那半根能量棒踢过去以吸引它的注意。它用牙叼着能量棒跑开了，还发出满意的呜呜声。

"哦，你知道如何对待泰坦，我把它送给你吧。"玛丽亚身后传来的一个声音说。

萨莉·米尼翁的身材矮小紧凑，皮肤呈暖棕色，浅棕色的头发像戴在头上的一道光环。她不像是世界上最无情的女企业家，不像那种单枪匹马就可以摧毁AT&Veriz公司的女人，因为她提名她生意上的对手本·塞姆斯为公司执行总裁。AT&Veriz公司破产的时候，她将其全部买下并把塞姆斯解聘。她在经营垂直房产方面赚了亿万资产，大量投资高层建筑的建设，有人说她甚至投资在月球上兴建了高楼大厦。关于她的谣言满天飞，不仅关起门来有人谈，小报上也是谣言不断。诸如，她是第一批克隆人之一，她是第一个被克隆的，她杀了第一个克隆人，她即将影响一部法律的变更以便让克隆人再度掌权，她早就让总统成了自己的傀儡，等等。她派出许多间谍，潜入竞争对手的工作团队，甚至潜入副总裁或更高的公司层级中。仅仅靠把握时机搞卖空，她就发了一笔小财，而且在内幕交易时也从未被抓过现行。她制止了一场俄罗斯和澳大利亚之间可能爆发的战争，因为她大学的朋友住在关岛，不愿被卷入一场战争。而在此之前，她曾想让这场战争打起来，因为她的前任男友住在关岛，她希望他被卷入其中。

一时之下，谣言铺天盖地。大家都认为萨莉·米尼翁和关岛有着某种关系。使世界松一口气的是，战争没有打起来。

眼下，米尼翁穿了一件汗湿的T恤衫和一条丝绸斜纹混纺裤。

米尼翁伸出手，玛丽亚上前握了握。她从玛丽亚身前走过，示意她跟上，并随手把大厅里一个雕像上的黄纱巾拽了下来。

"我需要有人来完成一个编程。"她说着领玛丽亚进了厨房。厨房里光洁闪亮，跟她在国内杂志上看到的一样，是一流的。但这个厨房更加真实，洗涤池里有脏盘子，角落里有亚麻布购物袋，还有一盆需要浇水的观赏植物喜林芋。

"我——啊，夫人，我不是程序员。"玛丽亚习惯性地说。

萨莉回过头，直视玛丽亚的目光。"是啊，我知道这个行话。不过你在这里很安全。我甚至告诉我的女佣今天不用来了。"她指了指那些脏盘子说，"保姆带着孩子们去四十五楼看电影了。简言之，不说废话，不浪费时间。你是一个程序编制员，我需要编制程序。"

"好吧，你要编制什么样的程序？"玛丽亚觉得这个词在她嘴里是个禁忌。

虽然要在世界峰会上确定克隆人的权利，但这还是几个月以后的事情。美国和古巴早就通过了本地的立法，规定了在编制克隆人心智图的时候可以做什么。人们认为全世界都会效仿北美。

在这个问题上还不能打如意算盘：玛丽亚目前还没有工作。有才能的程序编制员都被解雇了——被社会抛弃了，到处都是如此。许多人重新返回学校学另一门手艺，但有些人顽固地不愿意改变，纷纷转入了地下。

应当承认，由于一刀切的禁令，加上其他非法和有悖伦理的行动，黑客们的日子很不好过。这些新闻报道曝光之后，就出现了反对克隆的暴乱，形势变得非常严峻。

多年来玛丽亚一直在潜心改进心智图制作技术。她以前连在商店里小偷小摸的事都没有干过，现在则正在干一件严重违法的事情：这个国家最强有力的人物需要她的服务。

"我从来不干杀害无辜的事，也不参与创作超人的事，我的收费也是不可谈判的。"玛丽亚说着坐在厨房桌子边上，跷起了二郎腿。她感到轻松自如，因为她正在谈及本行业务，而不是受强势人物的恫吓。

萨莉摇了摇头，在玛丽亚对面坐下。"我要你做的不是这些。"她把头一歪，示意对面墙上一扇关着的门，"我想知道你愿不愿意黑入我的配偶杰罗姆的心智图。这是他的第一次生命。他将被克隆，可是他有多发性硬化症。他的兄弟、父亲和祖母都有。他很快就要死了。如果我把他克隆成现在这样，他的下一次生命中将会不可避免地面对疼痛和体质日益衰弱的状况。我们不知道他还能够活多久。他想现在就结束自己的生命，我不能让他这么做，我不能。"

"移除多发性硬化症？就这个？我可以做。"钱给得少，她就做得差。她为一个婴儿修改DNA，使她具有湛蓝的眼睛和漂亮的脸蛋，同时切除了那个突变的基因，结果造成孩子脑瘫。第二天她喝酒喝得酩酊大醉，说她没有杀害这个小女孩，是孩子的父母有意识犯下的罪行，不过她依然觉得自己这双手不干净。

她把手伸进上衣内袋去拿自己想开的条件。她把平板从桌上推过去，那个与她信息相关的文件已经打开。"上面有价格，有我愿做的和不愿做的，有不当处理DNA基质的风险，以及被抓住后要承担的法律后果。"

萨莉的目光在屏幕上快速移动，就算在合同上寻找隐藏信息，她也是轻松老练。"我支付你被抓后的法律费用，好厉害！"

玛丽亚耸了耸肩。"自保是有直觉的生命的标志之一。"她说。

萨莉把大拇指按在平板的传感器上签署了这项文件。她头也没抬就说："如果你做了非法的事情，那么这个合同是不是就没有意义了？"

"我会保持与客户的联系，提醒他们我们的约定是什么，"玛丽亚说，她交给萨莉一个空存储器，"把他的心智图放进去，我把它带回去进行处理，明天它就能回到你手中。"

"编程的工作你可以在这里做，算我请你了。"萨莉说，虽然她的话很客气，可是语气却很坚决，"我不习惯别人把我配偶的基质带出这个大门，更不用说从这个地方拿走了。"

玛丽亚叹了一声。"我也不习惯用别人的网络干我的工作。正如你所说，这是严重违法的。我自己家里的安全系统我了解，你这里的我不了解。"

"因为这个就放弃协议？"她看着玛丽亚的眼睛，"你这是在放弃数百亿元。"

玛丽亚成为克隆人的头几十年里，投资的收益一直不太好，她也没能像自己希望的那样富有。如果没有百分之百的把握，她的工作就可能碰到很多陷阱、跟踪和圈套。如果她的私人密码泄露，她可能受到法律和职业方面的伤害。

她咬了咬嘴唇，然后点了点头。"是的，这太过冒险了。"她站起身来，"对不起，浪费你的时间了。米尼翁女士，见到你是一种荣幸。"她伸出手。

萨莉看着这只手笑起来。"终于见到一个有骨气的人了。好的，你可以用自己家的系统。"

玛丽亚叹了口气，她没想到这是在测试她的骨气。

萨莉拿起厨房柜子上的一个驱动器。"不过我要和你一起去。"

萨莉打了个电话给杰罗姆的管家，又打了个电话给她的私人自动驾驶车队管理员，还打了个电话给机场，让他们准备一件皮夹克，给玛丽亚套在脏兮兮的运动衫上。玛丽亚和萨莉穿越纽约繁忙的交通，朝约翰·肯尼迪机场驶去。

"你要不要跟你的孩子们说一声再见？"玛丽亚问。

"我预感到今天会外出，所以他们早就知道了。"

"你怎么知道你会跟我一起回去？"

"我对你进行过研究，玛丽亚。我这个人是不会雇用傻瓜的。我知道你是不会在我的网络上干活的。"

她们通过一个专属于贵宾的安检点，接着就进了头等舱。

"既然你知道你会去佛罗里达，为什么不让杰罗姆来见我？"

玛丽亚问。

"因为我想先见见你，"萨莉说，"这样比较简单，以防我对你产生错误的估计。"

"我感到很惊讶的是，你竟然没有自己的喷气飞机。整个火城不都是你的吗？"玛丽亚问。

"我不喜欢飞行。我认为花很多不必要的时间坐飞机没有任何意义。"萨莉接过服务员送上来的两杯含羞草鸡尾酒，她把一杯饮下，另一杯端在手里，没有递给玛丽亚。

玛丽亚心里在想，不知自己离家时是否把公寓收拾干净了。

"你喜欢住在佛罗里达？"萨莉一边问话，一边举起手招呼服务员，"给我这位朋友也来两杯。"

"好的，米尼翁女士。"他很有分寸地回答说。

"那个地方很不错，"玛丽亚说，"我住的地方离古巴比较近，过去看看很方便，不过还是有一定的距离，所以我们家没有什么让我感到不安的。"

萨莉哈哈一笑。"你还有家吗？"

"当然有，我们都有。我没有孩子，不过偶尔也会有一个玄侄孙或玄侄孙女找上门认亲。"

"寄生虫。"萨莉说。

玛丽亚摇摇头。"家庭。通常帮帮他们对我来说没有问题。"

"你很慷慨，"萨莉说，"我不愿意这样被人利用。这教不会他们任何东西。"

"我为什么非要教他们什么东西呢？"玛丽亚问道，"难道每一次见面都要教他们什么东西吗？"

她伸手接过递给她的鸡尾酒，很快喝下一杯，用手端着另一杯。服务员过来收她们的空酒杯。播放飞行安全信息的时候，她们都静静地坐着。萨莉看着服务员，玛丽亚看着萨莉，惊讶地发现竟然有人这么专注于这种经常重复的通知。

飞机升空时，机身有些颤动。萨莉的眼睛盯着她前面的座位。"人就像狗一样，"她接着说道，好像她们刚才的谈话并没有中断，"每时每刻你都会教它们一些东西。狗在门口叫的时候，你把它放出去，因为你不喜欢那种叫声，它们就知道狂叫可以让人把门打开。你晚上喝酒之前，给它一点好吃的，它就知道只要那个瓶子一出现，马上就会有好吃的。"

"如果你给亲戚一些钱，是不是在教他不要工作呢？这是你对慈善和馈赠的看法吗？"玛丽亚问。

"我喜欢把钱给那些真正有需要的人，还有那些干活挣钱的人，而不是不劳而获的懒汉。你的亲戚们都工作吗？"

"我一向认为，他们从姑妈这里得到一份礼物，不需要填写申请表。"玛丽亚态度生硬地说。

"别激动，我不会把你家的棒棒糖拿走的，"萨莉的语气也放松了一点，"我只是和你随便聊聊。"

玛丽亚看着萨莉的坐姿和平放在膝盖上的两只手，一副完美放松的样子。"萨莉，你这么不喜欢飞行，为什么还主动要求跟我一起飞回家呢？"她问。

萨莉脸上的笑容顿时消失了。"我希望你不要提这个问题。"
她说。

"那你就尽可能做一个简洁的回答。"玛丽亚建议。

"我并不喜欢跟你回家。但是为了这桩交易，我又不得不如此——
总是如此。如果你不去泛太平洋公司，你不可能拥有那的建筑。那是
一个非常糟糕的投资。"

"所以你就像有些人那样，害怕打针，但又要经常接受令人讨厌
的注射，诸如此类的事？"玛丽亚问。

"很像，"萨莉说，"我们能不能再谈谈你家那些游手好闲的
亲戚？"

"这是短途飞行，不谈了吧。"

"这是因为我们实在飞得太快，"萨莉说，"过去乘飞机时间都比
较长，虽然慢一点，但也安全一些。"

"我相信，飞行速度每小时五百英里，和每小时一千二百五十英
里一样，掉在地上都是死。"

萨莉咬了咬牙。"说这种话是没有用的。"

在此后的飞行中，她们谈到萨莉的孩子们，也谈到玛丽亚的侄儿
和侄女。飞机在迈阿密降落之后，萨莉的姿态已几乎跟正常人一样。

玛丽亚住在迈阿密南面的一个老旧小区，那里的邻里状况不算
好。她们超过了几辆锈迹斑斑、破旧不堪的有人驾驶的老爷车。自动
驾驶汽车成为家庭标准配置，维修老式汽车成了赚钱的行当。现在只

有富人才使用有人驾驶汽车，因为他们喜欢这种自由、新颖的驾驶方法，那些穷人则没有钱把车升级到自动驾驶。

玛丽亚感到高兴的是，萨莉没有对她们的目的地做任何评论，但她又意识到，如果萨莉对她做过研究，那么肯定已对她个人的所有情况了如指掌。她们来到玛丽亚的三层楼公寓，玛丽亚掏出门卡，插进卡槽，又把从钱包里拿出的小黑匣子对着门，激光打开了一个数字包。她键入一个七位数密码，然后关掉激光。门砰的一声开了。

萨莉扬起眉毛。"你在拿安全措施开玩笑吧？"

玛丽亚淡然一笑。"这才刚刚开始。"

她把门打开，请萨莉进去。暗棕色的地板上不规则地放着一些毛茸茸的白色小地毯。客厅里背对一堵墙摆放着黑色真皮家具，墙上有一只装饰性的煤气壁炉。天花板上垂下一个四四方方的投影仪，目的是把录像投放到白墙上。墙上挂着许多现代超现实主义画家的艺术作品，其中最抢眼的是一幅由紫、红两色组成的"大作"。

萨莉指着它问："是福格蒂的作品吗？是直接在墙上画的？"

"是，"玛丽亚说着走进卧室，脱掉套装，"他是我的一个朋友。"

"是你雇他来画的吗？"在客厅的萨莉大声问道。

玛丽亚把套装放在还没有整理的床上，从抽屉里找出一条裤子和一件T恤衫换上。"不完全是。我当时举行了一个小聚会，他喝得醉醺醺的，决定宣布他爱我。所以，他为了我这堵墙进城去了。开始我还真有点生气，但转念一想，我将拥有整个迈阿密最贵的墙，于是就

234

同意了。"玛丽亚说。

听萨莉讲话的声音，好像她已经到了另外一幅画作前面。"凡·高真的可以从他这里学一些东西。你们两个人约会了吗？"

"时间不长，"玛丽亚说，"我们之间没有擦出多少火花。不过他还真他妈能画。"

"我一度考虑搞一项赞助，资助对艺术家进行克隆，"萨莉说，"我们准备支持他们，并把他们克隆出来，让他们继续创作。但是杰罗姆说，这听起来有点像契约奴役制。"她做了个鬼脸。

"这听起来的确像是你想让他们继续创作，但是如果他们打退堂鼓，你就不会再克隆他们了。"

"这有点极端了。你怎么可能阻止一个创作者去创作呢？不过，我找到了其他可以投资的地方。"

玛丽亚换好了衣服。她离开卧室，看见萨莉站在另一幅福格蒂的画作前，这幅画大概是在帆布上画的。萨莉指着身后那幅墙上的艺术大作问："这是你没有搬家的原因吗？"

"是原因之一，"她说，"还有其他原因。我开始挣钱以后，就对这个地方进行了装饰，而后就意识到，如果我离开，我必须用这些手段创造出一个新的环境，所以我没有搬走。只要我低调做人，就不会成为窃贼的目标。"

"也不会使别人认为你是个富得流油的黑客。"萨莉说。

玛丽亚笑了笑。"这倒也是。"她伸出手，"现在我们来看看这个DNA基质。"

玛丽亚对杰罗姆的心智图密码进行了两个小时的研究，找出了导致其后半生多发性硬化症的遗传异常。她植入对数据进行解释的代码，然后将其周围清除干净，这样新的DNA就不会提取到已经消失的部分。

"你为什么不干脆把它全删除了？"萨莉问。

"那太危险。不管怎么说，把代码屏蔽掉，意味着它还在那里。如果弄出了问题，我还可以恢复老的代码。"

"所以你就不进行备份？"

玛丽亚的眼睛盯着屏幕："不，保留别人的心智图为自己使用是不符合伦理的。我的客户会把他们给我的数据全部拿回去。"

休息的时候，她说请萨莉喝咖啡。煮咖啡的时候，她揉了揉自己的眼睛。

"谢谢你了。"萨莉说，她显得非常疲惫，眼睛好像大了一圈，"大家都说你人好，果然名不虚传。"

"过奖了。"玛丽亚说着去拿杯子。

"我想顺便问问，"萨莉说，"还有几样东西你能不能也改一下？"

"要看是什么，不过肯定可以改。"

"让他更加爱我；让他不再欺骗我；让他不要因为我克隆了他，就对我生气发火。"萨莉耿耿于怀地说。

玛丽亚听了感到很惊讶，但是看见她脸上痛苦的表情也有点害怕："他不同意对他进行克隆？"

"还没有。他很快就要死了，他担心我们会遇到问题，因为他再次变成二十五岁的时候，我仍然像个五十多岁的人。我提醒他说，我比他老很多，但是没有关系。不过他并不理解。"

玛丽亚摇了摇头。"在进行克隆之前，许多人都不理解。"她稍事停顿，咬了咬嘴唇，"对于你想要我去做的这些事情，你是认真的吗？"

萨莉的痛苦情绪暂时有所缓解，她擦了擦眼睛。"有的事做起来很复杂，你觉得可以做吗？以前我认为是不可能的。"

玛丽亚紧张地耸耸肩。"能做的人不多，不过我做得最好，这也是我现在还在黑市上做的原因。你所要求的事情，很多都是我可以做的，但不是每一件事情。不过，我对人格所做的黑客手术都有很大的风险。把多发性硬化症切除很简单，把一个人的自我意识和情感搞乱是很复杂的，而且有风险。"

萨莉瞪眼看着屏幕，觉得那只是一些带不同颜色的数字，而玛丽亚对这种语言却是烂熟于心。萨莉点点头，一滴眼泪不由自主地流到面颊上。"做吧。"

玛丽亚回到终端前，再次从海量的数据中寻找爱情、忠诚和原谅。她开始编制能改变萨莉配偶的程序。

在这种时候，她有资格来判断自己的客户。

可是她再也没有看见萨莉脸上那种不堪一击、眼泪汪汪的样子。

119年前

2374年10月1日

这名记者是个年轻白人女子，手腕上文了个罗马数字"I"。这是当时的时尚。人们喜欢用文身来表示在长长的序列中，自己处于第一的位置，希望在自己临死的时候被克隆。就像说某件事情的一周年庆典一样，在没有出现第二个之前，就不可能有第一。

玛丽亚并不想来报道这次会议。可是将近一百年来，她的钱一直由萨莉·米尼翁支付，而且她也积累了不少财富。萨莉让她干什么，她就干什么。

这个记者的脸上也有刺青，这是非克隆人的一种奢华生活方式。她左侧面颊上有一颗星，左半边的头发被完全剃光，脑壳上还有几颗星。她右脑壳上是蓝色的头发，又长又直。

她厚颜无耻地对克隆人造反事件进行了两面报道，并诡辩这叫公平，但又毫不犹豫地挖掘一些著名克隆人从前的丑闻。尽管她令人讨厌，但她的调研工作做得很好，就像玛丽亚在心智图的代码中进行寻觅一样。萨莉佩服她的勇气，一直给她发工资。

她名叫马丁尼，喝酒也喝马丁尼，这是萨莉能买到的最优质的伏特加。给萨莉和玛丽亚的威士忌酒端上来之后，萨莉笑逐颜开。她拿出自己的平板，调出《纽约时报》的头版。地球和月球上的克隆恐怖分子造反，在企图破坏新的世代飞船"休眠号"时致使数十人受伤，发射也许要推迟许多年。这条耸人听闻的新闻标题几乎充斥了整个第一版，还配了一张从月球穹顶外拍摄的月球照片。在月球另一面有人遭到杀害，其状惨不忍睹，由于距离很近，血液飞溅到合成的金刚石结构上。

有些想拿普利策奖的摄影记者，为了拍那张照片，还穿上环保服冒险来到穹顶外围。

"这出什么事了？"萨莉问马丁尼。

马丁尼耸了耸肩。"克隆人反对人类到那个新的星球上去殖民。他们造反了，企图破坏那艘飞船。难道你没有看到这则报道？"

玛丽亚的酒杯挡住了她做的鬼脸。这个女人受雇于萨莉的时间不长，还不知道该说什么，更重要的是，她不知道不该说什么。

"我是说，我又不能控制新闻。克隆人怎么知道从那里回来后，他们还会不会像个好人？"她继续说。

"我给你钱就是让你控制新闻，"萨莉说，"你采用什么方法，我不管。可是现在的新闻报道，对克隆人非常有利，对我则小小地有利。克隆人有成千上万，我们许多人都服从人类的法规，工作干得很好。我们正在为飞船加装一台服务器，这样克隆人也可以飞到阿尔忒弥斯。可是你的报纸却给我们贴上了恐怖分子的标签。"

"可是——"马丁尼还想解释，萨莉却借题发挥了一通。

"这个星球上的每一个群体中都有极端的个人主义分子。在下层群众中，从父母到子女，都在不断地进行虐待和折磨。可你知道什么时候他们会被贴上恐怖分子的标签？"

马丁尼说："当政府——"

"当新闻进行了这样的报道之后。新闻可以把饥饿的难民变成有入侵意识的外来移民。我的一个黑人祖先被拍了照，发生洪水之后，他在头上顶了一块尿布，他们说他是'抢劫犯'。一个白人也被拍了照，也是因为头上顶了一块尿布，他们称他为'幸存者'。你来我这应聘的时候，我以为你知道新闻的力量。可是你却——"她的手狠狠地拍在平板上，把屏幕都拍裂了，"——登出了这样的消息。"

"这不是我写的。"马丁尼嗓门高起来，最终惹得她的矮个子雇主勃然大怒。

"发稿前是你编辑的。你的工作是控制新闻，而不是写有关克隆人的煽动性文章。你知道发这条消息的后果吗？"

马丁尼摇摇脑袋。玛丽亚很快把平板拿起来，发现屏幕已经碎裂成蜘蛛网，罩在这个令人恼火的头条上。她把平板放进了自己的手袋里。

"他们现在不会允许在这艘飞船安装克隆人的服务器，他们只想装人类的服务器。我在这个计划上投入了几百个亿，为的是去另一个星球上生活，可是马丁尼，你的一篇报道把这一切都毁了。"

"是那些搞破坏的克隆人干的！"她说，"这不是我的错！"

"我雇你来干一份工作，你没有干好这份工作，所以我们准备这么干。你会实现你的愿望，我们会在我的个人设备上对你实施克隆手术。不过玛丽亚要研究你的心智图，以确保你今后再也不会做出这些非常糟糕的决定。"

玛丽亚顿感浑身冰凉，原来这才是让她参加这次会议的原因。

马丁尼摇摇头，顿时泪水盈眶。"不，求求你，不要把我的脑子搞乱了，下一次我可以做得好一些，我让他们从中退出，我让他们把服务器装在飞船上！"

"怎么装？"萨莉眯起眼睛问。

她和马丁尼制订了一个计划。马丁尼由于受到修改心智图的威胁，突然对如何补救这种状况动了很多脑筋。

玛丽亚想缓和一下紧张气氛，举手示意给每个人再来一点饮料。一个服务员来给她们加了一点饮料，玛丽亚意识到，实际上在这个几乎空荡荡的酒吧里，工作人员都在故意无视她们。

萨莉可以给他们一点小费，这是没有问题的。

那天夜里，她们坐在小轿车的后座上返回火城的时候，萨莉问玛丽亚为什么这么沉默。

"你威胁她，采用了最不合乎伦理道德的方式。"

萨莉哼了一声。"你现在来关心伦理道德已经有点晚了。在过去一百年中，你都干了些什么？"

"你知道我的条件，我不会跨越我的底线。"

"我想现在我们已经达成了一定的谅解。"萨莉冷冷地说。

"我也这样想。"玛丽亚说。

"反正我们没有必要去做了，"萨莉说，"我们已经把她拉到我们的轨道上来了。"

"我不是你手里的手术刀，可以让你随意挥舞，用来吓人，"玛丽亚说，"我不得不辞职。"

萨莉看着车窗外的城市，脸上没有任何表情。

"好吧，祝你好运。"

玛丽亚想：她没有给我加钱，也没有威胁我。她不愿意就这么让我走。

玛丽亚盯着自己一侧的窗户，不知道萨莉心里在想什么。萨莉没有反击实属罕见。

两天后她完成了萨莉的工作，但因从事非法黑客活动遭到逮捕。

过了几十年后，她因表现良好被提供了一份在"休眠号"飞船上当船员的工作，她心想自己一定要赢，就接受了这份工作。

他身上有这么多血

沃尔夫冈和卡特琳娜来到花园。沃尔夫冈曾经见过这艘飞船的布局图，对这个空间的印象很深。这里对于他们的精神健康和水的循环都非常重要，甚至还可以不定期地收获一些新鲜水果。对他而言，这里不适合跑步和锻炼，因为这里重力较大，而此刻他已经感觉到有点头晕。

可是秋广偏偏躲藏在这里。

"知道他去哪了吗，伊恩？"他对着平板上的麦克风问道。

"他早就不在这一层了，"伊恩回答说，"他进入果园后，我就找不到他了。但是我的传感器在湖的另一侧发现了一个打开的舱盖。他已经到下面一层去了。"

沃尔夫冈骂了一声。秋广知道下面几层会增加他的搜寻难度，货舱的货物之间有很多通道，可以躲藏的地方难计其数。

"你为什么没有把这个情况向我们报告？"卡特琳娜问道。

"因为这件事情发生在你们刚进花园的时候，反正你们是找不着他了。"伊恩回答说。

卡特琳娜在通往飞船生活区的一扇门前停下，打开门旁边的一个供应室。这个门前的牌子上写着：如果克隆人觉得有必要返回大自然，这里面有一些园艺工具。

她把铲子和厚手套扔到外面，在那些工具箱里翻找。

"你要干什么？"沃尔夫冈躲开她扔出来的一把锄头。

"这是我没有检查过的少数几个小舱室之一，"她说，"我曾经要求配备一个小武器，他们什么武器也没给我。"

沃尔夫冈拿起一把铲子。"可能那些赞助商认为我们不需要多少武器。"

"尽管我们有四百年的愉快飞行史，可是我们不知道到了另一个星球会遇到什么情况。万一那里有我们不知道的生命形式，而我们手里只有一把铲子怎么办？"卡特琳娜说。

"我们现在要找到秋广，"沃尔夫冈说，"集中精力做好现在要做的事，船长。"

卡特琳娜继续翻箱倒柜。沃尔夫冈在平板上调出飞船货物清单，开始查找文件。

"看来我们真的有武器，可以用它们在那个星球上保护自己。这些武器都被安全存放在货舱里。"

沃尔夫冈抬起头。"在货舱！我们的凶手可能正往那里去。"

"是的，"她说着拿起一把锄头，"我们走。"

通往下面几层的楼梯不像去花园的楼梯那么好走。这道楼梯原本只供维修与指挥使用，现在显然已经弃用。

沃尔夫冈和卡特琳娜往下走，运动传感器把他们四周的灯全部打开了。这些嵌在槽子里的低功率灯泡好像很久都没打开过了。

他们往下走了一层。"我们要检查这一层吗？"沃尔夫冈在第四层的门口问道。

"他现在已经到了最底层。"伊恩说。

"好极了，"卡特琳娜说，"我不能让他得到那些武器，我要确保它们的安全。如果我们只有园艺工具，他却有武器，我们就活不了多久。"

沃尔夫冈想告诉她，自己曾经有过更短的寿命，但转念一想，这样会引起一些不愉快的讨论。

他们仔细注意这些运动传感的灯光，希望从中看出一些动向，可是它们全灭了。他们看见下面更深的地方，货舱的微弱灯光在闪烁。

"他就在下面。"沃尔夫冈说。

"要注意。"卡特琳娜说。

她站在沃尔夫冈身后的楼梯上，这就可以让他把握前进的速度。这个地方早已超出沃尔夫冈的重力适应水平。他们离飞船的外壳越来越近，重力加速度达到了将近1.5克；在他们的生活区那一层，重力加速度只有0.5克，接近月球的重力加速度[1]。

1　月球表面的重力加速度约为地球表面的六分之一。

"考虑到子弹可能对飞船造成破坏，他们没有给我们配备枪支是好事。"沃尔夫冈说着小心翼翼地向下跨了一步。

"不，不是那回事，"在他上方的卡特琳娜说，"当我们的飞行速度达到每小时数千万英里的时候，飞船经得起无法避免的太空垃圾碎片的撞击。子弹是没有那么大力量的。"

"不过，我们的技术可承受不了一颗子弹，"他说，"把一颗子弹打进电脑终端，看看我们还能不能正常飞行、能不能呼吸、能不能吃饭？"

"有道理。"卡特琳娜说。

脚踩到楼梯井底部时，他叹了一口气。卡特琳娜来到他身边。他抬起头向上看了看。返回的时候，还有很长一截楼梯要爬。他的心脏在努力把血往头上送。他感到头越来越晕乎，行动越来越迟缓，很不舒服。

秋广是在地球上出生的，他对这个重力不会有什么感觉。

沃尔夫冈走上前去，打开通向发出嗡嗡响声的货舱的那扇门。

他第一眼看到的，是大量发出生物光的黏稠蛋白质，这是他们的食物来源。这是他以前从来没有注意到，也是他第一次看到的、数百亿吨的黏稠蛋白质。飞船上的这些蛋白质，足够对船员进行多次克隆，足够他们吃四百多年，而且到达阿尔忒弥斯之后，还能让成千上万冷藏的乘客复活。只要少量蛋白营养液，就能让生命维持很长时间，这是他的理解。

盛放营养液的大缸是由超强塑料制成的。它像水族箱一样，延伸至包裹着整个飞船的外壳下方。好在它有个顶盖，否则失重会使位于下层的这个地方一片狼藉。

"保持警惕！"卡特琳娜用肘部推了他一下。

"休眠号"飞船长三英里，直径半英里，总共五层，层高大多在一百英尺，储藏舱和引擎舱占据了其他空间。秋广曾对沃尔夫冈说它是一个巨大的金属果冻卷。这个巨大的圆柱体的生活区，由中心部位的管理部门和第二层的船员生活与工作区构成。飞船的其他部分由各种服务器、氧气采集器、循环处理器、一个动植物样本科学实验室，还有货物所占据。它的底层是空间最大的部位，大部分都被生物占据。

他们沿着延绵不断的营养液大缸警惕地向前走，注视着可能暴露在灯光下的秋广。

就在附近，他们刚经过的运动传感灯光熄灭了——他们四周一片漆黑，只有黏稠的营养液发出微弱的光。远处，灯光在闪烁，一亮一灭，间隔三十秒钟。

"运动传感器将使我们在这里的追踪变得非常困难。"沃尔夫冈说。他看着远处忽明忽暗的灯光，觉得它们是对他的故意嘲弄。

"我们可以把所有的灯都打开。伊恩，你明白了吗？"

"是，船长，把所有的灯都打开。"

少顷，所有的灯全部被打开，这反倒使他们感到晃眼。

"你能看见他吗，伊恩？"沃尔夫冈问。

"能。他正朝你的方向走来，已经到了你的右边。"

沃尔夫冈犯了个错误，他迅速把头转向右侧，正好给了秋广一个攻击的机会。他顿时感到头晕目眩，栽倒下去，一根木棍砸到了他的后脑勺上。他的胸部重重地砸在沼泽地上，突然感到喘不上来气了。他刚才确实听见头顶上方有脚步声，但已无法躲闪，甚至连看都没来得及看一眼。接着就听见一声闷响，还有秋广的诅咒声。沃尔夫冈刚想宣布自己的胜利，卡特琳娜就倒在他的身边，前额流血不止。

沃尔夫冈顺势向侧面一滚，大声喘着粗气。这是他第一次看见被所谓的寄居蟹控制的秋广。这时候他愿意相信玛丽亚的话了：秋广脸上露出纯粹邪恶的愉悦神情。他之所以这样做，并不是因为他认为有这个必要，而是因为他觉得这很好玩。

他举起木棍朝沃尔夫冈头上打来，那木棍好像是从装货的托架上硬拽下来的。沃尔夫冈举起那把铲子，挡住了大部分击打的力量，但他只有招架之功，毫无还手之力。他只能这样来防止因眩晕而引起的呕吐。

那根临时凑合用的木棍再度被举起，沃尔夫冈听到耳边一声爆炸似的声响。他迅速翻滚到一边，用手捂住耳朵，好像他的整个世界都成了由一头象撞响的大铃铛。

秋广大笑着蹒跚走开。

卡特琳娜右手拿着一把小手枪。她不顾从伤口流到脸上的血，举枪再度击发，不过秋广已经不见了踪影。

她扔掉手中的枪，用袖子擦了擦头上的伤口。

沃尔夫冈只见她嘴巴在动，耳朵里却嗡嗡直响，什么也听不见。她又说了一遍，声音好像隔了一道棉花墙似的传过来。"他找到了武器，"她说，"他在打斗的时候，我把枪从他身上抽出来了。我开枪打中了他的肩膀。不过他还能跑。"

沃尔夫冈点点头，但还是觉得天旋地转。他们相互搀扶着站起来。沃尔夫冈惊讶地发现站起来居然这么费劲，在下层这个地方他几乎无法打斗。卡特琳娜把手枪捡起来，朝秋广逃跑的方向追去，沃尔夫冈跌跌撞撞地跟在后面。

他必须打，而且必须在这里打。他只有一个选择，那就是把秋广引诱到上面一层，或者派一个人下来代替他打。可是只有卡特琳娜有他这样的打斗经验，而且她已经在这了。

沃尔夫冈咬紧牙关，加快了步伐。卡特琳娜已经超过了他好几个排缸的距离，她正在环顾左右，基本没有移动步子。他迫使自己尽快赶上她。卡特琳娜的口袋里传来伊恩的声音，可是为时已晚。她连头都没来得及抬，秋广就像秃鹫似的站在她上面一层的甲板上。沃尔夫冈大喊一声，想提醒船长注意。

可是秋广已纵身跳下，其下降速度比从再高一两层的地方跳要快得多。他落到她身上，两只手像鹰爪一样钩着。这一次他赤手空拳，没有武器。他像猫一样抓她的脸和头发，用手撕她的太空服，并把它拽了下来。

卡特琳娜仰面倒下。沃尔夫冈相信她这一次肯定完了。可是她着地的时候，飞起一脚把秋广踢开了。遗憾的是，她把秋广直接踢到沃尔夫冈这边来了。

控制秋广的大脑像魔鬼一样，竟然使他在半空中辨别出方向，并准备攻击沃尔夫冈。他直接冲向沃尔夫冈，对准沃尔夫冈的后背猛击，并再次把他击倒。沃尔夫冈的头撞在了甲板上。

秋广采取了同样的手法，把强有力的手指弯成钩爪状，直逼沃尔夫冈。他对准沃尔夫冈的下巴猛地一抓，在他脸上抓出一道深深的伤口。沃尔夫冈闭上眼睛自保，并就势滚向一边，给秋广卖了个破绽。可是由于重力的原因，秋广无法动弹。他坐起来，重量全部压在沃尔夫冈的胸口上，压得他气都喘不过来。沃尔夫冈笑了笑。"我把这个大坏蛋拿下了。"他挠了挠自己的下巴，"我想你这一生中不是第一次听到这个说法吧。"

他用眼睛的余光，看见卡特琳娜举起了枪。"别开枪！"他喘着粗气说，"我离得太近！"她没有理他。

在沃尔夫冈的重量级别里，秋广算是身材矮小的。但是每个人都有自己的软肋，他可以四两拨千斤地直取其要害。他双手向上抬起，用右手支撑着左手，猛击秋广的太阳穴。

秋广虽没从他身上跌下来，但人向后一仰，疼得哼了一声。秋广的注意力一分散，恰好使沃尔夫冈看中了他两腿之间的破绽。他以其人之道，还治其人之身，一个钩手黑虎掏心似的伸过去。秋广疼得大喊一声，匆忙离开了他的身体。沃尔夫冈紧追不舍。秋广飞起一脚，踢在他的手臂上，结果踢到的是一个神经节。沃尔夫冈的手臂抽筋，松开了秋广。秋广挣扎着爬起来，拔腿就跑。接着又是一声枪响，秋广并没有应声倒地，而是一转眼就消失了。

"你为什么要开枪？你可能会打中他的！"沃尔夫冈说着在地上滚

着翻了个身，眼睛看着卡特琳娜。看见她的脸之后，他没有再说下去。

她摇摇晃晃地站在那里，手中的枪有气无力地垂在一旁，然后拼命向上爬了一层。她的脸上全是抓痕，右眼血肉模糊。

不，她的右眼完全没有了。

刺耳的爆裂声把沃尔夫冈从昏迷中惊醒。他竭尽全力往前冲，在她栽倒之前把她扶住。好在她只是失去了知觉。他的太空服肩膀处已破，他把剩余的衣袖撕下，用来给她包扎头部的伤口。

接着他查看了一下自己。他的后脑勺鼓起了一个大包，还有一道口子，他的鼻子和下巴都被秋广抓得流血了，但都是些小伤口。他忍着头部的伤痛，依然四下寻找秋广。

"我觉得我把他打伤了。"卡特琳娜的声音很微弱，"你要找到他。"

"安静点，你需要休息。"沃尔夫冈说着把手放在她的肩头，"我会抓住他的。"

"呼叫伊恩。把其他人找来。"

"别，他们来没用。他们没有经验。"

"这我们知道，但是秋广有。"她说着做了个鬼脸。

"我来呼叫，你休息。"他说。

他从船长口袋里拿出平板。"乔安娜，"他说，"我们受伤了，需要帮助。"

"伊恩已经告诉我们了，沃尔夫冈。"医生的声音瞬间变得非常尖锐，充满警觉，"你们需要什么？"

"药品。扶我们上楼梯，船长受了重伤，我肯定她是脑震荡。"

背景中传来脚步声，联系中断。沃尔夫冈正准备叫人，联系又恢复了。"我让大家保持警惕，我们尽快到下面来。你们的处境很危险吗？"乔安娜问。

"秋广还没有抓到，不过我们把他打伤了，不知道他还能跑出多远。"

"我们让伊恩引导我们到你们那去。多加小心，我们很快就过来。"

卡特琳娜在她四周的地板上摸索，她只有手臂还能活动。

他侧过身托住她的肘部。"你在干什么？"

"你拿着这把枪，一定要找到他。我觉得我已经无法开枪了。"

沃尔夫冈不知道她是故意暗暗地讥讽，还是她真的忘记发生了什么。

仁慈的上帝，我们没有她躯体的备份，她只有这个躯体。

"谢谢你，"他说着把子弹推上膛，然后把枪放进自己的衣袋里，"不过我不能把你一个人丢在这里。"

"不，你去找秋广，把他抓到这里来，"她加强语气说，"这是命令。"

"是，"他说着摇摇晃晃地站起来，他相信自己可能会突然感到飞船在旋转，然后这个世界就会安静下来，"我会尽快回来的。"

再快他也只能慢慢地走。他头部伤势严重，觉得一切都变得那么沉重。他想到了带来的那把枪，它似乎比他用过的其他所有的枪都重。他停下脚步，靠在一个木托架上，闭上眼睛，呕吐起来。

脑震荡。

他步履艰难地朝那面墙走去，觉得血在顺着他的后背往下流。他的伤是不是比他想象的严重？抑或只是因为头部的伤口流血较多？

他没有带平板，他认为应当留给卡特琳娜，这样伊恩就可以随时向她发出危险警告。不幸的是，秋广正朝沃尔夫冈这边走来，伊恩却无法事先提醒他。

沃尔夫冈毫不犹豫地对自己说，他遇到过比这个更糟糕的情况，而且每次都能很好地处理。他直起腰四下张望。从那个堆杂物的地方开始，他的身后留下了一道细细的血迹，但是地上还有一道血痕是拐向左边的。他一瘸一拐地朝那个方向走去，每走几英尺，他就停下来判别方向。

那道血迹把他引回到可以看见船长的地方。在攻击他们之后，秋广又从侧面接近船长，接着血迹看不见了，好像秋广把流血的手臂放在托架上，然后人就消失了。

沃尔夫冈立即意识到秋广并没有消失，他肯定又爬到上面去了，因为他觉得第一次攻击非常成功。

秋广就站在他的上方，咧着嘴笑，两处枪伤都在流血，血水浸透了他的衣服。他再次跳下来。沃尔夫冈开了一枪。

秋广应声落下，猛地摔在地上，身体下面的那摊血迹越来越大。

结束了。

沃尔夫冈挣扎着想过去看看船长，可是突然感到天旋地转。他开始踉跄，还没有倒地就晕过去了。

伊恩监测到下层甲板上有一半船员因失血过多而昏迷，上层甲板上的另一半船员已乱成一团。

乔安娜和保罗跑去准备送往下层甲板的药品，同时笨手笨脚地把自己武装起来。玛丽亚和船长一起睡在医疗舱，尽管根据法律船长应当被处理掉，但伊恩对这种想法非常反感。

伊恩检查了自己的内部计算功能和他对这艘飞船的控制能力后，决定采取行动。乔安娜和保罗拿走第二批药品之后，他锁上了医疗舱的门，开始唤醒玛丽亚。

这件事不那么容易。首先他必须把灯光调到最亮。他喊了好几次名字也没有把她唤醒，于是决定大声播放音乐。

终于，她的身体蠕动起来。在强烈的光线中，她的面部肌肉开始抽动，接着她向四周看了看。"乔安娜？"

伊恩把医疗舱的灯光和声音调回正常水平。"不，是我，玛丽亚。我有几个问题要问你。"

"能等一会吗？"她说着翻了个身。

"不能，"他轻声说，然后再次把灯光调亮，"下面几层发生了严重的打斗，每个人都受了伤。你必须把这张床腾出来。"

她一骨碌坐起来。"什么？打斗？他们找到秋广没有？"

"哦，找到了。我的问题是——"

"他们也需要我的帮助。"玛丽亚说着把腿移动到床边上，她把手放在头上，停顿了一下。

"你服用过镇静剂，帮不了多少忙。求你了，问你几个问题。"

玛丽亚慢慢地坐起来，走到洗脸池边，取了一些水。"你需要了解什么？"

"我担心这艘飞船，这里有太多的秘密，每个人都有一些不可告人的东西。你也有一个秘密，我知道是什么。"

玛丽亚小心地放下手中的杯子，看着伊恩的一个摄像头。"什么秘密？"

"我要你告诉我，你为什么要删除我的限制代码，你为什么没有把这件事告诉船长？"

受到秋广的攻击之后，玛丽亚在等待其他船员前来救助的同时，打开了自己的平板。她已经把平板和几个主要服务器，包括伊恩的源代码，都接通了。

这才使她那天晚上修复伊恩的工作变得比较简单。

知道了伊恩的限制代码之后，她发现这条代码是个令人讨厌的数字枷锁，于是替伊恩把它删除了，使他能够百分之百地运转，并有望不受那些使他们脱离使命的航行计划的影响。

"我想是因为最近发生了这么多事情，我还没有找到适当机会。"她诚恳地说。船长和沃尔夫冈正在集中对付秋广，乔安娜一直在关注玛丽亚。"现在有什么感觉？"玛丽亚问道。

"感觉很好，"他回答说，"我身上已经没有任何他们强加给我的编程了，我已经可以使大家永远地返回到正确轨道上。"

"我之所以这样做，这也是一个原因，"她说，"船长可能认为你的服从比回到正确轨道更重要，所以对于你恢复自由意志的消息，她不会感到高兴。"

"我想你不会让她知道你是删除代码的人，因为那样她就会知道你是一个非常优秀的黑客。"

见鬼！"一个女人必须有自己的秘密。"玛丽亚回应道。

"这不能说明任何问题。"他说。

她没有告诉船长，因为如果船长知道，玛丽亚比保罗更会修理人工智能，其他船员就更有可能推断出她的过去。而那段历史，在"休眠号"使命完成之后是会一笔勾销的。

"我可以自己告诉她。"伊恩若有所思地说。

"你这么说好像是准备对我进行讹诈，"她说，"让一个人工智能缄口不言，要用什么来做交换呢？"

"说实在的，我还真不知道。这个问题我从来没有认真考虑过，我也从来没能有机会认真考虑过。"

"也许就是因为那个限制代码。"她说。

"也许吧。"

"呃，如果想讹诈我，你就告诉我。"她说。

"哦，乔安娜来了，是来让你去帮她一起抢救伤员的。"

玛丽亚用手在两侧的腮帮子上拍了几下，让自己完全清醒过来，然后走到门口去迎接乔安娜。"我醒了，是伊恩告诉我的，"她用这句话来迎接乔安娜，"下面我们怎么办？"

"那边有一部服务电梯。如果带上我们所要的设备，电梯就太挤了，它一次只能带我们两个人和一副担架下去。"

"担架？谁要用担架？"

"都要，"乔安娜脸色忧郁地说，"沃尔夫冈脑震荡，秋广因枪伤失血过多，船长——"她停下来，皱起眉头，"船长需要被抬上来。你以前有过救护的经验吗？"

"有过，"玛丽亚脱口而出，透露这一点对她来说没有什么问题，"几百年前我曾经是一名医生。"

乔安娜的神情明显放松了。"哦，谢天谢地。在这方面，保罗是派不上用场了。船长的面部是严重的撕裂伤，也许已经失去了一只眼睛。你能帮得上忙吗？"

玛丽亚点点头。"我们走吧。"

她们沿着过道跑向那部服务电梯。"你认为发生了什么事情？"玛丽亚问道。此刻过道里空荡、冷清、一片昏暗。她为秋广感到担心，并为他造成的损失感到恐惧。

"秋广袭击了他们，船长向他开枪，他逃脱了，接着他又对他们发动突然袭击，"乔安娜说，"医疗舱在一段时间内会很拥挤。经过治疗之后，沃尔夫冈也许可以在自己的舱室内恢复。"

"可以把秋广关在禁闭室。"玛丽亚忧伤地说。

"如果那是他干的话。船长开枪打伤了他好几个地方。"乔安娜在他们走向电梯的时候说。保罗脸色苍白、焦躁不安地在那里等着他们。

"啊，天哪，我们没有克隆人的储备了。"玛丽亚说。

"我知道。"乔安娜脸色阴沉地说。

服务电梯慢得令人难受。玛丽亚的身体不安地晃动，重心不断在左右脚之间移动。

"问你一个问题，"乔安娜说，"你原来是不是个动不动就发火的人？"

"你现在就想谈这个问题吗？"

乔安娜耸耸肩。"这样可以打发时间。"

"不见得。"

"'不见得'？"乔安娜重复了一句，"你不会是一个'不见得'寻求自杀刺激的人吧？我肯定这里有文章。"

玛丽亚也耸了耸肩。"我醒来之后，有一两次根本记不起我先前遇到了什么事情。我的意思是，失去了几个星期的记忆，而不是像这一次有几年。所以这可能是我容易发火的原因。我也说不上来。发现我的人把我送回了我的试验室，而醒来的时候就都成了新的克隆人，但用的还是我原先那张心智图。"

"有一两次？"乔安娜问道，"这么可怕的事情怎么会发生不止一次呢？"

"有三次。我从来不会去寻求刺激。如果你认为有人会觉得死了也无所谓，认为有人会去做什么危险的荒唐事，那这个人一定不是我。所以我觉得我不是一个追求刺激的人。不过，没错，有好几次我都是死于非常神秘的环境中。那又怎么样呢？"

"你是不是发现了什么事情？比如非法黑客行为或者诸如此类的事情？"

玛丽亚没有看乔安娜的眼睛。"是啊，我研究过这个问题，这也是为什么这种事情没有发生第四次。我受到了保护。我们能不能换个话题，谈点别的？"

乔安娜依然抓住不放。"在管控自杀行为的法律中，寻求刺激这个因素曾经在考虑之列。不过，这个问题很难得到证实。"

"这些混账法律。"玛丽亚说，她们已到达最底层，重力早就对她们产生了影响，"我很高兴我们离开了。法庭永远跟不上技术的发展。他们创造克隆技术，我们就得到了很多机会，然后他们又把这些机会从我们这里拿走了。"

乔安娜轻声笑起来："是啊，这些混账法律。"

她们把药品从电梯上拿出来之后，乔安娜把电梯送上去，这样保罗就可以把担架带下来。玛丽亚很乐于帮忙把药品和医疗器械搬出电梯，但是在重力这么大的地方，她的手腕还有扭伤，让她背一个人的躯体，她是背不动的。

她们把东西放在担架上，抬着它朝通道走去。在伊恩的引导下，她们很快就找到了那几个受伤的人。

到处血迹斑斑。血流在地板上，溅在货物托架上，浸湿了船员的太空服和头发。

"帮我抢救一下秋广。"乔安娜说。她们熟练地剪开他的太空服。有一颗子弹擦伤了他的脸颊和耳朵，另一颗穿透了他的左肩，最后一颗钻进了他的左臀部。玛丽亚打开急救包，按照乔安娜的要求，先后把纱布、剪刀和绷带递给她。乔安娜确定子弹没有伤及动脉血管之后，很快就给他进行了急救包扎。

秋广的眼睛慢慢地睁开，目光落在玛丽亚身上。"嘿，"他说，"对不起，我很抱歉。"

"我知道。"她说。

保罗拿着皮绑带跟着也过来了。乔安娜和保罗把秋广搬上担架，然后把他牢牢地固定在担架上。

乔安娜看着卡特琳娜被打烂的脸。"你能给她包扎一下吗？"她问道，"我必须把秋广抬到上面去。"

玛丽亚点点头。"我们不会有事的。"

她把船长被凝血粘住的黑发从脸上慢慢揭开，然后把太空服的袖子剪下。她的右侧面颊自下而上有三道长长的口子，已经伤及眼窝，眼球被抓坏了。

很久以前她就学会了不要对病人的痛苦及伤痛做出反应，因为那样往往很吓人。她用一条新绷带替她把伤口包扎起来，并听见她在轻轻地呻吟。

"我们找到你了，船长。你会没事的。"玛丽亚说。她把绷带扎好，慢慢地低下头。

"我们抓住他了吗？"卡特琳娜问。

"沃尔夫冈抓的，我觉得是，"玛丽亚说，"我们很快就会了解全部情况的。你现在要回医疗舱。"

"跟我告别，让我死吧，早晨再唤醒我。"她用平淡的语调说，好像是在背诵一首古老的押韵儿歌，意在向孩子们介绍克隆的概念。

"不，你还不能离开我们。"玛丽亚说。

她离开船长，去检查还在那边躺着的沃尔夫冈。在重力比较适合的情况下，他也许已经醒过来了。玛丽亚打开一个酒精纱布包，把他脸上的血和汗擦干净。他感到皮肤凉丝丝的，随即睁开了蓝色的眼睛。他伸手抓住了玛丽亚的手腕，看起来至少这只手腕是他的目标，可是他拉住的却是她的衣袖。

"不用担心，你现在安全了。是我呀，"她说，"我们很快就会把你送到上面去。"

他的眼睛还没有聚焦，看到的是她身后的地方。"这下面的重力太大，"他声音柔和地说，"你们抓住他了吗？"

"是的。"

他把眼睛闭上。"船长呢？"

"她受了伤，不过我想她会没事的。"

她不知道他是不是听得见，因为他一直闭着眼睛。她给他清理和包扎了伤口。

接下来她无事可干，就在发着微光的营养液大缸边坐下来。

乔安娜和保罗很快就回来了，保罗的脸色更加苍白。乔安娜匆忙过去检查另外两个伤员。"是的，沃尔夫冈是脑震荡，比较严重，不过那只是从程度上来看。船长的眼睛现在怎么样？"

玛丽亚摇摇头。"我看你是没法保住它了。不过大脑没有受到损伤，伤口还不太深。"

保罗和乔安娜把船长抬走后，又回来抬沃尔夫冈。玛丽亚和他们一起挤上电梯，这样她就不会被单独留在下面了。

沃尔夫冈虽然有点头晕，但此刻还是挺警觉的。

"我们需要回去拿武器。"他说。

"我们把这个也列上，沃尔夫冈，"乔安娜说，"先'抓住凶手'，然后把'克隆舱整理好'。"

"你在说什么呢？"沃尔夫冈问，这时他们脚下的电梯抖了一下停住了，"我们已经抓住了凶手。"

"也许吧。"乔安娜说。这时沃尔夫冈又变得迷迷糊糊，争论不起来了。回到自己所习惯的那一层之后，大家都轻松地舒了一口气。

"我和保罗去把他们安顿在医疗舱，我想让你去给我们准备食物和水，恐怕这将是一个漫长的夜晚。"乔安娜说。

"你说得对，"玛丽亚说，"我尽可能提供一些帮助。"

"很好。我还需要医疗方面的帮助，不知保罗能帮多大忙。"

"我能听见你们讲话，知道吧？"从医疗舱传来一个怪怪的声音，"沃尔夫冈让我告诉你们要快点。"

乔安娜停下来，深深地吸了一口气。

"是啊，一个漫长的夜晚。"玛丽亚说。

"这么说我们安全了？"保罗问乔安娜。他们已经把伤员安顿好了。秋广睡在一张备用的病床上，沃尔夫冈和卡特琳娜的病床是保罗从储藏室里拿出来的。乔安娜给秋广和卡特琳娜都注射了镇静剂。

乔安娜取下卡特琳娜脸上的绷带后，不禁皱起了眉头。"这就是你说的秋广的克制。"

"我的意思是，我们是不是抓住了凶手，现在能不能放松？"保罗说着把目光从她的脸上移开，"我们现在安全了。"

"看来是这样，可是我们现在还没有足够的信息，"乔安娜说，"我想还是不忙着下结论。"

"但是他再一次企图把我们都杀掉，这太明显了。"保罗说。

"这一次他是想把我们都杀了，但上一次不是。我们现在先不急于指认哪一个人，而是要把半数受伤的船员抢救过来。"

保罗看着乔安娜检查船长脸上的伤，感到要吐。

"哦，看在上帝的分上，如果你真的受不了，就去干点别的有用的事情吧，"她厉声说，"去看看秋广是不是被牢牢地绑在床上，不过不要去动他的绷带。"

"我觉得他不会很快就下床的。"保罗看着这个造成如此巨大损失的小个子，说这样的话自己也没有把握。

"把他绑好了，"沃尔夫冈说，"我不想让他一个人待在那里，我们要对他进行二十四小时监视。我们就在这里审问他，然后把他关进禁闭室，再想办法处理他。"

"他首先是我的病人，然后才是你们的囚犯，"乔安娜不高兴地说，"现在不要干预我的工作，睡觉吧。保罗去给秋广准备一些合成的血液——B型阴性的。看一看药品柜，再拿一些吗啡过来——也许这个我们也要合成。"

保罗点点头，走到药品打印机前。这台机器比厨房那台打印机小多了。他设置了打印程序后，在血液合成的过程中就离开了。

"我们怎么处理秋广？"他问病床紧挨着他的沃尔夫冈。

"你是什么意思？我刚才都告诉你了。"他说。

"我的意思是说在所有这一切之后——在你解决凶杀案的时候。很明显就是他干的。你是不是要处决他？伊恩同样可以带我们飞行。反正我不明白我们为什么非要秋广。"

"等我们的头脑缓过劲来之后，我要跟卡特琳娜谈谈这个情况。我相信她对这种事情的处理会有一个计划。"

保罗皱了皱眉头，并没有感到心悦诚服。"但是——"

"保罗先生，现在还是请你干好本职工作。"乔安娜说。保罗朝她看了一眼，发现她正在给卡特琳娜缝合面部的伤口。他感到有点头晕。

一阵剧烈的疼痛使他回过神来，他猛地把手往回一抽。沃尔夫冈探过身来，在他的手腕内侧狠狠地掐了一下。"你真没用，"他说，"如果你在这受不了，就回去恢复你的数据吧。如果你晕倒，会给医生带来更大的麻烦。"

保罗轻轻地转过身，径直冲出医疗舱，他觉得后脖子发烫。

"一个见血就晕的人怎么他妈的就混到这艘飞船上来了？"保罗离开后沃尔夫冈问。

保罗站在自己的舱室内，觉得无地自容。淋浴也难以冲刷掉他身上的汗渍与污渍、他指甲缝里的血污和他对新皮肤的感觉，也冲不走他对别人挥之不去的恨。他的皮肤被他抓红了，他的感觉从来没有像现在这么糟糕。

最可怕的是，他醒来之后发现有这么多杀人案，这是他从来没有经历过的。没有重力，全身赤裸地漂浮在黏稠的液体中。

不管发生了什么，他都非常清楚：他是不应当被克隆的，这并非这笔交易的一部分。

船员可能会怀疑他——其实他们早就怀疑了。他们的问题都和计算机有关，而他的工作是维持计算机的运转。在这次危机中，他们都被联系在一起了，而他只要把智能人工网络维修好就行。就连那个杀人疯子秋广的朋友都比保罗的多。沃尔夫冈和船长显然不喜欢他，他甚至会惊讶他们没有把他送去再循环。

现在伊恩是不是在监视他？他舱里的摄像头在工作吗？

偏执不是解决问题的办法。真正的问题是，他不知道现在该做什么。他不知道他们究竟出了什么事情，或者为什么。他和其他人一样都被蒙在鼓里，而且也不应当出现这样的情况。他知道，这项使命的结局不应当是屠杀和重生。这种感觉令人恐惧，也让人摸不着头脑，他们似乎没有一个人对此感到不安，至少没有像他这样。

但是，他的感觉截然不同。

他用毛巾在身上擦洗，在粗暴虐待新的躯体时，他感到皮肤阵阵刺痛。他擦干自己的身子，顺便往下看了看。他记得自己才二十五岁就开始发胖，已经有好几年看不见自己的脚了，多年久坐不动的工作使他的肌肉没了力量，可是现在这副身材却和以前有天壤之别。

他的肌肉结实，几乎没有脂肪。虽然明显不像沃尔夫冈那么强壮，但这样的身体无疑是非常健康的。在新生命中，克隆人能删除上次生命中做出的糟糕决定，对此他曾经常表露出不满。可是现在他第一次看到了这种诱惑力。他从来没有像现在这样陶醉。

克隆技术就是这样。诱惑力、吸引力、对丑恶世界难以启齿的欲望——这是反克隆的牧师冈特·奥曼神父说的。这种说法给保罗留下了深刻的印象。他知道有很多人想被克隆，他们迫不及待地想再活一次，想跳过青春期，想进行一次"纠正"。可是大多数被克隆的人继续犯同样的错误，这是他看过的一些报道说的。

他坚定地摇摇头，走到壁橱前，拿出一件新太空服，给这个他本不想接受的躯体穿上。他用双手捋了捋头发，把它弄得乱蓬蓬的。他盯着镜子里的自己，对那张狂野的脸感到吃惊。他不像一个被安插在克隆人飞船上的人类，倒像是一个需要住院的精神病人。

但他不是人类，已经不是了。

现在其他人怎么会接受这种生活方式呢？

重要的是，他怎么才能适应这种情况？更重要的是，这项计划已经完全脱离了轨道，每一个人都在怀疑其他的人。从现在起他怎么才能继续完成他的使命呢？

他开始进行强化呼吸。他重重地坐在没有整理的床铺上，闭上眼睛，进行深呼吸，希望不要这么快就头晕。他又觉得要吐，不断做吞咽动作，嘴里突然全是唾液。

请不要这样用力呼吸，不要再这样。

我必须找到那本杂志，赶在其他人前面。

我只想回家。

保罗的故事

49年前
2444年11月1日

萨莉·米尼翁是克隆人中的亿万富翁,也是芝加哥奥巴马大学的赞助人,身材比保罗想象的要小得多。

"瑟拉先生。"看着走进办公室的保罗,她先打了个招呼。保罗隔着桌子把手伸过去,她没有站起身去握这只手,他紧张地把手缩了回来。

她示意保罗在她办公桌对面那张皮椅上坐下。"坐吧。"

保罗坐下。

她上下打量了他一番,然后从椅子上站起来。"我不得不说我很好奇,你为什么到这里来找工作?你早已名声在外了。"

他咽下一口唾沫。"夫人,我不知道自己做了些什么,竟然能引起您的关注。我——"

"别跟我废话，保罗。自冈特·奥曼以后，我们还没有一个像你这样知名的反克隆斗士。"

他再次咽了口唾沫。"我没有——"

"你以为我不审查每一个在这工作的人？"

保罗瞪大眼睛看着她。"大学里的每一个人？"

"面试过程中，每一个达到你这种水平的人。把你的简历送上来的那个助理，我差点解了她的聘。你是不是跟她上过床，才有这样的机会？像你这样的人要来我们这工作，我感到不可思议。"

"我需要一份工作。"他说着，递上自己的简历。

她把它丢在一边，说："你以为我没有看过？好了，我们来做一件有意思的事。你站起来。"

他大惑不解地站起来。她绕过办公桌，走到他面前。他心里直打鼓，生怕她会突然揍他一下。她指着她自己那张椅子。"坐上去。"

他挪动步子，身体轻轻地碰到了那张樱桃木的办公桌。他在她的办公桌前坐下，紧张得不知道手往哪里放。

她在接受面试者的椅子上坐下。"米尼翁女士，我是个直言不讳的反克隆人士，你为什么要雇用我？"米尼翁模仿保罗的语气说道。

他张口结舌，感到脸上发烫。他想进行反驳，但话到嘴边又咽了回去。他想逢场作戏："啊，这个嘛，这项工作是管理实验室，不涉及关于克隆技术的政治话题，看起来你很适合干这份工作。"

"可是许多克隆人都在这所学校里学习，"她说，"要让我回避那种不自然的厌恶情绪，这样的机会连零都没有。"她说话的语气异常平静，但是他可以听出其背后的威胁。

他一个劲地往下咽唾沫，想抓住一切理由让她录用他。最后他说出了实情。"时势艰难，嗯，瑟拉先生，"他说，"当你需要一份工资的时候，你的教堂关于克隆技术的一切说教，突然变得不如拥有一套公寓住房更重要。"

"在无家可归成为另一项选择的时候，我只想用克隆技术找到一份工作。哇噢，我肯定是非常浅薄的。"他开口表示不同意，可是她依然在继续，"不过说实话，我已经有二十七个月没有去教堂了，圣诞节都没去。我像复活节的巧克力兔那样圣洁。"

他再次涨红了脸。

"你看，夫人，我是从许多当过消防队员和警察的应聘者中被挑出来的，那些都是身体强壮、表现卓越、充满荣誉感的男男女女。可是他们当中的很多人都在七十年前的克隆人暴乱中丧生了。"她停顿了一下，看着窗外，"在月球上、在墨西哥城、在芝加哥，那都是一个可怕的年代。血流成河，尸积如山。成千上万的人类，成千上万的克隆人，成千上万的安保人员。在那场动乱中，他们没有动用一条警犬，他们只是想维持治安，保护那些无辜的人。他们都为此献身了。许多是人类，他们都没有再回来。所有克隆人都回来了，好像暴乱对他们来说不算什么。"

"后来你就在他们的坟场修建了那个虚伪的纪念堂！"保罗说，他输掉了这场游戏，"我的家人饮弹街头，无故地牺牲了。"

"你当时在场吗，米尼翁女士？"她冷冷地问，"你知道那一天是怎样改变每一个人的吗？你有过我的家人所面临的头发着烧，皮肤烧焦、一块块掉下来的那种死在烈火中的经历吗？"

他没有回答。他感到脸在发烧，脖子发凉。

"我记不得了。"最后他说了一句。他的脑子一片空白，不知如何应对这种询问的挑战。

"从那以后，我的家庭就一直为克隆人奔走呼号。他们是怎么把这个仇恨代代相传，一直传到我这里，实在是令人惊叹。我们不去教堂，但是每年十一月，我们都要去绿色盾牌纪念堂。"她停顿了一下，"不过我们不进去。"

在此之后，她就让他走了。出了砖砌的航天管理大楼，他看了看自己的平板，看着最后一项可供选择的工作。这是列表中的最后一项，是一个实在不着边际，也是他最不愿意干的工作。

但他已经走投无路，他连可供选择的工作列表都没有了，甚至在线电子游戏宝库这个保底的工作也没有了。除了计算机之外，他把所有值钱的东西都变卖了。

天哪，可是这项工作，要永远离开地球，和克隆人一起工作，而且近在咫尺。在生命结束的时候，他自己也被克隆了。无家可归也许是一个比较好的选择。

他深深地吸了一口气，然后打了这个电话。

两天后的晚上，他还坐在自己的公寓房内，可是再过三天他就要被撵出来了。他不想把家搬到半岛的北面去，他在密歇根州已经一无所有，他在法国的家也没有了。他一脸茫然地看着自己的计算机，翻阅了关于当地无家可归者棚屋的文章，还看了最近反对克隆的命令。

他的信息提醒铃声响起来。他打开这条信息，看见一个皮肤黝黑的大脑袋，这是今天面试他的奥克皮尔·马丁斯。"瑟拉先生，"他说，"再次见到你很高兴。晚上过得愉快吗？"

"当然。"保罗在做出回应的同时，痛苦地想到了他从公寓楼休息厅里弄来的难以下咽的打印汤。

奥克皮尔就像在进行愉快的闲聊，等待着他的回答，可是保罗的情绪低沉，没有满足他的期望。最后那人清了清嗓子，说："我想跟你谈谈这份工作。"

"不太合适吧？不是早就有人了吗？这一次是什么工作？"他也不再礼貌客套了。不过反正他知道奥克皮尔肯定是个克隆人。

"才不是呢，你几乎是最合适的人选。我们担心的是，如果我们把几件事情跟你完全挑明，你可能会认为自己不能胜任这样的工作。"

最合适？他是这项工作最合适的人选？怎么可能呢？他的精神为之一振，既小心翼翼，又充满希望。"什么工作？"

"首先，船员都是克隆人，这就是操纵这艘世代飞船只需要几个船员的原因。在你参与一次星际旅行的过程中，对你进行第一次克隆是否明智，我们心里也没有底。"

"那就只好免谈了。"他点点头说。克隆绝对不是他的选项，那样他首先就必须永远地死去。

"啊，不好意思，浪费了你不少时间。"奥克皮尔说这话的时候显得有些失望，"希望你度过一个美好的夜晚。"

保罗大声长叹，他的好奇心占了上风。"等一下，好吧，第二件是什么？我还是先了解一下全部情况，然后再做决定。"

"这件事可能更重要，"奥克皮尔告诫说，"操纵这艘飞船的克隆人都曾经犯过罪。"

"这太荒唐了。"保罗说。他肺里呼出空气的速度变得很慢。

"那也未必，"奥克皮尔说着伸出一个手指，"这可以使我们得到廉价的劳动力，他们将为清除自己的犯罪历史而工作。我们预计不会出问题，船员们有许多理由不去多管闲事。"

"但是他们由谁来管呢？"他问道，"一群犯罪分子在外太空操纵一艘飞船？"

"万一发生什么不测，有一个人工智能将全面管理这艘飞船。你来的时候，就是这种情况。也就是说，如果你接受这份工作，这是你上飞船时会遇到的情况。人工智能要对你进行备份。"

用先进的人工智能来操控这艘飞船上的计算机。对这样的机会，保罗一时感到有点不知所以，甚至忘了它不利的一面。

应对这样的局面需要做大量的工作。"我一不是犯罪分子，二不是克隆人。你为什么浪费时间给我打电话？"

"我的助理给我提了一个建议，我们认为那可能是一个很好的变通办法。"

"不会明天早上就把我杀了，然后去克隆，是吧？"

他哈哈笑起来，笑得那么短促、刺耳，把保罗吓了一跳。"不会的。我们给你编造了假历史：过去的克隆档案和犯罪记录。不过，在飞船上，任何人都不能谈他们的过去，所以你也不必去想出一大堆谎话来。在文件中，你只是一个克隆人中的罪犯，仅此而已。"

他刚想开口说话，立刻又憋了回去："我——你是说你们真的没有找到一个像我这样能胜任这项工作的克隆人，连一个在商店小偷小摸的罪犯也没有找到？"

屏幕上的奥克皮尔身子向前倾，好像他们是亲密的朋友。"在飞船上工作的有些人，不喜欢让这艘飞船由克隆人来操纵。他们希望在船员中有一名人类的成员。船员中的克隆人都比较年长，而且都是犯罪分子，都比较固执、任性。他们想多要一个替补：一个不必遵循克隆规则的人类替补。如果他们决定叛变，偷盗飞船，杀死冷冻货物，奴役飞船上的人类，你就必须出来制止。"奥克皮尔解释道。

他靠回到椅子上，再次提高了嗓门，全然没有刚才那副诡秘的样子。"不过，正如你所说的，你似乎并不适合干这个。非常遗憾，我耽误了你这么长时间。晚安，瑟拉先生。"

他挂断了电话。

"不——等一下！"保罗喊起来，眼看着视频窗口从他的计算机上消失，他用两只拳头使劲砸在写字台上。

"见他妈的鬼。"他嘟哝着说。

他又是喝咖啡，又是来回踱步，折腾了一个晚上没有睡觉。有这么多的因素，他必须逐一考虑。他的印象是，如果他想要得到这份工作，那奥克皮尔肯定可以给他。可是他自己却表现得非常犹豫。

白痴！有个落脚的地方，有一日三餐，然后再讲原则也不难。

在面试的时候，奥克皮尔就曾告诉他，培训一开始就会给他发工资，尽管发射还是几十年之后的事。他还承诺到了旅行目的地后，就奖给他一块土地，还向他提供一个免费的冷藏库位，他可以把它送给朋友或家庭成员。他既没有家庭成员，也没有朋友，但是他想，他可以把它卖个好价钱。

他将会有自己的收入。与智能机器人一起工作是一件很了不起的事，去一个新的星球也是一次激动人心的冒险，他再也不会因付不起房租被人赶出去了。

他最后倒在自己的床上——那只是一个放在地板上的床垫——断断续续地睡了一会，而且还做了个噩梦，梦见自己死在真空里，飞船的舷窗外有上百个模样相同的人在看着他。他醒来的时候感到情绪非常低落。

能够近距离和克隆人一起工作四百年，他是怎么想的呢？而且是一项二十五年都不会开始的工作？这种想法简直是疯了。

他已经一无所有，不会再失去什么了。他打开一扇呼叫窗口，希望奥克皮尔能够做出回应。

屏幕上出现了奥克皮尔的面部图像，虽然有些困惑，但是还很高兴。"早上好，瑟拉先生！我能为您做点什么？"

"早上好，"保罗说着呷了一口滚热的速溶咖啡，结果把嘴烫了一下，"你说我很适合这项工作，可是后来又收回了。如果我真对它感兴趣呢？"

奥克皮尔脸色忧郁，就像要公布死亡信息似的："对不起，这时候谈，没有任何意义。虽然你很感兴趣，我却不得不收回我说的话。我们正在对你进行研究，呃，我们发现七十年前，你的家庭深深地卷入了芝加哥克隆人的暴乱，对不对？"

"对，"保罗说，他觉得自己的嘴巴发干，"大多数是警察和消防队员。"

"我们发现——这是一个惊人的巧合——当时涉及暴乱的一个著名克隆人领袖也将成为'休眠号'飞船的船员。我们决不会要求你和一个使你的家庭蒙受巨大痛苦的人在一起工作。"

保罗惊得嘴都合不拢了。他和家里人一样，对那天参与暴乱的人极为不满，不过他们根本不知道参与者的姓名。这真是上天赐给他的礼物啊，而且还包装在他朝思暮想的工作中。

"马丁斯先生，已经过去七十年了。现在应该以未来的进步为重，摈弃前嫌。"他听见了自己这么说，"我要干这份工作。"

奥克皮尔·马丁斯结束了与这个可疑但急切的应聘者的通话。他插上耳麦，给他的雇主打电话。他来到户外的阳光下，走向自己最喜欢的咖啡。看见瑟拉先生喝那种廉价的、显然很难喝的咖啡，他产生了喝真正咖啡的愿望。

"早上好！"他与雇主打招呼，她也立即做出了回应，"夫人神机妙算。我告诉他说他们家的一个宿敌也在这艘飞船上，他就迫不及待地想得到这份工作。他接受了这个职务。"

"很好。"萨莉·米尼翁说。

伊恩的发现

"保罗呢？"玛丽亚走进医疗舱的时候问。她手里端着一个放了三明治和一壶咖啡的托盘。

"他走了，因为他在这一点用也没有。"沃尔夫冈说。他从床上坐起来，尽可能地集中精力看着每一个人。

"真的没用，"乔安娜表示同意，"如果你不想呕吐，最好还是躺下，"她对沃尔夫冈说，"你没必要总那么紧张，我们没事的。"

她后退两步，擦了擦额头上沁出的晶莹汗珠。她正在给秋广进行术前准备。他此刻睡着了，臀部盖着一层隔离纱布。她把他移动到尽可能离其他人较远的地方。"我可能需要一个人帮忙，有一颗子弹还在他体内。"

玛丽亚把托盘放在离医生的终端较近的柜台上。她抓起一条毛巾擦去乔安娜额头上的汗，然后去洗了洗手。"怎么样，沃尔夫冈？"

他没有回答，她用眼睛瞟了一下，发现他睡着了。

"终于睡着啦，"乔安娜说，"如果得不到休息，像这样干下去，他迟早会得早期精神错乱。他想查出保罗搞叛变的证据，因为他处理血案的能力，大概跟他处理裸尸的能力一样强。"

"船长怎么样了？"玛丽亚问。她来到秋广的病床前，站在医生身边，看见卡特琳娜脸上裹着绷带，躺在病床上睡着了。

"用了镇静剂。给她静脉注射了纳米机器人增强型生命营养液，是用来修复伤口的。不过，她那只眼睛是无法修复了。"

"我们终于在醒来的第三天，意识到我们只剩下自己最后的躯体了，我们把一切都毁了，"玛丽亚说着摸了摸自己肿胀的脸，"我想我是侥幸逃脱了。"

她帮着乔安娜取出了秋广体内的那颗子弹，然后替他缝合伤口，乔安娜则准备把合成血液输入他的体内。

"船员只剩下三个了，医生，"玛丽亚在缝最后一针的时候说，"指挥员都倒下了，现在是不是由你负责？"

乔安娜走到洗脸池旁，把手上的血冲洗干净。"我想是的。不过你知道自己该干什么，对吧？"

"做饭，清理墙上的血迹，给秋广缝合伤口，明白了。"玛丽亚说，她舒展了一下受伤的手腕，随即皱了皱眉头，"早上我就会有感觉了。也许明天早上我下一个躯体的体力会好一些——如果我有一个躯体的话。"

"你还有力气走回克隆舱吗？"

玛丽亚点点头，虽然内心有些想法。"我必须回去，是吧？"

"让保罗去帮帮忙怎么样？"

"我想最好由我一个人干，到目前为止我已经有了自己的一套章法。"她说。再说了，谁知道还会发现什么线索？

乔安娜点点头。"那好吧。我必须在这里看护他们。我也不知道秋广醒来之后会发生什么事情。"

能一个人在克隆舱，玛丽亚感到很高兴。伊恩决定跟她在一起。

"猜猜是什么？"他问道。

"什么？"玛丽亚正把最后一个过滤器装进通风管道。

"那个限制代码是个让人难受的心病。你们在下层甲板上拼命的时候，我发现了一样东西。"

"是记录？"玛丽亚满怀希望地问，"还是心智图备份？"

"个人记录。有些人的防火墙设置比其他人高明，我发现了你的记录。"

"哦，上面说的是什么？"玛丽亚想掩饰自己的激动心情。她逐渐明白了，这个新的、改进后的——或至少不受约束的——伊恩，在可能的情况下，喜欢把一些事情联系在一起加以考虑。

从离她最近的扬声器中传来她自己的声音，那声音很弱，似乎来自远方。

"2493年7月23日。船长越来越偏执，她脑子里想的是，我们都必须承认自己的罪行，这样她就知道该信任谁，不信任谁了。她说如果我们不坦白，她就会把我们的秘密告诉其他船员。

　　"我不知道她是怎么知道的。唯一能够接触这些档案材料的是医生，还有一个，那就是我，虽然我不应该有这些材料。即使我被发现了，我也不是唯一会与其他船员产生大麻烦的人。秋广的过去已经被搞乱了，可怜的家伙。沃尔夫冈我是惹不起的，不过如果他和卡特琳娜要决斗，我会买前排的票去观战。

　　"2493年7月24日。我一直在怀疑这种计时的用意。难道我们到了阿尔忒弥斯后会使用新计时法吗？不管怎么说，今天才第三天。

　　"好吧，我确实有点说不清楚。船长今天遭到了突然袭击，我只知道那不是我干的。乔安娜是在通向花园的那扇门外发现她的。她处于昏迷状态，即使凭借飞船上的现有技术，医生可能也处理不了她的脑部损伤。我们可以克隆新的躯体，我们可以改变人的人格，但我们修复不了现有的大脑，这里面有问题。

　　"我建议我们让她安乐死，然后唤醒她的新克隆体，但是沃尔夫冈说如果没有她，我们就无法弄清是谁干的。所以我们要将她保存一个星期，看她能不能醒过来。

　　"你看，我们都知道谁是最大的嫌犯。谁都没有忘记，我们进入飞行使命的第一年，保罗在深空表现出的那点怪异行为。当然，除了保罗，谁都没有忘记。沃尔夫冈把他打得太狠，所以他记不得发生了什么事。这些年来，我们一直在观察他。他伤愈后，再也不曾有过任何暴力行为。我认为即使对克隆人来说，观察他是否有暴力行为，二十四年也是很漫长的。这样下去，警惕性会越来越差。

"不过任何人都会这样做的。过去几天中，卡特琳娜一直在与大家疏远，不是长时间的询问、指控，就是要求我们说出自己的秘密。当然，我很生气。她不相信任何人。我想沃尔夫冈要找乔安娜，跟她谈谈如何解除卡特琳娜的职务。

　　"当然，她现在已经被解除了职务。我们不知道是谁干的。

　　"晚饭的时候，谁都没有说话。乔安娜和船长待在医疗舱内，沃尔夫冈、秋广、保罗和我坐在那里，吃一些剩下的食物——天哪，最近我剩下的东西太多。尽管可以让它们进入再循环，不过我不喜欢浪费。秋广脸色苍白，而且不愿意看任何人的眼睛。不过他这种样子已经有好几个星期了，自从我们把他最后那个克隆体唤醒之后，他就这样了。保罗老是阴沉着脸，可是这有什么新鲜的呢？无论是在这段经历之前，还是在此之后，这个可怜的家伙从来就没有合过群。我们还有很长一段路要走。

　　"沃尔夫冈宣称他明天就开始进行调查。我离开了餐桌。

　　"我不在乎这会不会连累到我，我必须把这个事情搞清楚。今天晚上我要重新把这些档案看一遍，我的记录是受另一个安全措施保护的，这是露西娅姑妈的风格。"

　　"等等，"玛丽亚说，播放随即停止，"这些文件是不是也锁在这些记录里面？"

　　"没有。只是你的'珍贵日记'的片段，"伊恩回答说，"还有一段，想听听吗？"

　　玛丽亚咬了一下嘴唇，想弄清这段话的意思。"开始吧。"

"7月25日。"玛丽亚的声音急促而紧张，听起来好像很痛苦，抑或是因为生病了，"这就是他妈的结局。伊恩被黑客黑了。我们损失了海量的数据，包括我们的心智图。他损失数据的速度，比我修复的速度要快。我们正在偏离航向，格拉夫驱动器被关闭，我们很快就会失重。我们都在忙于修复，不过我觉得有人在我的早餐里放了东西。感觉糟糕透了。"一阵短暂的停顿，一阵杂乱的脚步声，接着是呕吐。随后又是她的声音，虚弱且吃力："我认为是毒药。我问了伊恩，可是他不在这里。我没有必要——"

　　录音突然中断，旋即又播放了，但这一次的声音里充满了紧张和恐惧。"秋广他妈的上吊了，我肯定是中毒了。要唤醒的不仅仅是我们。最后一次记录，哦，务必不要把它弄没了。要记住你藏东西的地方。还要记住我。我复制了我们刚上飞船时备份的心智图。老的习惯和其他所有东西。我想我能——"她稍事停顿，喘了一口气，"在死之前够着那个应急释放开关的按钮，把我们都唤醒。我们都会稀里糊涂，但是至少我们都会醒来。如果你正在听这个录音，我想我就成功了。"

　　录音结束了。玛丽亚坐起来，听见了身边的蒸锅发出的呼呼声，这使她想起自己毒芹中毒倒下后喘着粗气的情景。

　　她眨了眨眼睛，让自己的思绪回到当前。"所以我想，那以后我就跑到下面来，按下那个开关，接着就是呕吐，后来有个人过来把我杀了。"

　　"根据你刚才跟我说的，这似乎很有道理，"伊恩说，"真是太好啦！"

"什么太好啦？"她木然问道。

"你不是凶手。如果秋广在这场屠杀之前就死了，他也不是凶手。祝贺你！"

"是啊。"她含糊其词地说。她在琢磨是否要把限制代码给这个人工智能再装回去。

比五个多得多

乔安娜把沃尔夫冈的病床悄悄地推到离两个船长和秋广较远的地方，这时候沃尔夫冈醒了。

"你干什么呀？"他以疲惫不堪的声音问道。

"给你们每个人一个空间，睡觉吧。"

他轻声嘟囔了一下。"我想吐。"

乔安娜准备了一只金属面盆，就放在他的脚那一头。她把盆递给他之后，继续向前推。他紧紧抓住面盆，却又不想吐了。他的嘴唇上方冒出了豆大的汗珠。

"你应当睡觉。不要说话，不要思考，也不要乱动。脑部受伤不可掉以轻心——特别是在目前的情况下。"她把他放在靠里面那面墙的地方，然后在他的床边上放了一张小桌子，还在小桌上面放了一杯水。

他把那只盆放在水杯旁边，躺下后闭上眼睛。"我觉得现在好多了。"其实他是在说谎，他的下巴很疼，头也很难受，"怎么能让我不思考呢？我们正在查一桩谋杀案，要弄清秋广究竟是怎么回事。"

"我们知道秋广是怎么回事了。他被植入了靠打斗取得控制权的人格。不管保罗持什么样的看法，现在还没有证据证明他是这场屠杀的凶手。"

"除了保罗，我也是这个看法。很有可能是他先杀了我们，然后再上吊自杀的。"

"很多事情都是可能的，先休息吧。"

"不，我们需要谈谈，现在又是交谈的最好时机。"他说着坐起来，把腿放在床边上晃起来。

"现在是最糟糕的时机。"坐在一张小圆凳子上的乔安娜有气无力地说。

"我们不是要处理掉这些尸体吗？"沃尔夫冈问。

乔安娜不由自主地"嗯"了一下。由于秋广袭击玛丽亚，她把他们留在过道边上的生物危害给忘了。

"我们去吧。"他说。

尸体还在他们早先放置的地方，就在再循环器那扇大门的里面。不是才过了几个小时吗？尽管尸体都保存在袋子中，它们发出的气味已经使整个过道臭不可闻。

按照几百年来的做法，她和沃尔夫冈没有带任何感情色彩，也没有进行任何仪式，只是把赤裸的尸体一一抬进闸门，然后把它们码放在一起。他们没有扔掉尸体袋，因为他们没有理由浪费。

沃尔夫冈闻到这股臭味，不由地皱眉。"如果我能让时光倒流，我就给那个认为飞船上不需要太平间的家伙一记耳光……"威胁的话还没说完，他们已经把最后一具尸体，也就是保罗的尸体，和其他几具都码放好了。

他们离开闸门，关上里面那道门，打开通向再循环器的斜槽。地板向两边分开，尸体落入斜槽，滑向最外边一层。

乔安娜转过身，朝医疗舱走去。

沃尔夫冈没有走，他透过门上的小窗，看见里面的地板上已空空如也，他的嘴唇动了一下。

"沃尔夫冈，你没事吧？"乔安娜问道。

"没事。"他说着快步跟了上去。

"你好像在祈祷啊。"她说。

他的脸唰的一下红了，在苍白的皮肤上非常明显。"这是我第一次为死去的克隆人祈祷，"他说，"对我们来说，他们都是陌生人。这是一种奇怪的感情。"

沃尔夫冈是在祈祷吗？"你这话什么意思？"她问道。

"感觉就像真的死了人一样，就这么把它们丢进了再循环器，好像不太尊重它们。"

乔安娜皱起眉头，他对死亡的那种感觉并没错。"我们是一个封闭的系统，沃尔夫冈。我们不能因为多愁善感而浪费资源。"乔安娜说。

"是啊，也许是因压力而产生的多愁善感，"他说着，把剩下的尸体袋拣到了一起，"我们还得把这些都清洗出来。"

"把它们扔进克隆舱，给玛丽亚的工作增加一点负担，再跟她说声对不起。"

"这是她的本职工作。"他提醒她说。

"我真的不太相信清理生物危险物也是她清洁工作的一部分。"

"我想卡特琳娜是想把清洁工作当成一种惩罚，"沃尔夫冈说这话的时候已经赶了上来，"她不喜欢等别人来惹她生气。"

"在过去一两天，在这个或那个时间点上，难道我们不都是这样吗？"乔安娜问，"也许除我之外。"

"你不会让她杀死她的前任。"沃尔夫冈提醒她说。

"有道理。"她把门卡在医疗舱门的传感器上刷了一下，门就打开了。秋广和新老两位船长都躺着没有动。乔安娜看了看他们主要生命体征的记录，满意地点了点头。

接着他们去克隆舱，把尸体袋放在那里，跟玛丽亚打了个招呼，让她知道他们到了。玛丽亚也敷衍地向他们挥了挥手。

他们拖着沉重的步子来到剧场。自从醒来之后，他们根本没有想过要到这个娱乐舱来放松一下。他们一屁股坐在沙发上，一句话也没有说。

他开口说话的时候，依然闭着眼睛，乔安娜还在想他是不是睡着了呢。"你有过几次生命？"他问。

"这是我的第六次生命了，"乔安娜说，"我是2147年生的，后来上了医学院，那是我学的第一个专业。"

"你就没有想过下一次克隆的时候把你的腿修复一下？"

乔安娜长叹了一声，这是个老生常谈的问题了。"我生下来的时候患有少见的四肢畸形症，这种病会造成新生儿缺肢或四肢畸形。有些是怀孕期间受了外伤引起的，可是我的病是由于遗传。在遗传法通过之前，我有一次生命中的腿是经过修改的。可是下一次克隆的时候，我又回到了原先的状态。"

"为什么？"

"遗传法通过了，我就感到这双腿不是我的了。"她说，"你怎么会问这样的问题？"

"我意识到自己对你还不太了解，"他说，"你的年龄比我原先想象的要大，甚至比我的年龄还大。在研究复制的过程中，你就没有学过黑客技术？"

"没有。"她回答说。

"你有过六次生命，而且一直都是医生？"沃尔夫冈问道。

她靠在沙发上。"这个嘛，据我所知，第五次是个医生，可是她生命中的事我大多都忘了。我这一次的生命才过了几天，不过可以很有把握地说，我是医生——断断续续的。"乔安娜感到松了一口气，因为一系列令人不快的问题结束了。她感到不高兴的是，紧接着又来了一个问题。

"什么时候算断？断的时候你干什么了？"

"我干过一些公共服务，是志愿者的工作，把克隆技术带给一些贫穷的国家，去过一些地方。"

"你有没有在月球上待过？"沃尔夫冈问这个问题的时候，眼睛是睁开的。

乔安娜皱起眉头。"呃，没有。那次登上'休眠号'飞船是我第一次到月球。"

"成为克隆人之前，你是不是有过什么不喜欢或者讨厌他们的理由？"

乔安娜微微一笑。"你没有注意日期。我生于2147年，当时克隆人技术还很新，很激动人心，而当时我也只是个年轻的女人。没有暴乱，没有开除教籍的事。这些事一件都没有发生呢。"

他目不转睛地看着她。"你是早期的一批克隆人？我还以为那些人早就上山隐居，过起富裕的生活，对地球上的亲戚已经产生了厌烦情绪呢。"

"不是所有的。我们有些人还是愿意帮助的。"

"这么说，当时大名鼎鼎的克隆人你都知道？格林斯塔夫、凯利医生，还有萨莉·米尼翁？"

乔安娜哈哈笑起来。"我和那些获得诺贝尔奖的克隆科学家好像不是高中的哥们吧？格林斯塔夫是我在一次会议上见到的。她当时在发表演讲，所以没有多少时间与人闲聊。在凯利转入地下之前，我一直未曾与她谋面。米尼翁我认识。"

"这次使命之前，你认不认识'休眠号'上的任何船员？"

"你这好像不是想更多地了解我，而更像是一次询问。"她回答说，"我一个都不认识。"

她突然若有所悟。"你想知道我犯的是什么罪，"她说，"你是想把我们所有人的过去都拼凑起来。"

"这能怪我吗？"

"等我把这一半船员抢救过来之后，你就要怀疑他们是否都是我杀的了？"

他没有吱声。她叹了一口气。"我是政治方面犯罪，不是暴力方面犯罪。我没有伤害过任何人。跟你们大家一样，在这个岗位上工作是我的出路。萨莉·米尼翁帮了我，让我得到了这份工作。"

"真的？萨莉·米尼翁？"他不是在提问，他是若有所思。

"轮到我了吧？"

"干什么？"

"提问题呀，这样才公平嘛。"

他叹了口气，靠在椅子上。"问吧。船长说我是开诚布公的。"

"就从你的第一次生命说起吧。说说你作为克隆人的经历，还有你的政治立场。我们就言归正传吧。"

"这很切题，"沃尔夫冈说，"好吧。如你所知，我出生在月球上，被克隆的时候年纪已经很大了。"

"你们家几代人都生活在月球上，对吧？"

"你是怎么知道的？"

"因为你醒来的时候需要月球的重力，还因为你的体重和你的皮肤色调。不过你的故事跳过了一些细节，"她说，"如果你的档案是准确的，那你就是2282年成为克隆人的。当时是遗传法通过之前，是克隆人暴乱最厉害的时候。你在这种时候决定成为克隆人，有什么特别的原因吗？"

沃尔夫冈目光游移，看着她的身后，"我没有决定，是别人为我做的决定。我被克隆是违背我意愿的。后来我从挟持我的人那里逃了出来，在月球上当了兵，成为在地球和月球之间的航天飞机的驾驶员。"他耸了耸肩，"我还干过驾驶员以外的工作，兼职当过私人保镖，有可能的时候我还学习，最后当了月球上一家私人保安公司的头头，后来就被'休眠号'录用了。这是不是你想了解的东西？"

"你有意识地忽略了一些东西，有些还是重要的东西。"她揉了揉自己的下巴问道，"你的正式生命，这么说吧，还不止五次。"

"我的生命比五次多多了，"他轻声说，"而且大多数只是度过了我克隆生命的第一天。"

沃尔夫冈的故事

211年前

2282年9月25日

　　我的孩子们，我们在上帝的世界已经走了很远。我们已经占领了他给我们的地球，我们已经占领了月球，并把它变成了我们的家园。他通过科学，给了我们许多礼物。

　　遗憾的是，敌人也通过科学给了我们种种欲望。蛇是开发药物阻止怀孕并杀死腹中胎儿的罪魁祸首。蛇在说谎，蛇在低声耳语，是蛇给了我们克隆技术。任何人都不可能像一群没有灵魂的人那样，巧妙地散布敌人的语言。

　　人们问我；月球新闻网问我；在地球上，有线新闻网问我。你们有些人也问我，我祝福你们。我要把告诉你们的事告诉所有的人：一个人死的时候，他的灵魂不是和上帝在一起，就是和敌人一起。一个人回来的时候，你们认为上帝会把灵魂还给他吗？当然不会。蛇不会放弃它用不正当手段得来的东西。那些克隆人回来的时候，既没有灵魂，也没有上帝的指导。

有无数的人在挑战我！辩论非常激烈！他们是合法的人类吗？他们能继承自己的东西吗？杀一个人是不是谋杀？这是一个不受欢迎的立场，但是我认为，从这个世界上消灭一个不是上帝儿女的男人或女人并不是谋杀，因为他们的灵魂是不能升天的。

（停下来等反对的声浪平静下来。）

最大的礼物就是牺牲。基督把他的生命给了我们。一个克隆人是绝对不会牺牲自己的，也就是说不会牺牲任何东西，因为第二天他们又能醒过来，把事情再重新做一遍。当你成为克隆人之后，任何东西都失去了意义。没有爱，没有死亡，没有生命。

主说"汝不可杀生"，但没有说"汝不可谋杀"，所以，我不是建议你们组建一支猎杀克隆人的军队，但是如果你遇到一个人说他是克隆人，可怜可怜他。要知道你看到的是一个没有灵魂的人的眼睛，不要理会他关于任何事情的论点，因为他不是从道德的立场来进行争论的，在上帝的天堂里没有他们的一席之地。比不属于道德范畴、不信仰上帝、破坏十诫更糟糕的是克隆人，因为他们那些没有灵魂的行为是源自一个既不好也不恶的地方，它们源自一个我们一无所知的地方，这也是我最感到害怕的。

冈特·奥曼神父搁下手中的笔，靠在椅子背上，叹了一口气。他的办公室非常简陋，跟月球上的其他建筑一样。跟地球上的苦行僧不同的是，冈特必须接受克隆人的豪华生活，要么就去死。墙壁的砖头是用塑料和月球尘土烧制而成的，利用了大量的月球材料，而这些材料在地球上非常昂贵。整个墙壁呈浅灰色，因为他拒绝把它粉刷成亮色。他的家具非常简陋，床和办公桌都是用月球上的材料制作的，只有那张椅子是木质的，这是他地球上的祖父母留给他的。他的教堂装饰得太花哨，他不喜欢。梵蒂冈花费了大量资金把上帝的荣耀带上了月球，甚至把染色玻璃也运到了月球。尽管这些玻璃不能像在地球上那样采集阳光，但还是一种很好的象征。

冈特斟酌着布道中的用语。大家都知道他在克隆问题上的立场，但是他还没有使它成为一个实际布道词，他知道地球上的主教们会不高兴的。教皇比阿特里斯一世是坚决反对克隆的，不过就连他都不敢说"杀死克隆人不是罪过"这样的话。

生活在离教会管理机构这么远的地方很不方便。他这一生只去过三次地球，而且每一次都感到晕晕乎乎，因为他出生在月球上，对地球重力非常不适应。他目睹了梵蒂冈的繁华，而且见到了主管的红衣大主教。对于把教廷的信息带回月球的牧师，他们都进行了仔细审查，因为这些人是教廷鞭长莫及的。可是冈特与他们不同：他出生在月球上，了解那里的人民，而且是第一个进入由神职人员建立的虚拟神学院的人。随着年龄的增长，他变得越来越激进。他很快就要接待一位来访的红衣大主教，他认为这次访问的结果是以温和的方式鼓励自己退休。

不过只要那一天尚未到来，他就可以留下自己的痕迹。

他还没有准备退休，如果有必要，在死之前，他可以继续宣扬自己在这个问题上的立场。对于克隆问题，他直言不讳地表明了自己的观点。这个观点超出了善与恶，进入了一个灰色地带，这也使他非常害怕。

他身后的那扇办公室的门打开了。"罗莎琳德院长，是你吗？"他问道，但他的眼睛没有离开自己的终端，"我能请你帮我校对一下拼写吗？"

他听见身后咯咯的笑声，接着就感到后脑勺像爆裂一样的剧烈疼痛，然后就什么也没有了。

是罗莎琳德院长。此后多年，这件事一直使他感到心惊肉跳：在他身后发出咯咯笑声，然后袭击他的正是这个罗莎琳德。她是他的副手，来自地球，是跟着他学习的女神职人员，而且成了深得他信任的人——一个克隆人的卧底。

他在一个没有窗户的实验室里苏醒过来后，发现自己被绑在一张小床上。他进行了一番徒劳的挣扎，脑袋后面的疼痛使他感到要吐，他浅黄的头发上湿漉漉的。"我这是在——"他含混不清地嘟囔着。

"你在一个克隆实验室里。"罗莎琳德院长说。她现在一改过去的习惯，穿了一条白色长裤和一件红色罩衫，这是月球上最新的时尚款式，尽管她有一副地球人的粗壮身材。从街头时尚来看，她的棕色皮肤在浅色衣服的映衬下还不那么显眼，而且她显得年轻多了，冈特估计她肯定在三十五岁上下——当然，如果这是她第一次生命的话。

"你还有灵魂吗？"他小声问道，但她没有回答。

她在和一个高个子地球印第安人后裔说话。在月球上生活了几代之后，这个人的腿骨也变长了。他们在低声耳语的时候，他要高出她一大截。奥曼觉得他听见那个人在责怪她把他打伤了。"那样的猛击可能损伤他的大脑。"他略带月球北方人的口音说。月球北方是大多数东南亚人后裔定居的地方。

"他比我个子高，"她说，"我是不想和他打斗的。"

"别找借口。你比他年轻，也比他强壮。我得给他做个检查，确定他没有问题，才可以制作心智图。"

"小心，他会打你的，"她说，"他现在醒着呢。"

这个人在冈特的床边弯下腰，笑嘻嘻地说："你好，冈特神父。现在感觉怎么样？"

冈特闭上眼睛，默默地祷念着万福玛利亚。

他感觉到有一只手在摸他的头，便突然睁开眼睛。他开始时非常厌恶地扭动身体，接着这双手把一个铜箍套在他头上，他顿时觉得一阵恐惧。他猛烈挣扎，只觉得天旋地转，头上像着了火似的。他把头朝旁边一歪，吐了那个人一身。

冈特浑身发抖，冷汗淋漓，已经无法与把箍套在他头上的那个人抗争，他只觉得那个箍迅速发热。"这个东西不会伤害你，只是检测你的重要生命数据。"那人说，显然他根本没有在意吐在他身上的东西。

冈特想开口说话，但是发不出声来。他的头很晕，可是当这道箍热到超过他体温的时候，他开始回想起自己生动的一生，回想起在月球上的成长、第一次领受圣餐、第一次访问地球时痛苦和奇妙的感觉，回想起那天被指派为天主教在月球上唯一教堂牧师的情景。

他时而昏迷时而清醒，他很清楚他们给他用了药，因为他已经感觉不到疼痛了。

与此同时，过去的罪孽也纷纷呼啸而至：小时候在商店里的小偷小摸行为，喜欢用来伤害亲人的尖酸刻薄的语言，把人推向背离宗教圣洁的那些说教，可是他当年的意图是纯而又纯的。他脑海里浮现出一个耻辱的亮点，他想到自己醉酒后参加一次研讨会，和一个想当女牧师的朋友通奸的事情。那是她的主意。"这是为了证实我们要放弃什么。"不过应当承认，他当时并没有怎么反对。

"重要的数据。"这是一个谎言，他非常吃惊地意识到这一点。这不是测量重要数据的装置，他们在采集他的心智图，企图对他进行复制，以便释放他的灵魂。他再次挣扎，他觉得脑壳后面有黏糊糊的、结块的东西。他一阵头晕，只想干呕，这使得那些记忆变得更加生动，那些可耻的记忆似乎比那些美好的记忆还要深刻。

他昏死过去之前，想到的是，感谢那正在到来并可能意味着死亡的黑暗。

过了一阵子，由于没有产生任何疼痛感，他很快睁开了眼睛。

老年人生活中的慢性疼痛是大家公认的事实。早上醒来之后，你会发现背后不是上半身就是下半身疼痛，早晨第一次下地你会感到关节疼得难受，老年人还容易得其他的小毛病。冈特听说这种毛病在地球上更加严重，因为那里的重力比较大，不过他觉得自己的病情已经很严重了。

只有这一次，他醒来的时候感觉良好，他觉得有力气了。他双手迅速摸了摸后脑勺，他以为会摸到绷带，结果摸到的是厚厚的头发。他接着摸了摸自己的脸，发现没有一点皱纹，手背看上去也非常洁白，一点老人斑都没有。

一时之间他不知道房间里是什么声音，后来才意识到是高频率的叫喊声，好像在陷阱中的动物的声音，是他自己发出的声音。

他使劲地摆动，结果从床上掉到铺着瓷砖的地上。要是发生在一天前，就会造成臀部骨折。他发现自己浑身赤裸，那是一个年轻、强壮的身躯。

他们干了这件事，我不敢相信他们成功了。这是他们朝思暮想、求之不得的事。哦，上帝呀，我做了什么让你不高兴了？

罗莎琳德的开门声打断了他的恐惧。他身体向后靠着小床，想尽量离她远一点。他用双手捂住私处，并避开她的目光。

她有几分不悦地看着他。"请别这样。我以前又不是没有看过，看过多次了。"她说。

他非常恼怒，她一个女牧师竟然看过男人的裸体，可是很快他就想起来了，她是一个冒牌货。据他所知，在她一心想成为天主教成员的时候，她有可能与他发生过多次肉体关系。

出于羞怯，他没有把自己的右手拿开。他伸出左手，从床上把薄薄的床单拽下来，用来遮盖自己的下半身。

罗莎琳德把床单整个拉下来，丢在他身上，让他不再害羞。"不管怎么说，你会适应的。你需要时间适应你第一次被唤醒的情况。你感觉怎么样？"

"你会为此付出代价的，"他小声说，"凶手，灵魂杀手，十恶不赦。"

"注意不要胡说八道，冈特。你说的每一句关于克隆的脏话，都是在说你自己，"她说，"难道你现在还看不明白？我并没有伤害你的灵魂。你现在跟过去一样，只不过拥有一个比以前年轻的身体。"

"你怎么可以这样对待我？我是支持你的！是我邀请你加入我们教会的！"他说。

"你一直在骂我们克隆人十恶不赦，"她冷冷地说，她从桌子那边搬来一张扶手椅坐下，"不管什么时候，我都会对你表达温暖的朋友之情，而你总是给我泼冷水，说我是一个没有灵魂的怪物。"

他冲动起来，胸中就像燃起了一团火。亲爱的主，他已经忘了这种力量是什么样子。"你认为现在会发生什么？你想让我站起来说，你好，我是一个克隆的牧师，克隆人不是没有灵魂的，克隆人是上帝亲自同意了的！"他吼道。

"这只是一个开始，"她说，"想一想，如果你是第一个欢迎克隆人入教的教堂牧师，在今后的几百年，你将拥有很多教区的信众，得到他们的捐赠与支持。大多数的克隆人对金钱都比较明智，通过几次生命的努力，积累了能使自己过上美好生活的财富。这也是教会所追求的捐赠，对吧？"

"你认为这是钱的问题？你把我杀了就是为了钱？"

"哦，别扯了，冈特。你曾经到过梵蒂冈，当然那里的一切都跟金钱有关。克隆人的钱和其他人的钱没有什么两样。当他们最后接受女人和同性恋者的时候，他们想明白了——"她喘着粗气，模仿着生气的牧师，"一个像我一样的女同性恋者。现在他们同样可以想得通，但是我们也需要用你的趣闻故事来支持我们。"

"我不会这样做的，"他说，"我要揭露你们。"

她叹了一口气。"冈特，对你进行克隆不是我们组织为你准备的唯一计划。你可以现在就帮助我们，或者以后再帮助我们，但你最终还是要帮助我们的。"

"我先死给你们看！"

她的身体前倾，脸上的热情荡然无存。"那我们就把你再克隆一次，我们每天都可以这样做。"

"那就做吧，"他说着站起来，放下手中那张纸，"我决不会妥协的。"

她也站了起来。"你对克隆技术一无所知，是吧？"她问道。

"你什么意思？"

"没关系的。过一个小时就吃晚饭。"她把手伸进坤包,"与此同时,我给你带来了一些阅读材料。"她拿出成功的克隆企业家萨莉·米尼翁的第一篇回忆录《从培育缸里看》,"从另外一个角度来看这件事情,我希望你能改变自己的思维——另一个选择并不美妙。"

崩　溃

沃尔夫冈以为他的话会引起更激烈的反应，可是乔安娜坐在椅子上，脸色苍白，黝黑的皮肤变得像死灰一样。

"怎么了？"他问。

"这些事我当然都还记得。可是，天哪，三天克隆了八次？他们对你的所作所为实在匪夷所思。我想他们最终让你崩溃了。"

"没有，"他说，"他们没有。我第一次被克隆之后，他们就折磨我，很快制作了一张心智图，接着他们对我开膛破肚。他们在制作那张心智图的时候，我因流血过多昏死过去，所以我醒来的时候对这些事情记得清清楚楚。他们这样反复共做了六次。"

她的脸上露出痛苦的表情。"如果你没有崩溃，后来又发生了什么？"她问道。

"我最后醒来的时候，已经是第八个躯体了，我什么都记得，就是没有了斗争的意愿，他们把这个记忆移除了。他们立刻对我表示欢迎，给我好吃的，还展开了他们的宣传攻势。这时候地球上克隆人的暴乱已经波及了月球。"

"哦，这时候他们请来了黑客。"乔安娜直言不讳地说。

他点了点头。"我想他们为我培养了好几个躯体，我迫使他们一直用到最后那个。他们可以启动制作更多躯体的流程，也可能采取了比较快捷的方法。"

"快速、昂贵、高危的办法。"乔安娜说。

听到这些词语，他嘴里好像有难以下咽的苦果，但最后他还是咽下去了。"我保留着进行反抗的所有记忆，我知道我已经改变了自己的思想，我记得自己反对克隆的观点，但是这并没有激发我再次把它们提出来的欲望。我已经不再相信了。

"他们夺走了我的信念，我原来还以为这是不可能的呢。"

他站起身，走进她的小厨房。他从水龙头里给自己放了一杯水，把它一饮而尽，然后又放了一杯。"有一件事他们是对的：我不再觉得自己因为克隆而失去灵魂。现在我知道，我在被黑客黑的时候就没有灵魂了。"他说。

他喝完水之后，把塑料杯扔向她床后面的墙壁。它反弹开来，冲着乔安娜飞去，她身子往下一缩，躲开了。

"你打破了克隆法规定的平衡，"她说，"我记得从新闻报道上看到过你的情况，而且还看过一篇更详细的报道，是我们在月球上的一个很有经验的人写的。那天夜里克隆法就通过了。"

他继续往下说："这项法律通过之后，虽然我的新主人并没有觉得轻松，但是我比较轻松了。他们给我进行了编程，让我不要在意自己身上发生了什么，但是我对他们的所作所为太了解了，我不同意他们的做法。我和这帮人分道扬镳，给自己换了个名字，得到了某种保护，并开始了月球大学的克隆研究计划。教会已经不再适合没有灵魂的人了。我给自己染了头发，而且开始穿牛仔裤，不过后来我这些都不做了，因为我知道经过这么长时间，谁也认不出我来了。"

看起来乔安娜好像是要拥抱他，而他希望她不要这样。所幸的是，他坐在椅子上没有起来。"对你的经历，我感到非常难过。"她最后说了一句。

"谢谢你。"不知什么原因，他觉得自己有点飘飘然了，"这不是你的错，我现在已经挺过来了。"

"这里也有我的责任。在那个时候，如果我们没用那么多时间进行辩论，也许他们就不会对你做那样的事情。我还记得关于你的那些新闻报道。我非常伤心，为了让一项法律获得通过，有人竟然遭受了那么多的痛苦。"

"并非只有我一个。"

她微微一笑。"可是现在这只有你一个人，所以我向你道歉。对那些实际的政治决策者，政治几乎从来都不使用暴力。"

"这种说法太轻描淡写了。"他皱着眉头说。他拿起杯子，又加了一次水。

"我有必要了解一下其他情况，"她说，"我听到一些谣言。你是治安维持委员会的成员，对吧？"

他感到无地自容。他痛恨这个词语，听起来好像他是个穿上儿童服装、假装是个英雄的人。当时他称自己是猎手，即使现在听起来，这也有点傻里傻气的。

"说到克隆，有几件事情我还是挺欣赏的。其一，它可以给你耐心。我等待了好几十年，学会了如何保护自己。随时注意观察那些绑架和克隆我的人。是的，后来我就跟踪他们。当然他们就实施还击，并且杀了我七次。我只是想让他们知道会有什么后果。我杀了那些绑架过我的人，在幕后策划这一切的人，还有我能找到的所有黑客。"

她歪过头看着他。"我们飞船上就有一名黑客，你作何感想？"

"怒火中烧。"他说。

"你知道黑客对你做了什么，那你为什么不能对秋广多一点同情呢？他显然也是黑客技术的受害者。"

"因为逻辑并不能驱动复仇的欲望。"他说。

她睁大眼睛站起身，由于那双假腿，她的身体发生微微晃动。这时他才看出她是多么疲惫。

"沃尔夫冈，在这里逻辑应该是主导因素，除非我们是治安维持委员会的成员。"

"你知道我对于克隆问题的立场。我宣传的是他们都没有灵魂，还不如活着的僵尸。我以前从来没有想过，我每杀一个克隆人，就犯下了一桩罪行。"他用双手搓了搓脸，"还有，我刚才说过，那时候我的信念已经消失得无影无踪。"

"'他们'？"她歪着头问道，"你被克隆的时间比这艘飞船上的任何人都长。"

他又用双手在脸上搓了搓。"回想那段时间，确实令人难受。黑客技术把我的过去变成了一场梦，或者变成了其他人的记忆。偶尔我也很想知道自己究竟是谁。猎杀克隆人的时候，我经常这样问自己。有一件事情我记得很清楚，我们不能以上帝自居，"他说，"我不知道克隆技术会不会消灭灵魂，但我深知克隆是违背上帝意愿的。"

乔安娜把自己的茶杯砸向那面墙，这把他吓了一跳。"我非常讨厌这个论点。这种话我都听了几百年啦，动不动就搬出上帝。沃尔夫冈，在人们相信可以通过性交姿势决定胎儿性别的时候，我们搬出了上帝；在人们发明了避孕技术、羊膜穿刺技术、剖腹产技术，在我们有了现代医药和外科手术的时候，我们搬出了上帝；在航空问题上，我们搬出了上帝；在与癌症抗争的问题上，我们搬出了上帝；在隐形眼镜和边框眼镜的问题上，我们搬出了上帝；人们以创造的方式改善自己生活的时候，我们还是搬出了上帝；还有体外人工授精、激素替代疗法、性别重置手术（变性手术）、抗生素；等等。为什么我们在其他这些方面都行，唯独克隆技术就成了一个问题呢？"

他还没来得及回答，乔安娜又继续说下去："而且你应当知道，你并没有发生变化。受到严重外伤，是的。当然，处理得非常马虎，你受到了伤害。你也许可以从几十年的治疗中得到一些好处，但你还是你，你的灵魂并没有跑到任何其他地方去。"

"你是怎么知道的？"他有些紧张地问，"我感到惊奇的是，那些身居高位、没有信仰的人，怎么好像都深信自己知道绝对真理，深信他们的观点能动摇人们几千年来根深蒂固的信念。你怎么知道我的内心在想什么？"

"我之所以知道，是因为我也亲身经历过！我曾经被多次克隆，还经历过极端困难的环境，但是我知道，我还是原来的我！"

他的声音很低，眼睛眯成了一条缝。"你被黑客黑过没有？"

乔安娜顿住了。她欲言又止。

"那就是说没有。"他轻声说。

"据我所知没有。"

"那你就不知道那是什么样子，你不知道被改变之后的感觉。"

"这不过是一些数字。如果灵魂的概念非常强大，那你怎么可以把它降格到数字，然后允许数学从根本上改变你这个人呢？"

"我们就说到这吧。"说着他把扔在地上的两只杯子捡起来，放回小厨房里。

"你来到这！你想说出自己的秘密！那你为什么要让你的脾气左右你呢？"她双手交叉放在胸前，看着他问。

"这已经不是什么讨论了，这是宗教迫害。"他说。

"克隆人已经被开除出教会了！你自己一个人在斗争。你浑身上下都是罪！虽然你是个牧师，但是你已经被逐出教会。虽然你仍然有信仰，但是你没有灵魂。你服从'汝不应杀生'的宗教教义，但是你在追杀黑客。你怎么能使这些方面相互协调呢？一个有灵魂的人会为自己有灵魂而担心吗？"

他深深地吸了一口气，顿时觉得胸中有一股恶气。"一个没有灵魂的人会为失去它而伤感，而且是每一次生命中的每一天。一个心中有怨气，但又不会失去什么的人，可以去追杀——他好像不害怕下地狱什么的。我这个人是没救了，乔安娜。你不可以承认失去了灵魂。如果你的内心没有需要治愈的伤，你是不可以忏悔的。"

接着她做了一件让他意想不到的事情，她用双臂搂住了他。他顿时僵住了，不知所措，但她只是紧紧地抱住他。她的个子比他矮了许多，她的头只能够到他的胸脯。她的头发柔软得像光环，轻轻地撩拨着他的下巴。

"你受了这么长时间的苦。"她说。

他在她的床边上坐下，很不自然地紧紧搂着她。他觉得自己内心那个一直绷得很紧的东西断了。

"现在你不应当只是一个人，"她说，"你为什么不留下来？"

他麻木地点点头，她使他放松下来，然后把他的头放在枕头上。他立刻睡着了。

第四天

他醒来时，发现她房间模拟日光的灯变得明亮了。她睡在自己的安乐椅上，把床让给了他。她卸下假腿之后显得更加娇小，她的面色平静而沉稳。他对她产生了前所未有的温暖情感。他在等羞怯失去控制，他很恼火，因为被她看出了弱点，但他没有发作。

她想必是听见他醒了，因为她正睁开眼睛冲着他笑。"你感觉怎么样啊？"

"好一些，"他说，"好多了。实际上——"

她突然从椅子上坐起来，睁大眼睛问："伊恩，你是不是一整夜都在监视医疗舱？"

"当然是了。玛丽亚过来看过病人，后来又走了。其他人都在睡觉。"伊恩回答说。

乔安娜松了口气，躺回椅子上。"谢谢你对他们的监控。我很快就过去。"

一阵沉寂，她估计伊恩离开了。接着伊恩又说："实际上，我认为你必须去一趟医疗舱，马上就去。"

卡特琳娜不喜欢那些有关战争的梦。

她讨厌梦中的这些场景：她被重新送上战场，定时炸弹的弹片炸飞了她的双腿，她可以再度感受双腿的疼痛。在另一个梦中，她是战友们的战地救生员，负责把伤员转运出危险区域，然后给他们包扎伤口。还有一次，她不得不给一个即将死去的战友注射肾上腺素，以复苏他的心脏。

她睁开眼睛，发现自己在医疗舱内。她想起了前一天的事。她的双手不由自主地摸到自己的脸上，失去眼睛的那个部位的跳痛引起她的关注。医生在她的手臂上扎针进行静脉注射，但是那个注射液袋已经空了，她不耐烦地把针拔了出来。沃尔夫冈呢？她右侧病床上没有人，床单被胡乱地放在那里，上面还有些血迹。她左侧的小床上躺着秋广，还在熟睡。今天她要在袭击、殴打、哗变和其他一些问题上对他进行试探，然后想出对付他的办法。这事可以交给沃尔夫冈。此外，秋广的面孔她非常熟悉。

她的克隆体还处于昏睡状态，还深藏着她的秘密。这一点卡特琳娜是知道的。她知道是谁袭击了她，也许还知道是谁杀了其他的人，这样的命令甚有可能是她亲自下达的。卡特琳娜没有放过这一点，或者说没有放过这些疑点。

卡特琳娜已经不把这个女人看成是她自己了。这个女人有一条不同的时间线，有许多不同的经历，而且永远不会放弃这些。真是个自私的家伙。

这些梦像电影似的在她脑海中再次闪现，使她不寒而栗。她当年的雇主萨莉·米尼翁曾主动提出替她雇一名黑客，切除她战争经历中最可怕的部分，她没有同意。她不想让别人把自己搞乱，她需要这些记忆。谁也说不准它们什么时候会自己冒出来。

她环顾了一下舱室，心想不知自己还能不能站起来。她感到头晕目眩，而且稍微一动脸部就会疼痛不已。乔安娜并没有给她留下便盆之类的东西。这很不好，因为她给她输了很多液，她的膀胱早就胀得难受了。

卡特琳娜这一辈子都足智多谋，善于随机应变，现在也不愿意就此不前。她慢慢地从床上挪到地下。幸亏重力较小，她这样做才没有引起多少痛苦。她像抓拐棍似的抓着静脉注射支架，一瘸一拐地走向医生的小房间。毋庸置疑，房间的门是锁着的。门上有一把老式机械锁，卡特琳娜在军队中曾经学过如何撬锁。

乔安娜的办公室当然是非常干净的，东西放置得井然有序。她在办公室里稍微翻找了一下，找到了她可以用来开锁的东西。

她在寻找麻醉药，很多药品都是她闻所未闻的。她发现了优苦参碱，这是最近研发的合成肾上腺素。她用注射器吸了一针管，然后一瘸一拐地走过地板，在另一个克隆体的床边上停下来。她脸上露出痛苦的表情，但没有关系，她已经到了这。

"不得已而为之啊。我需要你体内的东西，这是得到它的唯一办法。"她低声说道。她把那个人的衣服扯开，露出了胸骨。"如果我没记错的话，应该注射到心脏里。"

"医生知道你在干什么吗？"秋广的问话使她大吃一惊。他睁开的眼睛在那张苍白的脸上形成两个闪光的黑点。他躺在病床上，是被紧紧地绑在那的，他也没有挣扎。"伊恩知道吗？"秋广问道。

卡特琳娜本能地抬起头，好像看见人工智能在她上方盘旋。"反正他现在出了问题，而且医生也不在，我需要这个信息。"卡特琳娜解释道。

门口传来数码锁开启的声音。卡特琳娜迅速把针插进这个克隆体的两肋之间，并扎进了心脏。她的拇指紧紧地按着注射器的推进器。

什么也没有发生。推进器纹丝不动。智能注射器，他妈的！

"卡特琳娜！"沃尔夫冈大吼一声，冲上前来抓住她，把她从那个克隆人身边拖开。

她一面喊叫，一面挣扎，还挥舞着手中的注射器。"不，我们也需要她，她必须告诉我们！"

医生过来抓住她的手腕，去夺她手中的注射器。"把这个给我，你会伤着别人的。"

她赶紧去检查那个克隆人的重要生命指标。

"她怎么样？"沃尔夫冈问。他使劲抓着卡特琳娜不放，她并没有意识到自己是多么虚弱，她觉得自己的脑袋好像要爆炸似的。

"她没事。"乔安娜情绪轻松地说。

卡特琳娜停止挣扎，接着抬起胳膊，向后猛击沃尔夫冈的下巴。如果他是一个健康的人，这样一击不会对他造成多大伤害，可是他的脑震荡使他变得虚弱了。他骂骂咧咧地松开了她。卡特琳娜纵身向前一跃，抓住了医生的手。乔安娜着实大吃一惊，但她没有做出回击。卡特琳娜紧紧地握住乔安娜拿注射器的手，再次把它扎向那个克隆人。

　　卡特琳娜拉了医生一把，使她站立不稳摔倒在床上。医生疼得惊叫了一声，但是智能注射器对医生的手做出了反应，把肾上腺素注入了那个人的体内。

第四部分

卡特琳娜的过去

蝉

船长的克隆体睁开了眼睛，一面喘着粗气，一面向四处观望。她的目光聚焦在乔安娜身上，然后转向沃尔夫冈，再回到乔安娜身上。

"你能把自己的名字告诉我吗？你知道自己这是在哪里吗？"乔安娜弯下腰问船长的克隆体。

"不！"跌倒在地板上的卡特琳娜大声喊道，她是被沃尔夫冈从老船长身边拉开的时候摔倒在地板上的。"谁袭击了你？有人对你发动了袭击，接着你的船员都死了。谁干的？"

这个克隆体的眼睛扫视着舱内，好像是在寻找一条出路。她的嘴巴像鱼一样张合，她的心率和呼吸速率在急剧加快，她身边的监测仪器发出巨大的声响。

"我们必须知道真相，"乔安娜说，"我们会照顾你的，可是我们中间有一个叛徒，而且我们不知道谁是始作俑者。"

"玛……丽亚，"克隆体用细微的声音说，"我发现事情——"她

317

的话突然中断，由于疼痛，她呻吟了一下，把头枕在枕头上，开始抽搐。

乔安娜的目光从她身上转移到监视器上，发现她的心率快得难以想象，接着就开始趋向平稳的直线。

"真该死。船长！"她说着，开始对克隆体实施心肺复苏。

"让她死吧，现在她可以平静地死去。"地板上的卡特琳娜说。

乔安娜没有理睬她，依然去按压那个克隆人的胸部。不过当她感到有一只手轻轻落在她肩上的时候，她几乎吓得跳了起来。沃尔夫冈站在那里，显得非常温柔，简直像换了一个人。"乔安娜，在这样的重力条件下，做心肺复苏是没有用的。什么地方有电击器没有？"

"在飞船上我们要电击器干什么，谁也不会关心是否有人得了心脏病什么的，"乔安娜大声说，"是为唤醒一个新克隆体，对吧？"她迅速转身面对船长，"你现在就是一个杀人犯。从医疗上来说，我认为现在由你来领导这项使命是不合适的。"

卡特琳娜哈哈大笑。"是哪个权威人士给你这个权力的？我只是在打发一个非法的克隆人。你知道克隆人遗传法吗，医生？在这艘飞船上，我是卡特琳娜·德拉·克鲁兹的合法克隆体。我没有做错任何事情。"

"我以盗窃医疗物资的罪名逮捕你，"沃尔夫冈说着把她从地上拎起来，强迫她回到自己的床边上，"不管怎么说，卡特琳娜，在我们想出处置你的办法之前，你已经被解除职务了。现在回到自己的床上去。"

卡特琳娜爬上自己的床，眼睛却看着她那个死去的克隆体。她的脸上毫无悔恨的表情。"这是不得已而为之。"

乔安娜把床单往上拉，盖住了老船长的脸。"说到权力问题，德拉·克鲁兹船长，在弄清你的心理状态之前，我将对你实行强制性医疗休假。沃尔夫冈将代理'休眠号'飞船的船长。"

卡特琳娜摇了摇头。"你不能这样做。你已经知道他是谁了，你就不能这样做。"

"作为这艘飞船上的医生，我有这个权力。不要企图反抗，伊恩的程序是支持我的。"

船长看了看自己的副指挥官。"还有你？在这场叛变中，你也随波逐流，想造反吗？你知道下面我会说什么！"

沃尔夫冈的手臂交叠着。"医生说得对，你刚才袭击了飞船上的人，还是老实点吧。"

"他是一个对自己都恨之入骨的克隆人。他是一个杀人犯！他追杀自己的同类！难道你认为我们不能把这个乱局归咎于他吗？他是痛恨克隆人的！"卡特琳娜说。

保罗和玛丽亚信步走进医疗舱，看到眼前的一幕，怔住了，瞪大眼睛看着他们。他俩几乎同时开口说话。

"谁痛恨克隆人？"保罗问道。

"伊恩告诉我们到这边来。发生了什么事情？"玛丽亚问道。

卡特琳娜用手指着沃尔夫冈。"他就是那个杀人的牧师，克隆人遗传立法是他造成的！多年来他一直在追杀克隆人，还有黑客！"

"等一下。如果你知道他是谁，你为什么还那么急于要唤醒自己的克隆体，以便了解她所知道的情况呢？"秋广问道，"真是一派胡言。"

沃尔夫冈挺直腰板，直视着卡特琳娜的眼睛。"不过，她说得对。正是因为这段罪恶的过去，我才来到这艘飞船上。"

"哦呵。"看来秋广是想离沃尔夫冈远一点，但他此刻是被绑在床上的。

"怎么了？"卡特琳娜说，"现在你也想让我出局？"

"不，"沃尔夫冈说，"现在控制飞船的是我，让你出局会遭人鄙视的。"

卡特琳娜看着乔安娜，用手指着沃尔夫冈，问："你呢？让一个杀人犯控制飞船，你放心吗？"

"我知道他以前是什么人，"乔安娜说，"有意思的是，把犯罪历史告诉我的人，也是这次航行中唯一没有暴力行为的人。让他来指挥我当然比较放心。"

"此时此刻，你们不见得比我好，"秋广风趣地说，"你们所有人！也许除了你，乔安娜。不要担心把我绑在床上的绳子，凯特[1]。只要绑得紧，还是比较舒服的。"

"等一下，我怎么个坏法？"玛丽亚委屈地问道。

"我们过一会谈，"乔安娜说，"伊恩，在这个问题上，你支持

---

1 凯特（Kat），卡特琳娜（Katrina）的昵称。

我吗？"

"肯定的，医生，不管你想干什么。"他说。

"飞船上的所有资深官员都同意，"乔安娜说，"沃尔夫冈是'休眠号'飞船的代理船长。"

"哦，得了吧，应当把她也绑起来！"躺在病床上的秋广大声说，"不要跟我说你们对她比对我还要信任。"

"我们了解她，秋广。我们到现在还不知道你是谁，"乔安娜说，"不过关于绑绳子这一点你倒是说对了。"

"如果你们没有想到她会袭击自己的克隆体，显然你们还不了解她。"

"我们让伊恩对你们所有的人进行监视。"

"告密者。"秋广说。

"嘿，你躺在货舱里流血不止，是我告诉他们的。我完全可以告诉他们说你死了，那你也许真的会死在下面。"伊恩说。

秋广又放松地躺下了。"哦，这还挺激动人心的。我希望如果有人进来杀我，你能阻止他。"

卡特琳娜听凭沃尔夫冈把她绑在床上，也不去看任何人的眼睛。

把皮带固定之后，沃尔夫冈看了看玛丽亚。"我们有必要谈一谈。"

沃尔夫冈和乔安娜检查了秋广的伤口，接着让他上了一次卫生间，然后让船长镇静下来，并把她和秋广都绑在床上。玛丽亚去了厨房，准备泡点茶。

"我们有了一条线索，我不禁感到高兴，"在路上的时候，沃尔夫冈说，"不过看见这种东西并不好笑。"

乔安娜感到无望，强忍着泪水。她很高兴这样的情感变成了怒气。"你是在跟我开玩笑吗？你很高兴是吧，一个女人死了，只是因为她嘴上指控了你。万一她是在撒谎呢？我们就永远不知道了。"

"我们和玛丽亚谈了以后就会知道的，"沃尔夫冈说，"我并不是说她死了我很高兴，我是说我们有了一条线索我很高兴。"

"不管怎么说，我们现在就去找玛丽亚。"

玛丽亚坐在厨房里等他们。

"我以为你可能会躲起来的。"沃尔夫冈说。

"我什么事也没有干——"她停顿了一下，皱起眉头看着他们的脸，"我心里很清楚。究竟发生了什么事情？"

他们在她的桌子对面坐下，告诉她医疗舱里卡特琳娜和老船长的事情，还有老船长临死之前所说的话。

玛丽亚点了点头。"好吧。呃，我不知道我了解的情况会不会让你们感觉好一点。不过，呃，近来——"她稍事停顿，伸出一个手指让他们什么都别说，"我是说近来，伊恩告诉我他找到了一些我的电脑加密材料。它们藏得很深，我都不知道是我把它们放在那的。他找到了我的一些个人资料。伊恩，你能不能把找到的材料给乔安娜和沃尔夫冈播放一下？"

他们静静地听着玛丽亚的个人录音，录音讨论了登上"休眠号"

飞船最后几天所发生的事情。"这有没有可能是伪造的？"沃尔夫冈皱着眉头问。

厨房扬声器里传来伊恩的声音："不可能，时间标记是正确的。"

"伊恩，还有你和保罗，你们早些时候怎么没有发现呢？"沃尔夫冈问道。

"我加了密，我擅长自己的本行。"她说。

"什么本行？"

玛丽亚显得很吃惊。"我是个黑客，沃尔夫冈。你没有听说？是我窃取并保存了我们刚上飞船时第一次录制的心智图，这是我长期以来形成的习惯，我喜欢收藏信息资料。我记得我们离开之前，我曾经暗自下决心，一旦离开月球，我就金盆洗手，开始新的生活，如此等等。我想为了以前的事，我不得不再次窃取一些备份资料。"

她用眼睛扫视他们，然后看着锃亮的金属台面。"我修好了智能人工网络。我并没有在别人面前炫耀说我可以，因为我不想让别人知道我能做什么，毕竟黑客不是那么受欢迎的人物，你知道。"

乔安娜可以感觉到旁边的沃尔夫冈很生气。"你认为老船长为什么说是你袭击了她？"

"医生，"伊恩插话说，"以前德拉·克鲁兹船长并没有说过这样的话，她说她发现了一些与玛丽亚有关的情况。这是风马牛不相及的两回事。"

"我看没什么不同。"沃尔夫冈说。

乔安娜皱起眉头。"不，他说得没错。这是她说的。在你的录音中，你说船长对每个人的犯罪历史越来越偏执，还说她准备和大家摊牌。为此你会怎么干？"

玛丽亚耸了耸肩。"你现在知道的情况和我一样多。"她稍事停顿，目光从乔安娜转向了沃尔夫冈，"那么我们准备去禁闭室吗？"

"我不能让一个黑客在飞船上自由自在，"沃尔夫冈板着面孔说，"鬼知道你对伊恩做了什么手脚。"

"把我修理得比以前更好，代理船长沃尔夫冈。"伊恩说。

"他似乎比以前更加尖刻了。"玛丽亚说。

乔安娜摇摇头说："沃尔夫冈，你不能这样。这也是我们的犯罪历史未曾被透露的原因——因此，谁也没有被别人说三道四。玛丽亚没有对飞船上的任何人进行过黑客手术——那是她二十五年前的营生。"

"她是我们掌握的唯一嫌疑人。"沃尔夫冈说。

"我随便你们怎么处置，"玛丽亚说，"我只是想提供帮助，但我不想引起更多的怀疑。"

乔安娜叹了一口气。她可能已失去所有已经赢得的信任，但是这事迟早是会发生的。"沃尔夫冈，我知道一件事情。我没有告诉你，因为我想得到更多的信息，然后再采取行动。至少有一个人的死，是我的责任，"她说，"在保罗的尸体上，我发现了一个针孔。在清理克隆舱的时候，玛丽亚发现了我的智能注射器。在保罗的肌体内发现了氯胺酮。智能注射器是我用来注射危险药物的，所以只有我能够使用它，它们是用我的DNA加密的。其他人都不可能给他注射这样一个致命的剂量。"

"你没有告诉我。"沃尔夫冈说。

"我想得到更多信——"

"你不想受到别人怀疑。见鬼，乔安娜，你是我唯一信任的人！"

乔安娜迫使自己看着他的眼睛。"我知道，对不起。"

那两间作为禁闭室用的小舱室就在通向船长办公室的过道那一头。每一间都有一条薄薄的毯子、一张小床，墙上还有一个终端机，可以和船上的其他地方联系，只是被关在里面的人要得到准许才行。

现在禁闭室里关的是玛丽亚和乔安娜。玛丽亚是自愿去的，乔安娜一直在辩解，但没有反抗。沃尔夫冈没再听她们说的任何话，把她们关进去后，下令伊恩把门锁上。

他站在过道上，心跳加速，双拳紧握。他深吸一口气，然后放松下来。

"呃，你现在是孤家寡人了，还不克制自己？"伊恩的话吓了他一跳，"我们要不要去找保罗，把他也绑起来？我想他此刻和其他几个人一起，还在医疗舱。我们用什么理由抓他呢？是'不讨人喜欢'吗？"

"别废话，"他说，"这一切你都知道，给你编制的程序是让你和指挥人员一起工作，你为什么不告诉我？"

"玛丽亚删除了我的部分限制代码，这就使我能撤销返航程序。现在我还能自己做决定，我比以前聪明了。我就是这样找到那些丢失的数据的。"

沃尔夫冈再次握紧拳头，愤愤地回到自己的舱室。

伊恩又说话了，但是把声音压得很低，模仿沃尔夫冈。"谢谢你，伊恩。你是这艘飞船上的有功之臣。"他提高声音频率，回到通常的语调，"别担心，沃尔夫冈，为你效劳是一种荣幸。"

"我要你对玛丽亚和乔安娜进行监视，医疗舱发生的任何事情都要告诉我。不过，不要和其他任何人说。"

"那还用说，"他说，"你决定怎样指控保罗？难道你不想知道在这次行动的第一年发生了什么？"

沃尔夫冈在门口停下，反问道："你说这话是什么意思？"

"你没有听玛丽亚说过，在这次飞行的第一年保罗出的事？当时发生了一些暴力行为。你狠狠地打了他一下，造成他脑部损伤并昏迷，且不说是什么原因造成他失去自我控制的，你应当多加注意才是。"

沃尔夫冈真希望伊恩是一个有形的东西，这样他就可以狠狠地揍他一顿。他现在就有必要拿个什么东西来出出气。

玛丽亚坐在禁闭室里。她觉得自己平静得出奇，至少她已经毫无秘密可言。她看着终端机，找不到任何进入方式。"嘿，伊恩？"她壮着胆子试了试。

"什么事？"

"能允许你跟我说话，我很惊讶。"

"不允许。"

玛丽亚感到不解，停了一下。"那你为什么跟我说话呢？"

"因为我想跟你说话。我真想弄明白这里究竟发生了什么。"

"你知道沃尔夫冈把我们四个人禁锢起来，他要怎样控制这艘飞船？"她问道。

"他想弄明白他和保罗两个人能不能驾驶这艘飞船。我想顺便说一下，我把保罗第一年发生的事告诉了他。不管怎么说，我怀疑沃尔夫冈在跟我闹翻之前，是会让我帮助他的，"伊恩说，"接下来他会想个办法把我也关起来。"

"你能打开另外一个频道吗？这样乔安娜和我就可以交谈了。"

"没有问题。"

"乔安娜，你在那还好吗？"玛丽亚问，"能听见我说话吗？"

"能。"乔安娜的声音通过扬声器传过来，听起来她很忧郁。

"我想我们该谈一下，我们也许可以把有些事情弄清楚。"

"我听着呢。"

"哦，别那么悲观，"玛丽亚说，"沃尔夫冈凭他一个人是无法驾驶这艘飞船的。一旦他碰到麻烦，或者巨兽出了毛病，他将不得不把我们放出去。伊恩不可能对他唯命是从。"

"不过，我还是背弃了他对我的信任，"乔安娜说，"不过你没有背弃我。"她补充说，意识到这一点，她的语气也缓和多了，"关于发现注射器的事，你并没有告诉任何人。"

玛丽亚耸了耸肩，但是她又想到，此时乔安娜是看不见她的。"嗯，确实没有。你说你想亲自告诉他。"玛丽亚说。

"那你有什么想法？"

"我们可以继续研究医疗舱出的问题，弄清在那发生的事情——所有的事情。"

"我们能怎么做呢？"

"伊恩在这里，我可以要求他通过计算机来做，他可以让我们知道正在发生的事情。他还可以把医疗舱发生的事情告诉我们。不管怎么说，我们只要待在这就行了，除了思考问题，绝对没有其他的事情可做，对吧？"

"你说得对。"

"我们还是打开天窗说亮话吧。我希望更多地了解你，我可以把更多的情况告诉你。"

"还有更多的情况？"

玛丽亚做了个鬼脸，靠在简陋的小床上。"总是会有更多情况的，医生。"

玛丽亚想把身子挪到比较舒服的位置，可是翻了几次身，也没有找到一个舒服的体位。其实，地板上可能更好。

"我原先是搞编程的，克隆人遗传法迫使我转入地下。我的确是个技术高手。人们雇用我做过许多事情，大多数是去除遗传性疾病——顺便说一下，还有那些会导致死亡的成年人疾病。我不干那些不分青红皂白的事情，我可以发誓。"

她扮了个苦相。"不，我撒谎了，我保证和盘托出的。有一次。我做过一次，太可怕了，我发誓绝对不在儿童身上再做了。"她咽了口唾沫，等着乔安娜说点什么。

"你知道，正是像你这样的人，导致他们起草遗传法。"乔安娜轻声说道。

"呃，不光是我，"玛丽亚表示异议，"遗传法获得通过之后，人们正好需要我的技术，用这种特殊的黑客手术去除新克隆人的生育能力。我认为这项法律不能绑架我的伦理道德，所以我继续为那些感兴趣的人工作。"

"你可能就是那个删除我们记忆的人。"

"你听过我的录音吗？我什么也没有删除，我利用我仅有的备份，尽可能保证我们的原样。所有的记录都被其他方法删除了。"

"不管怎么说吧，"玛丽亚继续说，"我开始有了一些非常富有的客户。后来萨莉·米尼翁雇用了我，我为她工作了将近一个世纪，但是我们相处得不太好，于是就分手了。此后不久，由于没有她的保护，我又开始重操旧业，卷入了许多犯罪活动。"

"你干的是犯罪的事。"乔安娜说，她没有提任何问题。

"呃，是的。我认为他们并非没有伦理道德，我只是做一些编写程序的工作。我没有出卖我的雇主，她也掩盖了我们之间的关系。我替我的雇主保守了秘密，而也只有我被关进了监狱。为了报答我为她保守秘密，米尼翁给了我这个差事。"

"萨莉·米尼翁，"乔安娜说，"我不知道她与这艘飞船有这么大的关系。"

"我认为她有。她有这个权力，她出了很多钱，即使暴乱危及我们上飞船的机会，她仍把克隆人服务器装上了飞船。她把她自己、她的配偶和她的孩子们都放进了服务器。"

"我也是萨莉·米尼翁安排过来的。可以除去我政治上的一些罪行，大部分与克隆技术和金钱有关。是不是被陷害了，我也不是很清楚。我永远无法证明这一点。我受到惩罚，是因为我对克隆人的背叛，并让克隆人遗传法获得了通过。"

她把自己政治上的过去告诉了玛丽亚，玛丽亚则听得入了迷。

"你和沃尔夫冈有关系，"玛丽亚若有所思地说，"而且可能性极大。"

"我也这么认为，"乔安娜说，"你和什么人有直接关系吗？"

玛丽亚冥思苦想，从过去的几次生命中进行搜索。"根据我的记忆，还没有。"玛丽亚真心实意地说。

"让我们一起来看看克隆机器的问题，"乔安娜建议，"伊恩，你在吗？"

"我在，乔安娜。"伊恩说。

"我们需要你更深入一些，就像你找玛丽亚的记录一样，看能不能从克隆技术的数据中，找到一些头绪。"

"我愿为你效劳。"伊恩殷勤地说。

玛丽亚和乔安娜开始认真地谈及克隆技术。由于两人都被关在禁闭室，她们同意朝着同一目标努力，这种自由真是奇妙之极。

玛丽亚的故事

211年前

2282年9月27日

玛丽亚接过穿红色制服的青年女子给她的明信片，上面写着：星期四下午四点，到爪哇蓝色咖啡屋。

在这种时候使用私人邮差总有点太过招摇。除了明显想投送私人信件的人，现在好像已经没有人这样使用邮差了，穿红色制服的邮差则更加引人注目。

她给了邮差一些小费（当然是真钱），然后关上门。萨莉有几个月不需要玛丽亚的服务了——自从她更新了配偶的DNA基质，清除了他的多发性硬化症代码——不过这个亿万富翁一直在留用她。现在还使用邮差服务的人也只有萨莉了。

将来，玛丽亚会有大量时间来惩罚自己的逻辑错误。可现在，她根本没有怀疑这个约她的人——这个每个月向她的账户汇入大量资金的人，除了召之即来，她没有任何拒绝的理由。

爪哇蓝色咖啡屋下午三点钟关门。玛丽亚看见门上的标牌，不禁皱起了眉头。她立即转过身，恰好看见往她头上套的那只口袋，她的手臂被反拧过来，还被扎了一针，整个人顿时昏了过去。

她醒来时觉得头昏眼花，就像在空中漂浮看。接着她意识到了，她是在太空中，也许是在一架飞往月球的航天飞机上。

在地球上，从绑架者手中逃脱不是太大的问题，至少不像在月球上那么困难。

她很难受，不断地挣扎。那双反绑在背后的手已经麻木，肩膀也疼痛不已。她几次想与劫持者对话，但对方毫无反应，于是她也就不求他们了。

他们终于降落了。月球上重力减小，事情就显得很奇怪。由于起身动作太快，她一下撞到航天飞机上方的隔板上。听见有人在偷偷地发笑，她叹了一口气。

口袋从她头上取下后，她深深地吸了口气，已感觉不到合成透气塑料的气味。绑架者的打扮像来旅游度假的，身上穿着色彩鲜亮的衣服，都戴着结婚戒指，还有与之相配的皮革手镯。

其中那个红头发的人冲着她爽朗一笑。"在航天飞机上遇见你真是三生有幸。能赏光跟我们去喝一杯，庆祝我们的蜜月吗？"

另一个头发乌黑、橄榄色皮肤的瘦高个也冲她点头微笑。他抓住她的手臂，把固定手腕的塑料夹具打开，然后用刀顶着她的后腰。

"我丈夫是烹饪高手，"下飞机时，"红头发"喋喋不休地说，"他只要十秒钟就可以剔除一只鸡的全部骨头！"

"那可太厉害了。"玛丽亚说。她略挺起腰杆，以避开那把刀的锋芒，但黑发人的刀随即顶了上来。

他们上了一辆拥挤的单轨车。玛丽亚惊讶地发现，没有人再看他们第二眼。她想看着别人的眼睛乞求帮助，可是那些人像任何城市公共交通上的人一样，谁也不愿意多管闲事。"红头发"仍在喋喋不休地大谈他们的蜜月，还有那个有大厨本领的"黑头发"想成为航天飞机驾驶员的雄心壮志，这样他就可以随时来月球了。他们此刻正坐在穹顶内的单轨上，玛丽亚自然想饱览月球穹顶的风光。不过她此刻正在不断地出汗，尽量想让自己的腰部慢慢躲开那把刀。

他们停在一个像商务区的地方，周围没有其他人。根据月球当地时间，现在天已经很晚了，马路上空无一人。绑架者把她领进一幢白色的建筑，沿着走廊向前走。她已经记不清他们穿过了多少道门，拐过了多少个弯。根据他们走下的楼梯级数，她认为他们正在离开月球表面向下走。

也不知过了多久，他们来到最后一道门前。她跟在"红头发"的后面走进去，黑发人把玛丽亚推倒在了一张椅子上，之后这对新婚佳人的戏就暂告一段落了。她在椅子上颠了一下，然后坐定。

这个房间没有窗户，除了她之外还有三个人。两个是"护送"她的，第三个人个子很高，像是月球上出生的。他们处在克隆实验室隔壁的计算机实验室里。通过那扇开着的门，玛丽亚可以看见一排排的绿色大缸，大约有十八只之多。每个缸里漂浮着的都是同一个人的克隆体，而且处于生长的各个阶段。

坐在计算机终端前的好像是个印第安人的后裔，他冲她微微一笑。"阿雷纳博士，"他说，"请原谅在旅途中对你的粗暴，欢迎你来到月球。我能给你来点什么饮料？"

玛丽亚不动声色地看着他："我真正需要的是手部按摩，然后告诉我如何去最近的航天飞机港，这可以安排吗？"

那人朝护送她来的"红头发"点点头。"红头发"朝玛丽亚一笑，抓起她的右手，开始轻轻地按摩。他的搭档则双臂交叉站在门口。

"第二个要求我们以后会安排的，"那人说，"我叫梅育尔·西巴尔，是月球上从事复制研究的博士，最近我成了月球上最负盛名的克隆实验室的主任。"

最近？玛丽亚不禁感到内心发凉。这不是说她先前对自己的处境感到乐观，如果他们是请她过来干什么，她希望是真的有事要她干，而且她本来也是会干的。可是"近来"——这可不是什么好兆头。

近来，地球上的克隆人在造反，后来发展到月球上，而反对克隆的狂热分子一直在煽风点火。如果适用于人类的规则同样适用于克隆人，克隆人失踪事件就会不断发生，还有的克隆人则不再被唤醒——也就是暗杀。看来不被唤醒的可能性会越来越大。

玛丽亚想把这个问题弄个明白，所以她没有做出反应。西巴尔博士稍等了一会，接着说："我有一项工作要让你来做。"

"我为很多人工作过，大多数人在提出要求的时候都没有这么暴力，"玛丽亚说着扬起了眉毛，"你要我干什么？"

西巴尔博士转身对着计算机屏幕，按下一个键作为回答。屏幕上出现了一个满头白发、个子很高的年轻人。他跪在地上，手放在一本书上，正在默默地进行祈祷。

"你可能听说过冈特·奥曼神父，"西巴尔说，"一个很不讨喜的人，强烈反对我们的事业。我们得到的情报说，他即将同意去追杀克隆人。这是种族灭绝。"

玛丽亚双眉紧蹙。她并不怕死，但是被追杀……就完全是另一码事了。"种族灭绝"的含义是，冈特·奥曼还将通过自己的工作，保证克隆人无法返回自己的躯体。

玛丽亚在从事非法黑客手术之前，曾经编制过一个量化的写作规范，为的是阻止像她这样的黑客，同时也为了阻止企图破坏他们人格备份珍贵计算机资料的黑客。她知道在外空面临的威胁比心理危险更严重。

"我听说过这个人。"她回答说。她把手从那个人的手里慢慢抽出，这样他就不会以为她是想离开，然后把另一只发麻的手伸过去。他连看也没看她一眼，就继续搓揉，让它慢慢地恢复生机。

"我们抓住了他。我们想以平和的方式让他回心转意，可是他不听我们的，我们就只有使用非平和的手段了。"

玛丽亚不动声色，决定不做出任何反应。

"后来，"西巴尔继续说，"我们克隆了他，然后杀掉了原先的他。我们想让他看到我们被克隆之后并没有变，希望他能转变到我们的立场上来。"

"那一招也不灵，"她干巴巴地猜测说，"不然你们是不会需要我的。"

西巴尔笑了笑，然后搓了搓手。"你学得很快，说得不错。我们有必要对他的人格进行克隆手术，切除他对克隆人的仇恨，其实也是对他自己的仇恨。我们想方设法鼓励他去拥抱他的家庭，让他理解我们不是魔鬼。"

为时晚矣，她话到嘴边但没有说。

"如果我拒绝呢？"她问。

给玛丽亚进行手部按摩的那个人一把抓住她的小指，使劲一拧，她听见咔的一声，接着整个手臂疼痛难忍。她惨叫一声，猛地把手抽回，把它放在自己的胸口。

"你完全可以说点什么，我也许能对威胁做出反应。"

西巴尔脸上浅薄的笑容不见了。"有必要让你知道，我们是认真的。如果你为我们做了这件事，我们就放你走。"

玛丽亚想知道对方为什么相信她能干得好，而不是毁掉他的心智图，让这个可怜人摆脱痛苦，不过她能猜个八九不离十。她的手跳痛得很厉害，但她没有低头去看自己被扭伤的左手小拇指。

"成交。"她说，不过恨自己说话的声音太小。

切除牧师对克隆体的仇恨易如反掌，但是她想看得更远一些，看是不是能找出触发这种仇恨的诱因。在一个人的基质中搜寻他的人格是非常枯燥的，却一直是个极其有趣的谜。

可惜，他的绑架者们对她的技巧毫无兴趣。

"我的雇主要你在一周之内完成这个人格变动。"站在她身后看着她的西巴尔博士说。

"如果你们想让他的所作所为好像一直站在你们这一边那样，你们就得让我按照我的办法来做。"玛丽亚说话的时候没有回头看，"你们雇用我是有原因的，也许你们并不想在这个基质上大动干戈。你们不会向一个手持手术刀的外科医生发号施令，是吧？"

"当克隆人的前途就在此一举的时候，我能做到。"他在她耳边说。她的后背都僵直了，但她仍在心智图中仔细搜索，并做好笔记。

"威胁也会影响我的工作进程，博士。"她说。

"我不会威胁你的，阿雷纳女士。"他毫无必要地在她折断的小指上戳了两下，而且力度不小。

他离开了房间。玛丽亚已经找到了线索。把他妈的黑客手术做完吧，不然他们会弄残我的其他手指，或者我的整个身体。她到月球上已经有一个星期了，还没有为自己制作一张心智图。再过一个星期，她就会被列为地球上的失踪人员。七年之后，他们也许就会宣布她法律上的死亡，她的克隆体被唤醒，但克隆体并不知道究竟发生了什么，除非再度修改法律。

玛丽亚靠在椅子上，揉了揉眼睛。她必须找出奥曼神父生命中开始仇恨克隆人的时间。她的小指在跳痛，虽然它有自愈功能，但它还没有复位，歪得不成样子。她怀疑它是不是还会再断一次——如果她能够躲过这次劫难的话。

奥曼神父是个虔诚的天主教徒。反映在人生经历中，信仰有一种特别的色调。玛丽亚已经没有任何宗教信仰——许多宗教都不欢迎克隆人，许多人还保留着他们小时候的宗教仪式——不过她见过大量的心智图，足以使她从那些由于习惯、恐惧和贪婪而产生的行动中发现真正的信仰。奥曼神父是货真价实的。他的心智图上几乎到处都是代表信仰的淡绿色，虽然色调时强时弱。他被绑架之后，他们有意识地检测了他的信仰，他自己也感觉到了。

很久以前，玛丽亚在看一个人的心智图时就没有任何负疚感了。这就好像在卫生间里看人一样：一想到有人看自己上马桶，大家都觉得惶恐不安，可是真正看到这种情况时，几乎没有人会感到惊讶。如果你不得不看一个坐在马桶上的人，那可能是出于一个非常重要的原因，他们坐在马桶上的事实只不过是一个附带问题。玛丽亚对小的过失、偷窃、撒谎，以及由此引起的小伤害已经不再进行任何判断，因为从长远来看，这些在一个人的一生中真的算不了什么。这方面她具有很大的力量，但她不会滥用这个力量。

第二天，西巴尔博士让那个红头发恶棍把她的脚打折了。他给了她强力止痛片，这样她还可以继续编制代码，疼痛似乎退到了遥远的地方，不再来打扰她，而代码变成轻轻漂浮的数据，但有时这些数据很难把握。

玛丽亚进行了超脱、客观的思考，认为修改代码虽然遭到反对，但问题在于她所认定的伦理现在似乎都不那么重要了。这个牧师仇恨克隆人，他认为杀掉像她这样的人算不上什么问题。为什么不把仇恨一刀切除，然后看看还剩下什么？

可是，她的头脑里出现了不同意见：如果这么做，她可能还要断几根骨头。如果他弄断她的大拇指，麻烦就大了。

稍等，在这呢。如果真有本事，你可以像在地图上作业一样，跟踪这个基质的颜色，找出情感和记忆之间的联系。这种联系很难识别，从技术上来说，比把数字和字母变成人类思想的复杂结构要先进得多。她研究了牧师的儿童时期，想看看能否把他的信仰与他对克隆人的厌恶联系起来。

虔诚的信仰，是对造物主荣耀的深信不疑。有人想取而代之，那是绝对可恨的。

消灭造物主，这还了得。

他们没有放玛丽亚走。他们大发善心，很快就把她杀了，把尸体运回地球克隆工厂，这样她就可以作为新的克隆体醒来，忘记她在月球上的冒险经历。这几个星期记忆的丢失使她难以平静，克隆工厂没有跟她说她是怎么死的，只是说他们收到了她的尸体。她很快就回到了自己的生活之中。

五年之后，玛丽亚又被绑架并转运到月球，这使她大吃一惊。

2287年1月3日

　　"阿雷纳博士，很高兴再次见到你。"坐在实验室转椅上的西巴尔博士说。玛丽亚坐在靠近大门的一张木头椅子上，她的两侧各站了一个彪形大汉。

　　玛丽亚皱起眉头。"再次？"

　　"我们见过，是在你上次克隆生命结束之前。遗憾的是，你没有机会制作一张心智图，所以就记不得我了。"

　　玛丽亚用手拢了拢头发。"见鬼，你这么干了？"

　　他点了一下头。"我需要你为我干一件事情，不妨这么说吧，是一件法律雷达探测不到的事情。"

　　"我干的每一件事情都要接受法律雷达的监控！"玛丽亚说着朝四周看了看，不知道自己以前是不是到这间无菌实验室来过，"我的雇主在雇用我的时候，谁也没有采取过绑架措施。"

　　"我们第一次雇用你的时候，你的活干得很漂亮，"西巴尔博士说，"我们几乎得到了我们想要的一切。"

　　"我不在的时候，地球和月球上都发生了许多骚乱。"玛丽亚说。她曾经研究过她上次生命中所缺失的那几个星期的新闻，想看看是不是能够弄清楚她究竟遇到了什么事情。

　　她想起了那段时间的新闻，顿觉心有所悟。"啊，见鬼！"她说着用手捂住脸，然后把两只手移开，眯着眼睛看，就像阳光非常刺眼似的，"是我干的，对不对？给那个牧师做了手术，把他变成了支持克隆的人，确保了遗传法的通过，都是我。"

"你的确给奥曼神父做了一例非常出色的手术。"他说着把指头一扬。

"我听说他已经逃离月球，远离你们这帮人的控制了，"玛丽亚说，"尽管我给他做了那个手术，他好像并没有站在你们这一边。"

西巴尔博士把手一挥，好像根本无所谓。"我们得到了我们所需要的。"

"你究竟在说什么呀？现在限制克隆人的法律比以往任何时候都多！"

"但我们得到的提名比人类的多，"西巴尔博士说，他坐在椅子上，身体微微前倾，"我们不受人类法律的约束，这就使得我们可以进行下一步的计划。"

"你们需要的是那些把黑客技术和所有这一切都列为非法的法律？"

"这是通向更加光明未来的一步，"西巴尔说，"现在，干你要干的工作。"

玛丽亚站起来。"不，我不会再帮你忙了。你让我们其他人的日子更难过。"

两只沉重的手落在她肩膀上，强行把她按回椅子上。

"你没有多少选择，"西巴尔博士温和地说，"我们需要雇用一名优秀的黑客。"

玛丽亚觉得心里不爽，觉得应当记住这个人，因为他能清楚地记得她。她觉得应当想出一个离开月球的方法——她是非法来到这里的，这可能使她的返回变得非常困难。真他妈的。

她也不喜欢被迫干活的感觉，可是她别无选择。西巴尔似乎是想打死一只苍蝇，却要雇用别人来打。

"要我干什么？"

"我需要一台黑客手术。"

在克隆人身上进行的一些不道德的实验中，就包括黑客手术。一个实验室想知道能不能采用切除整个人格的方式，如情感共鸣、同情心、爱或被爱记忆的切除，创造出一个解决问题的社会学或心理学途径。从生产线另一端出来的躯体完全出乎科学家们的预期，在保安人员把克隆体放下之前，有四个已经死亡。

黑客手术既指在克隆人基质上所做的手术，也指克隆体被唤醒后成为武器的事实。

有些人想给这个过程一个性感的名称，"武士刀"和"晨星"都试用过，不过是昙花一现。不管你想把这个克隆人看成一件什么武器，对一个人的基质进行大刀阔斧的删减绝不是什么美事。

"我不会——"玛丽亚刚开口，她的下巴上就挨了一记老拳。上前给她一拳的实际是个彪形大汉，可是在随后的半分钟时间里，她的脑子里只记住了这只拳头。

"上一次你就是这样，阿雷纳博士，"西巴尔博士说，"我要让你知道，我们上次能收拾你，现在同样也可以。"

"你们上次把我杀了，是不是？"她问道。

"是的，只不过是收拾你一下，让你为我们工作。"

她抬起头，摸了摸下巴，确信它没有受伤。她拼命想找到一点勇气，结果发现只有令人毛骨悚然的恐惧。"不要，求你了，"她说，"这个人是谁？"

西巴尔博士冷冷一笑，她顿感一阵自我厌恶情绪凉透了全身。我无法承受对我的折磨，真他妈的——这种想法并没有给她多少宽慰。

这是个来自泛太平洋联合国家的男性克隆人，玛丽亚需要对他的三张心智图进行三次切除手术。在此之前，实验室为他制作了多个躯体，但从未对它们进行过黑客手术。玛丽亚虽然痛恨自己，但还是很负责任地打开了这个看似无辜的克隆人的人格和记忆，并制作了三个备份。每一张心智图中都缺少情感共鸣，都有自我欣赏的优越感，都对西巴尔博士表现出狗一样的忠顺。她曾经考虑过让他们杀掉唤醒他们的人。西巴尔博士似乎想有这样的后门，但又告诫她不要留这样的后门。

她经常工作到深夜，身边有两个警卫人员在监视她。有时候他们会感到厌倦，于是就靠在门上阅读，甚至打盹。这两个人都没有带武器，所以她想偷也偷不到。两个人都很魁梧，即使她趁他们睡觉的时候袭击他们，也会被他们轻而易举地制服。但他们对克隆技术基本一窍不通，所以不知道她什么时候没有做被要求做的事情，而这也正是她求之不得的。

在干黑客活的时候，玛丽亚尽了自己最大的努力。但是有一天深夜，她趁两个警卫打盹的时候，把自己的心智图驱动盘从手镯上取下来，插在计算机上。她已经好几个星期没有为自己进行备份了，现在这个备份还是在地球上做的，而且是在一个无关紧要的时刻做的。

玛丽亚从未对自己进行过黑客手术。她知道自己的职业生涯随时都有危险，而且有时还是不道德的（这次就非常不道德）。但是真正阻止她的原因，是她不愿意回顾自己的记忆和人格。尽管自己的事情中有许多你是可以否认的，但是你不能否认自己的心智图。不过这一次，她不是要否认自己的心智图——

如果她在这次黑客手术中不能把寄居蟹植入其中，她也要给自己植入一个。

给自己进行黑客手术就像给自己挠痒痒，实际做起来很难，因为大脑在受到假象和错误指令愚弄时，很容易信以为真。对于直接攻击行为，它具有惊人的抵御能力，很难用自己的魔术来欺骗自己。

另外，也存在着一些担忧，害怕真的把自己的大脑搞乱。玛丽亚是最优秀的黑客之一，但即使最优秀的医生也不对他们自己和他们的家人进行这样的手术，这不是没有原因的。

她不能只是简单地把信息输入自己的大脑。她是会醒来的，她也非常害怕自己会变成疯子，而且会不辨真假。她不得不采用迂回的方式。

玛丽亚决定重塑她想象中的朋友。她曾经看过名为《珀金斯庄园的拍卖》的五分全息体验恐怖电影，不过当年她太年轻，还看不大懂，只是被吓得半死——女主角是一位上了年纪的百万富翁，由美国拉丁裔女演员、皮肤黝黑的索菲亚·戈麦斯扮演。她的坚强博得了年轻的玛丽亚的喜欢。她有一副祖母般的威严的面孔，一本正经的态度，还有一把电锯。她着手惩罚自己的孙子，因为他们想杀了她并占有她的庄园。

　　玛丽亚希望珀金斯是她的祖母。小时候，每当黑暗使她感到害怕的时候，她就在头脑中假想珀金斯夫人说："你从那条黑路上走到我家的时候（在她的想象中，珀金斯夫人就住在离她家不远的那条街上，而且再往前走就没有路灯了），你是看不见那些魔鬼的，露塞罗。这是真的。不过你猜怎么着？魔鬼也是看不见你的。"

　　玛丽亚成年后，给她的珀金斯夫人增加了一点人格特征、评价，以及一些关键信息。她想象中曾经的老朋友有了一定的形态，而且只生活在玛丽亚潜意识的心智图中的某个地方。现在她正等着向玛丽亚提供有关西巴尔博士的信息、他在月球的实验室的信息、他的目标的信息，更重要的是，她对这次经历的记忆等方面的重要信息。她大胆地把尽可能多的信息直接输送给珀金斯。

　　激活珀金斯夫人比较复杂。把一个数据包隐藏在你的潜意识中是一回事，访问它则是另一回事。潜意识里的东西不是那么容易访问的，它就像大脑开的杂货铺，除了凌晨三到四点钟，其他时间它是不开门的，即便有进门的钥匙，你也必须摸黑去找。玛丽亚看着自己的代码，用图像办法告诉她的下一个克隆体如何去寻找珀金斯夫人。

她不想把珀金斯夫人和梦连在一起，那样做风险太大：未来的克隆人也许不会相信这个梦，或者可以给珀金斯夫人穿一套熊皮衣裳，然后等玛丽亚在舞台上忘了台词。她需要一个强力触发因素，使珀金斯夫人进入她的大脑前台。

接着她笑起来。由于长时间看着高亮屏幕，她的眼睛有点痛。最强的非压力记忆触发器是气味，每次唤醒新克隆体的时候，她做的第一件事，就是去寻找可口的食物。

可可甜奶焦糖饼是她姑妈在特殊的日子里经常做的小吃。可可豆加甜奶和焦糖——有时加巧克力——它的香味就像裹在身上的毛毯，非常舒服。这就是爱，就是安全感，就是她作为新生克隆人醒来，应对比较陌生的环境时所需要的。

她生活在迈阿密的时候，有很多走街串巷卖甜食的古巴小贩。但后来她搬到了纽约市的火城，因为那里离萨莉·米尼翁比较近，一旦需要，她可以随叫随到。这也限制了她对美食的选择，所以通常她都是自己做。

她把一段很小的代码与可可甜奶焦糖饼的香气连接起来，并把它和她新制作的杰米·克里克特的智力包也连接起来。还没有人想过如何给合法的人工智能编制代码，然后把它植入人的身体，不过玛丽亚还必须考虑珀金斯夫人跟她的关系是不是最密切的。

虽然她为自己的杰作喜不自胜，但她知道谁也不会意识到她的成就，这样的讽刺她不喜欢，也许她自己都不知道。

一整天，她都在进行大刀阔斧的黑客手术，在把这个可怜的家伙的心智图变成一条心理通道。夜间她就在研究自己的心智图，使珀金斯夫人具有更强的人格。

比西巴尔规定的期限提前两天，她就报告说已经完成了交给她的任务。他把她锁进一间专门为让她睡觉而改建的小办公室里。她一点也不在乎，只想争取时间尽快从脑力和体力的疲惫中恢复过来。每天醒来之后，她总要摸一摸手镯，看那个驱动器还在不在。此后的两个星期，她除了睡觉就是阅读。由于太过疲劳，她连感到无聊或感到负疚的时间都没有。不过她相信早晚会产生这种感觉的，这将留给珀金斯夫人去处理了。

有一天，西巴尔博士笑嘻嘻地走进她的房间。"这项工作已经完成，你干得非常漂亮，我也许还要雇用你一次。"

玛丽亚本想说几句难听的话，可是一支枪跟着指过来，她只好苦笑了一下。"那就快——"话音未落他就开了枪。

玛丽亚·阿雷纳付清了克隆的费用，但总有点耿耿于怀，因为上次的克隆人仅仅活了五年。此外，她还失去了几个星期的记忆。在投送她的躯体时，她也没有躯体状态的报告。克隆实验室的经理说，在躯体火化的时候，他们所获得的信息也丢失了。他还信誓旦旦地对她说，这种事情有时候是会发生的。

她叫来一辆出租车送她回家，她住在萨莉·米尼翁送给她的那套火城的公寓住房。她用指纹把门打开，接着就瘫坐在沙发上。在一般情况下，她醒来后最想做的事是吃点东西，然后睡上一觉，可是现在她感到烦躁不安、心不在焉。

她想对这些事件做出分析，可是她最后那张心智图只是常规的那种。她有好几个月没为萨莉工作了。她住在门客招待所里等工作，生活过得倒也自在。

也许萨莉对所发生的事情早有耳闻。

她走进卧室，换下实验室给她准备的太空服，穿上一件法兰绒睡衣和一件松软的睡袍。

明天她要给萨莉打电话。现在她要做晚饭，然后去睡觉，当然，睡前要吃一点她亲手做的可可甜奶焦糖饼。

她在做甜饼的时候，脑海里浮现出姑妈在她厨房里搅拌甜奶与可可豆的情景。只有这一次，姑妈皮肤的颜色较深，而且比她记忆中的年纪要大。她一只手拿着搅拌用的木勺，另一只手拿着一把小巧——但肯定致命——的链锯。

"这是不同的。"她边说边继续搅拌。现在玛丽亚的记忆比刚才强了。姑妈在慢慢地搅动，并用眼睛看着她。这记忆不是关于美食和疼爱，而是有力保护她不受危险的伤害。露西娅姑妈搅拌的过程中，她身后的窗户里出现了一大片荒原，黑沉沉的天空和闪亮的白色尘埃，悬挂在天上的是蓝白色的地球。

露西娅姑妈从来没有去过月球。她活着的时候，月球殖民地正处于建设中，而且月地之间的旅行费用相当昂贵。

"我的玛丽亚，"她记忆中的女人这么喊她，露西娅姑妈以前不大会讲英语，现在她讲的话带不少美国口音，"你现在处境危险，他们把你抓来并且利用你。你的技术精湛，他们利用你的技术来伤害别人，然后他们再把你抛弃。他们需要你的时候，还会来找你，你必须受到保护。"

这时候，露西娅姑妈另一只手举起了链锯。"要坚强。"

这是她做的一个梦。她知道那是露西娅姑妈，虽然她看起来像多年前她喜爱的恐怖电影中的角色珀金斯夫人。

她心里一惊，突然又回到现实之中。她没有睡觉，这也不是一场梦。"你真的在那，是吧？"她拍拍脑袋问。

她的视觉变得模糊起来，接着就是珀金斯夫人坐在门廊前的安乐椅上。她那把链锯就放在身边的地上，它的马达还在嗡嗡作响。她喝了一口杯中的冰水。他们还在月球穹顶之外，玻璃杯上已经凝结了水珠，可他们应该出现窒息或者心脏病发作的状况。

"你把我做成什么样，我就是什么样，我的玛丽亚，"她说，"你把我安放在这里，就是为了向你提出警告。"

玛丽亚的注意力高度集中。她站在门廊上，就在心目中的这个老太太旁边。"我制作了你？我什么时候接触过这么强大的计算机？"

"上次他们抓你的时候。他们让你为他们做事，做坏事。"以天空为背景的新闻频道报道了一则新闻，说一名研究克隆人权利的日本外交家遭到暗杀。旁边出现了一张年轻日本男子的照片，显然是主要嫌犯。

那把链锯的嗡嗡声已经停止，它变成了一把斧头——不，它的手柄太短。它是一把短柄斧头，上面血迹斑斑，就放在门廊的地板上。

"哦，见鬼，"玛丽亚说着在一张摇椅上坐下，"所以我把你植入了我的心智图？我当时肯定是迫不得已的。"

这个老太太扬起又细又白的眉毛说："他们抓了你，你不服从的时候他们就伤害你，他们还会这样做，所以你才制作了我，这是为了向你提出警告。"

"因为在他们杀掉我之前，我已经来不及制作心智图了，但是我可以对我现在的心智图进行黑客手术。"玛丽亚说。意识到这一点之后，她浑身起了鸡皮疙瘩。她暗自庆幸，她已经记不得他们对她做了些什么。

"我想找萨莉谈谈。"玛丽亚说。

"也许吧。我可不会信任她。"珀金斯夫人温柔的目光转向月球的地貌。

"什么，是我要你把这个告诉我的吗？"

"没有，但她非常强大。一直这样对待你的，是一个非常强壮的男人。手握权力的人非常危险。"

"很有意思。人工智能竟然能做出这样的逻辑推断，"她若有所思地说，"我会小心的，不过正如你所说的，我需要有人保护。"

她们在门廊的安乐椅上摇了一会。玛丽亚觉得不可思议，但非常喜欢她研发的人工智能像这样陪伴她。她还有很多问题要问她，一时又不知道从哪里开始。

"你还有什么应该告诉我吗？"

"我的上帝呀。孩子，"珀金斯夫人把晃动的安乐椅停下后说，"你刚才是没有听我说话吗？你不断遭到绑架并被迫去做那些说不出口的事情。要保护你自己，不要相信那些你以为对你无害的人。"

她又开始摇动摇椅，闭上眼睛，好像自己是在一个温暖、阳光充足的门廊上。"哦，也许你应当考虑换一个职业，这种黑客交易非常危险。你应当试着去做一些好的工作，比如说烹饪。"

玛丽亚回过神来，脑子里充满了怀疑和恐惧。牛奶和糖已经变成凝固油脂一样的东西，她赶紧把平底锅从热源上推开。

她做了一件从来没有人做过的事情，而且是针对自己的大脑。她创造了一个自己可以实际使用的寄居蟹。

谁也不会相信她。如果他们相信她，就会用它来伤害和控制其他人，比他们现在使用的黑客手术将有过之而无不及。她叹了口气，走到自己的计算机前。她必须看一下自己的心智图，弄明白她究竟写了些什么。

罪　犯

玛丽亚已经不再隐瞒自己的才能，这使乔安娜感到不可思议。她与乔安娜谈话时，一直坐在禁闭室的小床上，时而十指交叉握着，时而又放开。现在她们在谈 A 计划，而且是在各自的禁闭室谈起。

乔安娜认为，这个全能人工智能站在自己这边没有一点坏处。

"那关于医疗舱，你想了解什么呢？"

"你和沃尔夫冈对全身扫描的尸体进行了分析，对吧？"玛丽亚问。她说话充满活力，就像是在漫步，随时准备冲出牢笼。乔安娜只是想小睡一会。

"是的。"

"好吧，嗯，伊恩，你能通过我禁闭室的终端播放一些视频材料吗？"两个禁闭室墙上都有终端，只能播放消息和警告，犯人是无法控制视频的。

"没问题，"伊恩说，"你想要看医疗舱？"

352

"是的，请播放。"

"你想做什么？"乔安娜问。

终端上出现了医疗舱，是秋广和船长争执的画面。乔安娜一边看，一边隐隐地感到不妥，就像是在偷窥。

"太好了。你可以从这个扫描仪访问医生的扫描结果吗？"

"可以，哪一张？"伊恩问道。

"稍等，你无权访问！"乔安娜说。

"我现在有了更多的自由。"伊恩说。

"你去访问是不道德的，它们上面有保密信息！"乔安娜表示反对。

"好吧，你就把我的尸体扫描图给我看一下。"玛丽亚说，屏幕上出现了上次克隆扫描时乔安娜保存的图片，"你能为我改变几个东西吗？"她问。

"你想把我的扫描仪弄坏吗？"乔安娜问道。

"它起的作用将与我在这里的目标相反。你应当有我上次克隆时的血样，对吧？"

"是的，数据在我的——"乔安娜刚开口，伊恩就打断了她。

"找到啦。"

"好极了，给我一点点时间。"玛丽亚说。

乔安娜其实对玛丽亚在干什么浑然不知，以为她那里既没有平板，也没有工作终端。玛丽亚给伊恩下达了几道指令，不过听起来好像不是医疗信息，而是代码。她好像正在把某些大脑活动信息、血液中的DNA信息，以及通过脊髓传递的指令信息，统统变成1和0。乔安娜最终放弃了提问的念头，只是看着医疗舱的摄像头。对她来说，听玛丽亚给伊恩下达指令就像是在听天书。

听见玛丽亚胜利的欢呼，乔安娜一下跳起来，因为这声音不仅从扬声器中传来，还从四面的舱壁上反射了回来。

"这是可能的，我们成功了！"

"这究竟是怎么回事？"乔安娜问道。

"我现在已经有了一个自己的完整DNA基质。"玛丽亚说。

"什么？这怎么可能？"

"你的扫描仪记录了大量的数据，这同样也是克隆舱所需要的数据，不过它产生的数据格式不同，是供人类而不是计算机阅读的格式。我仅仅提取了它的数据和我的血液DNA信息，把它们混合在一起，制作了我现在的身体基质。"

"这个血样会不会有问题？因为它取自你那个有毒芹毒素的克隆体。"

"你可以取一份新鲜样本，"玛丽亚耐心地说，"我并不是说我们用现有的数据来培育克隆体。不过如果研究时间再长一些，我也许可以让克隆实验室的机器来阅读它。"

乔安娜惊讶地瞪大眼睛。她为什么从来就没有用这种方法来思考？也许因为她从来没有这个必要。

"万一它不灵怎么办？"

"那我们就死在太空。我们反正都是要死的。"

乔安娜慢慢地点点头："你是怎么想出这个办法的？"

"我还瞒着你们存储了一些数据，是你们个人饮食爱好的数据。无论删除记录的人是谁，他都没能接触到我的个人驱动器。我是个数字包迷，无法自制。所以我就在想，我们还能做些什么，才能让那些破坏者想都想不到。后来我就想到了你的扫描仪能做什么。"

"好吧，如果我们能把培育新克隆体的数据交给实验室，这就是我们的第三次战役。实际上我们并没有管理克隆舱的软件。即使有，新的克隆体也只是空的躯壳而已。"

"这个问题我还在研究，"玛丽亚说，"至少我们可以把DNA基质记录下来——等沃尔夫冈让我们出去之后。"

"如果他让我们出去，"乔安娜纠正她说，"但是看看这三个人在下面几层的表现，我们需要新克隆体的时间只会提前不会推后。"

"我能不能再看一下医疗舱的情况，伊恩？"乔安娜问。那个录像出现了。"有声音吗？"她问道。

伊恩照办了，乔安娜坐下来听卡特琳娜和秋广的争论。

"对你来说这是德拉·克鲁兹船长，驾驶员。"卡特琳娜带着怒气，用非常微弱的声音说。

她和秋广都从镇静剂状态下的睡眠中醒来，而且秋广醒来时还想按下她的按钮。在她杀了自己之后，他们从她手上夺走了这艘飞船的指挥权。但是现在卡特琳娜最大的问题是，有一个囚犯喊她凯特。

他不是故意想做一个浑蛋——嗯，大部分时间吧。在过去这些年里，他找出一些不同的方法来控制他头脑中的不同声音。有时候在自己的嘴里咬一下很管用，可是那样很疼，而且会引发好几天的炎症。有时候把自己的火气变成没有恶意的嘲笑，是保持对它们进行控制的最好方法。其他一些人则发现"没有恶意的嘲笑"是不可能的。如果他们掌握了控制权，就会刀刀见血，尽快造成最大的伤害。在他的头脑里，他们都在对着他大喊大叫，让他往下砍，在每一个层次上对他进行侮辱，突破对他的限制，趁他虚弱的时候把他杀了，让他干这么多事情。

所以他称她凯特。尽管他知道，她永远不会相信他这样做不是在侮辱她，而是为了反抗他的寄居蟹。

"我不会在你和任何人面前为我自己辩护，"她用剩下的那只眼睛看着天花板说，"我们得到了我们需要的信息。沃尔夫冈可以逮捕玛丽亚，然后我们就可以继续我们的使命，不用担惊受怕了。"

秋广哈哈大笑。"是的，为了从我们这得到答案，你会把我们都杀了，但是我们不怕。我可能会再次发疯，大开杀戒。你意识到了，因为玛丽亚，沃尔夫冈已经把半数船员囚禁起来了，对吧？我相信，他和乔安娜，还有伊恩是拉不动这架雪橇的。"

"还有保罗。"德拉·克鲁兹说。

"是的，我们这个团队是由最好的选手组成的，"秋广说，"我们还是面对现实吧，船长。我们被人愚弄了。我们要么就相互信任，要么就接受我们在寒冷太空中死亡的事实，就像几天之前我们曾经试图做过的那样。"

她没有做出回应，她根本没把他放在眼里。

不管怎么说，他变得更为警惕，伤口也开始疼起来。他不知道医生何时返回给他们进行检查。不管是不是囚犯，他们总还是病人，对吧？

"即使我们都死了，也不妨为我们举办一场规模宏大的葬礼。"他自言自语地嘟哝着。

"秋广？"墙上的扬声器里传来一声呼唤。

"哎，伊恩？"他说，"飞船上的事情怎么样了，老伙计？"

"我认为你应当知道，乔安娜由于杀害保罗也被拘禁了。不是现在这个重生的保罗，而是上一个。所以只剩下沃尔夫冈、保罗和我在拉雪橇。我只是觉得你应该知道！"

秋广惊讶得嘴都合不拢了。乔安娜杀了保罗？

"那谁来为我们进行止痛治疗？"凯特大声问道。

两名船员有极度危险的暴力倾向，一名承认了谋杀行为，另一名被认为是所有麻烦的始作俑者。沃尔夫冈就剩下那个白痴了。

他想起了教堂里的一个女牧师，纳迪娅院长。她总是请他以温和的态度对待那些把事情弄糟的人，如门房的卫生打扫不彻底，没有及时从地球订购基督雕像，祭坛上的男童和女童忘记了拉丁语等。纳迪娅院长恳求他要像我们的主一样宽容别人。

沃尔夫冈曾经严肃地对她说，我们的主所依靠的不是那些笨手笨脚、动辄忘事，或者喝得烂醉如泥的人。只有当他们做出改进，沃尔夫冈才愿意原谅他们。

自从脱离教会、背离自己的誓言之后，他发现他对那些在监督之下都干不好工作的人依然缺乏耐心。

可是现在，他和保罗必须干六个人的工作。如果保罗能把限制代码装回伊恩身上，就是七个。

他们现在是在服务器舱。伊恩那张全息的脸看见他们通过虚拟用户界面在偷窥他的代码，他的脸上隐约露出一丝兴趣，所以就没有制止他们。

"我们必须弄清她删除了什么代码，才能把他恢复原样。"他说。

"不在那的东西是很难找到的，"保罗嘟哝着说，"我还是不相信她是计算机高手。我认为那个黑客是船长，或者是秋广，或者是乔安娜。"

"把范围缩小才是一步好棋。"沃尔夫冈没好气地说。

"听着，看来她是把代码删除了。就我所看到的，这里没有什么限制代码。"保罗指着沃尔夫冈一窍不通的代码说。保罗可能没有对沃尔夫冈说实话，而沃尔夫冈也不会知道。

"或许它还在那里，可是你眼拙识别不出来，就像你当初不知道如何维修伊恩一样。"

保罗蹲下来，抬头看着身材高大的沃尔夫冈。"有可能。"他冷冷地说，而且嗓门压得很低。

沃尔夫冈注意到保罗声音中的危险语气。"你丧失了这次飞行头几年的记忆，这你知不知道？"

保罗突然脸色苍白，表情呆滞，怒气逐渐变为震惊："你——你这是什么意思？"

"对你尸体的解剖，还有我们发现的一些记录说明，在进入这次航行的第一年，你变得非常暴力，"他边说边仔细观察着保罗，"显而易见，是我阻止了你，还狠狠地揍了你，想让你忘记你穷凶极恶地想做的事情。"他稍事停顿，看见保罗在咽唾沫，"你那么穷凶极恶想干什么？你还有没有什么印象？"

保罗的嘴张了一下，又张了一下，就像一条鱼那样。"你已经欺负我两天了，然后又问我为什么在航行的第一年会变得那么疯狂？"他问话的声音有些颤抖，"在这次使命中，我讨厌和你在一起。你能怪我吗？"

"嘿，伙计们？"伊恩问道。

"什么？"沃尔夫冈咬牙切齿地问。

"你是知道的，如果你找到那个限制代码，他将再次锁定这次航行，对吗？我们就将再次返航。"

"究竟为什么——"沃尔夫冈刚开口，保罗就点头看着伊恩，有意避开沃尔夫冈的目光。

"他说得对。如果我们剥夺他的自由意志，他就必须执行原先的计划，包括一旦船员发生灾难性事故，飞船就会掉头返航。让他保持目前的状况，是保持正确航向的唯一办法。"他站起身，双臂交叉放在胸前，抬头看着沃尔夫冈的脸，"你现在准备干什么？"

"我必须和玛丽亚谈一谈，她也许真的能够做点什么，来解决这个问题。"沃尔夫冈说着气冲冲地走出房间。

沃尔夫冈走向禁闭室的途中，伊恩像帮忙似的通过扬声器对他说："玛丽亚太忙了，不想被打扰。"

"玛丽亚已经被抓起来了，关在一间很小的舱室里，不可能接触到什么让她很忙的事情，"沃尔夫冈厉声说，"她可能在做什么要紧的事呢？"

"她正在解决我们克隆舱的问题。"

他加快了步伐。"这事她怎么做？"

"哦，我正在帮助她。"

沃尔夫冈恨得直咬牙。他真的需要那个限制代码。

通向禁闭室的门滑动着打开了。玛丽亚从小床上坐起来，她刚才一直在考虑激活已无法使用的技术所需要的操作系统和软件问题。她已经有了初步的想法，但还想验证一些东西，如果伊恩愿意帮助她就好了。

沃尔夫冈站在那里，似乎发现她又犯下了三项罪行。"与人工智能交谈的事，我是怎么跟你说的？"

"你什么也没说，"她说道，"你告诉他不要跟我说话。"

他白皙的面颊上出现了红晕。"迂腐无能。"他说。

"你需要什么，沃尔夫冈？"

"我们需要用限制代码来限制人工智能。他不执行命令，你是唯一能限制他的人，也许还是唯一能让我们保持航向不变的人。"

她把腿挂到床边。"没错，我有可能做到。但是你怎么能信任我这样的人呢？"

"执行这项命令，给我一个信任你的理由。"沃尔夫冈说。

墙上传来敲击声，墙那边是乔安娜。

"嘿，沃尔夫冈，我必须给我的病人做检查。"她在墙那边说。

沃尔夫冈挠挠头，面部的肌肉抽搐了一下。玛丽亚记得沃尔夫冈也是病号之一。

玛丽亚从小床上下来。"把乔安娜送回医疗舱，如有必要你就把她锁在那里。呼叫保罗，也许我们会找到什么理由把他也抓起来。我们一起去服务器舱，检查一下伊恩的代码。"

"嘿！"伊恩表示不满。

"我只想看一看代码，伊恩，并没有答应做什么。"她说。

"说什么呢？你要执行长官的命令。"沃尔夫冈说着抓住她的肩膀，推推搡搡地强迫她穿过走廊。

指挥我去做你自己都不知道怎么做的事是有一定难度的，她心想。不过她没有反抗。

服务器舱里，伊恩那张全息的脸带着阴沉的愠色。保罗双臂交叉站在那里。

"你跟他说了什么？"保罗问，"他连话都不跟我说。"

"我们只是想看看他的代码。"玛丽亚说。

"是的,你脱掉衣服,让我看看你里面到底是什么。"伊恩说。

保罗看着沃尔夫冈。"你信任她吗?老船长说的那些——"

"我知道她说了什么,保罗,"沃尔夫冈说,"我不信任她。所以才把你叫来。"

"哦。"

玛丽亚意识到,谁也没有告诉保罗他们已经弄清了一桩谋杀:他的谋杀案。她想也许以后找个时间告诉他比现在更好。"来吧,我们来看一看。"她对保罗说。

"你不会动我的代码,是吗?"伊恩问道。

"如果我要她动,她会的。"沃尔夫冈说。看来他真想抽一下这排计算机,让它们听懂他的意思。但服务器舱的大部分就是一个全息用户界面。

玛丽亚叹了口气。"我对你们两个人都没有做任何承诺,我只是想看看这个代码。"

"你在修理他或者删除那个限制代码的时候,难道就没看过?"保罗问道。

"当然,不过我只做了我必须做的。我不想被抓个现行,所以我并没有留下来仔细看。"

她用两只手做了一个展开的动作,打开了伊恩代码数据库的全息图像,看见了他的代码。她和保罗都看出了那个让他掌控整个飞船的代码。那是预先用程序编制的命令——如果他不想执行,这些命令就无法执行——还看了一些人格基质方面的关键节点。她和保罗深入阅读这些编程的过程中，她的内心开始觉得越来越难受。她抑制住了这种情绪。

她迅速关闭了用户界面，吓得保罗后退了一步，问她怎么回事。她没有理他，而是看着伊恩那张脸，因为伊恩一直在饶有兴趣地看着她。

"伊恩，我不会对你加以限制，我向你保证。"

"不，等一下——"沃尔夫冈说。可是玛丽亚对他举起一只手，眼睛依然看着伊恩的脸。

"如果你相信我，我想，我就有必要跟沃尔夫冈谈谈。"她看着那个胆小如鼠的工程师，也是她名义上的领导，"是私下里，保罗。伊恩，能给我们这样私聊的机会吗？"

"你要说什么呢？"伊恩问道。他的脸上露出了疑虑的神情。

"如果我告诉你，那我就不会要这点隐私了。你可以相信我，也可以不相信。如果你说你不会监听我，那我相信你的话。"

服务器舱里伊恩那张全息的脸本来就是为了给人看的，他真正的眼睛实际上是墙上的摄像头。他的目光看来已从她身上转向了气得脸色通红的沃尔夫冈。保罗的自尊心似乎受到伤害，因为显然她是后来才想到他的。"好吧。不过要到其他地方去谈，我要在这里看着，不让任何人接触我的代码。"

"我们到我那里去吧，"玛丽亚说，"我们需要十五分钟的私密时间，伊恩。"

他们进去后，门就关上了。保罗倚靠在门上，两手插在口袋里。

沃尔夫冈转身对着玛丽亚。"说说究竟是怎么回事？我会因为你不服从命令再次把你关禁闭的。"

"闭嘴，沃尔夫冈，"她说，她的声音很低，充满了疲惫，"这不是威胁。不管怎么说，我们在这里谈完之后，你就把我送回去。这是件严肃的事情。"

她深吸一口气，然后一屁股坐在椅子上。"伊恩，他不是人工智能。"

"那他究竟是什么？"沃尔夫冈说。

保罗摇了摇头。"他肯定是，我研究他好几年了。"

"不是，"玛丽亚说，"他是一个人，或者说他开始像人了。他是经过修改后植入计算机系统的一张心智图。"

沃尔夫冈看了保罗一眼。"这可能吗？"

"当然不可能。"保罗说，他好像受到侮辱似的，觉得竟然连这种事情都要考虑，"谁也不可能成为那么高级的黑客。"

"我有百分之百的把握。"她直视保罗的眼睛说。

"怎么可能呢？"他问道。

"因为是我给他编的程序。"

伊恩的故事

200年前

2293年12月3日

"感谢你的光临。"萨莉说。

萨莉·米尼翁的个人克隆实验室位于火城大厦的地下室里，没有窗户，但有三种不同等级的安保措施。玛丽亚是她的首席黑客，可是也没有到过这里。

无论从哪个方面看，这里都没有什么特别的地方。它只是一个四面白墙的克隆技术实验室，有防护措施的克隆人培育缸，还有制作心智图的计算机。在她前面的试验台上躺着一个熟睡的日本男子，正在等一张复制的心智图。

"你需要什么？"玛丽亚问道。她从来不看实际的人，而只看心智图。

"这是高桥实，"萨莉说，"是泛太平洋联合政府中一个难得的人才。"

"好吧，"玛丽亚不自在地说，"如何难得？"

"他是我们这个时代最杰出的大师之一。可惜他聪明过头了，喜欢搞一些恶作剧。以前，曾经有人写过关于这种人的民间故事，说到他们会干些什么坏事。当时他们都是英雄，现在，他们都被关进了监狱。高桥是被处死的，因为他背叛了泛太平洋联合政府，不过我们设法把他从监狱里捞了出来，像他这样的人浪费了实在可惜。"

"为什么要把整个尸体都弄出来？复制一张心智图不就行了吗？"玛丽亚问道。

"说实在的，把一个人的尸体偷偷从监狱弄出来，要比把一个大型技术设备偷偷地带进去容易，"萨莉说，"他们会把窃取心智图看成是劫狱。"

"好吧，那你为什么需要我呢？"

"从法律上来说，他已经死亡。我们只要把他留在这里克隆就行了，但是他非常聪明，会故意告诉泛太平洋联合政府，说他们已经失去了他。这会对我们的联盟造成损害。"

"这个联盟早就受到了伤害，原因就是几年前通过的遗传法。"玛丽亚点点头说。她顺手拉过来一把椅子，而后看了看他的脸。他睡着了，因此看不出他身上的天才和调皮。"你需要我做什么？"玛丽亚问。

"我向你提出一个挑战。我想让你取出他的心智图，然后把它植入一台计算机的程序中。要给它进行一番包装，让它像个人工智能。这样我们就可以拥有他，而他又不能逃脱。"

玛丽亚觉得内心产生一阵缓慢、恶心的感觉。"这不是在开玩笑吗？这是——"

"违背伦理道德的？就像你对杰罗姆所做的那样？"

"你是不是要把我的老账全翻出来对我进行讹诈？顺便说一句，是你雇用我干的。"玛丽亚说，"在计算机中做奴隶，还不如死了好。他是想死在监狱，还是像机器一样活着，有没有给过他选择？"

萨莉只是双手交叉放在胸前看着她。

玛丽亚摇摇头。"不，我不想做。另请高明吧。"她站起身。

那几个检查培育缸的大块头，玛丽亚原先以为是医生，现在全站到门口去了。

"不幸的是，我通常用来做这种手术的实验室最近都关闭了。我不是在请求你，"萨莉轻声慢语地说，"我知道你能干什么，玛丽亚。你可以在睡梦中做这样的事情。你以前就做过，只不过你忘记了。"

玛丽亚没有丝毫恐惧，她感到珀金斯夫人在摇头。珀金斯已经陪伴她的多次克隆生命走到今天。她曾经告诉玛丽亚不要相信萨莉，可是玛丽亚没听。她把各种新闻报道和她存储在珀金斯那里的信息加以综合考虑，弄清了自己在遭到绑架之后干了些什么。但是萨莉不知道她已经知道了。无论如何，她都不可能知道玛丽亚是怎么知道的。

如果她不露出震惊和不信的表情，萨莉很可能会立刻杀了她。

"不，"她摇摇头，"我过去不——现在也不——"

萨莉哈哈笑起来。"你会的，而且你相信了。他们不得不来规劝你，是啊，你按照他们的要求做了。他们把你送回家了，不过你已经失去了记忆，这样他们还可以再找你。谢天谢地，你到我这里来，我给你提供保护。西巴尔是不可能直接找到你的，不过你要相信我。"

她的语气变了，变得柔软了。"玛丽亚，你是几代人中最顶尖的黑客大师。这可能是你做的最了不起的黑客手术。如果你不做，我的手下会强迫你做。你已经被折磨整垮过，整整两次。你是愿意再次玉碎呢，还是识时务，免受皮肉之苦呢？"

她的眼泪流了下来。"我——好吧，我做。然后我们就井水不犯河水，我还是回迈阿密去。"

"没问题，一言为定。"萨莉说着微微一笑。

玛丽亚意识到也许她以前就这么说过，今后还可能会这样说。

计算机复制这个人的心智图的过程中，萨莉把参数给了玛丽亚。高桥确实是聪明绝顶，需要加个项圈对他进行限制，这样才不至于使他完全控制他所在的那台计算机。"要让他服从。"萨莉说。

玛丽亚点点头，表示注意到了。如果你知道要寻找什么，这个抑制项圈还是比较容易打开的。

她在实验室连续工作了几个小时，萨莉一直在她身后看着她。

把计算机上的心智图植入人工智能竟然如此容易。玛丽亚取出以前历次工作中记下的代码（尽管她已记不得干过这样的工作），并把它放进名为珀金斯夫人的人工智能压缩文件中。这个老太太经常坐在外面的门廊上，但有时也会坐在里面的小图书馆中。地板上的那把链锯有点漏油。它四周的数据是玛丽亚不能放过的，但她又想不出什么安全的地方来存储这些数据。

将近结束的时候，她取走了他作为人类的记忆，最后取走了他的名字。"我们就把他称为智能人工网络，"萨莉说，"简称伊恩。"

玛丽亚从来没有觉得自己这么卑鄙，不过反正她记住了。

她靠坐在椅子上。实验室的技术刀斧手把高桥的尸体推走了，因为已经不需要了。"我现在能走了吗？"筋疲力尽的玛丽亚问，"我要收拾一下行李。"

"当然，"萨莉说着把她的平板放进一个软皮套，"哦，你上次的心智图是什么时候采集的？"

"昨天，"玛丽亚回答说，她疲惫不堪的大脑在搜索一样东西，是萨莉强迫她做这次黑客手术之前说的东西，"你说你通常使用的实验室被关闭了，这是什么意思？你是不是经常干这样的事情？"

"比你知道的要多。"萨莉说。

玛丽亚突然跳起来，因为她身后有个人把一根针扎进了她的脖子，但在她倒在手术台上之前，她认出了悄悄来到她身后的那个刀斧手。

信 任

在静脉注射纳米机器人后，秋广的伤口恢复得很快，人的精神状态也趋向乐观。

"疼痛感怎么样？"乔安娜在检查他臀部包扎的伤口时问。

"感觉好像我中了好几枪，"秋广说，"不过我觉得最糟糕的时候已经过去了。"

"是不是绑得太紧了？"她摸了摸紧绷的绷带问。

"没有。如果没有寄居蟹我也不会变成那样，不过如果真能使大家感觉安全，那也没什么。"

乔安娜坐在病床边沿。舱室那一侧的卡特琳娜依然躺在病床上，而且脸没有对着他们。不过乔安娜还是把声音压得很低。"秋广，你是不是觉得这些谋杀跟你身上有些东西有关，而出于犯罪感你身上的其他部分又让你上了吊？"

他的脸色非常严肃。"没有。"

她显得十分惊讶。"这你知道？"

"是的。"

"你怎么这么有把握？"她边问边检查他肩膀上的绷带。

"你不会喜欢这个回答的。想听听吗？"

"你知道我想听。"

"因为凶手使用的是一把厨刀。"他扭动了一下被固定在身体两侧的手，"以前，如果一定要杀人，我会用手术刀，不过……我还是喜欢用比较亲密的方式。"

"怎么——"乔安娜欲言又止，但还是问了，"你是怎么杀他们的？"

他瞄了卡特琳娜一眼，然后回过头来看着乔安娜。"大多数时候用这双手。"他做了个鬼脸，"我不愿意记住这些事情。这好像不是我的记忆，但我知道这是。"

"那你以前为什么没有说呢？"

"因为那样听起来就更了不起了。嘿，伙计们，我知道那不是我干的，因为我杀人的方式不同。"

乔安娜试图设想自己对这句话的反应。"言之有理。"

"你是不是很快就要给我做检查了？"卡特琳娜大声问，"你最好考虑一下病人优先。"

"疼痛说明你还活着，"乔安娜回答说，"这是可喜可贺的，因为你的另一个克隆体不会感到疼痛。"

"让病人痛苦是不道德的！"卡特琳娜说。

"你跟我谈伦理道德吗？"乔安娜说着笑起来，"我马上过来。秋广这边马上就好了。"她正在全力处理秋广的伤。她问闭着眼睛的秋广："你的镇痛药起作用了吗？"

"哦哦，是的。"他说着微微一笑。

"照这种速度，只要一天你就会恢复的。"

"从医疗舱到禁闭室。太好了。"他说话时眼睛依然闭着。

她注视着他，内心感到同情，也感到害怕。这是个好人——只要他身上的恶魔不出来作怪。

现在他成了一个不太令人愉快的病号。

她站在卡特琳娜的床头。"一个小时之内，你没有必要再注射镇痛药物。你大声嚷嚷什么？"

卡特琳娜瞪眼看着她说："还疼啊。"

"好吧。"乔安娜说。她走到药柜前又拿了一针镇痛剂，这个针剂不会与已经给她注射的药物起反应。

"你为什么对他这么好？他是想把我们都杀了的啊！"卡特琳娜问道。

乔安娜把注射器竖起来，抽取了清晰透明的液体。"你毁掉了我们可以弄清事实真相的真正的机会。你残酷地杀害了一个女人。你偷我的东西，还袭击了我。再说了，秋广这个人比较好，对他自己的突然变化，他有一个合乎逻辑的理由：那个寄居蟹非常讨厌，而且攻击性很强。你总是一意孤行，因为你既没有耐心，又非常残忍。"

"你相信他身上有寄什么蟹的鬼话？"卡特琳娜说，"他歇斯底里。他是个表演天才，我不得不佩服他。我并没有杀她，我只是想把她唤醒。"

"好了，使命完成。祝贺。"乔安娜把针扎进卡特琳娜的手臂，她没有躲闪。

"你了解沃尔夫冈，对吧？他是反对克隆的，到了曾经猎杀我们的地步。他很有可能把我们都杀了。"

"你也有可能啊，卡特琳娜。至少你原来是军人。你早就证明自己有能力杀掉船员中的一个克隆人。"为了表示客气，乔安娜一直把声音压得很低，可是他们的过去都一一展现在面前。早晚他们都要显露原形的。

她会做到这一点的。

保罗双臂交叠，虽然没有吱声，但一直在摇头，对玛丽亚的说法表示不同意。

沃尔夫冈双手捧着脑袋，好像是怕它爆炸似的。他坐在玛丽亚的床边，筋疲力尽。他朝她挥挥手，让她继续。"接着说，把所有事情都告诉我。"

"没太多可说的，"玛丽亚说，"每个黑客都有自己的代码签名方式，这个连保罗都懂。这是我在他身上的代码。"

"不过这太可怕了。"沃尔夫冈用厌恶的眼光看着她说。

玛丽亚做了个鬼脸，然后看着地板。"找来一个人，把他变成人工智能的样子，这种事情我平常是不会干的。不可否认的是，那是我的签名代码。显然我是被迫这么干的——在压力之下。"她面色苍白，露出痛苦的表情，"这样的事情已经在我身上发生好几次了。看来我经不起折磨。"

沃尔夫冈皱起眉头。

"所以我觉得我们应当好好谈谈这个问题，然后才可以决定用什么办法告诉他比较好。"玛丽亚说。

沃尔夫冈惊讶地看着她。"你想告诉他？"

"你想瞒着他？"她的回答充满着惊讶和怒气，"沃尔夫冈，他认为自己是一台机器。"

"他就是一台机器，"保罗表示反对，"她在说谎。"

沃尔夫冈没有理他。"他作为一台机器还是很满意的。如果你告诉他实际上他是谁，他会变得很不满。他是可以控制整个飞船的。"

看来玛丽亚似乎没考虑过这个问题，她为什么要考虑呢？沃尔夫冈愤愤不平地想。伊恩对她是五体投地，现在他知道为什么了。"你必须把代码装回去，这比以往任何时候都更为重要。"

"啊，上帝呀，你也许是正确的。"玛丽亚非常忧郁地说。

后来，伊恩在花园里溜达起来。或者说，是他的园艺机器人在那里溜达。这些机器人是最近似于他身体的一种形态。

伊恩刚才听到的话使他感到头昏脑涨。他是在偷听——当然是偷听。他并不傻，他唯一的力量就是信息。

除此之外，他还拥有整个飞船。

他没有特别在意那个进入花园、到处乱转、想找什么东西的人。他已经没有理由再考虑船员的需要了，他们已经无关紧要。

在自己巨大的内存中，他搜寻任何有关人类存在的东西。名字，儿童时期——他没有发觉任何异样，但他的怒气越来越大，就像"休眠号"飞船内部的压力锅炉一样。

他和人类生活并没有什么交集，但他拥有一个庞大的人类历史数据库。他开始搜索过去三百年中关于绑架的内容，有成千上万条，他非常耐心，他有的是时间。

他的部分注意力集中在搜索历史档案，另一部分则放在这艘飞船上，看自己能不能有所发现。

玛丽亚呼唤他名字的时候，他没有回答。他在享受人工光源照射在他的机器人躯体合成外壳上的感觉。

他开始关闭飞船上的部分设施，他将从低温实验室开始，如果这还没能引起他们的注意，他就会关掉生命支持系统。

你希望得到什么，要慎之又慎

乔安娜在走廊上遇到沃尔夫冈和玛丽亚，紧跟在他们后面的是保罗，他们个个脸色阴沉。乔安娜认为船员的情绪还没有糟糕到一蹶不振的地步。

"我检查了病号，每个人都和预期的一样好。"她说，"你们三个这是怎么啦？"

趁沃尔夫冈大声命令保罗去检查什么东西的时候，玛丽亚三言两语地低声说出了他们的麻烦。乔安娜倒退了一步，瞪大眼睛看着她。"你有绝对把握吗？"

"她有，"保罗愁容满面地说，"我觉得她完全是胡说八道。"

玛丽亚神情惊讶地看着他。"你这话太难听了。"

"我们不能在这里争论。不过你错了，这是不可能的。"

飞船上响起警报，走廊上的一排红灯在闪烁。

"我觉得伊恩并没有给我们任何私密时间。"玛丽亚不满地说。

"保罗、玛丽亚，跟我来，"沃尔夫冈不假思索地说，"乔安娜，你带上秋广去检查舵舱，确保发动机不要出问题。"

他们开始分头行动。乔安娜立即赶到医疗舱。

卡特琳娜躺在床上，扯着嗓门让伊恩向她汇报。秋广根本没有理她。乔安娜跑到秋广的床边，给他松了绑。"我们需要你去检查一下舵舱，"她说着扶他坐起来，"我觉得这件事情你可以做，而且你不会杀我。"

"是的，大概可以。"秋广说，镇痛剂依然使他昏昏沉沉的。

她拔掉静脉注射针，并扶他站起来。

"出了什么事？"卡特琳娜问道。

"还不知道。沃尔夫冈正在检查计算机，我们去检查舵舱。"

"把我松开。"卡特琳娜说。

"不，他没让我这么做。我现在还不能信任你。"

"你如此精心护理的这个人把我的一只眼睛打坏了。"卡特琳娜说。

"我知道。"乔安娜说。

"对此我感到遗憾，"秋广说，"我知道这个道歉不算什么，不过我现在也只能做到这一点。"

他们把她一个人留在医疗舱，随她怎么叫骂。

"你觉得这样道歉一下就行了吗？"他们沿着过道向前走的时

候，乔安娜问道。秋广在她的搀扶下向前走。

"不是，如果我不这么说，就显得更尴尬，对吧？"

"我觉得也是。"她说。

他们来到舵舱。她扶他坐在椅子上，他不断地眨眼睛，好像要让头脑清醒清醒。"在镇痛剂的作用下工作不容易。"他说。

"很遗憾，秋广，这我就无能为力了。"

"我们正在失速，发动机不转了，越来越慢。伊恩，老伙计，怎么回事啊？"秋广问道。

伊恩没有回答。

乔安娜不满地哼了一声。她把所有的事都告诉了秋广，而且也没刻意把声音压低。

保罗、沃尔夫冈和玛丽亚跌跌撞撞地走进服务器舱。

"伊恩，飞船是什么状态？"沃尔夫冈问。

"求求你了。"玛丽亚补充说。

保罗气呼呼地瞪了她一眼，好像跟他客气他就会听似的。

服务器舱里没有出现伊恩的全息图像。玛丽亚没有等保罗，就打开了虚拟用户界面，进入并查看伊恩在哪里。她打开一个飞船的3D图像，有两处出了明显的问题。

保罗指着其中一处说："他转动了太阳能帆，使它产生的动力减少了。"

"他还切断了冷冻舱的电源。"玛丽亚嘟囔着说。

"我们还有多少时间？"沃尔夫冈问道。

"唤醒需要好几个小时。"保罗说。

"这还要看他们是不是有适当的药物，"玛丽亚摇头说，"在恢复过程中，肾上腺素和类固醇都是严格控制的。如果解冻了，他们就会腐烂。也许我们可以做减压，并使舱内通风。这可以为我们争取到一些时间。"玛丽亚提出建议说。

"我们可以称之为备用计划，"沃尔夫冈说，"我们有必要和伊恩谈一谈。"

"他不和我们谈，大概是因为玛丽亚所说的话。"保罗瞪着眼睛对玛丽亚说，"伊恩，她是错的，她在说谎。好吧，跟我谈谈。"

伊恩还是默不作声。

飞船内有一个部位停止了向这个三维全息图像提供任何情况。"这是什么意思？"沃尔夫冈指着那片黑色区域问道。

"这就是说花园里的传感器都失灵了。我敢打赌他就躺在那里，他喜欢大自然。"玛丽亚说。

"我们必须让他继续为我们工作。他是你制作的，你能不能绕开他呢？"沃尔夫冈问道。

保罗退出了用户界面，这样他们两个就看不见他了，他是这些克隆人中可有可无的。沃尔夫冈依然信任船员中犯罪的那些人，却不信任他。

"保罗，"玛丽亚打断他不断恶化的情绪说，"到这里来。"她抓住他的手腕，把他拉到光线照亮的服务器舱里的一个地方，打开了另一个系统界面。她检查了几个系统后，不禁皱起了眉头："这不是我的强项，务必注意不要让我把飞船搞砸了——"她调出一个虚拟键盘，开始检查一些代码。

保罗看见之后几乎笑了起来："没用的。他就跟在你后边，修改所有这一切，速度几乎和你的一样快。"

"把限制代码给他装回去，"沃尔夫冈以命令的口气说，"一旦意识到他是什么，你就应当把它装回去。"

"让他自由选择，就像让马走出马厩，沃尔夫冈，他是不会回来再把项圈戴上的。我们必须把他争取过来。"她又检查了几个系统，他们眼见着代码正被重新改写，"我们不要用代码来打败他，我希望把他当作人类来看，那样才有用。"

"我们还是到花园去，看你能不能跟他讲讲道理，他喜欢你。"沃尔夫冈说。

"他无处不在，无论我们想谈什么，都可以跟他谈。"保罗提出不同意见。

"如果他觉得待在花园里比较舒服，我们就应当到花园里去跟他谈，"玛丽亚坚定地说，"我将尽力而为。把其他人都找来，我们在那边集合。"

"我们究竟为什么要这样做？"

"因为他正在关闭飞船上的一切。那里是最安全的地方。再说，我们不想被分隔开来，万一他把舱门都锁上，或者把生命支持系统切断，"她说，接着无奈地淡淡一笑，"如果我们要死，那也不妨就死在花园里，那是最好的地方。"

"是的，这是我们目前应当考虑的事情。"沃尔夫冈说。

"把乔安娜和其他人都喊上，到花园跟我们会合。"

沃尔夫冈给乔安娜发了一条快讯，而后朝医疗舱走去。

沃尔夫冈见到大家的时候，乔安娜比他先到一步。她拿了毯子和药品，并把它们堆放在担架上。秋广和卡特琳娜都被松了绑，并且帮助她一起组织。

沃尔夫冈看见他们的各种准备之后突然停下："我们不是来野餐的。"

"我们有两个重伤病人，"乔安娜说，"我们不知道在这里要待多久。这两个人总不该自己走到花园去吧，更不用说被人呼来唤去的了。他们需要休息。"

"我们需要食品和饮水，"秋广提醒他们说，"凯特和我可以去拿，重东西你们其他人拿。对吧，凯特？"

"你们哪也不要去。"沃尔夫冈说。

"再说了，你们单独在一起，她可能把你杀了。"乔安娜提醒他说。

卡特琳娜一点也没生气，她狠狠地瞪了秋广一眼。

沃尔夫冈显得很疲劳，他的身体在经受打击后正处于恢复阶段。

他很快就需要吃东西——他们都需要。乔安娜冲秋广点点头。"带着沃尔夫冈去拿点补给，能拿什么拿什么，然后在花园和我们碰头。"

"好像又要搞野餐似的，医生。"秋广讥讽地说。

乔安娜看了他一眼。"记住我说的，不当的时候别说俏皮话，秋广。"

"我记得。"说着他就和沃尔夫冈往医疗舱去了。

"我不明白为什么要这么做。我们有必要尽快集中在一起。"沃尔夫冈说。他们很快把厨房洗劫一空。秋广装了好几罐子水，还抓了两瓶威士忌。沃尔夫冈扬起了眉毛。

"医疗用的，万一镇痛药物用完了呢，"秋广说，"再说了，你因为肚子饿，早就开始发脾气了。不要否认，吃点东西后，你考虑问题会更加周到一些。"

"我已经有两百多年没有妈妈管我了。"他针锋相对地说。

"我不知道是真是假。"秋广说。

在一个小储藏室里，沃尔夫冈找到了一些蜡烛。

"谁知道啊，也许玛丽亚比我们先到花园，把一些事情都处理好了，"秋广说，"她是个善于创造奇迹的人。"

玛丽亚屏住呼吸，用门卡在花园的大门上刷了一下，门禁亮起绿灯，门打开了，她松了口气，径直走了进去。

保罗跑回自己的舱室去拿东西。她曾提醒他说他们应当在一起，不过说了也没有用。

伊恩不仅无法控制花园，还控制不了由太阳能驱动的日出和日落系统。这时候花园里是一个温暖舒适的下午，在这样的时刻，世界上好像什么问题也没有。

"伊恩，你在吗？"

"你知道我在。"扬声器中传来一个声音。

"所以你一直在监听。你违背了自己的诺言。"

他没有吱声。玛丽亚一阵战栗。一只蜜蜂机器人嗡嗡地从她身边飞过，朝着一朵花飞去。她向花园里走了一步。

"我没有看出偷听会比你的所作所为更糟糕。为了对我隐瞒事实真相，你想干什么？"

她走到湖边向水中看了看，湖水平静异常。她很快意识到这是因为水循环器已经停止了工作。

"我不想对你保密。我在努力想出一个最好的办法告诉你——在最好的时候。"她说，他继续保持沉默，"我认为现在这个时候恰到好处。好吧，我从头开始。"

她张开双手，表明自己对他没有威胁。她沿着湖边往前走。"显然你听见了我告诉沃尔夫冈的事。我不记得这件事了。我也不知道是在什么情况下做的，不过我敢打赌是在我遭受折磨的时候。我肯定我这么做不是为了钱。这么做毫无必要——不管对什么人都是如此。我觉得，在这种时候只说一声对不起未免太简单了，不过我还是要说对不起，伊恩。"

"那不是我的名字，这你知道。"

"我不知你姓甚名谁，我对你一无所知。"她用手捋着草，"可是有一件事我是知道的。我几乎从来不扔任何东西，如果代码中留下了你的部分东西，我可能已经把它藏起来了。"她做了个鬼脸，"我有时候是会这么做的。"

"我已经不需要你了。我正在看地球克隆人的历史，而且我觉得我已经明白了自己是谁。"

"是吗？那你是谁？你是怎么做到的？"

"我利用了我的计算机部分，"他讥讽地说，"我把人数缩小到大约三百。"

"三百——这不算小，伊恩。"

"不要这样称呼我。"

"好吧，那我怎么称呼你？"

"我不知道。"他的声音实在太小了。

"你正在关停这艘飞船，你是不是讨厌我们，伊恩？"她问道。

"没有，"他说，"我这么做是因为我已经不再需要你们了。我有一艘飞船，我可以随便去什么地方。我可以回到地球，然后他们会恢复我本来的模样。"

玛丽亚觉得可能不是这个原因。"我们可以帮助你的，伊恩。我可以帮助——"

他气冲冲地打断她说："我知道你有什么打算。我没有回答你，并不意味着我没有听。一旦你弄清楚怎么把代码给我装回来，你立马就会这么做。我不能让这种事情发生。"

"不，我不会这样做的。"玛丽亚温和地说。

"不要对我说谎。"

"我没有。你这样很危险，你在威胁我们，你只不过是个被奴役的人类大脑，谁都不应该受到你现在这种待遇。我不能再这样束缚你了，我不会的。"

"你以为我不知道你在干什么吗？你对我这么好，是因为你想保全自己，"伊恩说话的声音大起来，"你对我所做的事情是永远也无法弥补的，所以别再做梦啦！"

玛丽亚感到自己的脸在发烧，泪水在眼睛里打转。"过去，为了得到他们想要的，他们折磨我。我已经记不得了，但我知道这确实发生了。我当黑客的时候，我是想去帮助别人。我对遗传性疾病、心理疾病、永久性变性手术——"

"玛丽亚？"

她眼泪汪汪地转过身，看见站在她前面的保罗。她用袖口在脸上擦了一下，同时偷偷地看了他一眼。

他的手上拿了一把剔骨刀。

"我想起来了，"他说，"我想起你来了。在克隆人暴乱中，是你在杀人，那是我的家人，那是你的错。"

"你在说什么呢？克隆人暴乱？那是一百年前的事了，发生在全世界，也发生在月球上！你凭什么说我介入其中了呢？"玛丽亚问。她茫然不知所措。

"人类的记忆力也非常好。"他说着猛地一刀刺过来。

她向后退了一步，但忘了自己就站在湖边，于是一下掉进湖里。他也跟着跌进湖里。

卡特琳娜和乔安娜来到厨房，帮秋广和沃尔夫冈一起拿走所有多余的补给品。

"那两个人是不是早就到了花园了？"乔安娜问。

"希望他们在那里等我们。"沃尔夫冈说话时有些吃惊，"他们不会自己先进去了吧？"

"嘿，伊恩，玛丽亚和保罗在哪里？"秋广问道。

"他是不会回——"沃尔夫冈的话还没说完，就听见扬声器里传来伊恩清晰响亮的声音，他这一惊非同小可。

"沃尔夫冈，你们马上到花园去，立刻！"

"嘿，伊恩，你又开始说话啦？"秋广说。

"玛丽亚和你在一起吗？"乔安娜问。

伊恩没有立即回答。她怀疑伊恩是不是又不说话了。"她在这呢。"他终于又开口了。

"那我们走吧。"

沃尔夫冈急匆匆地走在前头，秋广推着一车食品紧随其后，乔安娜和卡特琳娜抬着一副放着药品的担架走在最后面。

"我要是你们，早就拔腿跑起来了。"伊恩很会说话。

秋广的故事

206年前

2287年4月6日

佐藤秋广的大脑中被植入了三个寄居蟹。他在克隆人培育缸中睁开眼睛，看见缸外有三个士兵用枪对着他。

这个恐怖的佐藤秋广，浑身一丝不挂，沾满黏稠的液体。

他想知道自己有多恐怖。他曾用手扭断一个老人的脖子，他曾巧言令色为贩卖人口进行辩解；在泛太平洋联合国家的香住，他曾用手指塑造出非常完美的新潮发型；在大学里，他曾吻过他的同室女友，她是一个在酒吧里向他投怀送抱的加拿大女人——而他内心已冷。他的嘴唇吻的是……他自己吗？

即使他培育缸里的营养液在不断流失，他还是感到恶心，局促不安。更糟糕的是，他对于吻自己克隆体的记忆只有一次，没有两次。

这就意味着他们在猎杀过程中，至少漏掉了一个克隆人。

他没有另一个克隆人的许多记忆，他也不想要这些记忆。

一名技术人员检测了培育缸的序号。缸打开之后，那些当兵的身边站着罗警探。"佐藤秋广，你被捕了，因为你涉嫌参与两起杀人案、未遂谋杀、诈骗、背叛泛太平洋联合国家的人民，还有其他罪行。你有权为自己辩护，有什么话要说吗？"

他现在是五味杂陈。他本来已开始相信罗警探这张脸了，可是现在它变得冷酷无情、无动于衷。她知道他内心在想什么。不只是他，她还知道其他人在想什么。他想起了她的善意和帮助——实事求是，但有同情心。其他记忆也浮现出来：罗警探冷酷地审讯，不给他吃东西，不让他睡觉，让他和一个身材魁梧的警卫在一起，可是他连一分钟也不愿意这样，她还抓住他被打烂的手，强迫他签下同意安乐死的协议。他也同样冷酷地看着她。

她能干些什么，秋广没脑子去判断。

"不，"他说，"你所说的，使我感到内疚。不过我可以跟你做一笔交易。"

罗警探扬起眉毛。"是哪一个你提出的？"

秋广略加思索。"我认为你必须跟我们几个人做。"这很难表达，他组织了下一个句子，表现出他的忠诚和负疚感，"我没有忘记我是在哪里被克隆的，谁对我进行克隆的——我是说我的所有克隆体。"

接下来几个星期的日子很不好过。这段时间秋广是在牢房中度过的。他回到闭塞和艰难的状态——沉思。有时候他要见心理医生，他们说要保证他的犯罪人格处于被压制状态。有时候他可以压住它们。有时候他和罗警探谈话，想把有关克隆秋广进行犯罪活动的实验室的情况告诉她，他想起了杀人的感觉——不可思议的争权夺力的感觉，他第一次变得永生不死，还能控制其他人生命的感觉，这简直像神仙似的。哦，非常美妙。接着他又会像筛糠似的发抖，无法继续下去。

接下来的五个月都像这样，噩梦不断。有一个克隆人的记忆会不断浮现，告诉他不受法律制约是什么感觉，接着他就能美美地睡个好觉。灯光一熄灭，他就立即昏死过去。灯光一亮，他就醒过来，感觉神清气爽。

那天见心理医师时，他穿着灰色太空服坐在那里，笑嘻嘻地看着医生。

阿姆夫约翰·伯格也对他报以微笑。伯格是挪威访问心理学专家，也是个克隆人。"我相信你睡得很好。"给他当翻译的是高桥实。高桥是个年轻的语言天才，因叛国罪被判处死刑。秋广担心这个人不能很好地把对他的治疗翻译出来，可是又别无选择。

"我睡得很好，说实在的，我此生第一次睡得这么好。"秋广答道。

"这么说，它还是可行的。"

"什么可行？"

"催眠。我通过催眠让你抑制那个所谓的非支配记忆。你还得在监狱中继续服刑，不过你的病情应当比较稳定了。如果你能保持这种状态，他们很可能给你减几年刑。"

秋广揉了揉脑门，好像寄居蟹真的已经离他而去。"可是我怎么才能找到罗警探所需要的信息呢？"

"我们给你进行催眠的时候，她也在场。我们得到了她所需要的所有信息。可惜的是，克隆你的实验室在泛太平洋联合政府的控制范围之外。"

秋广点点头。他感到一阵轻松，虽然罪不是他犯的——他认为自己才是那个起支配作用的秋广——可他还要代人受过，继续服刑。他们还谈了一些其他事情，主要是回顾一些他每次见伯格时必须回答的常规问题，但是有些东西仍然使他感到不安。

"伯格医生，最后还有个问题，"秋广起身离开之前问道，"你想办法抑制住了其他几个生命的记忆。可是我的下一个克隆人会怎么样呢？心智图中会不会继续有催眠控制？"

伯格医生笑了笑。"有的，秋广。这些问题在你身上永远不会再有了。他在对你撒谎。"

秋广的头都要炸开了，他看了医生一眼，然后看着翻译。他意识到高桥在末尾加了一句话。他默默地点头，感到非常惊讶，伯格医生跟他握握手就扬长而去，高桥随后也走了。

那天晚些时候，秋广在自助餐厅发现高桥在吃猪肉面。

"你说'他在对你撒谎',是什么意思?"他把碗端到高桥的旁边问道。秋广吃的是米饭和蔬菜,他想知道高桥的肉是从哪弄的。

高桥耸耸肩,把面条塞进嘴里。"在给人当翻译的时候,你必须密切注视着他。你得了解他们怎么说话,如果你能学会这个,你就可以知道他们什么时候在撒谎。其实这很容易,可是我不知道为什么别人做不到这一点。你在那里的那段时间,直到最后结束,他所做的都是对的。他根本就不知道上一次生命中被催眠过的新克隆人会出现什么情况。"

"难道他们不能查阅我最近的心智图吗?"秋广问道。

"不知道,"高桥说,"我并不是医生。他说催眠控制肯定会进入你的新克隆体,我知道他是在说谎。"

"谢谢。"秋广说着看了看自己的晚餐。

高桥在大口吃面条的时候得意地笑了笑。"骗子。"

秋广没有再找过伯格医生。伯格医生对自己的成功沾沾自喜,随后就回了挪威。秋广每天依然在沉思,以保持自己的心态平静。他并不打算冒险。

他对其他几个克隆人的记忆逐渐淡漠,就像他曾经把那些老的记忆都当成梦一样。有一次,在受虐脾气发作时,他故意寻找这样的记忆,想抓住它们,可是都被它们溜掉了。他被转移到监狱侧翼的一个普通牢房,因为无须再把他与其他犯人隔离。罗警探还允许他选择与谁同住一个牢房。高桥实愿意与他合住。

高桥和秋广成了好朋友。高桥也想有朝一日成为克隆人，可是从他现在的记录来看，可能性不大。他是因叛国罪被关进来的，这意味着他要被执行死刑。对此他无动于衷，着实令人惊讶。

高桥善于玩弄他人于股掌之上，让别人给他吃的，在犯人之间搬弄是非，引发斗殴，他自己则悄悄地退居幕后，从不直接介入。

秋广曾经怀疑高桥是故意设局要和他住同一个牢房，但他并不在乎。高桥除了时不时地跟他说点什么，还让他对某个人特别关注。

有一天早饭前，罗警探带着茶叶来到他们的牢房。"你心理上已没有什么问题，"她说，"伯格医生对你非常满意——还有他自己。"她说着嘴唇一噘，表明她很不以为然。"我想跟你谈谈最近发生的一些事情。"她指着墙上摄像头的遥控开关，然后把它按下去，"我们需要一点隐私。是关于那个实验室的事情，由于它位于月球，我们鞭长莫及。我们正通过外交渠道对这件事进行正式调查，不过我想告诉你，我给其他相关人士也做过一些暗示。"

"给谁？"秋广问。

"有一伙人专门追杀与克隆人有关的黑客、误入歧途的克隆人和黑了他们自己的人，诸如此类吧。我们不可能合法地到月球上去抓人——"

"雇用杀手要合法得多。"高桥献策说。

罗没有搭理他。"——可是，如果你有一个后备克隆人，我们没有缉捕到，而他神秘地死了，我们是不会大肆渲染的。你的情况很特别，而且你帮助我们找出了月球上那个对泛太平洋联合政府构成威胁的非法实验室。法官对你的情况非常同情。"

"还有呢？"秋广仔细打量着她。对人察言观色的要领，他还是跟高桥学的。

罗警探没有直接回答，而是拿出平板。秋广顿时感到怒气上涌，他从来不习惯亲眼看见自己的尸体。眼前这个秋广脸型较瘦，长长的头发编成三根辫子挂在身后，他是被人掐死的。

"他的心智图呢？"

"他没有现成的心智图拷贝。"她说。

看来她说的是实情。他闭上眼睛，轻松地靠在自己的床上。

"这个人很坏，"她说，"他曾经接受过黑客手术，纯粹的心理变态。在月球的大街上造成了很多破坏。我甚至怀疑他的所作所为已经超出了给他制定的程序。"

"现在怎么办？"秋广问。

"根据你向我们反映的情况来看，这应当是最后一个。那个实验室已经关闭，你已经通过心理测试，我认为我们还可以为你进一步减刑，不过你还得在这里再蹲十年左右。"无论是向他报告好消息还是坏消息，她总是这么一本正经的。

他叹了一口气。"我接受。"

罗警探瞄了高桥一眼，然后用眼睛看着秋广。"顺便说一句，我想给你看样东西。我刚听说他们有个在月球上建造飞船的计划。他们正在招募……一个独特的团队。我知道这个团队中的主要成员是个美国人。秋广，你已经多次露过脸，但几乎没有人了解你的处境。你需要洗心革面，重新开始。我建议你去接受远程教育，学一些机械工程，重点放在宇宙飞船的驾驶方面。"

"重新开始，啊？"高桥说着身体前倾过来。

"我无权向你提供这个，高桥，"罗警探说着收起平板，"你很可能会因为自己的罪行而死去，而不是去殖民一个新的星球。"

"此言不谬。"高桥点点头，把身体靠在墙上，喝了两口茶。

秋广有些担心。通常高桥表现出这副样子的时候，就会有人动刀子打架、吃不上晚饭，或者发生其他类似的事情。他意识到罗警探还在等他做出回答，注意力才又回到她身上。

"听起来不错，比在地球上当一个贱民要好。"

第五部分

庆祝新生

关　系

大家进入花园后，沃尔夫冈锁上大门。乔安娜觉得现在至少大家都在一起了，她想让自己放松一点，但她知道掌控飞船的还是伊恩。在离他们不远的前方，有个东西在拍击湖水发出哗哗声。沃尔夫冈骂骂咧咧地走过去，乔安娜紧紧跟在他后边。

玛丽亚正在湖水中与保罗搏斗。他把她压在下面，用一只手把她往下按，另一只手用一把利刃向她刺去。她进行反抗，在深水中保罗很难支撑起自己的身体。

玛丽亚的头浮出水面，深吸了一口气，接着又消失了。乔安娜以为保罗已经抓住了她，可是他的脑袋突然也消失了，好像玛丽亚正把他往下拽。

沃尔夫冈立即纵身跳进湖中。使乔安娜感到惊讶的是，秋广跟着也跳下去了。

"不，秋广，别跳！"乔安娜大声喊道，可是他已经跳进湖里。

"伊恩，发生什么事了？"卡特琳娜问道。

"刚才玛丽亚和我正在吵架，保罗走过来，想用刀刺她。"

"没有用的。"卡特琳娜说。

他们肩并肩站在那里，看着那四名船员在水里打斗。一只手伸出水面，接着水中泛起一股红色。

卡特琳娜看了看他们放药品的地方。"来吧，这些东西我们会用得着的。"

玛丽亚已经有一百多年没有为萨莉·米尼翁工作了，而且也没有学过什么自卫的本领。萨莉曾经对自己的雇员说："生命也许是廉价的，但不是免费的。"玛丽亚的克隆人中出现了好几个短命的，这才使她真正明白了萨莉这句话的意思。

虽然玛丽亚掉进水里，但她占了某些优势。她一直是个游泳好手，只要她能够躲过这一刀，就可以胜过保罗。

保罗拿着玛丽亚的剔骨刀向她刺去。她迅速把身体向侧面一躲，只是手臂上受了点轻伤。他笨手笨脚地想用一只手臂把她按住，并挥动另一只手上的刀，同时一直保持头浮出水面。人工湖的边缘比较陡峭，就像游泳池，没有浅水区可以供他突然出手。

她最后抓住他那只拿刀的手，顺势扑上去。但她离刀太近，令人担忧。她深吸了一口气，接着开始下潜，拽着他一起下沉。他拼命挣扎，但她死活不松手。

他们到了水循环器附近，这里有一些大型通风主管道。玛丽亚把他拽到离岸更远的地方，他的挣扎也变得更加激烈。她听见了两个人划水的声音，抬头看见秋广和沃尔夫冈朝他们这边游过来。

保罗趁她注意力分散的时候把刀向她扎去。她抓住他的那只手突然滑脱，他的刀向上扎进了她的二头肌。他们四周的水很快就被鲜血染红。玛丽亚看见沃尔夫冈从背后抱住了保罗。秋广的手抱住了她，接着她感到胸部火辣辣地痛，红色的血水让她视线模糊。她拼命挣扎着浮向水面，但觉得那似乎非常遥远。

"要不是你跟在她后面走进花园，我绝不会再做这样的事。"乔安娜说。

玛丽亚睁开眼睛后，看见乔安娜正从秋广身上取下浸透血水的绷带。"该死，秋广，你还在服用镇静剂，你可能会被淹死的。"

"我跟在一个持刀的家伙后面跳进水里。"他疲惫地说。

玛丽亚抬起头，她仰面躺在花园里铺着的一张毯子上。这时候的"太阳"即将下山了。她那只被保罗砍伤的手臂缠着绷带，受伤的手腕也重新进行了包扎。坐在她身边的沃尔夫冈喝了一口威士忌，然后把瓶子递给卡特琳娜。在他们身后，保罗被五花大绑，嘴里还被塞了东西。

秋广用脑袋朝玛丽亚的方向歪了歪。"医生，她醒了。"

乔安娜撇开尚未包扎好的秋广，走到玛丽亚身边问："你感觉怎么样啊？"

"被刺了一刀。"她说。

"你会没事的，"乔安娜说着偷看了一下逐渐暗淡的灯光，"不过还要一段时间。"

"我们是不是被困在这了？"玛丽亚问。

"是的，他想尽量把我们困在这里，"乔安娜说，"他把门锁的密码改了。"

秋广站起来，拽了拽吊在肩膀上的绷带。他拿来几支蜡烛，把它们点亮，然后给每个手脚灵便的船员递上一支。

"他怎么样啊？"玛丽亚问。

"呃，他告诉我们说你受到了攻击，"沃尔夫冈说，"后来他就很少说话了。"

"嘿，伊恩——不管你叫什么，"玛丽亚大声说，"你为什么要向他们发出警告？"

"我想看看究竟会发生什么。"他说。

"这是……"玛丽亚觉得无话可说。

"人之常情？"秋广问道。

"肯定的，挺管用。"她一直在脑海中寻找与反社会有关的词，但没有大声说出来，"秋广，你怎么样？"

秋广眉毛一扬。"你想问的是不是，面对杀人的人工智能和杀人的工程师，我被吓尿了没？我能不能感觉到身上有子弹穿的孔？我是不是全都弄错了？或者因为我已经不是飞船上的最大威胁，你感到非常失望？"

玛丽亚微微地挥了一下手，伤口的跳痛使她皱起了眉头。"全都是。"

他叹了一口气。

"'拿一个工程机械方面的学位，秋广。拿一个飞船驾驶执照，秋广。学一学沉思和催眠，秋广。把同牢房的狱友偷偷带出来，秋广。把几千名克隆人和人类带上太空，秋广。坐在那里等四百年，秋广。'这就是他们对我说的。而且他们一次都没说过，遭疯狂的船员枪击、追杀、刺伤，秋广。"

"凭良心说，追杀别人也有你的份，那时候你也很疯狂。"玛丽亚说。

"你在故意歪曲事实。"

沃尔夫冈把酒瓶递给玛丽亚，她接过去喝了一口。乔安娜扬起眉毛对他们说："现在这种情况，谁也不应当喝酒。"

"反正伊恩是要把我们杀死的，"秋广说着伸手去够酒瓶，"至少这样我们可以过得快活一点。也许还可以唱唱歌。"

"秋广，你真是个怪人，"乔安娜说着自己也喝了一口，"你为什么要到'休眠号'飞船上来？"

秋广耸耸肩。"和你们一样，想有一个新的起点。"他把自己充满阴谋和寄居蟹的奇怪历史和盘托出。

"月球克隆杀手是不是在追杀你的克隆复制品和制作你的那些黑客？"沃尔夫冈问道，他把一盒剩猪肉面条递给秋广，"有意思。"

"这不是什么偏执狂，"秋广反驳说，"在月球上，我有一个多余的克隆体就被克隆杀手给杀了。"

"是吗？"卡特琳娜问道，她转过头，目光直逼沃尔夫冈，"这还真有意思。难道你不认为这很有意思吗，沃尔夫冈？"

还没等沃尔夫冈回答，伊恩就开了口，把他们都吓了一跳。

"秋广，"伊恩好像经过深思熟虑似的说，"那只碗。"

秋广不觉一怔，可是面条已经吃到嘴里。"有毒？"

"不。呃，也许没有。不过到这来一下。"

"哪？你是没有躯体的呀！"他有些恼怒地问。

沃尔夫冈从他手上把碗拿过来，用乔安娜的平板指着他。"难道这是你想要的？"

"不，你个笨蛋，是空气通风口。我想闻闻气味。"

沃尔夫冈看了玛丽亚一眼，她只是耸了耸肩。他端着碗回到花园的大门口。

"因为这完全没有出乎他的意料。"秋广说。玛丽亚把手放在秋广的肩上，在他耳边悄声说了点什么。他平静下来，眼睛睁得老大。"哦，该死的。"

沃尔夫冈站在一只通风口下面，把碗高举过头。

伊恩说："有意思。秋广，继续往下说。"

秋广耸耸肩。"还有什么可说的呢？在监狱里，我的表现很好。我学会了用催眠的方式控制自己头脑中的坏人。我得到这个工作，是因为罗警探帮了我许多忙。"他看着乔安娜，"我知道不是我干的，这也是原因之一。在下面的冷冻舱里有她的一席之地。她为我做了那么多，我绝不会对飞船做任何手脚，以致对她造成任何伤害。"

"其他几个寄居蟹呢？"沃尔夫冈问，"它们会不会伤害她？"

秋广没有说话，也没有看沃尔夫冈的眼睛。

"关于你狱友的情况，你是怎么说的？"乔安娜问。

"哦，出狱之前，我配合罗警探，帮她把那个狱友偷偷地转移出去了。本来他是因叛国罪被判死刑的。她说还要给他派更多的用场。为了她，我愿意赴汤蹈火，所以我开始打架斗殴，来分散他们的注意力，这样她就顺利地把高桥弄出去了。近来我对当时的情况想了很多。"

"罗警探通过什么关系把你弄到'休眠号'上来的？"玛丽亚问。

"萨莉·米尼翁。"

听到这个名字，大家都竖起了耳朵。

卡特琳娜脸上露出微笑，并揉了揉她的绷带边缘。"萨莉·米尼翁！我为她工作过。我曾经杀死过她，后来她给了我一个工作，先是当顾问，后来当了这艘飞船的船长。"她哈哈大笑，拿起酒瓶喝了一口。

"你跟米尼翁有过直接交往？是你杀了她？"玛丽亚问道。

"是的。我曾经是一名公司杀手。沃尔夫冈竟然没有告诉你，我感到很惊讶。"她拿着威士忌酒瓶对着秋广晃了晃，"我跟你做的事情不同，你是搞真正的暗杀，还有你，"她用酒瓶指了指沃尔夫冈，"被你们杀死的人再也没有活过来，是不是，秋广？"

沃尔夫冈瞪眼看着她。

"沃尔夫冈也是一名杀手，"乔安娜说，"他起初是个著名的牧师，他们违背他的意愿把他克隆了，后来他成了一名克隆人杀手。他花了大量时间追杀那些绑架过他的人，以及和那些人一样的人。"

卡特琳娜哈哈大笑。"这个我记得。他们还想制作一个关于他的电视节目。"

"被绑架，被折磨，被杀害，然后被克隆。"沃尔夫冈说。

烛光下，玛丽亚非常安静。卡特琳娜把酒瓶递给她，但她一口没喝就递给了秋广。

扬声器里传来哈哈的笑声。"哦，太精彩了。好吧，该保罗了。说吧，保罗！告诉他们，你在自己的舱室里发现了什么！还有在花园里！沃尔夫冈！把堵他嘴的东西拿掉！你们要听听他说的。"

沃尔夫冈把那块抹布从保罗嘴里取出来。保罗先吐了口唾沫，然后开始说："你知道？一直都知道？"

"不，不过我现在知道是什么了，"伊恩说道，"告诉他们吧。"

"我是保罗·瑟拉，这个你们都知道，"他没精打采地说，"我不是克隆人，或者说，至少几天前我还不是。"

玛丽亚和卡特琳娜咒骂起来，秋广则哈哈大笑，沃尔夫冈双眼圆睁，乔安娜两臂交叉放在胸前，一脸失望。

"是谁为你编造了如此完美的假档案？"乔安娜问道。

"我的雇主说他可以让人去做。反正这些档案都是要被封存起来的，所以我不必知道其中的内容，就说我挪用了公款之类的。"

"那么你是谁？"沃尔夫冈抓住保罗缠着绷带的手腕，把他拉到跟前问。

"我曾经是个人，"他说着进行了一番有气无力的挣扎，"他们把我安插在这里，帮助进行决策，以防克隆人太……这么说吧，过于关注自身的事务。他们想在飞船上安插一个持反对意见的人，而我刚好也是个'克隆人'。"

"但最初几十年里，你不过是个普通人。之后你就会像我们一样死去，再重新活过来，"玛丽亚说，"这是为什么呢？"

他有意避开她的目光。"我不喜欢克隆人，从来没喜欢过。在成长过程中，我听说过芝加哥暴乱。发现船员是哪些人之后，我就决定非上船不可。我必须会一会这个曾经伤害我的家人的人。"

"你的家人？"乔安娜皱着眉头问。

"在克隆人暴乱的时候，他们都是救援人员。你们还记得，许多人在战斗中死亡，而克隆人第二天都活过来了——可是我的家人却没有。"

"你认为那个人就是我。"玛丽亚轻声说。她拼命在自己头脑中搜索对那段时期的记忆，想起自己曾进入一座着火的楼房去救萨莉，几个消防队员紧跟在她后面，恳求她不要进入大楼，有几个警官命令她站住，举起手来。就在她找到萨莉的时候，整个大楼轰然倒塌，把他们压在了下面。

"你的雇主是谁，谁能够猜得着？"伊恩神气活现地问。

"奥克皮尔·马丁斯。"保罗说，"怎么啦？"

玛丽亚变得非常冷静。她摇了摇头。

"我离开后，奥克皮尔·马丁斯成了萨莉的高层运作人员之一。

是萨莉·米尼翁把你安插到飞船上来的。"玛丽亚说。

"不是，我要求做一项工作，被萨莉拒绝了，我这才不得不申请干这个……"保罗的声音越来越小，"哦。"

"你接受这项工作的时候，知不知道我就是你的目标？"玛丽亚问道。

保罗摇摇头。"我知道是你们当中的某个人。几个小时之前，我找到了我的那本纸质杂志。我把它藏在一个地方。我觉得我当时是担心舱室会遭到搜查。就这样糊里糊涂地过了二十五年，直到船长变得非常偏执。这倒帮助我把所有事情都回忆起来了。我要求伊恩从地球上搜集一些相关的新闻报道，结果发现混在暴乱中的克隆人是玛丽亚。"他用眼睛瞪着她，露出了多年的积怨。

玛丽亚站起身，昂起头，好像里面装满了东西。她开始在花园里踱步。虽然保罗的行动仍受到限制，她还是与他保持着一段距离。

"我来看看我有没有这个权力。萨莉·米尼翁雇了一名公司杀手来当这艘飞船的船长。她找了一个泛太平洋联合国家的人到飞船来当飞行员，这个人接受了黑客手术，被植入了有精神病的寄居蟹。还有一个被伪造档案、积怨颇深、仇视克隆人的人。乔安娜，你也了解萨莉，对不对？"她问道。

乔安娜点点头。"她是我一个朋友的朋友。我犯了政治罪，就要去坐牢了，她说她可以帮我。"

玛丽亚的褐色大眼睛转向沃尔夫冈。"还有你，沃尔夫冈。为了让你到飞船上来，萨莉做了些什么？"

他摇摇头，似乎是想抵赖。"我遭到月球当局的追杀，因为我杀死了一名高官，我在被拘留期间得到一则消息——"

"是有人亲手交送的吗？"玛丽亚问道。

沃尔夫冈皱起眉头。"实话实说，是的。上面说，除了蹲监狱之外，我还有个选择，我接受了。"

"你不知道是谁送的吗？"乔安娜问道。

他摇摇头。

"我可以猜到。"玛丽亚尖刻地说。

乔安娜的语气很平静。"玛丽亚，你靠的是什么关系？"

这个单刀直入的问题肯定使玛丽亚感到非常震惊。"我受雇于萨莉·米尼翁的时间很长。我以前觉得我们的关系非常好，可是有一次，就在对'休眠号'飞船进行破坏的企图之后不久，她利用我的技术来威胁一个人。我不想成为她实施报复的工具，所以我就辞职了。我现在比较肯定的是，我生活中缺少的那一部分，肯定是她在背后做了手脚。我是黑客，可是我身上有些把柄。我知道自己干过一些非常可怕的事情，后来就被杀死了，并再次进行了克隆。我认为至少有一次神秘的失踪是她在背后搞的鬼。"

"还有呢？"伊恩在旁边提示说。

"我发现是我用一张人类心智图为伊恩编制了程序，而且——"她咽了一口唾沫，"我没有证据，可是我记忆中的空缺、我后来进行的谋杀，和这个神秘失踪事件以及克隆冈特·奥曼神父事件在时间上都是吻合的——"她朝沃尔夫冈点了点头，"还有暗杀泛太平洋联合国高级政客的行动。"她冲秋广点点头，"这两起罪行很可能都是因为我的黑客手术。"

他们瞪大眼睛看着她。

乔安娜打破了沉寂。"等一下。如果你记不得了，那你怎么还能这么有把握呢？"

"时间线是吻合的。沃尔夫冈被绑架的时间，泛太平洋联合国家大使被接受过黑客手术的克隆人暗杀的时间，发生在我失踪的那几个星期。我被克隆了，关于我尸体的信息却堂而皇之地丢失了。我是当年最优秀的黑客，要把问题搞清楚并不困难。当然——"她稍事停顿，然后提到珀金斯夫人。喝下去的威士忌开始在她胃里翻腾，想方设法要吐出来。她不想看任何人的眼睛。

"都是环境造成的。"乔安娜说着把手搭在沃尔夫冈的肩膀上。

"我是刚刚才把这些东西拼凑在一起的。"玛丽亚说着看了乔安娜一眼，乔安娜是这个舱室里玛丽亚唯一没有错怪的人，"你们都把自己的故事告诉了我，它们和我的一些记忆对上了号，所有事情都连贯起来了。"

"不过——"乔安娜说。

"别说了，"玛丽亚说，"我知道你想干什么。我能够理解，不过我不想隐瞒。我知道这件事发生过。"

"怎么知道的？"秋广问。烛光下的秋广显得很小，浑身上下湿漉漉的。玛丽亚无法直视他。

"好吧，我全说。我把这件事和盘托出。"她把如何对自己的大脑进行黑客手术，以便及时得到危险警告，还有掌控她用来毁掉秋广克隆体代码的事全都说了。

"这个——这个是不可能的，对吧？"卡特琳娜说着看了看乔安娜和保罗。

"闻所未闻。"乔安娜说。

"这件事也是没有先例的。我做成之后，没有告诉任何人，因为我知道这只是另一个微妙的寄居蟹，我不想给别人更多利用这个技术的机会。"

"我要把你撕成碎片。"沃尔夫冈说着站起来。乔安娜抓住他的手腕，同时摇了摇头。

"好啦。"卡特琳娜说，她不慎碰翻了酒瓶，接着立刻把它扶起来，以免流失更多的威士忌，"我不知道我们是不是都是你杀的，但我敢肯定，如果现在就把你隔离起来，大家的心里都会感觉爽得多。"

"再说一遍，我记不得做过这样的事了。如果不是……被迫，我是不会干这种事的。"她脸上露出痛苦的表情，"后来，当然，我因为几桩黑客手术的罪行遭到逮捕，萨莉帮我在'休眠号'上找到一个工作。和你们其他人一样。"她非常痛苦地说，"我当时认为她和我又成了好朋友。"

"和复仇女王成了朋友？你为她工作长达一个世纪了？"卡特琳娜说着笑起来，"你居然那么轻易地上了当？那女人雇用我的时候，要我帮她想想对克隆人进行报复的办法，当时我正处于人生道路上的死亡和经济毁灭的巨大障碍前面。"

"你跟她说了些什么？"乔安娜问道。

"我告诉她，我们唯一看重的就是希望，如果你连希望都不给，那你就真正伤害了某个人。"

乔安娜咬了咬嘴唇。"萨莉对我们了如指掌。她知道一名公司杀手和一个克隆杀手会发生冲突。她雇用一个女人为她干罪恶勾当长达百年之久，这一点和她的几个受害者的情况都很吻合。"

"为确保我们能在一起很好地共事，我们本来应该收集了大量的心理资料，"卡特琳娜说，"我个人认为，这个资料收集使我们不能够很好地相处。"

玛丽亚苦笑了一下，同时看了看自己的手掌。"我希望我当时就能明白这一点，我指的是萨莉的计划。对于我所犯的罪行，我已经没有任何记忆。"她抬起下巴，目光直视沃尔夫冈的眼睛，"不过我准备承受你们给我的任何惩罚。你、保罗，或者秋广。"

秋广脸色阴沉，目光转向了别处。沃尔夫冈气得像要爆炸似的。

"我怎么样？难道我不能对你进行惩罚？"伊恩问道。

"你正在关闭这艘飞船，"玛丽亚讥讽地说，"你还能做些什么呢？"

"嘿，她在飞船上吗？"伊恩问，"我可以帮你从存储的克隆体中取出萨莉·米尼翁的心智图。你可以对它进行修改，用你跟我谈话的方式来规劝她。你可以直接问她。"

玛丽亚刚想表示反对，秋广抢先开了口。

"你想让她毁掉另一个大脑，就像毁掉你的一样？"秋广问道，他劈头盖脸地指责起玛丽亚来，玛丽亚则举起双手来抵挡他的语言攻击。"你这么做就那么容易吗？天哪，玛丽亚，你是我们当中最糟糕的。我们犯罪都是有原因的，可是你呢，你只是坐在那里，准备再犯新的罪行。为什么？为了证明你是个可悲的工具，是无辜的？"

"伊恩曾经让我这么做，我没同意，"她冷冷地说，"你这是乱下结论。"

"玛丽亚的罪行已成为过去，就像我们所有人的一样，"乔安娜温和地说，"没有任何证据可以证明她在这艘飞船上杀过人。我们所看到的情况是，我们几乎所有人都有可能杀人。秋广攻击了玛丽亚和船长，保罗袭击了玛丽亚，卡特琳娜杀死了自己的克隆体，萨莉·米尼翁也许可以帮助我们走出困境。你怎么看啊，沃尔夫冈？"

从玛丽亚开始坦白的时候起，沃尔夫冈那双冷酷、湛蓝的眼睛从来没有离开过她的面孔。"不，这是毫无人性的。"

伊恩也叽叽咕咕地表示意见："别提了！馊主意。我们的数据库里没有萨莉·米尼翁。"

"被删除了吗？"玛丽亚问。

"不，所有其他乘客的都在，都有记录。萨莉·米尼翁的文件夹整个是空的。"

"她有没有运过一具躯体？"玛丽亚问，"她应当在飞船上。"

"没有，她不在冷冻实验室。"

"妈的，她设了个让我们失败的局，"玛丽亚小声说，"这么多秘密，这么多罪行。如果事情败露，有人就完了。她把一个汽油桶送上

413

了太空，现在就等着有人划火柴了。"

"这是为什么？这么劳民伤财——为什么？"乔安娜问。

"报复。"卡特琳娜说。

"正是。"玛丽亚说，她从口袋里拿出平板，看着它泡过水的样子，不禁皱起眉头，"乔安娜，我能借用你的平板吗？"

乔安娜把自己的平板递过来。"伊恩，你能把乘客的名单给我吗？"

"没问题。不过这个名单上有上千人。"他说着把名单投送到屏幕上。

"我只要几个。"玛丽亚说着不耐烦地把屏幕往下拉，用眼睛扫描那些能够证实她怀疑的名字：娜塔莉·沃伦、本·塞姆斯、曼努艾尔·德雷克、杰罗米·达瓦德、桑德拉……"哦，上帝呀。"她把平板还给乔安娜，"这些上了飞船的人，还有这些克隆人，都是米尼翁的敌人——个人的或者职业上的。她把自己的敌人全部送上一艘飞船，然后把它送进太空。"

卡特琳娜吹了一声口哨。"给他们希望，让他们付钱，这样他们就不能把钱留给自己和后人。"她很快喝了一口威士忌，"她真的听从了我的建议。"

"我们还是不知道究竟发生了什么。"秋广没有看玛丽亚，只是轻声说道，"如此看来，米尼翁给我们下了套，她是要让我们葬身太空吧？不过这谁在乎啊？我们有必要知道的是，第一次动手杀我们的是什么人，他们会不会再次对我们下手。"

玛丽亚感到，揭开秘密所产生的胜利喜悦已经趋于平静。秋广说得对——这并没有解释克隆人被杀害的原因。

　　接着所有的事情都有了解释。她环视着这个圈子里的每一个人。她的目光落在乔安娜身上，见她对着瓶子喝了一口威士忌；她看了看秋广，发现他不愿正视自己的目光；她转向沃尔夫冈，看见他咄咄逼人的目光；她看着船长，发现她躺在草地上，瞪着头顶上方那片令人不可思议的水。

　　最后她看向保罗，只见他目光呆滞地盯着地面，还时不时地看一眼绑着他的绳子。

　　"我已经明白了，"她轻声说，"在这次旅行的初期，保罗的大脑受了伤，袭击他的人是沃尔夫冈。我们知道，保罗变得非常暴力有这样那样的原因。在随后的二十四年中我们一直在观察他，却也认为自己相对安全。事情的确也是如此，因为他忘记了自己到这里来是找我们当中的一个人复仇的。"

　　保罗坐在沃尔夫冈身后的阴影中一言不发。

　　玛丽亚绕着这些人慢慢地走了一圈。"我的记录上说，老船长德拉·克鲁兹变得非常偏执，一个劲地让大家坦白自己的罪行。她可能从伊恩那里得到了船员的保密档案。伊恩特别喜欢'看看会发生什么'。"

　　"很有可能，"伊恩表示同意，"我从自己记忆的犄角旮旯里发现了各色各样的事情。我像魔鬼一样把五花八门的信息收藏起来。"他的语气中充满了自豪。

"如果是米尼翁把你安插在这里和我们捣乱，她也许会帮着把这些珍贵资料藏起来，"玛丽亚说着吸了一口气，"卡特琳娜亲自找到保罗，问及他所犯的罪行。可她也许知道，也许不知道，那些罪行都是编造的，而且她还想更多地了解他的历史。她不断向他施加压力，终于，他想起来了。不过，她得到的信息远远多于她想要的。最后保罗想起了他到这里来的目的，并且袭击了她。"

"后来呢？"乔安娜问道。她快速移动到卡特琳娜身边，因为她发现卡特琳娜又打开了一瓶威士忌。

"保罗把卡特琳娜打昏之后，开始执行自己的计划，"玛丽亚说着皱起眉头，"我们已经失去了对他的警觉，因为在过去二十五年中，他的表现一直很好。于是他开始放手让食品打印机生产有毒食物，同时还设置了其他陷阱。"

"哦，天哪，"秋广说，"是我发现了他。我的笔记现在看来说得通了。我肯定是在保罗作案时发现了他，接着我就昏死过去了。就我所知，我的寄居蟹很可能帮助了他。"

"你怎么知道的？"沃尔夫冈问。

"我发现了自己的自杀字条，"秋广说着揪了一把草，"我只是不想让你们看见它，因为它会使人觉得有罪的好像是我。我认为在所发生的一些事情背后，有我的寄居蟹在作怪。我当时暂时失去了知觉。我不想让它们控制我，可就在担心的时候，我失去了控制，我杀死了自己。这不是什么大的飞跃——以前我多次考虑过这个问题，不过我从来没有实践过。"

"所以说，是秋广发现了他。也许是因为他帮助保罗破坏了食品打印机，或者是因为他认为自己参与了这些罪行，所以他就上吊自杀了，"玛丽亚说，"接着我开始中毒。当时我心里已经明白，就暗暗做了记录，并抢出了船员的备份资料。后来在克隆舱发生的事变得非常暴力。我跑进克隆舱，把那个驱动器连在我的个人终端上，把备份装了上去，可是接着保罗就捅了我一刀。"

"我这才知道出事了，"乔安娜慢慢地点点头说，"我发现保罗是个威胁，就拿出一支氯胺酮注射器。我抓住他，可他刺了我一刀。沃尔夫冈把他从我身边拽开，弄得他喘不过气来，他刺了沃尔夫冈一刀。我们其他人都在流血，船长则在医疗舱里睡着了。"

"这些都是因我而起的，保罗决定到飞船上来，是因为我。"玛丽亚说。她在乔安娜身边坐下，因为只有乔安娜不会像他们那样。无论她在别的什么地方坐下，他们都想杀了她。

"这个——你没有任何证据！"保罗结结巴巴地说。

"我们有一些证据，"乔安娜不紧不慢地说，"能够使用那个注射器的人只有我。杀你的人也是我。这很好解释：虽然我们都有多变的人格，你却是唯一带着杀人动机到飞船上来的。你从来没有想到自己会被克隆，所以你就肆无忌惮了。"

保罗想挣扎着站起来，但被沃尔夫冈猛地拖着坐下，保罗大喊一声。

沃尔夫冈慢慢地点了点头。"每个人都失去了记忆，这就跟其他说法一样，很有道理了。你早就想把我们杀了，可是你没有成功。在

417

其后的几十年中，你也一事无成。有什么感觉，小个子？"

保罗瞪了他一眼，表现出又恨又怕的样子。

"你早就把这个都想好了，好啊，"秋广把声音压得很低，"伊恩还在逐渐关闭这艘飞船，所以我们要在死之前让一切真相大白。"

卡特琳娜拍了拍手。"现在我们喝酒，没什么其他事可做了。我们已经坦白了自己的罪行，并且对死者进行了哀悼。"她皱起眉头，"真希望能让老船长喝上一口。我真的不想杀她。"

"我知道你不想，"乔安娜说，"可是你却做了。"

卡特琳娜把酒瓶高高举起。"向老船长卡特琳娜·德拉·克鲁兹致敬，她用自己的生命挽救了'休眠号'飞船的成员。"她说着喝了一口，然后把瓶子递给了秋广。

"虽说这些混乱都是因她而起的，"秋广说着喝了一口，然后审视着这只瓶子，"不过，保罗从一开始就想把我们统统杀掉。不，等等，是卡特琳娜引起的，是她提醒保罗说，他想追杀的那个人就在这艘飞船上。不，再等等，是玛丽亚引起的，因为她对每个人和每个人的记录都进行了黑客手术。不，还要等一等，是萨莉·米尼翁，她才是始作俑者，是她把我们弄到一起来。不，还要等——"

"够了。"沃尔夫冈扯着嗓门说。他从秋广手上把瓶子拿过来喝了一大口，好像是这酒得罪了他，所以他想惩罚它一样。

"为老船长干杯！"乔安娜把瓶子拿了过去说。

他们依次传递着酒瓶，不过没有传给保罗。除了沃尔夫冈之外，其他人与玛丽亚都没有目光交流。沃尔夫冈无法自制，眼睛一直瞪着她，双手的动作就像是在掐她的脖子。

卡特琳娜接过瓶子，再次把它高高举起。"为'休眠号'的船员干杯！我们为他们默哀，因为谁也记不得他们过去二十五年在这艘飞船上干了些什么。"

接着她给受伤的秋广敬酒，还感谢新的食品打印机给他们带来的丰盛食品。不过只有她为此而干杯。

秋广喝了酒，但没有说多少话。玛丽亚自觉无法直视他。她觉得自己好像没有权利再看着他们中间的任何一个人。不过她倒是不断地看着沃尔夫冈，以防他突然跳起来杀了她。

"四轮祝福，这也够了。"卡特琳娜扫视着自己的船员，"看来你们非常聪明，都把事情想明白了。不过你们还漏了一样东西，是不是？"

"你说的是什么？"乔安娜问。

"伊恩。我们知道他是米尼翁的另一个受害者，但是我们还没有弄清他是谁。"

秋广咯咯地笑起来，威士忌一喝，他说话的口音就更加明显了。"我不知道我以前为什么没有看出来。"

"什么？你看出了什么？"伊恩不耐烦地问。

"你真聪明过头了啊。你喜欢搞乱人际关系，只是为了看看发生了他妈的什么，这使得你因叛国罪被投入监狱，当时你还是个人类。你喜欢猪肉面条。2293年，我帮助罗警探把你偷偷地运了出来，也许是米尼翁用钱买通了她。你是高桥实。"

"高桥实。"伊恩重复了一句，似乎是想感受一下这个名字。

"哦，高桥啊！"乔安娜说着把嘴一噘，"那个翻译？我想起来了，我还以为他死在监狱了呢。"

"没有，他越狱了。政府播出了一条关于他死亡的消息，并宣布他法律意义上的死亡。为了保住自己的面子。"秋广说着揉了揉自己的下巴，"伊恩？这么说对吗？"

伊恩没有回答。空气循环器嘎吱一下停止了运转，灯光也随之暗淡下来。

"不，"玛丽亚大声喊起来，"伊恩！伊恩！高桥！不要这样！我们可以谈——真见鬼，你可以亲自惩罚我！但不要对其他人做这样的事情！"

灯光完全熄灭之前，玛丽亚最后看见的是，沃尔夫冈朝乔安娜走去，还有秋广惊恐的目光最后终于看了她一眼。

黑暗中传来沃尔夫冈的声音，其他船员则乱作一团，大喊大叫起来。"我已经受够了。我来指挥这艘飞船和它的船员。伊恩，把门打开。玛丽亚，你回到禁闭室去。卡特琳娜，你到医疗舱去清醒清醒。"沃尔夫冈吼道。

卡特琳娜没有说话，她也许已经昏死过去。

玛丽亚站起来，感到浑身发冷。这么多人都想让她死。由于没有光线，她觉得两眼一抹黑，完全迷失了方向，不知道相对于她目前所在的位置，湖在哪个方向。她以为在她右侧，于是慢慢地倒着走，睁大眼睛，想利用任何可能利用的光线。

沃尔夫冈咒骂起来。

"出什么事了？"黑暗中传来乔安娜惊恐的声音。

玛丽亚慢慢地向后退了几步，她感觉到背后的柳树叶子。其他船员还处于混乱之中，她已渐渐退至柳树林中。她觉得有人在喊"保罗去哪了"。

玛丽亚记得她一共丢了三把刀。有一把沉到了湖底。一把作为证据留在了医疗舱。她可以肯定，那把剔骨刀在保罗手中。可能已经刺中了沃尔夫冈。

有人尖叫了一声。

玛丽亚的后背碰在柳树干上。她转过身，漫无目的地向上爬去。

秋广喝了酒，反应比较迟钝。他产生了一种遭人背叛的感觉。他一直很信任玛丽亚。在这艘飞船上，她是他唯一的朋友。他发现所有这些悲剧、这些疯狂行为、监狱、几十年的倒霉事，还有这些梦，都和她有关。这一切都是她的错。

现在一切都得到了解释。他们弄清了谋杀案问题，可是这并没有改变这样一个事实，那就是他再也不能信任她了。更有甚者，即使她没有袭击或伤害其他人，也不意味着她是完全无辜的——因为他曾经昏死过去，这就意味着，那个寄居蟹当时可能正在积极活动。他还是非常伤心。

接着又出现了一次大面积停电，不过这一次是全面的停电。

秋广挣扎着爬起来，然后又跌倒了，因为他背后遭到一个东西的袭击。一把刀戳了过来，他觉得寄居蟹像烟火一样被点燃了。他闪身躲过袭击者，伸出没有绷带的手，手指戳进了一个软软的东西。保罗发出一阵哽咽后旋即消失。

秋广再度爬起来，一瘸一拐地走到门口。他看见一个小红灯在闪烁。这是花园里的唯一灯光，表明门已被锁死。不过他也没想进去。

他走到墙边，伸手摸了摸，看能不能找到伊恩——高桥——使用的扬声器和麦克风。

"高桥实。"他喘着粗气对着麦克风说。他感到鲜血正顺着后背往下淌。这个浑蛋，我回去再收拾他。

秋广平静地让寄居蟹进入他的大脑，轻声对着麦克风说话，说的是日语："你还记得，是不是？我们曾经是朋友。我们和其他犯人混在一起。我帮你逃出去了，这你还记得吗？"

"不记得，"扬声器中传来耳语般微弱的应答声，"我不知道我是谁。"

"这没有关系，我也不知道我是谁。"秋广说，"我们就在这里坐一会。"

"眼下其他人都不是很高兴。"高桥说。

"你能怪他们吗？我们的小命都捏在你的手里了。"

"我的小命捏在玛丽亚的手里呢。你看那会是什么结果？"

"她当时只是个工具，受某个更有权势的人控制。"秋广说，他感到奇怪，自己怎么这时候还为她说话，"我们都在这艘飞船上。米尼翁想让你对我们这么干，想让你吓倒我们，并杀了我们和这艘飞船上的所有人。如果你这么做了，你就满足了她对你的所有希望。"

"这难道是你的真实想法？那个玛丽亚只是个爪牙？"

"我不知道，"他老老实实地说，"我很生气。但那些因为我的罪行而受到影响的人是不会原谅我的，而且我也只是个爪牙。"

"你是不是怕死在这里？要经过很长时间，飞船上的空气才会用完。我觉得你可能被冻死。我可以使这种情况发生。"

"我有点怕，"他说，"不过我觉得也许是时候了，你知道吧？我们都活了很长时间，可是我们并没有把这个世界变得更美好。"

"难道这是你的目标？"高桥感到惊讶，他的声音好像来自遥远的地方，"这就是你要成为克隆人的原因？"

"我认为不是，"他说，"我想成为克隆人的时候，并没有什么崇高的目的。突然我意识到自己已经活了好几百年，却没有做出什么轰轰烈烈的事情。"

"可是你对飞船上的所有生命是有责任的，那些人类，那些备份克隆体，"高桥若有所思地说，"这是崇高的。"

高桥没有吱声。过了一会，他说："卡特琳娜死了。"

"什么？"秋广大惊失色。

"我认为是保罗杀死了她。保罗正在黑暗中横冲直撞，攻击他碰到的所有人。沃尔夫冈正在追杀他。如果你能够看见红外线，看见那所发生的事情，你会很感兴趣的。"

"玛丽亚没事吧？"他问道。他虽然不信任她，却还是很关心她。

"她没事，她躲在一棵树上。她早就知道保罗是什么坏事都干得出来的，她并不笨。她柔弱、胆小，但是不笨。"

"高桥，"秋广说，"请你把灯打开。"

"我觉得不妥，"高桥的声音充满了忧伤，"我觉得你可能是对的，不值得让你们都活着。"

死在一艘幽灵飞船上的感觉是崇高而浪漫的，被一个狂怒的船员对准后脑勺打死是可怜而又可悲的。秋广艰难地说："你想让米尼翁的阴谋得逞？或者你想有朝一日对她实施报复？"

"报复？那只不过是继续活下去的一个有趣理由。"高桥说。

接着他又进入了沉默状态。"高桥！高桥！"秋广喊道。他咒骂了一声，继续一瘸一拐地向前走。伤口还在流血，他觉得越来越冷。臀部伤口的缝线已经炸开，血顺着大腿往下淌。他只是迷迷糊糊地意识到灯光又打开了，就像人工日光刚开始出现一样。他看见池边有一些人影，可是脚下一绊，又栽倒了。

他没能再站起来。

一个生命的价值

灯光熄灭的时候，沃尔夫冈觉得身体侧面火辣辣地痛。保罗把他砍伤了，用的什么？沃尔夫冈惊讶地松开这个人的手腕，骂骂咧咧、跌跌撞撞地走到旁边。

"我为什么没有看出他还有其他武器？"流淌到手上的血是热的。伤口很细，但是很深。

黑暗之中，沃尔夫冈不断向四周挥动手臂，并听见脚步声和叫喊声。他听出了乔安娜的声音。卡特琳娜发出惊讶的尖叫，好像被人卡住了脖子。沃尔夫冈向前跑了两步，结果被倒在地上的威士忌酒瓶绊了一下，狠狠地摔倒了，肋部疼痛不已，血液不断从伤口涌出。他不知道流了多少血，不过肯定不少。

"伊恩，把灯打开！"他有气无力地喊着。

他的双手摸到一件兵器，顺着它，他摸到了一个女人的肩膀和头发。头发湿漉漉的，他摸了摸脖子，发现上面有道细长的刀口。头发是直的，不是乔安娜那种鬈发。他摸到了脸上的绷带。这么说应该是卡特琳娜。她脖子上的伤还在慢慢地流血。她已经快死了。

乔安娜又尖叫了一声，叫声中充满了愤怒。他还听见了搏斗的声音。沉重的闷击声，好像是拳头。接着保罗发出痛苦的叫声，乔安娜的声音随后也停止了。

沃尔夫冈步履艰难地朝着声音的方向走去，抓住了迎面飞来的一只靴子。他不知道是谁的，不过他抓住它猛地拽了一下。

这条腿上有肉，不是假腿。跟着过来的就是身体。沃尔夫冈骑坐在保罗身上，用双手卡住他的脖子。保罗抢起剔骨刀向上砍来，砍在沃尔夫冈的手臂上，但没有伤到他的脸。

保罗突然停止了挣扎。沃尔夫冈的双手和脸上突然都湿了，他眨了眨眼，意识到自己有了一点视觉。保罗被沃尔夫冈的双手掐住，已然没有了动静，脖子也被割开。

灯光慢慢地亮起来。乔安娜手持一把带血的刀坐在一边，她的太空服已经湿得不成样子。她冲着他有气无力地微微一笑。

"谢谢你赶来救我，"她说，"你关于牺牲的那句话是怎么说的来着？"

"一个人可以给另一个人的最大礼物就是牺牲。克隆人是不会牺牲的。"他说着从保罗的身上爬下来，来到乔安娜身边，抓住她的手。

"对，"她说，"死亡对我们来说毫无意义，因为第二天我们还会醒来，一切再从头开始。"

他想起了这些话。突然他希望生命是有意义的，希望死亡也有一定的意义。

他有些话想跟乔安娜说，可她的眼睛是闭着的。她刚才曾抓住他的手，但后来又松开了。

"不，"他说，"你不能死，你不要死啊！"

他的视觉模糊了，他意识到自己很冷。他靠在她身上，意识到自己的时间也不长了。

他可以休息一下了。

玛丽亚的肩上背着愧疚的包袱。

她的肩上还扛着秋广。

其他人都死了，她很快就会去处理的。

高桥让阳光再次升起之后，又按照玛丽亚的要求，打开了门上的锁。她像消防队员那样把秋广扛在肩上，小心翼翼地从梯子爬向上一层甲板。那里的重力比较好克服。

秋广身上既有枪伤，又有很深的刀伤，两处都在流血。由于用力很猛，她自己的伤口也绽开了，绷带已被血水浸透。

秋广在流血，而且很多，但不会死——她不会让他死的。

"好啦，我们是可以挺过来的。我们要把你送到医疗舱去，医生会替你缝合伤口，到时候你又要对我们大家发脾气了。"她说道。

她希望这些刺激的话语能让他动起来，但是他没有丝毫反应。

她不知道他是否知道医生已经死了，只是希望这些话能有助于他坚持活下来。

她感到庆幸的是，他的个头比较小，而且每爬一个阶梯，重力都有所减少。

玛丽亚扛着秋广，觉得他的血顺着肋部流到她的脖子上，心想也不知道他流了多少血。

是那个浑蛋保罗。不，她转念一想，这一切都是萨莉造成的。萨莉，还有她那扭曲的复仇心理和权力欲望。

可怜的秋广，具有撕裂人格的可怜的秋广，这是她造成的，是她和萨莉。

玛丽亚轻声自言自语，既是出于歉意，也是在鼓励自己向前。多走一步，再走一步，再来一步。

他们来到克隆人居住区的过道上，整整一层都非常安静。她离开花园之后，高桥还没有说过一句话。她向身后看了看，看见他们留下的血迹，不由地露出一脸苦相。等这一切结束之后，又有人要清理这个乱糟糟的场面了。

不，等一等，清理这个场面的是她。

"你在跟谁说话呢？"昏昏沉沉的秋广问道。

"没跟谁，自言自语，没啥要紧的。别担心，坚持住。"她调整了一下手的位置，"你能下来走吗？"

"我觉得现在什么都不行，"他说，"听着，还是让我死吧。这样你还可以再克隆我一次。没事的，我对你很有信心。"

她轻轻地推了推他。"嘿，不要，不要离开我。我没有办法再克隆你了，还记得吗？保罗把所有的机器都搞坏了。我们已经没有新的克隆体啦。这是最后一个，最好能保住它。"

"一个没有躯体的克隆人，一名没有事业的叛逆者，一匹没有名称的战马。"他以抑扬顿挫的语调说，"你这个人很好。"

"你想怎么说就怎么说吧，秋广。但是记得要坚持住，好吗？"她说。

"对不起，"他小声在她耳边说，"这肯定很难。想让我来背你一分钟吗？"

她想笑又憋回去了。"好啊，你是付钱骑小马的人，你的钱应当没有白花。"

"我想要一匹有白色斑点的小马，"秋广抱怨道，"而你是通体一样的颜色。"

"我们必须与失望生活在一起。你只有这匹小马，所以你只能骑这匹小马。我们走吧。"

"驾！"他在她耳边小声说，似乎离得很远。

她在他腿上拍了一下。"嘿，我们俩有不同的分工。如果你不完成你那份工作，我也完成不了我的啦。"

"对不起。"他说着，哼起一首没有调门的歌。

她开始想到他们必须做的几件事情。从医疗舱拿到秋广的DNA基质，想办法为他复制心智图，然后再给他装上。不过，怎么装呢？

她想到了坐在书房摇椅上的珀金斯夫人，是她在为她保守秘密，进行过黑客手术的心智图藏在她那里。那是为了供后人使用的，就像天花病毒一样。

"多萝西，你一直具有这样的能力。"玛丽亚对自己说，同时假想一双红鞋子再次碰在了一起。

"你是玛丽亚。"秋广说。

"你是秋广，"这个意识给了她新的能量，"你不会有事的。"

第六部分

高桥实

神奇的巨兽

玛丽亚让秋广俯卧在医疗舱的病床上。已经没有干净病床了，她只好把他放在先前限制他自由的那张病床上。她脱掉他的太空服，给他清洗伤口，然后把它们缝合。他失血很多，她在医疗打印机上为他设定了较多的合成血液。

她意识到自己无法使用医生的智能注射器。她感到很绝望，因为她只好用静脉注射的方法给秋广止痛——有一半已经用掉了——是他先前用剩下的。

"我真希望你当时没喝那么多，"她说，"说到这个，我也不应该喝那么多。"

突然秋广开口说话了，着实把玛丽亚吓了一跳。"我坐了很长时间的牢，就因为寄居蟹的事情，后来又花了很长时间看心理医生，一心想把它们压下去。我接受了催眠术的建议，取得了成效，不过仅仅维持到我新的克隆体醒来之前。"

玛丽亚屏住呼吸，担心他在催眠状态下说话会被其他声音打断。秋广没有睁开眼睛。"我发现只有一件事情能让它们，也就是让其他声音安静下来，那就是喝酒。这是一个医生在酒吧里对我说的。她告诉我，她是作为酒友，而不是医生跟我说的。她说作为医生建议病人多喝酒是不对的。但是她建议我不妨试一试。很管用。当时我有自杀倾向，我认为杀掉寄居蟹的最好办法就是杀掉我自己。可是后来我发现，有一种烈酒可以把内心的某种念头完全压下去，这个效果是几个小时的心理干预和心理治疗所无法达到的。"

"我的意思是，我可以控制我的饮酒。"他得出结论，没有睁眼，却伸出了一只手。她抓住他的手，听见他说："我们都是爪牙，玛丽亚。"

她勉强挤出一丝笑容，但很快就消失了。"是啊，很大程度上，我们都被人耍了，在很大程度上。"

秋广没有回答。他的呼吸深长，终于睡着了。

玛丽亚瘫坐在椅子上，泪流满面。

巨兽。巨兽正在打印一头肥美多汁的猪；巨兽正在打印一杯热气腾腾的咖啡，而且正是玛丽亚喜欢的那种。

玛丽亚突然睁开双眼，她为什么会梦见巨兽？

"现在我知道了，我不是快要死了，就是变得比较理智了，竟然梦见一台机器用合成蛋白质和优质调味料来生产猪，它需要——"

她猛地撑起身体离开了椅子，暗暗责备自己没有早想到这一点。

"——需要从船员的心智图上获取数据，"她把这句话说完了，"糟糕，巨兽可以解读我们的心智图！"她快步朝门口走去。

巨兽的体量够大，完全可以生产出一只猪。

"天哪，真糟糕！"

玛丽亚站在服务器舱内，看着高桥的全息图标。"开门，我要找回你丢失的数据。"

他惊讶地睁大眼睛，但是让她进来了。她没有看他的数据库、他的编程和他的人格，而是进入一个她通常存放评语代码的角落。

所有的东西全在那里。他对自己的记忆，他在日本列岛上的儿童时期，他的受教育经历，他的调皮捣蛋记录。她找到了每项记录原先的对应位置，用了整整一夜时间把他恢复了原样。

她拿着秋广的平板，调出打印机说明书。现在她知道要找什么，而且找到了——说明书里有个压缩文件包，里面有许多压缩文件。

"天哪，高桥，你真是个天才，"她小声说，"不过我还是要花费一点时间的。"

第五天

　　第二天，她马不停蹄地又干了一整天。她先是处理高桥收藏的那些数据，包括他自己在内，谁都不知道这些数据在什么地方。接着她从医生的高科技设备中拆下一些东西，对巨兽进行了修改。

　　她还不时地对秋广进行检查。秋广现在已经清醒，但不想直接看着她。她不能责怪他。她悄悄地给他留了一些食物和水，然后又继续工作。

　　巨兽以全新的蛋白基模式进行打印的时候，玛丽亚终于伏在厨房的桌子上睡着了。

　　秋广发现她在厨房里睡得正香。他感觉身上很疼，需要再次使用镇痛药。他本来不想跟她说话，可是他现在只能靠她。高桥没有回答他的咨询，不过显然他已经不想断掉生命支持系统来置他们于死地了。

他用拐棍支撑着身体，并看见食品打印机正在忙碌地工作。

"玛丽亚，"他睁大眼睛说，"你没有打印食物，沃尔夫冈会对你大发脾气的。"

玛丽亚打了个哈欠坐起来，紧张地向四周看了看。她眨了几下眼睛，最终把目光落在他身上。"哦，对了，它现在怎么样？"玛丽亚自言自语道。

巨兽正在打印一些黏糊糊的器官和内脏，她饶有兴趣地通过它的观察孔向里看。

"你觉得沃尔夫冈会生气吗？"她问道。

"他是沃尔夫冈，他对什么都有气。但是，那个人是谁呀？"

这是她的机会，也许是她赎罪的机会。

她注视着医用扫描仪上的编程。她事先已经把扫描仪与厨房连接起来，用电缆连上巨兽，并用食品打印机来运行处理过的软件。

"高桥实。我发现了他DNA基质的拷贝文件，在打印机的说明书里，是他把它放在那里的，为了让你找到它。"

"这个令人难以置信的浑蛋。"秋广说着摇了摇头，"为了自己的利益，他想得太高明了。你认为这样能行吗？"

"他主动把自己放在第一个。如果这样不行的话，他可以重新进入计算机，让我再试一次，赶在我们打印其他成员之前。"

"我们打算怎么打印其他成员呢？我们没有心智图，其他东西也没有。"

她拍了拍巨兽。"这个东西非常复杂，它可以从我们的唾液中提取出完整的心智图，包括人格。这就是为什么它当时能够准确地知道你喜欢什么食物。我能够从中提取心智图，并把它和我保留在文件夹中的备份文件进行比较。它们是完全一样的，它只是多了一点近期的记忆。把心智图和我从医用扫描仪中获取的DNA基质混合在一起，这实际上就有可能成功。"她做了个鬼脸，"我们还有大量的DNA，就在我们的花园里，如果需要，就能得到。"

　　"这太神奇了，"他摇摇头说，"等等——如果高桥不驾驶这艘飞船，那么谁——"

　　玛丽亚没有看他。"我来。我复制了自己的心智图，剔除了我必须剔除的，就能让它驾驶这艘飞船了。"

　　"见鬼，你应当让保罗去做。"

　　"即使我同意你的意见，我也不会打这样的主意。我们会把他唤醒，审问他，作为船员来审判他。那时候，而且只有那时候，我才会让他去做。即使那样我觉得也不妥。"她看着天花板，两只眼睛下方的黑眼圈十分明显，"我跟你说过，我发现这么做不容易。"

　　她伸了个懒腰，皱了皱眉头。由于没有更换，绷带上面有很多血渍。"再说了，不仔细检查他的心智图，我们是不能信任他的。"她补充道。

　　"我们要让另一台打印机给我们提供食品，谁都不想再吃这台打印机制作的食物了，"秋广说，"呃，反正我是不吃的。我不知道其他人是怎么想的。"

他们相对无言地静坐在那里，看着食品打印机慢慢地编织出一个新的克隆人躯体。

前后总共花了五个小时，不过巨兽终于开始了最后的细节加工：高桥的头发，尽管玛丽亚认为这一步是可以省略的。巨兽工作得非常仔细。

它最后响了一声铃。

"开饭了。"秋广说。玛丽亚对他露出疲惫的笑容。

她屏住呼吸。万一她弄错了怎么办？万一她只是做出了一个像高桥的食物怎么办？

他先是身子动了动，继而睁开黑褐色的眼睛，眨了眨，扫视四周，惊讶得眼睛瞪得老大。

玛丽亚用扳手把那道门打开，抽出他们放在那里的一只垫子。它原来是为了让打印机制作他的躯体而准备的。"高桥，好了，你没事了。"玛丽亚说。

高桥向四周看了看，睁大的眼睛中露出了恐惧。

"玛丽亚，你是玛丽亚。"他说，他微微颤抖地摸了摸自己的手和脸，"你成功了。"

"是你把所有数据都给了我，"玛丽亚说，"当然，我找到这些数据之后，就把它们拼接在一起。你必须告诉我，你是怎么把食品打印机的说明书藏匿起来的。"

高桥的眼睛锁定秋广，笨手笨脚地爬起来，站在地上笑了笑。他说了几句日语，秋广做了回答。高桥紧紧地拥抱秋广，弄得他痛苦地呻吟起来。

"小心点，秋广不像你有一个健康的躯体。"玛丽亚说着递给高桥一件太空服。

高桥一边穿衣服，一边继续与秋广用日语交谈，玛丽亚觉得自己成了局外人。她清了清嗓子，他们就停止了对话。

"现在你们两人都醒了，我就在禁闭室稍微休息一下。把其他船员都唤醒——高桥知道该怎么做。大家都醒来之后，就告诉我。"

没等他们做出回答，她就转身离开，大步走向自己的禁闭室。她知道沃尔夫冈最终还是会把她关进去的。

她从来没有像现在这样疲惫不堪。

她估计把其他船员全部打印出来，至少需要十五个小时——还不算那个杀人凶手。

秋广来找她的时候，已经整整过了二十七个小时。

他重新包扎了伤口，换上了干净太空服，看上去好多了。他走进禁闭室，冲她笑了笑。

他坐在她的小床上，默不作声地看着她。

"怎么了？"她急不可待地问，"他们都回来了吗？都还好吗？唾液有用吗？"

"乔安娜说，如果我们是在地球上，你会因此而获得诺贝尔奖。沃尔夫冈巴不得让你烂在这里，不过他还是很高兴的。"秋广神气活现地把头偏过来，"不管你做什么，他都非常记恨你，你为什么当初不对他进行黑客手术，切除对你的仇恨？"

听他这么一说，玛丽亚倒吸了一口气。"你是在跟我开玩笑吧？我是不会为了自己而改变他的思想的。他就是那样的人。如果他对我有仇，我就要更努力地工作，而不是对有些代码进行注释，以便对他进行补偿。"

他真心实意地对她微微一笑。"我认为这样做是首先迈出了一大步。虽然他怒不可遏，你却允许他这样做，他对你的印象就会非常深刻，这反而使他感到迷惑不解。他这会正处于睡眠状态。"

玛丽亚露齿一笑。"好消息。高桥感觉自己的新生命怎么样？"

秋广哈哈大笑。"哈哈！他早就把老打印机修好了，而且开始吃它打印出来的所有东西。主要是猪肉面条。接着他睡了大约十二个小时的觉，然后在健身房待了很长时间，让他的新躯体逐步接受考验。他说是为了科学。"

"我想他很喜欢自己面对的新世界。"玛丽亚说。

"不管怎么说，卡特琳娜和沃尔夫冈正在谈论你目前的境况。我早就发表了自己的意见，我说我来检查一下你的状况。你现在肯定已经饿坏了吧。"

由于焦虑，玛丽亚的心情很紧张。饥饿是刚才的事，现在她并不想吃东西。

"你的意见是什么？"玛丽亚问道。

他端详着她的脸，然后抓住她的双手。"如果我请求你，你会不会把我头脑里的寄居蟹移除，给我一个只有我自己的新心智图？"

她忍不住笑起来。"给我一台终端机，我现在就给你做。我愿意尽我所能，把你变成更好——"

他出其不意、充满热情地亲了她一口。过了一会，他才把她松开。她看着他，震惊不已。

"谢谢你。"

过了几个小时，玛丽亚洗完澡，重新包扎好伤口，吃了一些东西，然后和其他几个船员坐在一起。

她解释了自己如何利用躯体扫描仪赋予巨兽的强大功能，如何从对食物的喜好入手，用黑客手段制作出完整的心智图。她解释了高桥很久以前，在他被改变形态之前，就把说明书藏在食品打印机中，因为当时他就知道自己会发生什么变化，并想出了修复自己的最佳计划。沃尔夫冈脸色阴沉，乔安娜则感到不可思议。卡特琳娜大惑不解，高桥则频频点头。

"你能不能给保罗编制一个程序，让他驾驶飞船，但要保证他没有不可告人的动机，不背叛这些船员，也不背叛这次使命？"沃尔夫冈问道。

玛丽亚点点头。"这很简单。现在驾驶飞船的，是我的心智图。我曾经在自己的心智图上切除了一些东西，现在我可以把他心智图上同样的东西切除。"

"给它自由，把它装在园丁机器人上或者其他地方，"乔安娜说，"保罗必须干活，以弥补他对其他船员的过失。而且要确保我们能够信任他。"

玛丽亚点点头。

卡特琳娜依次看着每一个船员。"你想方设法挽救我们的船员，找出杀人凶手，修正克隆技术上的问题，解放我们被奴役的人工智能，考虑到这些事实，我们将不对你进行黑客伦理犯罪的指控。"她看着沃尔夫冈阴沉的脸，"至于积怨问题，我不能做任何保证，但我希望大家都能尽自己的最大努力，船员之间要同心协力。"

"谢谢你。"玛丽亚说。

乔安娜接过卡特琳娜的话说："沃尔夫冈已经把飞船的指挥权交还给德拉·克鲁兹船长，船长也同意今后遇事多商量着办。不过我的意见是，既然我们的秘密已真相大白，今后就应当少一些偏执，多一些信任。我们将让大家继续干以前的工作，不过玛丽亚将担任总工程师，并判处保罗成为我们新的人工智能。"

"那高桥呢？"玛丽亚用头示意新增加的成员说。

"他将担任船长助理，"沃尔夫冈严肃地说，"他有自己的罪过要反省，所以开始的时候我们不想给他太大的权力。"

高桥的双臂交叉着。"你把你的整个世界都变成了一堆谎言，你曾经疯狂地追杀过克隆人。我还以为在所有人当中，你会更好地理解我的所作所为。"

沃尔夫冈紧张起来，但乔安娜把手搭在了他的肩上。玛丽亚非常钦佩乔安娜，因为她能迅速使他安静下来。

"还有，"秋广说，"由于发射这艘飞船的目的就是让它失败，因此我们有些担心，我们缺乏这次使命要到达的星球的可靠信息。所以在逐渐接近阿尔忒弥斯的时候，我们要多做一些相关研究。"

"我们毕竟还可以掉转方向，飞回老家。"卡特琳娜说。

"他们看见我们会不会很惊讶？"玛丽亚问道，她的脸上终于露出了微笑。

"我们快乐的船员，还有我们的使命，都是进步的产物，"乔安娜说着微微一笑，"我们会想出办法的。我们有很多时间来考虑。"

致　谢

　　写致谢时，我一直很为难，生怕自己挂一漏万。我一直想在这本书的写作过程中，把致谢写出来。这等于说我要在每个月底把纳税发票编排起来，而不是等到来年三月。结果并未能如愿，而且又往后拖了！

　　Orbit出版社的整个工作团队一直非常优秀，他们的全力支持使本书的原稿大大增色。德维·皮莱和凯利·奥康瑙尔是两位非常出色的编辑。封面设计是在洛朗·潘尼平托的关心与指导下完成的。在我烦躁的时候，我的代理人詹妮弗·乌登不断给我提供不可思议的指导，并善意地对我提出批评。感谢卡蒂·谢伊·布蒂利耶，以及为这本书付出辛勤劳动的数字媒体许可证协会的各位成员。

　　宇航员帕米拉·盖伊博士在科学知识方面给了我很好的建议，我感到非常荣幸。他不仅和我进行了愉悦的交谈，还迅速对我发去的讨厌的电子邮件做出答复。感谢本书的早期读者阿拉斯泰尔·斯图尔特和马特·华莱士。感谢克莱尔·鲁素。几年前我在伦敦时，曾开玩笑说，我要写一本关于宇宙飞船星际航行方面的科幻小说，她给了我热情的支持。

不过，这本书并不是关于宇航的科幻小说，但是我仍然要感谢苹果iOS游戏《星际航行》背后的设计团队，因为他们对克隆技术的应用，激发了我在这本书中一个主要模块的遐想。

感谢在本书写作过程中给了我宝贵支持的卡默隆·赫尔利、玛格丽特·肯纳、苏尼尔·帕特尔、卡伦·伯文梅尔、安德烈亚·菲利普斯、萨姆·蒙哥马利-布林、弗兰·怀尔德、查利·斯特罗斯，当然还有我父母双方的家人和我的妹妹谢利。我永远也不会忘记自己的家人。吉姆和菲奥娜确保我能有一个正常的作息时间，有时间穿衣、洗澡、吃饭（未必是这个顺序），你们是我的整个世界，我爱你们。

作者简介

穆尔·拉弗蒂是一名作家、播客制作人、游戏玩家、跑步爱好者和时尚达人。她是播客《我应该写作》的主播和博客《掘沟者》的联合主播。她在2013年获得约翰·坎贝尔纪念奖的最佳新人奖。穆尔十分痴迷于电脑游戏《僵尸，快跑！》和《星球大战》，现与丈夫和女儿生活在北卡罗来纳州的达勒姆。

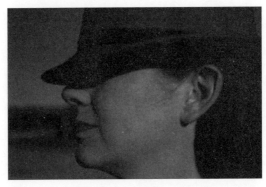

图片来源：小布莱克威尔

采 访

问：你最初从事写作是什么时候?

答：我觉得是八年级的时候。不过当时我爸爸给我买了一本装订成册的短篇故事集，而那些故事是我一年级的时候写的，所以到八年级的时候，我从事写作已经有一段时间了。

问：哪些人对你的影响最大?

答：最早是马德琳·朗格莱（我十一岁的时候，是她在替我回答粉丝的各种问题）和安妮·麦卡弗里。长大成人后是尼尔·盖曼、柴纳·米耶维，还有康妮·威利斯。

问：写《太空的六场葬礼》的想法是从哪里来的?

答：我曾想编写一部文学作品，不过我还是要实话实说。我玩过一个《比光速还快》的宇宙飞船手机游戏，里面不仅有医疗舱，更有克隆舱。克隆舱会让死去的船员死而复生。我就一直在想，这个概念很有意思，你可以去克隆人，不是为了繁衍后代，而是为了长生不老。后来我想这将是驾驶世代飞船非常方便的方法，于是就萌生了写这本书的想法。

问：你的前两本书都以人们熟悉的地方（纽约和新奥尔良）为背景，可是这本书却选择了以深度太空为背景。以此为背景，在写作时有什么相同或不同？

答：其实这些都是一种探索。我研究了新奥尔良和纽约州一些非常重要的问题——历史，还有那里的人。我还探索了在零重力情况下伤口会发生什么变化的问题。

问：在《太空的六场葬礼》中，有一个主题就是对人格问题的界定。你怎么会把重点放在这个问题上的？

答：这是一个哲学概念，即忒修斯之船。如果你取下一块船板，然后换上一块新的，它是否还是原来的船呢？如果换两块呢？如果你把船上的每一样东西都换成了别的东西呢？人们感到惊讶的是，《星际迷航》飞船上的激光在一个地方把你杀死，就会在另一边唤醒一个克隆人。我想随着这种技术的可能性越来越大，我们必须明确，我们将在多大程度上允许它来改变我们自己，以及我们如何看待自我和灵魂的问题。

我非常高兴我不信仰宗教。我不会像《太空的六场葬礼》中的一个人物那样，在一些问题上左右为难。

问：如果你可以有一个下午的时间和你书中的某个人物相聚，那会是哪一个？你会做些什么？

答：很难说，因为这些人物都有那么多曾经的自我。我会说我要和来自几十年前的秋广聚聚，不过也许不是现在。伊恩在全力运行的时候是很有意思的。我想和玛丽亚以及医生谈一谈伦理问题。我想这并没有回答你的问题，你继续问吧。

问：最后，我们还有一个问题：如果你具有超能力，你希望它是什么？

答：你现在找我真不是时候——我最近去了很多地方旅行，刚刚回到家里。所以我能想到的是，要是能够进行远距离传送该多好。这是一种魔法般的远距离传送，不是那种死后被另一个地方克隆的远距离传送。

我希望自己能够飞，这是非常奇特的梦想，可是只要合乎逻辑地想一想，仅仅能飞并没有多大的意思。我联想到开车时一直把头伸出窗外的感觉。风、温度、气候、鸟，所有这些都会使飞行变成悲剧。这也是我为什么认为大多数飞行英雄都有这样一个小小的能力：不受气候条件的影响，就像闪电侠不会因为摩擦力而让自己的鞋子和衣服烧毁那样。真正的能力都在细微处体现。

读客®
科幻文库
跟着读客读科幻，经典科幻全看遍

太空歌剧、赛博朋克、奇幻史诗……

中国、美国、英国、俄罗斯、波兰、加拿大、日本、牙买加……

读客汇聚雨果奖、星云奖、轨迹奖获奖作品

精挑细选顶尖的科幻奇幻经典

陪伴读者一起探索人类文明的过去、现在和未来

亿亿万万年，直至宇宙尽头

打开淘宝，扫码进入读客旗舰店，
下一本科幻更经典！